LAURA DÜMPELFELD

LEMMY LOKOWITSCH

DAS SYRIKON-PROJEKT

Edition Roter Drache

Triggerwarnungen / Inhaltshinweise
Das folgende Buch enthält Inhalte, die für manche Personen unangenehm oder triggernd sein können. Eine Auflistung dieser Inhalte findet sich auf Seite 277.

Dieses Buch wurde klimaneutral gedruckt.

Klimaneutral
Druckprodukt
ClimatePartner.com/14701-2102-1005

1. Auflage Oktober 2021

Edition Roter Drache, Holger Kliemannel, Am Hügel 7, 59872 Meschede
edition@roterdrache.org; www.roterdrache.org
Buchgestaltung: Holger Kliemannel
Umschlag- und Schmutztitel: Anke Koopmann, www.designomicon.de
Lektorat: Katharina Matschiske
Sensitivity Reading: Yvonne O.
Hergestellt in der EU

ISBN 978-3-96815-030-7

Anfang war das Telefon

Haarsträubende Abenteuer und unwahrscheinliche Entwicklungen kündigen sich selten mit großem Paukenschlag an. Viel eher schleichen sie sich heimlich, still und leise in unser Leben und ehe wir uns versehen, stecken wir Hals über Kopf in ihnen fest. Mein eigenes Abenteuer, das man guten Gewissens als haarsträubend bezeichnen kann, wie ich finde, besaß zumindest die Höflichkeit, sich telefonisch bei mir bemerkbar zu machen, und das ist doch immerhin schonmal ein Anfang.

Es regnete an jenem Abend, daran erinnere ich mich genau, es regnete in Strömen. Und es war scheißkalt. Obwohl wir in diesem Jahr schon ein paar warme Tage gehabt hatten, schien der Winter sich noch nicht ganz verabschieden zu wollen, und schaute stattdessen mit einem schadenfrohen »Ätsch!« nochmal munter zur Tür herein. Dementsprechend war meine Laune. Die Nachforschungen zu meiner aktuellen Story waren ins Stocken geraten, ich war in diesem Zwimond wieder einmal recht knapp bei Kasse und am Morgen hatte ich einen Stapel Rechnungen und Mahnungen auf der Türmatte gefunden, was nicht gerade dazu beitrug, meine Stimmung zu heben.

Aus Frust hatte ich eine Flasche Whisky aufgemacht und nippte nun an meinem zweiten Glas, doch so wirklich schmecken wollte es mir heute nicht.

Mein Kater Garf lungerte missmutig vor dem geschlossenen Fenster und stierte hinaus in die Regenschnüre, als hoffe er, sie durch grimmiges Starren verschwinden zu lassen. In seinen Augen war es sicherlich eine Todsünde, ihn an seiner Lieblingsbeschäftigung zu hindern: auf der Fensterbank liegen und sich die Sonne auf den gelben Wanst scheinen lassen. Verständlicherweise war er also über das Wetter ebenso ungehalten wie ich, und so hockten wir schlecht gelaunt in dem kleinen Zimmer, starrten aus dem Fenster und wussten nichts mit uns anzufangen.

In diesem Moment klingelte das Telefon.

Ich stellte das Whiskyglas auf dem Nierentisch neben mir ab und ging im Geiste rasch die Liste der potentiellen Anrufer durch, die infrage kamen.

Meine Mutter rief meist an, um kurz nach meinem Befinden zu fragen und mich dann mit einem endlosen Wortschwall zu überschütten, in dem es hauptsächlich darum ging, dass ich mir doch endlich eine Frau suchen sollte.

Die Stadtwerke meldeten sich immer dann telefonisch, wenn meine Rechnungen *so* überfällig waren, dass sie drohten, mir das Syranid abzudrehen. Das ist in der Tat einmal vorgekommen – die grässlichste Woche meines Lebens. Versuchen Sie mal, sechs Tage auf syranisches Licht, Telefon und Radio zu verzichten. Man fühlt sich, als wäre man Jahrhunderte in die Vergangenheit katapultiert worden.

Und schließlich fiel mir noch Fabiora ein. Fabiora war eine flüchtige Bekanntschaft aus dem Lichtspielhaus, die ich eines Abends mit einer Flasche Perrigot und einer alten Sammy-Lou-Schallplatte in ihrem Zwei-Zimmer-Apartment etwas vertieft hatte. Dieses ›Arrangement‹ war ich so lange aufrecht zu erhalten geneigt, bis sie sich anschickte, unsere Bekanntschaft in eine Richtung zu vertiefen, die mir ganz und gar nicht gefiel. Nach vielen tränenreichen Wutausbrüchen ihrerseits war ich mittlerweile guter Hoffnung, die penetrante Dame endgültig los zu sein – aber man konnte ja nie wissen.

Sie werden also sicher verstehen, warum sich meine Begeisterung ob des unerwarteten Anrufs in Grenzen hielt. Für gewöhnlich erwies sich die Ich-bin-nicht-da-Strategie als recht erfolgreich und so verharrte ich in meinem Sessel und wartete darauf, dass die Person am anderen Ende der Leitung aufgab.

Doch ich hatte die Rechnung ohne den Wirt gemacht; besser gesagt, die Wirtin. Ich glaube, ich hatte das blöde Teil so an die sieben oder acht Mal klingeln lassen – Garf bedachte mich mittlerweile, in seiner trübsinnigen Ruhe gestört, mit vernichtenden Blicken, war aber selbstredend zu faul, seinen fetten Wanst von der Fensterbank zu bewegen – als ein Stockwerk tiefer plötzlich eine Tür aufgerissen wurde und schrilles, aggressives Gekläff ertönte.

Na toll.

Jetzt hatte ich die alte Schreckschraube mit ihrem Köter am Hals.

Wütende Schritte kamen die Stiege hinauf getrampelt. Sekunden später vernahm ich das herrische, fordernde Klopfen an meiner Zimmertür und von draußen keifte es:

»Herr Lokowitsch, das ist wirklich eine bodenlose Frechheit! Ich weiß genau, dass Sie zu Hause sind, also gehen Sie in Dreidämonsnamen an Ihr Telefon! Das ist Ruhestörung, jawohl! Ich sollte die Polizei rufen! Ganz zu schweigen von der Miete, da sind Sie mit den Raten auch schon wieder im Rückstand!«

Ich weiß nicht, was sie sonst noch zeterte, denn in diesem Moment beschloss ich, dass kein Telefonübel der Welt so schlimm sein konnte wie dieser Hausdrache, und hievte mich ächzend aus dem durchgesessenen Sessel und nahm den Hörer vom Apparat.

»Lokowitsch«, brummte ich in die Muschel, das Schlimmste erwartend. Umso freudiger war meine Überraschung, als sich am anderen Ende eine vertraute, aber gänzlich unerwartete Stimme meldete:

»Lemmy? Ich bin's, Sid.«

»Sid!«, rief ich erstaunt, dämpfte aber beim Gedanken an die noch immer vor meiner Tür schimpfende Schabracke sofort die Stimme. »Alte Bauchaufschlitzerin! Seit wann habt ihr denn Telefon in eurem kleinen Zeltlager?«

Sid heißt eigentlich Sidonie und hat seit vierzehn Jahren das zweifelhafte Vergnügen, mit meiner Schwester verheiratet zu sein – wir kennen uns allerdings bereits seit der Oberschule. Die meiste Zeit des Jahres turnt sie durch irgendwelche Krisengebiete und flickt Soldaten der AWR zusammen – und dort wähnte ich sie auch zum gegenwärtigen Zeitpunkt. Jedoch:

»Ich bin nicht mehr in Kari«, lautete die überraschende Antwort. »Ich rufe von zu Hause an. Hast du Zeit? So in einer Stunde im Bolgers?«

Meine Augen huschten kurz zur Tür, hinter der meine ungnädige Zimmerwirtin lauerte.

»Ich werde da sein.«

Zur Not würde ich mich an zusammengeknoteten Bettlaken aus dem Fenster hangeln.

Zu solch drastischen Maßnahmen musste ich dann doch nicht greifen. Nachdem ich geraume Zeit vergeblich darauf gewartete hatte, dass die Furie vor meinem Zimmer sich wieder verziehen würde, ergab ich mich in mein Schicksal und beschloss, mich der Konfrontation zu stellen. In meinen Mantel gehüllt, den alten Hut auf dem Kopf und eine noch nicht angezündete Cigarette zwischen den Lippen, öffnete ich die Tür, versuchte mich an einem Lächeln, das recht gequält wirken musste, und versuchte, das hässliche weiße Fellknäuel zu ignorieren, das auf dem üppigen Busen meiner Zimmerwirtin hockte und mir frech ins Gesicht kläffte.

Mein plötzliches Erscheinen auf der Schwelle ließ die gute Frau Blaschnitz verstummen; die wenigen Sekunden der Überraschung beschloss ich auszunutzen. Rasch zog ich die Tür zu, verzichtete aus Zeitgründen darauf, sie abzuschließen, und drückte mich mit dem vagen Hinweis auf eine vielversprechende und geldbringende Story an der fülligen alten Dame vorbei. Das »geldbringend« schien sie glücklicherweise vorläufig zu besänftigen – verständlich, war sie doch die Erste, die davon profitierte, wenn wieder ein bisschen Bares ins Haus kam.

Bevor sie es sich anders überlegen konnte, war ich hinunter ins Erdgeschoss geeilt und aus der Haustür geflüchtet. In der Hektik hatte ich natürlich nicht an einen Schirm gedacht, und so war ich nass bis auf die Haut, als ich wenig später das Bolgers betrat.

Drei Bier, zwei Cigaretten und eine Story

Den Hornstädtern unter Ihnen wird das Bolgers sicherlich ein Begriff sein, spätestens seit der Sache mit der Rankuya damals. Diejenigen, die sich in Hornstadt nicht so gut auskennen, werden zumindest bei dem Wort »Rankuya« aufgehorcht haben. Ja, ganz richtig, die Zwergenmafia. Die einzige halbwegs spannende Sache, die sich in den letzten dreißig Jahren – und wahrscheinlich auch davor, aber das kann ich altersbedingt nicht so gut beurteilen – hier ereignet hat. Und ich lag mit Grippe im Bett.

Kurz und knapp wäre zu sagen, dass Bolger, Inhaber und Wirt des Bolgers, aus irgendeinem Grund ein hohes Tier der Rankuya damals ein wenig, sagen wir, »verärgert« hatte und ihm nun einige ziemlich unangenehme Zeitgenossen ans Leder wollten. Es gab ein kleines Handgemenge, ein wenig Herumgeschieße, und als die Polizei sich schließlich in die Kneipe traute, saßen die vier besagten unangenehmen Zeitgenossen verschnürt wie Postpakete vor dem Tresen, während Bolger in aller Seelenruhe die Glasscherben vom Boden fegte.

Als ich an jenem Abend das Bolgers betrat, lag dieser Zwischenfall allerdings schon mehr als ein Jahr zurück, und die Kneipe hatte sich längst wieder in das stille, heruntergekommene Drecksloch verwandelt, das ich so liebte.

Es war verhältnismäßig leer, aber ich muss zugeben, dass ich auch noch nie zuvor zu solch früher Stunde im Bolgers gewesen war; es war nicht einmal acht Uhr. Drei Männer, die ich flüchtig kannte, deren Namen mir aber entfallen waren, saßen an einem der Tische, rauchten, tranken und spielten Karten. Hinten in der Ecke hockte wie immer der alte Pim, vor sich einen Humpen Bier, und starrte schweigend vor sich hin. Bolger selbst stand hinter dem Tresen, bärbeißig und breit, und unterhielt sich mit zwei Frauen, die vor ihm an der Bar saßen.

Sein Blick streifte mich flüchtig, als ich eintrat, und wir nickten uns wortlos zu. Noch während ich meinen Hut ausschüttelte und den durchnässten Mantel an die Garderobe hängte, hielt der alte Zwerg ein neues Glas unter den Zapfhahn, und so fand ich mich wenig später auf meinem Stammplatz wieder, vor mir ein großes Bier, in der Hand eine Cigarette, und wartete auf Sid.

Ich hatte bereits das zweite Bier zur Hälfte geleert, als sich die Tür öffnete und Sid hereinkam – mit einem Schirm, wohlgemerkt. Sid gehört nicht zu der Sorte Mensch, die sich nass regnen lassen. Sie sah aus wie immer. Graue Stoffhose, weiße Bluse, das rote Haar zu einem ordentlichen Dutt aufgesteckt. Über ihrer Schulter hing der Riemen einer ledernen Aktentasche.

»Du siehst gar nicht gut aus, Lemmy«, sagte sie zur Begrüßung, nachdem sie ihren Mantel an die Garderobe gehängt hatte.

»Immer noch besser als du«, erwiderte ich trocken und musterte die unangenehm gerötete Haut über ihren Wangenknochen, die nun beinahe dieselbe Farbe wie ihre Haare hatte. »Was hast du angestellt, zu heiß geduscht?«

Sid seufzte und gab Bolger mit einem Fingerzeichen zu verstehen, dass sie ebenfalls ein Bier haben wollte.

Dann ließ sie sich mir gegenüber am Tisch nieder, stellte die Aktentasche auf dem Stuhl neben sich ab, zog ihr silbernes Cigarettenetui hervor und zückte die Schachtel mit den Zündhölzern.

»Die Sonneneinstrahlung in Kari ist erheblich stärker als in Gamarien«, dozierte sie und riss eines der Hölzer an. »Das Land liegt näher am Äquator, was einen steileren Einfallswinkel der Sonnenstrahlen zur Folge hat. Zudem ist die Gegend äußerst gebirgig, was wiederum bedeutet …«

»Sag doch einfach, dass du dir 'nen Sonnenbrand zugezogen hast«, unterbrach ich sie, während Bolger ein Glas Bier vor ihr auf den Tisch stellte. Sid schwieg und zog an ihrer Cigarette, dann trank sie einen großen Schluck.

»So könnte man es auch sagen«, erwiderte sie schließlich. Dann senkte sie die Stimme: »Lemmy, ich wollte dich um etwas bitten …«

Ich hob die Augenbrauen.

»Ist irgendwas mit Mirna? Du weißt, sie hört auf mich noch weniger als auf dich.«

Sid schüttelte den Kopf.

»Es geht nicht um Mirna. Wir hatten ziemliche Schwierigkeiten in Kari. Die Iasham und die El'Hashar setzen alles daran, die AWR aus dem Land zu treiben.«

»Merkwürdig, woran das bloß liegen könnte?« Ich lächelte spöttisch. Sid zog missbilligend die Augenbrauen zusammen.

»Lemmy, ich habe dir das doch schon mehrmals erklärt. Ohne die AWR wäre dieses Land schon vollkommen zerstört. Diese Radikalen nehmen keinerlei Rücksicht auf die Zivilbevölkerung, sondern tragen ihre Machtspielchen auf dem Rücken der einfachen Leute aus.«

»Und das wird natürlich viel besser, wenn sich noch eine dritte Partei einmischt.« Ich zog die Augenbrauen hoch und setzte mein Glas an die Lippen. Sid warf mir einen vorwurfsvollen Blick zu.

»Die AWR mischt sich nicht in die Kämpfe der Rebellen ein. Sie versucht lediglich, die Zivilbevölkerung vor ihren Übergriffen zu schützen und sie mit Nahrungsmitteln und medizinischer Hilfe zu versorgen.«

»Jaja, die AWR, die selbstlose Retterin der Armen.« Ich zog gelangweilt an meiner Cigarette. »Das hatten wir doch schon hundertmal. Du sagtest, du wolltest mich um etwas bitten?«

Sid trank einen großen Schluck und nickte. Dann griff sie nach ihrer Aktentasche.

»Ja. Mir ist da was in die Hände gefallen, nachdem die Iasham mitten in der Nacht unser Lager angegriffen haben.«

Sie zog eine Plastikhülle aus ihrer Aktentasche, in der ich einige stark in Mitleidenschaft gezogene Dokumente erkennen konnte. Das Papier war zu großen Teilen angesengt oder völlig verkohlt, sodass sich der ursprüngliche Inhalt nur noch erahnen ließ.

»Will ich wissen, wie dir das ›in die Hände gefallen‹ ist?«, fragte ich skeptisch.

»Die Blätter steckten in einer halb verschmorten Plastikhülle, die ich aus dem Bein eines der Iasham geschnitten habe, die bei dem Angriff verletzt wurden. Feuer, Plastik und menschliche Haut sind eine unschöne Kombination.«

Ich verzog das Gesicht.

»Danke, ich kann es mir vorstellen. Also, was ist das und was soll ich damit machen?«

»Nenn es Intuition oder Eingebung, aber mir kam dieser Angriff seltsam vor.«

»Was meinst du mit seltsam?«

»Sieh mal, diese Rebellen haben zwar unglaublich viel Wut auf alles und jeden und sind durchaus bereit, für ihre Überzeugung zu sterben, aber woran es bei ihnen seit Jahren mangelt, ist Technologie. Sowohl die Iasham als auch die El'Hashar sind unglaublich schlecht ausgerüstet, da kommen teilweise Waffen zum Einsatz, die hier während des Bürgerkrieges bereits veraltet waren, von altertümlichen Schwertern und Säbeln will ich gar nicht erst sprechen. Ein Großteil der Rebellen kann nicht einmal mit einem normalen Sturmgewehr umgehen.« Sie hielt inne, um an ihrer Cigarette zu ziehen. »Aber was ich in dieser Nacht gesehen habe … Lemmy, die hatten Splittergranaten und Batteriemörser!«

»Du sitzt dem größten Waffenexperten von Hornstadt gegenüber.« Ich bemühte mich nicht einmal, den Sarkasmus in meinen Worten zu verbergen. Sid beugte sich nach vorne und ihre Stimme wurde leise und eindringlich.

»Das ist modernste Waffentechnik, so etwas sollten Leute wie die Iasham gar nicht besitzen!«

»Tja, das scheint denen wohl keiner gesagt zu haben.«

»Lemmy, ich mein's ernst. Da ist irgendetwas faul. Und das hier«, sie schob mir die Plastikhülle mit den angesengten Dokumenten zu, »sind offensichtlich die Überreste von Lieferpapieren.«

Ich ließ meinen Blick über die Papiere gleiten. Viel war nicht mehr zu erkennen, aber Sid hatte eindeutig Recht. Die noch lesbaren Teile der Blätter bestanden aus Auflistungen verschiedener Waffen und Munition, so viel verstand ich selbst mit meinem absoluten Laienwissen. Und das Wichtigste:

»Die sind auf Gamarisch verfasst«, stellte ich fest.

»Exakt.« Sid lehnte sich zurück und zog an ihrer Cigarette. »Was bedeutet, das Zeug kommt von hier.«

Ich runzelte die Stirn.

»Eins ist mir nicht ganz klar – warum kommst du damit zu mir? Was sagen deine Vorgesetzten denn dazu?«

Sid zögerte – und ich verstand.

»Nicht dein Ernst – du hast ihnen das hier nicht gezeigt?« Ich tippte mit den Fingern auf die Plastikhülle vor mir.

»Den Oberst haben meine Bedenken, die ich bezüglich der unerwartet modernen Ausrüstung der Iasham geäußert habe, nicht interessiert«, erwiderte Sid. »Daher hielt ich es für unnötig bis unklug, ihm von diesem Fund zu berichten.«

»Du denkst, er steckt da mit drin?«

»Entweder das oder er hält es tatsächlich für irrelevant oder er ist einfach das arrogante Arschloch, für das ich ihn von Anfang an gehalten habe. So oder so – ich hielt es für klüger, meinen Fund erstmal für mich zu behalten.«

Ich musste schmunzeln – wenn Sid jemanden als Arschloch bezeichnete, musste die Person es sich gründlich mit ihr verscherzt haben. Langsam drückte ich meine Cigarette im Aschenbecher aus.

»Verstehe. Du willst also, dass ich mal etwas herumschnüffle, wie die an das Zeug gekommen sind.«

Sid nickte.

»Vielleicht ist es ja sogar eine Story wert«, schlug sie vor.

»Käme mir zumindest nicht ungelegen«, erwiderte ich trocken. »Ich bin mir nicht sicher, wie lange es noch dauert, bis meine Chefin explodiert.« Ich warf noch einen Blick auf die angesengten Lieferpapiere.

»Kann ich die behalten?«

»Klar, wenn es dir weiter hilft.«

»Oh, das tut es, ganz gewiss«, versicherte ich ihr. »Lass mich nur machen ...«

Eine Frage des Blickwinkels

Am nächsten Tag nach einem späten und recht spärlichen Frühstück verwandelte ich mein kleines Mansardenzimmer in ein Recherche-Labor. Bewaffnet mit Pinzette, Fotoapparat, Notizblock und Stift machte ich mich daran, die Überreste der Lieferpapiere genauestens unter die Lupe zu nehmen – und zwar im wahrsten Sinne des Wortes. So vorsichtig wie möglich breitete ich die Blätter – oder das, was von ihnen übrig war – auf meinem Schreibtisch aus. Die Papiere waren in sehr unterschiedlichem Zustand; bei manchen waren lediglich die oberen und unteren Ränder abgebrannt, sodass sie nun ein wenig an die selbst gebastelten Schatzkarten erinnerten, mit denen wir als Kinder Piraten gespielt hatten. Das und der waagerecht verlaufende Knick ließen mich schlussfolgern, dass sie einmal in der Mitte gefaltet worden waren. Von anderen Seiten waren lediglich ein paar schwarz verkohlte, knapp handtellergroße Fetzen übrig, bei denen man nur noch erahnen konnte, dass es sich einmal um Papier gehandelt hatte. Während die Vorderseiten der Blätter augenscheinlich maschinell beschrieben worden waren, fand ich bei dreien auf der Rückseite handschriftliche Zeilen. Die Handschrift zu entziffern, erwies sich als unmöglich; zum einen hatte der Verfasser eine so fürchterliche Sauklaue, dass ich ihm eine Karriere als Arzt ans Herz gelegt hätte, zum anderen handelte es sich bei der Schriftsprache offenkundig nicht um Gamarisch. Ich mutmaßte, dass es Karisch war, konnte das aber nicht mit endgültiger Sicherheit sagen. Das Schriftbild ließ mich aber vermuten, dass der Verfasser die Rückseite der Lieferpapiere als Briefpapier genutzt hatte, was zumindest erklärte, warum er die Dokumente beim Angriff auf das Lager der AWR bei sich getragen hatte.

Ich notierte all meine Beobachtungen und Vermutungen auf meinem Notizblock und machte mich dann daran, jedes Stück Papier, auf dem noch Schrift zu erkennen war, von der Vorder- und (sofern sie beschrieben war) Rückseite abzufotografieren.

Dann goss ich mir ein Glas Whisky ein, um über mein weiteres Vorgehen nachzusinnen.

Die handschriftlichen Zeilen beschloss ich, vorerst außen vor zu lassen; um diese zu entziffern, würde ich vermutlich jemanden zu Rate ziehen müssen, der des Karischen mächtig war und noch dazu gut darin, Handschriften zu lesen. Außerdem bestand die Möglichkeit, dass sich aus dem Inhalt des mutmaßlichen Briefes keinerlei Rückschlüsse auf die Herkunft der Waffen ziehen ließen. Blieb also die eigentliche Lieferliste. Diese bestand allerdings in den noch lesbaren Teilen der Blätter lediglich aus einer Auflistung unterschiedlicher Waffen und Munition, von der ich nur die Hälfte verstand – und die sich Sid sicherlich schon genau angeschaut hatte.

Ich schien in einer Sackgasse zu stecken.

Nachdenklich schwenkte ich das Glas in meiner Hand und starrte auf die bernsteinfarben schimmernde Flüssigkeit.

Ein Klopfen an der Tür riss mich aus meinen Grübeleien und ließ mich zusammenzucken. Was hatte ich jetzt wieder angestellt?

Unwillig stellte ich mein Glas ab und ging hinüber zu meiner Zimmertür, während ich mir das Hirn zermarterte, was die gute Frau Blaschnitz wohl diesmal auf den Plan gerufen hatte.

Als ich die Tür öffnete, schaute ich allerdings nicht wie erwartet in das wütende Gesicht meiner Vermieterin, sondern hinunter auf einen zehnjährigen, pausbäckigen Jungen mit rotblonden Locken und Sommersprossen im Gesicht.

»Emil!« Erstaunt zog ich die Tür weiter auf. »Ich wusste gar nicht, dass du da bist. Es sind doch noch gar keine Schulferien?«

Emil ist der Enkel von Frau Blaschnitz und was mir an Sympathien für seine Großmutter fehlt, habe ich für ihn im doppelten Maße übrig. Es mag daran liegen, dass ich in ihm ein wenig den kleinen, pummeligen Jungen sehe, der ich selbst in seinem Alter war, jedenfalls habe ich den Knirps seit unserer ersten Begegnung ins Herz geschlossen. Für gewöhnlich verbringt er die Ferien bei seiner Großmutter, da seine Mutter ihn alleine großzieht und zwei Jobs hat, aber wenn ich mich nicht vollkommen im Datum irrte, waren es bis zu den nächsten Schulferien noch ein paar Wochen.

Emil nahm kurz den Lolli aus dem Mund.

»Mama kriegt den Blinddarm raus«, erklärte er. »Bis sie wieder zuhause ist, bleib ich bei Oma.« Er reckte den Kopf und spähte an mir vorbei ins Zimmer. Ich schmunzelte; ich wusste, dass er nach Garf Ausschau hielt.

»Komm rein«, forderte ich ihn auf.

Zufrieden stopfte Emil sich den Lolli wieder in den Mund und schlüpfte an mir vorbei ins Zimmer. Während ich die Tür wieder schloss, war er schon schnurstracks hinüber zum Sofa marschiert.

»Garfilein«, sagte er dabei mit sanftem Singsang in der Stimme. »Garfilein, schau mal, ich bin‘s.«

Garf öffnete träge eines seiner gelben Augen. Als er Emil erblickte, der sich mit dem Gesicht zu ihm aufs Sofa gekniet hatte, gähnte er ausgiebig, streckte seine Glieder und rollte sich dann wie ein verspieltes kleines Kätzchen auf den Rücken. Dabei rieb er seinen Kopf an Emils Schulter.

»Er freut sich, mich zu sehen.« Emil strahlte mich aus seinem sommersprossigen Gesicht an, während er meinen Kater ausgiebig kraulte, was diesem ein wohliges, tiefes Schnurren entlockte.

»Klar, du verwöhnst ihn ja auch immer«, erwiderte ich grinsend. Dann ließ ich mich wieder auf meinem Schreibtischstuhl nieder. Das Whiskyglas schob ich unauffällig hinter die Schreibmaschine.

Emils Augen blieben neugierig an den halb verkohlten Papieren auf meinem Schreibtisch hängen.

»Arbeitest du an einer Story?«, fragte er und nahm vor Aufregung erneut den Lolli aus dem Mund.

Ich brummte zustimmend.

»Ziemlich knifflig diesmal«, erzählte ich. »Die einzige Spur, die ich habe, sind ein paar halb verbrannte Lieferpapiere.«

»Was denn für Lieferpapiere?«

Ich zögerte kurz. Ich bin kein Pädagoge und habe selbst keine Kinder – mein Wissen darüber, welche Themen für welches Alter angemessen sind und welche nicht, ist also mehr als dürftig. Dann kam ich zu dem Schluss, dass ein zehnjähriger Junge vermutlich zumindest über die Existenz von Granaten, Maschinengewehren und anderem Kriegsgerät Bescheid wusste.

»So genau weiß ich das auch nicht«, erwiderte ich. »Zumindest nicht, von wem die Papiere kommen. Aber es stehen auf jeden Fall Waffen und Munition drauf.«

Emil machte große Augen.

»Und jemand hat sie verbrannt, damit du nicht weißt, von wem die Waffen kommen?«, fragte er.

»So ungefähr«, erwiderte ich – die genauen Umstände der Brandschäden waren nun wirklich nicht für zehnjährige Ohren geeignet, das war mir selbst ohne jegliche pädagogische Expertise klar.

»Hm.« Emil steckte den Lolli zurück in den Mund und widmete sich hingebungsvoll wieder Garfs pelzigem Bauch. »Und was willst du jetzt machen?«

»Tja, wenn ich das wüsste«, seufzte ich und lehnte mich in meinem Stuhl zurück, was ihm ein lautes Knarzen entlockte. Ich wedelte mit der Hand über die schwarzen Papierfetzen auf meinem Schreibtisch. »Vielleicht stand auf den verkohlten Blättern mal etwas, das mir hätte weiterhelfen können, aber die sind komplett unleserlich.«

Ich stockte. Mit einem Mal war eine Erinnerung in meinen Gedanken aufgeploppt, so plötzlich und unvermittelt, wie es eben nur fast vergessene Erinnerungen können.

Ruckartig erhob ich mich und eilte hinüber zu der kleinen Kommode neben der Tür.

»Was ist los?«, nuschelte Emil um seinen Lolli herum. »Hast du etwas herausgefunden?«

»Noch nicht«, erwiderte ich, während ich im Inneren der Kommode herumkramte. »Aber mir ist etwas eingefallen.«

»Was denn?«, bohrte Emil nach.

Ich antwortete nicht sofort; ich hatte gefunden, wonach ich gesucht hatte.

Wie bereits erwähnt hatte ich einmal die leidvolle Erfahrung machen müssen, wie es war, eine Woche lang vom Syranidnetz getrennt zu sein; während dieser äußerst ärgerlichen sieben Tage hatte mir eine alte Petroleumlampe gute Dienste geleistet.

Ich stellte die Lampe auf dem kleinen Nierentisch ab und kramte die Schachtel mit den Zündhölzern hervor.

»Ich hab‘ das mal in einem Krimi gelesen«, erklärte ich Emil, während ich den Docht der Lampe entzündete. »Keine Ahnung, ob das tatsächlich funktioniert, aber einen Versuch ist es wert, denke ich.«

Der Docht brannte und ich blies das Zündholz aus.

»Nicht anfassen«, wies ich Emil an und ließ den Glaszylinder der Lampe wieder an seinen Platz gleiten. »Die wird heiß.« Was genau das war, was ich brauchte.

Emil packte Garf um seine dicke Mitte und ließ sich mit ihm auf dem Schoß aufs Sofa plumpsen. Die Tatsache, dass Garf nicht einmal kurz sein Schnurren unterbrach, zeigte mir, wie sehr er den Jungen mochte.

Ich ging hinüber zum Schreibtisch und griff nach der Pinzette. Vorsichtig, um ihn nicht zu beschädigen, nahm ich einen der schwarz verkohlten Papierfetzen, bei dem nicht einmal mehr ersichtlich war, wo oben und wo unten war, und trug ihn hinüber zum Nierentisch. Dann legte ich das Papier auf dem metallenen oberen Teil der Petroleumlampe ab.

»Und jetzt?«, wollte Emil wissen.

»Jetzt warten wir«, erwiderte ich und ließ mich in meinen Sessel sinken. »Und dann finden wir heraus, ob Lesen tatsächlich bildet.«

Wir müssen schon ein recht seltsames Bild abgegeben haben, wie wir dort zu zweit um den Nierentisch herum saßen und wie gebannt auf ein Stückchen verkohltes Papier starrten, das auf einer Petroleumlampe lag, während das einzige vernehmbare Geräusch Garfs kontinuierliches Schnurren war.

Eine Zeitlang schien es, als geschehe nichts, und ich war schon geneigt, die Passage aus dem Krimi, die mir so urplötzlich ins Gedächtnis gekommen war, als lediglich der blühenden Fantasie der Autorin entsprungen abzutun, als –

»Sieh nur!«, rief Emil aufgeregt und deutete auf das verkohlte Papier. Fasziniert starrte ich darauf und es war mir, als klängen in meinem Hinterkopf die Zeilen, die ich vor so vielen Jahren gelesen hatte. *Wörter aus Feuer.*

Nun, streng genommen waren es keine Wörter, die auf dem schwarzen Papier aufleuchteten, sondern Buchstaben. Oder eher, ein Buchstabe.

»Ein M«, stellte Emil fest und nahm den Lolli aus dem Mund. Seine Augen huschten zwischen mir und dem Fetzen Papier hin und her, der nun langsam Feuer fing und zu verglühen begann.

Rasch sprang ich auf und schnappte mir meinen Notizblock vom Schreibtisch.

»Nicht bloß ein M«, erwiderte ich und beeilte mich, zu skizzieren, was die Hitze der Petroleumlampe enthüllt hatte. »Dahinter ist ein senkrechter Balken oder Strich. Das sieht aus wie ... ein Emblem. Oder ein Logo.«

»Und was bedeutet das?«, fragte Emil neugierig.

Ich blickte einen Augenblick nachdenklich auf meine Skizze hinunter. Irgendwie kam mir das Emblem vage bekannt vor, doch ich konnte beim besten Willen nicht sagen, woher. Mit einem Seufzer legte ich den Block zur Seite.

»Ich habe nicht die geringste Ahnung, Emil.«

»Ein M mit einem senkrechten Balken darunter?«

»Ja, direkt in der Mitte, hinter dem Buchstaben. Sagt dir das irgendwas?«

Sid schwieg für einen Moment am anderen Ende der Telefonleitung.

»So auf Anhieb nicht, nein«, antwortete sie schließlich. »Ich müsste es vermutlich sehen.«

»Ich hab's abgezeichnet«, erklärte ich. »Wenn du morgen Zeit hast, kann ich's dir zeigen.«

»Das lässt sich bestimmt einrichten«, versprach Sid.

»Gut.« Ich runzelte leicht die Stirn. »Das seltsame ist ... ich habe das Gefühl, ich kenne das Symbol irgendwo her. Ich bekomme es bloß nicht eingeordnet.«

»Vielleicht schaffen wir das ja morgen gemeinsam.«

»Hoffen wir's. Eine andere Spur habe ich nämlich derzeit nicht.«

Ich legte den Telefonhörer auf die Gabel und wandte mich um. Nachdem Emil zum Abendessen nach unten gerufen worden war, hatte ich sofort Sid angerufen und ihr von meiner Entdeckung berichtet. Nun zog der köstliche Duft des Blaschnitzschen Abendessens durchs Treppenhaus und unter der Tür hindurch in mein Zimmer, was mein doch recht leerer Magen mit einem bemitleidenswerten Gluckern und Knurren kommentierte. Natürlich hatte Sid Recht – es war am sinnvollsten, wenn wir uns morgen gemeinsam den Kopf darüber zerbrachen, was die Bedeutung des Emblems war, das mein Krimi-Experiment zutage gefördert hatte. Aber irgendwie ließ mir die Sache keine Ruhe.

Ich ging langsam hinüber zum Schreibtisch und griff nach meinem Whiskyglas, das noch immer hinter der Schreibmaschine stand. Dann ließ ich mich mit einem Seufzer in den alten, ausgesessenen Sessel sinken. Aus dem Plattenspieler in der Ecke trällerte Corsina Carpati mit ihrer unvergleichlichen Stimme; ich hatte die Musik auf Zimmerlautstärke herunter gedreht, um einer Konfrontation mit meiner Zimmerwirtin vorzubeugen, die vermutlich ohnehin schon ungehalten genug darüber war, dass ihr Enkel wieder meinem ungebührlichen Einfluss ausgesetzt gewesen war. Garf, der Emils Aufmerksamkeit augenscheinlich schon wieder schmerzlich vermisste, bemühte sich von seinem Lieblingsplatz auf der Fensterbank weg, um sich auf meinem Schoß breitzumachen und sich seine allabendliche Dosis Streicheleinheiten abzuholen. Während ich das Glas in meiner Hand nachdenklich hin und her schwenkte, sann ich über das große M nach, das die Hitze der Petroleumlampe zum Vorschein gebracht hatte.

Nach wie vor wurde ich das Gefühl nicht los, das Emblem schon einmal gesehen zu haben.

Ich nahm die Hand aus Garfs gelbem Fell und griff nach meinem Notizblock; vielleicht war es nicht verkehrt, die altbewährte Methode des kreativen Kritzelns anzuwenden, um meine Gedanken besser sortieren zu können.

»Kari« schrieb ich auf das Blatt und dann malte ich einen Haufen bösartig aussehender Kriegsgeräte. Ich fügte auch eine Karikatur von Sid hinzu, die von grimmig guckenden Iasham umringt war. »Splittergranaten« kritzelte ich weiter unten auf das Blatt und unterstrich das Wort dreimal, ehe ich eine explodierende Granate daneben malte, die eine Unmenge an kleinen, scharfen Splittern in alle Richtungen verteilte. Unter dem Begriff Batteriemörser konnte ich mir nicht wirklich etwas vorstellen, also beließ ich es hier bei dem bloßen Wort und verzichtete auf eine passende Illustration. Dann fügte ich noch den Schriftzug AWR hinzu, umringt von einer Horde Soldaten. Und schließlich malte ich einen nachdenklichen Kreis rund um das große M mit dem senkrechten Balken dahinter, das ich vorhin ganz oben auf die Seite gezeichnet hatte.

Ich nahm den Stift zwischen die Zähne und kaute darauf herum. Die Beschäftigung für meinen Kiefer verleitete meinen Verdauungstrakt zu der irrigen Annahme, er würde endlich etwas zu tun bekommen, und Garf schreckte irritiert zusammen, als mein Magen erneut ein bedrohliches Gurgeln vernehmen ließ.

Vielleicht sollte ich es für heute einfach gut sein lassen und mich stattdessen darum kümmern, mir etwas Essbares zu besorgen.

Mit einem Seufzer packte ich meinen dicken Kater um seine Mitte und hievte ihn von meinem Schoß herunter.

»Weg mit dir, Dicker«, murmelte ich ihm zu und verfrachtete ihn auf den Boden, ohne auf sein laut protestierendes Raunzen einzugehen.

Nach einem kurzen Blick auf die eher bescheidenen Füllstände von Eisschrank und Vorratsschrank beschloss ich kurzerhand, heute auswärts zu essen – was in meiner derzeitigen finanziellen Lage bedeutete, dass ich mir ein paar labberige Bratkartoffeln gefolgt vom einen oder anderen Glas Bier gegenüber in *Rosalies Imbiss* genehmigen würde.

Ich griff mir Hut und Mantel, kraulte Garf noch ein letztes Mal am Kopf und verließ mein Zimmer.

Es blieb nicht bei einem Bier und auch nicht bei zwei, und wenn ich ehrlich war, blieb es das bei Rosalie nie. Ob es an Rosalie selbst und ihrer einnehmenden Art lag oder der höchst eigenwilligen Sammlung an kuriosen Gestalten geschuldet war, die von diesem Etablissement regelmäßig angezogen wurden wie Motten von einer Straßenlaterne, jedenfalls kann ich mich nicht entsinnen, dass ich den kleinen Imbiss jemals nüchtern verließ.

So war ich auch diesmal nicht mehr ganz so sicher auf den Beinen, wie es eigentlich wünschenswert gewesen wäre, als ich zu später Stunde den kurzen aber treppenreichen Heimweg antrat. Ich schaffte es mit einiger Anstrengung, die Haustür zu öffnen und die Treppen hinauf unters Dach zu erklimmen, ohne meine Vermieterin, ihren Köter oder Emil zu wecken, und war mächtig stolz auf mich selbst, als ich endlich die Tür zu meinem Zimmer aufschloss. Leicht schwankend tappte ich schließlich in die Dunkelheit hinter der Türschwelle – und stieß geräuschvoll und schmerzhaft mit meinem Sofatisch zusammen.

Falls der daraus resultierende Lärm noch nicht ausgereicht hatte, Frau Blaschnitz aus ihrem vergeblichen Schönheitsschlaf zu reißen, so tat mein darauffolgendes lautstarkes Fluchen sicherlich das Übrige. Während ich mir noch, einen Haufen unschöner Wörter auf den Lippen, das Schienbein hielt, hörte ich, wie ein Stockwerk tiefer altbekanntes, schrilles Gekläffe ertönte. Hastig schloss ich meine Zimmertür und verhielt mich mucksmäuschenstill. Wenn ich Glück hatte, schob Frau Blaschnitz die nächtliche Lärmbelästigung durch ihren pelzigen Liebling auf ein paar Mäuse in den Wänden oder Trunkenbolde auf der Straße – Hauptsache nicht auf mich.

Ich verharrte einige Minuten regungslos hinter der Tür. Das Kläffen verstummte schließlich und ich meinte, die Stimme meiner Vermieterin zu hören, konnte aber nicht einmal ansatzweise verstehen, was sie sagte.

Dann kehrte wieder Stille ein.

Ich wartete noch einige Augenblicke, nur um sicher zu sein. Erst dann schaltete ich das Deckenlicht ein.

Als das bläuliche Licht so plötzlich das Zimmer durchflutete, blinzelte ich schmerzhaft. Mein unsanfter Zusammenstoß mit dem Nierentisch hatte nicht nur mein Schienbein in Mitleidenschaft gezogen, was – da war ich mir sicher – einen ordentlichen blauen Fleck nach sich ziehen würde, sondern auch das Chaos auf dem Tisch zum Teil zu Boden befördert. Das leere Whiskyglas hatte zu meinem Glück weit genug in der Mitte des Tisches gestanden, sodass es nur gefährlich nah an die Kante gerutscht, aber nicht herunter gefallen war. Dafür hatten sich die Zeitung vom Vortag, mein Notizblock, die Quittung von der Wäscherei und die Dose mit den Pfefferminzbonbons auf dem Boden verteilt.

Ich seufzte verdrießlich und machte mich mit noch immer schmerzendem Schienbein daran, die Sachen zurück auf den Tisch zu räumen. Vielleicht, so dachte ich bei mir, sollte ich den Abend einfach mit einem guten Whisky ausklingen lassen. Ich beschloss, dass es dafür nicht lohnte, ein sauberes Glas zu nehmen, und goss mir stattdessen aus der angebrochenen Flasche in mein benutztes Glas vom Nachmittag ein.

Gerade hatte ich mich in den Sessel fallen lassen und griff nach dem vollen Whiskyglas, um einen großen Schluck zu nehmen, als mein Blick den Notizblock streifte, den ich eben achtlos auf der Tischplatte abgelegt hatte, und mein Arm hielt mitten in der Bewegung inne.

Der Block lag verkehrt herum auf dem Tisch, sodass meine kruden Kritzeleien für mich nun auf dem Kopf standen. Die Splittergranate sah aus wie eine Wolke, aus der Schneeflocken rieselten, Sid und die finster dreinblickenden Iasham hingen kopfüber von der Decke und das große M mit dem Balken dahinter – tja, das war auf einmal kein M mehr, sondern ein W.

In diesem Moment fiel es mir wie Schuppen von den Augen.

Der senkrechte Balken hinter dem vermeintlichen M war überhaupt kein Balken, sondern ein T ohne Querstrich *(dieser war wohl gemeinsam mit dem Rest des Papiers in Flammen aufgegangen)*, und somit handelte es sich bei dem Emblem, das mir so bekannt vorgekommen war, um ein W vor einem T.

Das Firmenlogo von Thertes Waffensysteme.

Einige Sekunden war ich so überrascht von meiner plötzlichen Erkenntnis, dass ich nicht imstande war, irgendetwas zu tun. Dann versuchte ich, mir die feurig glühenden Linien auf dem schwarzen Papier ins Gedächtnis zu rufen. Nein, es bestand gar kein Zweifel. Sechs Jahre lang war ich während meines Studiums in Drakenfurth jeden Tag mit der Tram an dem Gebäudekomplex vorbei gekommen, der den Hauptsitz des größten gamarischen Waffenkonzerns beherbergte.

Ein breites, zufriedenes Grinsen schlich sich auf mein Gesicht. Dann rappelte ich mich auf und schwankte hinüber zum Telefon. Rasch wählte ich eine Nummer und wartete ungeduldig, während es in der Leitung gleichmäßig tutete.

Endlich wurde am anderen Ende der Hörer abgenommen.

»Birschler?«, meldete sich eine vertraute Stimme.

»Was pasiert, wenn man 'n M auf'n Kopf stellt?«, fragte ich ohne Begrüßung und mit schwerer Zunge.

»Lemmy?«, tönte Sids Stimme aus dem Telefon; sie schien verwirrt. »Weißt du, wie spät es ist?«

Wusste ich nicht.

Ich warf einen kurzen Blick auf die Uhr an der Wand und stellte fest, dass es beinahe Mitternacht war.

»Kurz vor ssswölf«, erwiderte ich. »Warum? Hassu keine Uhr?« Ich konnte mir ein Glucksen nicht verkneifen.

Am anderen Ende der Leitung hörte ich Sid seufzen.

»Du bist betrunken«, stellte sie fest. »Also, was gibt es?«

»Was pasiert, wenn man n M aufn Kopp stellt?«, wiederholte ich.

»Ich verstehe nicht ganz, worauf du hinaus willst …«

»Machs doch einfach mal. Stells dir vor. Ein M. Und dann drehst dus um hunnert-achzich Grad. Was kommt dabei raus?«

»Ein umgedrehtes M?«

»Fast.«

»Lemmy, komm schon, was -«

»Das is doch nich so schwer! Denk doch ma nach! Was fürn Buchstabe sieht aus wien aufm Kopf stehendes M?«

Kurze Stille. Dann -

»Ein W.«

»Röööschtööösch!«

»Ich weiß immer noch nicht, was du eigentlich meinst.«

Ich kämpfte kurz gegen einen aufkeimenden Schluckauf an und konzentrierte mich dann darauf, meiner offensichtlich begriffsstutzigen Schwägerin die Sachlage zu erklären.

»Sid.« Ich sprach betont langsam. »Ein W. Das is kein M mit Strich auf dem verbrannten Papier. Das steht aufm Kopp. Das issn W. Und darunter issn T. Nur der eine Strich is abge...fagglt.«

»Ein W mit einem T, schön. Und weiter?«

Ich stöhnte auf.

»Möööönsch, Sid, bloß weils spät am Abend is, mussu doch den Kopp nich ausschalten! Das is das Logo von Thertes Waffensysteme!«

Stille, diesmal für mehrere Augenblicke. Ich konnte fast hören, wie die Erkenntnis langsam durchsickerte. Ein leiser Hickser entwich meinen Lippen. Schließlich sog Sid hörbar die Luft ein und stieß sie mit einem Laut des ungläubigen Erstaunens wieder aus.

»Thertes!«, wiederholte sie. »Das ist …«

»… 'ne gans, gans groooße Sache«, fiel ich ihr ins Wort und hickste erneut leise. »Wenn die den Iasham Waffen verkaufen, dann … dann wird das die Story des Jahrhunnerts! Denen werd ich sowas von den A…«

»Ich würde lieber keine voreiligen Schlüsse ziehen«, dämpfte Sid meinen Eifer. »Gerade bei so einem riesigen Konzern solltest du dir deiner Sache absolut sicher sein und hieb- und stichfeste Beweise haben, ehe du da irgendetwas schreibst.«

»Sid, ich bin kein Anfänger«, erwiderte ich mit leichter Herablassung. »Ich mach den Job -hicks!- schon n paar Jahre.«

»Ja, und bist schon ein paar Mal ziemlich auf die Schnauze gefallen«, erwiderte Sid mit unüberhörbarer Sorge in der Stimme.

»Hey, du wollt… wolltest doch, dass ich der Sache nachgeh! Aber mach dir mal keine Sorgen, ich werd schon nix überstürzen …«

Erste Ermittlungen

Wo beginnt ein Enthüllungsjournalist seine Recherchen, wenn er mehr über eine suspekte, aber äußerst große und äußerst einflussreiche Firma erfahren will? Richtig: im Archiv seines Arbeitgebers.

Ich hatte mich einige Tage nicht mehr in der Redaktion blicken lassen und das aus gutem Grund. Es war schon wieder eine ganze Weile her, dass ich zuletzt einen brauchbaren Artikel abgeliefert hatte, worüber meine Chefin alles andere als erfreut war. Solange man das Problem nicht sieht, ist es nicht vorhanden, pflegte ein Freund von mir einst zu sagen, und getreu diesem Motto hatte ich das Redaktionsgebäude gemieden wie die Katze das Wasser. Nun allerdings sah ich mich mit einer Situation konfrontiert, in der ich ohne fremde Hilfe nicht weiter kam.

Ich biss also in den sauren Apfel und machte mich am nächsten Tag leicht verkatert auf den Weg zum Hornstädter Boten.

Das Redaktionsgebäude ist ein altehrwürdiger, dreigeschossiger Bau in der Innenstadt, direkt am Ufer des Hornbachs. Die Fassade ist mit protzigen Steinmetzarbeiten verziert und die bleiverglasten Doppelfenster erreichen gut und gerne eine Mannslänge. Die hohe Eingangstür, die sechs Treppenstufen tief im Gebäude liegt, ist mit eisernen Ornamenten beschlagen, und es hallt jedes Mal durchs ganze Treppenhaus, wenn sie ins Schloss fällt.

Das Erdgeschoss des Gebäudes besteht aus zwei Mietwohnungen; in der einen lebt eine exzentrische Künstlerin, in der anderen ein pensionierter General und ehemaliger Kämpfer der Volksunion. Im ersten Stock sind die Redaktionsräume angesiedelt und darüber, im Dachgeschoss, liegt das Archiv, das an diesem Morgen mein eigentliches Ziel darstellte.

Allerdings musste ich, wenn ich dorthin wollte, zunächst eines der Antragskärtchen ausfüllen, und die gab es nur bei unserer Empfangsdame.

Vor der Tür zu den Redaktionsräumen hielt ich kurz inne und atmete tief durch. Jetzt galt es. Ich versuchte, eine selbstbewusste Miene aufzusetzen, drückte die Klinke herunter und trat ein.

Obwohl ich lange nicht hier gewesen war, hatte sich nichts geändert. Rechter Hand der kleine Empfangstresen, hinter dem Fräulein Rothschedt mit ihren Argusaugen jeden Besucher musterte, dann der lange Flur, der frontal auf das Büro meiner Chefin zuführte. Auf beiden Seiten waren die Wände des Flures von Glasscheiben durchbrochen; links die mannshohen Fenster, die auf die Straße hinaus gingen, rechts die einfachen Scheiben, durch die man das Großraumbüro hätte sehen können, wären sie nicht von innen durch Jalousien verdeckt gewesen. Auch die Tür, die ins Büro meiner Chefin führte, hatte eine große Glasscheibe, die mit einer Jalousie verhangen war, und ich hoffte inständig, dass meine Anwesenheit dadurch unbemerkt bleiben würde.

»Dass Sie sich hier auch mal wieder blicken lassen.« Fräulein Rothschedt bedachte mich mit einem missbilligenden Blick. Ich machte mir nicht die Mühe, ihr nicht vorhandenes Lächeln zu erwidern, sondern nahm den Hut ab und kam gleich zur Sache.

»Ich brauche ein paar Sachen aus dem Archiv.«

Einige Sekunden starrte sie mich feindselig an, dann schob sie mir ein kleines Pappkärtchen und einen Stift zu.

»Ausgefüllt und unterschrieben an mich zurück.« Ich notierte mein Anliegen, setzte Zeitpunkt und Unterschrift darunter und schob ihr die Karte zurück. Sie musterte sie argwöhnisch, ließ dann aber doch den großen Stempel darauf nieder sausen.

Ich schnappte mir das Kärtchen und wähnte mich schon in Sicherheit, als –

»Lokowitsch!«, ertönte eine tiefe, herrische Stimme vom Ende des Flurs. »In mein Büro! Sofort!«

Verdammt, konnte die Frau mich riechen, oder was? Ich kniff die Augen zusammen und schnitt eine Grimasse. Dann ließ ich die Hand sinken und wandte mich um.

Porritzsch ließ sich langsam in ihren Sessel zurücksinken und griff nach dem Cigarrenstummel.

»Raus mit Ihnen«, knurrte sie. »Und an die Arbeit!«

Das ließ ich mir nicht zweimal sagen. Hastig erhob ich mich und floh regelrecht aus dem Zimmer. Das Antragskärtchen für das Archiv noch immer in der Hand, lehnte ich mich draußen auf dem Flur erstmal an die Wand und tastete fahrig nach meinem Flachmann, um mir einen ordentlichen Schluck zu genehmigen. Einen Zwimond ... Ich tat wirklich gut daran, mich schleunigst an die Arbeit zu machen!

Ohne mich noch einmal umzudrehen, eilte ich aus der Redaktion und hinauf ins Archiv.

Staubige, trockene Luft empfing mich und ich unterdrückte wie immer ein Husten. Leise schloss ich die Tür hinter mir.

Das Archiv ist eine kuriose kleine Welt für sich. Dutzende von Regalen, vollgestopft mit Ordnern und Kartons, durchziehen das Dachgeschoss wie eine winzige Speicherstadt. Jeder noch so winzige Winkel wird von ihnen ausgefüllt, sie quetschen sich unter die Dachschrägen und bilden so ein enges, unüberschaubares Labyrinth aus Holz und Papier. Die Fenster in den wenigen Dachgauben sind zum Schutz gegen die Sonne mit braunem Packpapier beklebt und lassen die schmalen Gassen zwischen den Regalen in dämmrigem Zwielicht zurück. Nur hier und da ist das Papier ein wenig eingerissen und ein einzelner, scharfer Lichtstrahl kämpft sich seinen Weg durch die stumpfe Luft auf den unebenen Holzboden, während tausende Staubpartikel in seinem Schein funkeln und glitzern.

Von diesem dichten Geflecht aus Regalen sieht man aber zunächst recht wenig, denn natürlich gibt es noch eine erhebliche Hürde für jeden, der diese Fundgrube gesammelter journalistischer Werke betreten will.

Hat man die Türschwelle überschritten, kann man einen, vielleicht zwei Schritte nach vorne gehen, dann stößt man unweigerlich gegen einen schlichten, etwas schäbig wirkenden Tisch, auf dem eine altmodische Petroleumlampe, eine mehrschichtige Aktenablage, ein dickes, aufgeschlagenes Buch mit vollgekritzelten Zeilen und die verblichene

Sepiafotografie einer streng aussehenden älteren Dame um die Vorherrschaft kämpfen.

Hinter diesem Tisch, auf einem äußerst instabil wirkenden Stuhl, erwartet den seltenen Besucher ein schmalschultriger Mann mit zerzaustem grauem Haupthaar, einem ebenso grauen Vollbart und einer Lesebrille, die er bis auf die bleiche Nasenspitze vorgeschoben hat. Er trägt stets ein weißes Hemd und dazu einen Pullunder, der von Mal zu Mal zwischen verschiedenen Brauntönen variiert. Welche Art Hosen er trägt – ob er überhaupt Hosen trägt, aber davon möchte ich in diesem Fall einfach einmal ausgehen – ist nicht zu sagen, da ihn wohl noch niemand in einer anderen Situation als hinter dem Schreibtisch sitzend erblickt hat.

Dieser Mann ist Stoffel Marieke Herfst, der Archivar des Hornstädter Boten. Wie der Name bereits vermuten lässt, kommt Stoffel aus Flaatlend, was man ihm auch durch eine deutliche Färbung in der Stimme anmerkt.

Stoffel ist ein Fall für sich. Ich vermute, es bleibt nicht aus, dass man etwas wunderlich wird, wenn man sein ganzes Leben in einem staubigen, engen Archiv verbringt, und Stoffel hat diesen Posten schon einige Jahrzehnte inne.

Als ich also an diesem Vormittag durch die schmale Tür das Archiv betrat, saß Stoffel wie gewohnt an seinem Schreibtisch und studierte gerade durch die Gläser seiner Lesebrille das dicke Buch mit den dicht beschriebenen Zeilen. Er sah nicht auf, als ich eintrat; dennoch hatte er mich bemerkt und wohl auch erkannt.

»Ach ja, jaja …«, murmelte er. »Jaaah, der gute Herr Lokowitsch … Was der wohl heute wieder von uns will, hm?«

»Hallo Stoffel«, begrüßte ich ihn, ungeachtet der Tatsache, dass er mich noch immer keines Blickes gewürdigt hatte, und schob ihm das Pappkärtchen zu. »Ich brauche ein paar Artikel über eine ganz bestimmte Firma.«

»Sooo, er braucht also wieder einmal etwas …«, murmelte Stoffel, warf über den Rand seiner Brille hinweg einen langen Blick auf das

Antragskärtchen und kritzelte dann etwas in das Buch. »Keine einzelne Ausgabe diesmal, hm? Nein, gleich mehrere Artikel sollen es sein … Was das wohl für eine Firma ist, die er sucht?«

»Es geht um Thertes Waffensysteme«, präzisierte ich auf seine indirekte Frage hin.

Stoffel hob kurz eine Augenbraue und legte den Stift sorgsam in den Knick zwischen den beiden Buchseiten.

»Hast du das gehört?«, meinte er dann. »Thertes Waffensysteme sucht er, der gute Herr Lokowitsch … Interessant, interessant … Da wird er wohl hinüber zum Register gehen und dort nach seinem Stichwort schauen müssen …«

»Danke«, erwiderte ich und drückte mich rechts an seinem Schreibtisch vorbei in einen der schmalen Gänge zwischen den Regalen hinein. Im Fortgehen hörte ich noch, wie Stoffel hinter mir etwas murmelte, das nach »Aber höflich ist er immer, der Herr Lokowitsch, das muss man ihm lassen« klang, dann verschluckte mich der Wald aus Regalen mit seinem sanften Dämmerlicht.

Das Register, von dem Stoffel gesprochen hatte, ist ein gigantischer alter Holzschrank am Ende eines der unzähligen Gänge, in dem Schublade für Schublade festgehalten ist, in welcher Ausgabe des Hornstädter Boten welche Artikel zu finden sind. Diese monströse Sammlung an Karteikarten ist die zweite Hürde, die man nehmen muss, wenn man nach einem Thema sucht, und nicht einfach nur eine bestimmte Ausgabe der Zeitung haben möchte.

Wenige Augenblicke später stand ich vor dem gewaltigen Monstrum mit seinen einhundert Schubladen. Mein Blick sprang über die kleinen Messingschilder zur Beschriftung und blieb bei »Tel-Tok« hängen. Ich zog die Schublade auf.

Eine Armee aus Karteikarten grinste mir entgegen und ich begann zu blättern. Es war teils schwierig, die über die Jahre verblichene Tinte auf den gelblichen Karten zu entziffern, doch schließlich fand ich zu meiner großen Zufriedenheit tatsächlich eine, auf der in Stoffels ordentlicher Handschrift »Thertes Waffensysteme« zu lesen war.

Ich zog die Karte heraus und überflog kurz die Daten, die darunter aufgelistet waren. Über zwei Dutzend Artikel waren in den letzten zehn Jahren über den Waffenkonzern erschienen. Ich würde einiges zu lesen haben. Rasch zückte ich meinen Notizblock und schrieb mir die Daten der jeweiligen Ausgaben heraus. Dann machte ich mich auf den Weg ins Labyrinth.

Es dauerte eine ganze Weile, bis ich alle Ausgaben zusammengetragen hatte. Sie waren kreuz und quer im gesamten Archiv verstreut und oftmals musste ich abgegriffene, alte Ordner durchblättern oder in braunen Kartons wühlen, ehe ich die richtige Zeitung fand. Mit einem ansehnlichen Stapel Papier auf dem Arm machte ich mich auf den Weg durch die staubigen Regalgänge zurück zu Stoffel.

»Die hier würde ich gerne mit nach unten nehmen«, erklärte ich ihm und legte den Stapel Zeitungen auf seinem Schreibtisch ab.

Stoffel spitzte die Lippen.

»Da hat er ja ordentlich zugeschlagen, der gute Herr Lokowitsch, was? Na, dann wollen wir doch mal sehen …«

Und er begann gewissenhaft jede einzelne der Ausgaben in sein dickes Buch einzutragen. Dann schrieb er Datum und Uhrzeit dahinter und schob mir das Buch wortlos zum Unterschreiben hin. Mit dem nun zweifach gestempelten Antragskärtchen in der einen und dem Zeitungsstapel in der anderen Hand trat ich kurz darauf zurück ins Treppenhaus.

»Und schon ist er wieder weg, der Herr Lokowitsch. Vielbeschäftigter Mann, weißt du?«, hörte ich ihn noch in seinen Bart murmeln, dann fiel die Tür hinter mir ins Schloss. Ich ging die Stufen hinunter in den ersten Stock und öffnete zum zweiten Mal an diesem Tag die Tür der Redaktion. Das Pappkärtchen legte ich wortlos vor Fräulein Rothschedt auf dem Tresen ab und steuerte dann die Tür auf der rechten Seite des Flures an.

Das Großraumbüro, in dem mein schändlich vernachlässigter Schreibtisch steht, teile ich mir mit sieben weiteren Kolleginnen und Kollegen. Zwei mal vier Schreibtische hintereinander, jeder bestückt mit derselben Grundausstattung: Eine alte Syranidlampe, eine

Schreibmaschine, ein kleines Schränkchen mit sechs Schubladen, ein unbequemer, bei jeder Bewegung knarzender Holzstuhl und eine Stiftedose, mit deren Füllung sich die wohl genaueste aller Persönlichkeitsanalysen durchführen lässt. Ob ein halbes Dutzend akkurat gespitzter Bleistifte, ein einzelner dicker schwarzer Tintenschreiber oder ein wildes Sammelsurium an Stiften der unterschiedlichsten Art – Sie glauben gar nicht, wie viel eine simple Stiftedose über ihren Besitzer aussagt.

Als ich, den Stapel Zeitungen unter den Arm geklemmt, die Tür hinter mir schloss, wandten sich mir fünf Köpfe in einer einzigen fließenden Bewegung zu. Ich verzog den Mund zu einem schiefen Grinsen und hob kurz die Hand zum Gruß.

»Tag allerseits.« Ich bemühte mich, meine Stimme so normal wie möglich klingen zu lassen. Noch immer waren zehn Augen auf mich gerichtet und verfolgten wachsam jede einzelne meiner Bewegungen, als ich hinüber zu meinem Schreibtisch ging und mich auf dem Stuhl niederließ. Erst als ich den Zeitungsstapel auf der Tischplatte ablegte und demonstrativ darin zu blättern begann, sah ich aus den Augenwinkeln, wie die Köpfe sich einer nach dem anderen von mir abwandten, und hörte das vertraute Klackern mehrerer Schreibmaschinen. Ich lächelte grimmig in mich hinein.

Journalisten sind Aasgeier.

Ich kenne niemanden, der so versessen auf Skandale und Katastrophen ist wie Journalisten. Natürlich hatten meine werten Kolleginnen und Kollegen mitbekommen, wie ich eine halbe Stunde zuvor ins Büro der Chefin zitiert worden war, und es hätte wohl kaum des darauf folgenden lautstarken Wutausbruchs bedurft, um ihnen klarzumachen, dass ich ordentlich einen auf den Deckel bekommen hatte. Die Wände der Redaktion sind hellhörig. Ich wette meinen fetten Kater, dass einige der im Raum Anwesenden in Erwartung meines Rausschmisses schon innerlich frohlockt hatten. Dass ich nun in aller Seelenruhe an meinem Schreibtisch saß und ganz offensichtlich *nicht* rausgeschmissen worden war, passte gewiss dem einen oder der anderen ganz und gar nicht in den Kram – was wiederum mir eine tiefe Genugtuung verschaffte.

Zufrieden mit mir selbst zündete ich mir eine Cigarette an und begann mit der Sichtung des Materials *(da wären wir übrigens wieder bei der Persönlichkeitsanalyse – wollen Sie wissen, wie meine Stiftedose aussieht? Ich habe sie schon vor langer Zeit zweckentfremdet und zum Aschenbecher umfunktioniert).*

Die Artikel, die ich über Thertes Waffensysteme herausgesucht hatte, reichten von winzigen Anzeigen, in denen einem Aufsichtsratsmitglied zur Goldhochzeit gratuliert wurde, bis hin zu mehrseitigen Reportagen über die neue Firmenpolitik, inklusive Interview mit dem Geschäftsführer. Der Hauptfirmensitz befand sich zwar gut vierzig Kilometer entfernt in Drakenfurth, doch Thertes hatte bereits vor dem Krieg eine Niederlassung am Rande von Hornstadt gehabt, und nicht wenige Arbeitsplätze hingen an den Waffenmanufakturen im Umland. Entsprechend bedeutend war der Konzern für die Region.

Ich arbeitete mich gerade durch einen Artikel über einen Brand in einer der Waffenmanufakturen in der Nähe, der die örtliche Feuerwehr vor sieben Jahren in Atem gehalten hatte, als unvermittelt die Türklingel ertönte. Ich blickte auf und spähte *(genau wie meine Kolleginnen und Kollegen, die mindestens so neugierig waren wie ich)* zwischen den Schlitzen der Jalousien hinaus auf den Flur, um einen Blick auf den Besucher oder die Besucherin zu erhaschen. Kurz darauf hörte man das Geräusch einer sich öffnenden und wieder schließenden Tür und dann sprachen zwei Frauenstimmen miteinander. Die eine gehörte unverwechselbar Fräulein Rothschedt und die andere kam mir vage bekannt vor, ich konnte jedoch nicht zuordnen, woher. Was die Frauen sprachen, war schwer zu verstehen – doch ich hörte ganz eindeutig den Namen »Lokowitsch« heraus.

Noch ehe ich mich darüber wundern konnte, ob ich heute vielleicht ein Magnet für Unannehmlichkeiten war, tauchte etwas Rotes vor den Jalousien auf und im nächsten Moment öffnete sich die Tür.

Clayda

Der erste Impuls war Panik, dann kam Verwirrung, dicht gefolgt von Neugierde. Denn die Frau, die nun mit eleganten Schritten den Raum betrat, war Fabiora – und doch war sie es nicht.

Die dunklen Haare waren deutlich zu lang und lagen in perfekt eingedrehten Wellen auf ihren Schultern. Den schlanken Körper umhüllte ein leuchtend rotes Kleid mit weißem Gürtel und weitem Rock, der ab den Knien makellose, schlanke Beine enthüllte, die in ebenfalls roten hohen Schuhen endeten; Fabiora jedoch hatte mir während unserer kurzen Liaison mehr als eindringlich ihre Abneigung gegen jedwede Art von knalligen Farben erklärt.

Und doch – auch auf den zweiten, etwas genaueren Blick kam ich zu der Überzeugung, dass es sich um niemand anderen als sie handeln konnte. Das schmale Gesicht, der leichte Bronzeschimmer ihrer Haut, die sanft geschwungenen Lippen, die in einem ebenso knalligen Rot wie das Kleid und die Schuhe bemalt waren, die strahlenden hellbraunen Augen – alles stimmte. Bis auf die Haarlänge. Und die Kleidung. Und – wie mir rasch klar wurde – die Persönlichkeit.

Die vermeintliche Fabiora sah sich einen kurzen Augenblick suchend im Raum um und streifte währenddessen die dünnen weißen Handschuhe von ihren schmalen Händen, wobei sie rot lackierte Fingernägel offenbarte. Ich fragte mich bereits, ob diese Fabiora-Fälschung noch eine andere Farbe außer Rot und Weiß kannte, denn um ihren Hals hatte sie einen weißen Seidenschal geschlungen und in ihrer Armbeuge hing eine Handtasche aus weißem Leder, als sie ihre roten Lippen öffnete und mit melodischer Stimme erklärte:

»Verzeihen Sie bitte die Störung, ich bin auf der Suche nach einem gewissen Herrn Lemmy Lokowitsch.«

Sogar ihre Stimme war dieselbe.

Auf ihre Ankündigung drehten sich zum zweiten Mal an diesem Tag fünf Köpfe in meine Richtung. Ich besann mich, versuchte, mir meine abgrundtiefe Verwirrung nicht anmerken zu lassen, und erhob mich.

»Das wäre dann wohl ich.«

Mit einer flinken Bewegung schloss sie die Tür hinter sich und kam raschen Schrittes zu mir hinüber. Sie schenkte mir ein strahlend weißes Lächeln und ergriff meine dargebotene Hand mit erstaunlich starkem Druck.

»Es freut mich sehr, Sie kennen zu lernen, Herr Lokowitsch«, sagte sie, während sie meine Hand schüttelte. »Clayda Asprion mein Name. Meine Schwester hat Sie mir empfohlen.«

Sehen Sie, solche unbedarften Sätze können Auslöser für wahre Katastrophen sein. Denn es gibt einen gewaltigen Unterschied zwischen dem, was die eine Person sagt, und dem, was die andere Person versteht.

Wenn sich nun eine Frau, die Ihrer letzten Liebschaft zum Verwechseln ähnlich sieht, mit den Worten vorstellt, sie sei auf Empfehlung ihrer Schwester hier – dann sind Sie vermutlich sehr erleichtert, wenn sie dies in Anwesenheit von einem halben Dutzend anderer Menschen tut, weil Sie dann ziemlich sicher sein können, dass es hier aller Wahrscheinlichkeit nach eher um Ihre berufliche Tätigkeit geht denn um Ihre Qualitäten als Liebhaber. Obgleich ich mich natürlich angesichts einer Empfehlung derselben überaus geschmeichelt gefühlt hätte.

In meinem Kopf fanden sich derweil in Sekundenbruchteilen die passenden Verknüpfungen. Clayda Asprion, nicht Fabiora Asprion. Ihre Schwester. Zwillingsschwester vermutlich, wenn man die frappierende Ähnlichkeit bedachte. Und die Tatsache, dass Fabiora mich »empfohlen« hatte, ließ darauf schließen, dass ich noch immer aus mir nicht erklärlichen Gründen in ihrer Gunst recht hoch stand.

»Ihre Zwillingsschwester«, äußerte ich meine heimliche Vermutung.

»Drillingsschwester«, korrigierte Clayda mich und es zuckte um ihre Mundwinkel. »Wir sind zu dritt.«

»Hat sie gar nicht erwähnt«, erwiderte ich etwas perplex. Drillinge. Ach du Schande.

»Das wundert mich nicht«, antwortete Clayda und griff nach dem freien Stuhl am Schreibtisch vor mir. »Ich darf doch?«

»Bitte«, forderte ich sie unnötigerweise auf, denn sie hatte den Stuhl bereits genommen und sich mir gegenüber darauf niedergelassen. Also nahm ich ebenfalls wieder Platz und lehnte mich zurück, was meinem Stuhl ein lautes Knarzen entlockte. Ich bot ihr eine Cigarette an, die sie dankend entgegennahm. Falls meine umfunktionierte Stiftedose sie irritierte, ließ sie sich zumindest nichts davon anmerken.

»Was führt Sie zu mir?«, fragte ich dann und blickte sie erwartungsvoll an. Es irritierte mich, in Fabioras Gesicht zu blicken, ohne dass sie es war.

Clayda klemmte die Cigarette zwischen die roten Lippen, zog einen zusammengefalteten Zettel aus ihrer Handtasche und reichte ihn mir.

»Das ist eine Liste«, erklärte sie überflüssigerweise und blies einen schmalen Rauchstrahl gen Zimmerdecke, während ich das Papier entfaltete und meine Augen darüber fliegen ließ. »All diese Personen sind innerhalb des letzten Zwimonds im Bezirk von Neu Herryskoog verschwunden. Allesamt Indri, die jüngsten gerade einmal neun Jahre alt.«

Die Namen waren nicht nummeriert, aber ich schätzte, dass es so um die dreißig sein mussten.

»Und was sagt die örtliche Polizei dazu?«, sprach ich meinen ersten Gedanken laut aus.

Die Antwort war ein abfälliges Schnauben.

»Waren Sie jemals in Senabri'il, Herr Lokowitsch?«

Ich verneinte. Ich hatte die Grenzen Gamariens erst einmal verlassen und das war für zwei Wochen Strandurlaub auf Acrollam gewesen.

»Dann können Sie sich die Zustände dort nicht vorstellen.« Sie schüttelte den Kopf. »Die Leute dort sind arm, selbst die Menschen – von den Indri ganz zu schweigen. Ein paar wenigen Reichen gehört das ganze Land und sie lassen die Unterschicht zu Hungerlöhnen schuften. Die ganze Bevölkerung leidet immer noch unter den Kriegsschäden. Aber während sich hier in Gamarien nach der Gründung der Republik die Wirtschaft relativ schnell wieder erholt hat und der Wiederaufbau gut voran ging, wurde in Senabri'il nicht ein Pfennig investiert.« Sie lachte bitter. »Wozu auch eine ehemalige Kolonie finanzieren, deren Ressourcen fast gänzlich erschöpft sind? Von der Revolution hat das senabrische Volk von Anfang an nichts gehabt. Es fanden zwar ein Großteil der Kampfhandlungen auf senabrischem Boden statt, aber die Unterstützung für den Wiederaufbau gab es nur für Gamarien.«

Ich hob die Hand, um ihren erregten Redeschwall zu stoppen.

»Moment, Moment!«, bat ich. »Alles ganz furchtbar interessant, aber was hat das Ganze mit der Polizei zu tun? Selbst in Senabri'il wurde schließlich nach Kriegsende eine neue Regierung mit Gouverneur und Polizei eingesetzt.«

Clayda winkte ab.

»Vergessen Sie's«, meinte sie düster. »Die kümmern sich einen feuchten Dreck darum. Die gesamte Polizei ist korrupt bis in die obersten Riegen. Und selbst wenn sie es nicht wäre, wer interessiert sich schon für das Schicksal von ein paar unbedeutenden Indri?«

Da musste ich ihr im Stillen tatsächlich Recht geben. Ich konnte mir nicht vorstellen, dass es irgendjemanden – außer den Betroffenen – großartig beschäftigte, wenn ein paar der Indigenen verschwanden. Es war nicht einmal hundert Jahre her, da hatte manch einer noch aus Spaß Jagd auf sie gemacht.

Ich zog an meiner Cigarette und musterte Clayda prüfend.

»Wie kommt es eigentlich, dass *Sie* sich in Senabri'il so gut auskennen?«

»Ich arbeite für Indridana.« Sie schob mir eine schmale Broschüre zu, die sie aus ihrer Handtasche gefischt hatte. »Vielleicht haben Sie schon von uns gehört.«

»Flüchtig«, antwortete ich vorsichtig und ließ meine Augen über die Broschüre gleiten. Tatsächlich hatte ich noch nie von Indridana gehört.

»Unsere Hilfsorganisation ist bereits seit vielen Jahren in Senabri'il tätig«, erzählte Clayda und gebrauchte wie selbstverständlich meine ehemalige Stiftedose als Aschenbecher. »Und konnte schon einige bedeutende Erfolge erzielen. Wir haben dafür gesorgt, dass die Kinder aus den neun Indri-Reservaten, die es im Land gibt, alle bis zur fünften Klasse eine Schulausbildung erhalten. Außerdem laufen verschiedene Sonderprogramme, um es Indri zu erleichtern, eine anständige Arbeit zu finden, und besonders begabte Kinder zu fördern. Zudem haben wir einen Gesundheitsfonds gegründet, aus dem die medizinische Grundversorgung der indrischen Bevölkerung finanziert wird.«

Ich nickte zu allem, was sie erzählte, wurde aber das Gefühl nicht los, bei der Propagandaveranstaltung einer Hilfsorganisation mit Weltrettungsambitionen gelandet zu sein.

»Bedingt durch meine Arbeit halte ich mich selbst auch mehrere Wochen im Jahr in Senabri'il auf«, fuhr Clayda fort. »Und bei meinem letzten Besuch dort habe ich von den seltsamen Vermisstenfällen gehört.«

»Und nun hoffen Sie, dass ein wenig öffentlicher Druck in Form eines Artikels im Hornstädter Boten das vermag, was die korrupte Polizei vor Ort nicht schafft.«

Sie hob die Augenbrauen.

»Nun, irgendwo muss man schließlich anfangen, nicht? Außerdem hat meine Schwester mir von Ihrem unglaublich guten Spürsinn und Ihren ausgezeichneten investigativen Methoden vorgeschwärmt.«

Oha. Da hatte ich mir ja etwas Schönes eingebrockt. Nicht, dass ich mich durch so ein Lob nicht geschmeichelt fühlte – ich fragte mich nur, woher zum Teufel Fabiora auch nur den Hauch einer Ahnung von meinen Arbeitsmethoden haben wollte.

Dennoch konnte ich nicht leugnen, dass mich die Geschichte neugierig machte. Nachdenklich aschte ich ab und zog dann tief und langsam an meiner Cigarette. Es galt, das Für und Wider abzuwägen und alle aktuellen Faktoren zu berücksichtigen. Und der wichtigste aktuelle Faktor war der drohende Rausschmiss durch meine Chefin und das von ihr gesetzte Ultimatum.

Wie es aussah, hatte ich nun zwei Stories, zwischen denen ich mich entscheiden musste, denn dass ich beide binnen eines Zwimonds fertig bekommen würde, war stark zu bezweifeln. Auf der einen Seite hatte ich die Sache mit Thertes. Großes Ding, vermutlich ein internationaler

Skandal um den größten Waffenkonzern Gamariens, bei dem es um das Leben von mehreren Dutzend, vielleicht sogar Hunderten Soldaten der AWR ging. Vermutlich könnte ich den Großteil der Ermittlungen im näheren Umland durchführen und ich arbeitete mich derzeit bereits in die Materie ein. Auf der anderen Seite hatte ich die verschwundenen Indri. Eine Sache, die nicht hier in der Gegend geschah, ja, nicht einmal innerhalb der Republik, sondern für die ich bis nach Senabri'il würde reisen müssen. Eine Story über verschwundene Indigene, um die sich schon in ihrem Heimatland nicht einmal die Polizei kümmerte. Eine Story, bei der ich Gefahr lief, dass sich am Ende eventuell herausstellte, dass die verschwundenen Indri einfach nur abgehauen waren; durchgebrannt, in der Hoffnung auf bessere Lebensumstände, wo auch immer.

Angesichts dieser Situation fiel mir die Entscheidung nicht schwer. Ich räusperte mich und reichte Clayda die Liste zurück.

»Wissen Sie«, begann ich bedächtig. »Ich bin momentan ziemlich beschäftigt und arbeite an einem sehr wichtigen Fall. Diese Geschichte klingt wirklich spannend, aber zurzeit …«

»Was heißt hier spannend?«, fragte sie empört. »Es geht um das Leben von Kindern!«

»Vielleicht findet die Polizei ja doch noch etwas heraus«, versuchte ich, sie zu beschwichtigen. »Wenn ich mit meiner jetzigen Story fertig bin, können Sie sich gerne noch einmal bei mir melden. So in einem Zwimond ungefähr, dann kann ich mir das ganze vielleicht noch einmal anschauen.«

»Ein Zwimond?!«, wiederholte sie ungläubig und beugte sich vor. »Hören Sie, Herr Lokowitsch, vielleicht haben Sie die Dringlichkeit der Lage nicht begriffen. Dort verschwinden fast täglich Indri! Weg! Einfach fort! Wie vom Erdboden verschluckt! Niemand sieht sie wieder! Können Sie sich vorstellen, was das bedeutet, wenn wir noch einen Zwimond untätig herumsitzen?«

»Das mag ja alles sein.« Langsam wurde ich ungeduldig. »Aber ich bin weder Polizist noch Superheld. Ich bin Journalist. Ich schreibe über Dinge, die die Leute lesen wollen, die sich gut verkaufen. Ich brauche eine Story.«

»Dann schreiben Sie darüber!«, rief sie aufgebracht. »Es ist mir doch egal, was sie mit dem anstellen, was Sie bei Ihren Nachforschungen herausfinden, ich will doch nur, dass Sie mir helfen, nach den Vermissten zu suchen! Danach schreiben Sie meinetwegen Ihre Story!«

»Aber hier interessiert sich nun mal niemand für ein paar verschwundene Elfen!«, fuhr ich sie an, und hätte mir im nächsten Moment am liebsten selbst auf die Zunge gebissen. Die Köpfe meiner Kolleginnen und Kollegen, die während unseres Gesprächs brav auf ihre eigenen Sachen gerichtet gewesen waren *(obwohl sie garantiert jedes einzelne Wort mitverfolgt hatten)*, flogen ein drittes Mal an diesem Tag in meine Richtung und von einer Sekunde auf die andere verstummte das Klackern der Schreibmaschinen. Ich konnte förmlich hören, wie Empörung und feixende Genugtuung sich im Raum ringsum mischten. Lokowitsch, der Rassist. Lokowitsch, der Indri-Hasser. Das hatte ihnen noch in ihrem Bild von mir gefehlt.

Die unhörbare Reaktion meiner Kolleginnen und Kollegen war jedoch nichts im Vergleich zu dem, was in diesem Moment mit Clayda geschah. Sie wurde mit einem Schlag käsebleich und bekam dann zornige rote Flecken überall im Gesicht. Ihre Augen schienen plötzlich Funken zu sprühen und noch ehe ich reagieren konnte, hatte sie ausgeholt und mir eine schallende Ohrfeige verpasst, die meinen Kopf zur Seite riss, dass ich das Gefühl hatte, er würde mir gleich vom Hals purzeln. Meine linke Gesichtshälfte brannte wie Feuer und noch während ich mich verwirrt fragte, woher diese zierliche Frau solch eine Kraft hatte und ob sie vielleicht irgendwelche exotischen Kampftechniken beherrschte, stand sie ruckartig auf, warf mir ein zorniges »Arschloch!« an den Kopf und rauschte aus dem Zimmer.

Fassungslos starrte ich ihr nach. Dann bemerkte ich, dass etwas Nasses, Warmes aus meiner Nase sickerte, und als ich meine Hand darunter hielt, tropfte es hellrot darauf. Dieses Dämonsweib hatte mir doch tatsächlich die Nase blutig geschlagen.

Ich erhob mich, die eine Hand unter meine Nase haltend, um nicht alles voll zu tropfen, und ignorierte die verächtlichen Blicke ringsum. Ich musste erst einmal zur Toilette und meine Nase verarzten.

Als ich auf den Flur trat, sah ich gerade noch, wie die schlanke rote Gestalt unten auf der Straße in ein schneeweißes Cabrio stieg und dann mit quietschenden Reifen und aufheulendem Motor davon raste. Ich schüttelte den Kopf und ging an einem äußerst irritierten Fräulein Rothschedt vorbei zur Toilette.

Während ich über das Waschbecken gebeugt stand und versuchte, das Nasenbluten mit kaltem Wasser in den Griff zu bekommen, fragte ich mich flüchtig, ob wohl zumindest die dritte der Asprion-Schwestern eine halbwegs angenehme Zeitgenossin war. Wenn ich ehrlich war, war ich nach meinen bisherigen Erfahrungen mit Fabiora und Clayda aber auch nicht sonderlich erpicht darauf, das herauszufinden.

Eine schrecklich nette Familie

Einige Tage später – ich war bisher bei meinen Hintergrundrecherchen zu Thertes Waffensysteme noch nicht wirklich weit gekommen – hatte meine Mutter es sich wieder einmal in den Kopf gesetzt, ein idyllisches Familienessen auszurichten. Meine Eltern leben – dem Himmel sei Dank! – nicht in Hornstadt, sondern in dem zwanzig Kilometer entfernten Dorf Grimswalde. Und auch wenn man es nicht für möglich halten würde: in Grimswalde ist noch weniger los als in Hornstadt.

Die Distanz bringt allerdings einen kleinen Nachteil mit sich, und damit wären wir wieder bei besagtem »idyllischem Familienessen«.

Zwar besitze ich seit meinem zwanzigsten Lebensjahr einen Führerschein, dafür mangelt es mir aus finanziellen Gründen leider an einem fahrbaren Untersatz. Daher bin ich bei unseren gelegentlichen Familienzusammenführungen stets darauf angewiesen, dass Sid und Mirna mit ihren Sprösslingen mich mitnehmen, was gelegentlich zur nervlichen Zerreißprobe mutiert; selbst auf die kurze Strecke kann es die Hölle sein, zwischen meinen beiden Neffen auf der Rückbank sitzen zu müssen.

An diesem Tag verlief die Fahrt allerdings verhältnismäßig ruhig und schließlich rollten wir in die kleine Straße in Grimswalde, die ich als Knirps gemeinsam mit den Kindern aus der Nachbarschaft unsicher gemacht hatte.

Sid parkte den Wagen schräg gegenüber meines Elternhauses unter den weit ausladenden Ästen einer Kastanie und wir stiegen aus.

Das Haus meiner Eltern ist ein alter Bauernhof und befindet sich seit mehreren Generationen im Besitz der Familie meiner Mutter. In Ermangelung weiterer Geschwister *(mein Großvater starb bereits in jungen Jahren und meine Großmutter hat nicht wieder geheiratet)* war es wohl mehr oder weniger klar, dass meine Eltern das Haus übernehmen würden, zumal mein Vater aus einer kinderreichen, aber eher armen Familie stammt. Zwar wird das Haus seit Jahrzehnten nicht mehr landwirtschaftlich genutzt, man sieht ihm seine Vergangenheit aber immer noch an. Das Erdgeschoss ist aus dem groben, schwarzen Basalt erbaut, den man bei uns in der Gegend so häufig findet, und trägt das Fachwerk der ersten Etage und das mittlerweile etwas verbeult aussehende, mit Schiefer gedeckte Dach. Auf dem Dachboden hausen, so lange ich denken kann, Siebenschläfer und da ich mein Zimmer früher im ersten Stock hatte, bin ich mit dem leisen Tapsen kleiner Pfoten über meinem Kopf aufgewachsen.

An das Wohnhaus grenzt die alte Scheune, die mein Vater bereits bei seinem Einzug zur Werkstatt umgebaut hat. Der Heuboden darüber blieb allerdings stets ungenutzt und wir Kinder gingen früher gerne dorthin zum Spielen.

Wohnhaus und Scheune fassen von zwei Seiten den beinahe quadratischen Hof ein – die beiden anderen Seiten werden von der Straße und einer mannshohen Basaltmauer begrenzt.

Gutbert und Bern-Bortel – meine beiden Neffen – stürmten sofort mit Orkgeheul voraus; aus irgendeinem Grund freuen die beiden sich immer mächtig auf diese regelmäßigen Familienessen. Sid, Mirna und ich folgten ihnen in etwas gesitteterem Tempo. Zu klingeln brauchten wir allerdings nicht mehr, denn die Jungs hatten mit ihrem Gebrüll absolut eindeutig unsere Ankunft kundgetan. Gutbert hatte die Hand nicht einmal andeutungsweise nach dem Klingelzug ausgestreckt, als die Tür auch schon geöffnet wurde und meine Mutter uns entgegen strahlte.

»Kinder! Da seid ihr ja endlich!«, rief sie begeistert und schloss sofort Gutbert in die Arme, der ihr am nächsten stand, um ihn kräftig zu herzen. Er verzog etwas leidend das Gesicht, machte aber keine Anstalten, sich zu wehren. Kurz darauf ließ sie von ihm ab und knuddelte nun Bern-Bortel, der die stürmische Liebesbekundung seiner Großmutter mit der gleichen gequälten Ruhe ertrug wie sein Bruder.

»Nein, was seht ihr wieder fesch aus, ihr beiden!«, gurrte meine Mutter und kniff beide zum Schluss in die Wange, ehe sie sich auch uns anderen zuwandte.

Sie und Mirna fielen sich um den Hals, als hätten sie sich seit Jahren nicht gesehen, Sid begrüßte sie etwas weniger stürmisch und dann war ich an der Reihe.

»Lemrick, mein Junge!« Strahlend breitete sie die Arme aus. Ich verbiss mir einen Kommentar zu dem leidigen Lemrick und ließ mir von ihr einen dicken Schmatzer auf die Wange drücken. Sie hielt mich auf Armeslänge von sich und musterte mich mit argwöhnischem Blick.

»Isst du auch genug, Junge? Du bist ja so mager wie lange nicht!« Dann trat sie einen Schritt zurück, um uns ins Haus zu lassen *(Gutbert und Bern-Bortel hatten sich längst an ihrer kittelschürzetragenden Gestalt vorbei gedrückt).*

»Kommt rein, ihr Lieben, das Essen ist fast fertig! Ich muss nur noch einmal nach den Rouladen sehen.«

Kaum dass wir alle in dem schmalen Flur standen, wuselte sie auch schon wieder davon in die Küche und Mirna folgte ihr kurz darauf. Vermutlich um irgendwelche weltbewegenden Mutter-Tochter-Themen zu besprechen.

Da meine zwei Neffen sofort in den Garten zu den Kaninchenställen gestürzt waren, blieben Sid und ich alleine im Flur zurück.

»Ich nehme an, es dauert noch eine Weile mit dem Essen«, bemerkte ich trocken – wenn meine Mutter und meine Schwester gemeinsam in der Küche verschwanden, kamen sie meist unter einer halben Stunde nicht wieder heraus.

Wir zogen also erst einmal Hüte und Mäntel aus und hängten sie an die Garderobe. Dann öffnete ich die Verbindungstür zur Scheune einen Spalt breit und spähte prüfend hinein. Durch einen Wald von Regalen, die bis zur Oberkante vollgestopft waren mit allem möglichen Krempel, konnte ich das schwache bläuliche Licht einer Lampe erkennen, die einsam von der Decke baumelte. Zudem war hin und wieder leises metallisches Klappern zu hören und irgendwo quäkte schräge Musik aus einem alten Rot-Sisnart-Radio; mein Vater war also allem Anschein nach noch in seiner Werkstatt zugange.

Da wir wenig Lust darauf hatten, uns untätig irgendwo hinzusetzen und darauf zu warten, dass das Essen fertig wurde, wagten wir uns kurzerhand in den unüberschaubaren Regaldschungel vor uns – wir betraten das heilige Reich meines Vaters.

Als gelernter Fahrzeugmechaniker hängt sein Herz auch nach der Pensionierung noch an allem, was Räder und einen Syranidmotor hat. Und obwohl die Werkstatt, die er einst mit viel Liebe und Hingabe aus der alten Scheune gezaubert hat, offiziell seit drei Jahren gar nicht mehr existiert, verschwindet mein Vater täglich für mehrere Stunden hier drinnen und schraubt und werkelt an irgendwelchen Fahrzeugen herum. Meist sind es Autos oder Motorräder von Freunden und Nachbarn, an denen ein paar Kleinigkeiten zu reparieren sind, doch hin und wieder kommt er auch mit irgendeiner alten Schrottlaube nach Hause und macht sich dann voller Elan daran, die alte Mühle wieder auf Vordermann zu bringen.

Allem Anschein nach hatte er vor Kurzem wieder irgendwo so ein Schmuckstück ergattert, denn als Sid und ich hinter dem letzten Regal hervortraten, sahen wir zunächst nur ein rostiges Ungetüm, aus dessen aufgerissenem Schlund zwei Beine in schmutzigen alten Anzughosen ragten. Das Ungetüm entpuppte sich bei näherem Hinsehen als ziemlich mitgenommene Ausgabe eines alten Te Lorve H.C. und die Beine gehörten selbstredend zu meinem Vater, dessen Oberkörper gegenwärtig irgendwo in den Untiefen der Motorhaube abgetaucht war.

Der Boden rings um das Auto war übersät mit einem wilden Wust aus Schraubenschlüsseln, Muttern, Hornigk-Spulen, Radkreuzen, Drahtbürsten, Schleifpapier, Syranidschläuchen, Zangen und jede Menge anderem Krimskrams.

Ich bahnte mir vorsichtig einen Weg durch das Durcheinander und bückte mich dann, um unter die Motorhaube schauen zu können.

»Wo hast du den denn schon wieder aufgetrieben?«

Als ich so plötzlich zu ihm sprach, fuhr mein Vater erschrocken in die Höhe. Der Schrecken wandelte sich allerdings rasch in große Freude und ein Lächeln teilte sein hageres Gesicht.

»Lemmy!«, rief er aus und richtete sich auf. »Ihr seid aber früh dran.«

»So früh sind wir gar nicht; wahrscheinlich hast du nur wieder einmal die Zeit vergessen«, erwiderte ich lächelnd, während wir uns umarmten.

Er hob den Kopf, warf einen prüfenden Blick auf die Uhr an der Wand und seufzte dann abgrundtief.

»Du liebe Güte! Du hast natürlich recht.« Hastig wischte er sich die verschmierten Finger an einem Lappen sauber. In dem alten Hemd und den ausgeleierten Hosenträgern wirkte er noch schmächtiger, als er eigentlich war.

»Keine Sorge«, beruhigte ich ihn. »Mama und Mirna sind soeben gemeinsam in der Küche verschwunden und es roch verdächtig nach Tratsch.«

Es zuckte um seine Mundwinkel und er stützte sich mit einer Hand auf den Rand der Motorhaube.

»Du meinst, uns bleibt noch eine kleine Galgenfrist, hm?«

»Mmmh«, brummte ich zustimmend und nickte dann zu dem Wirrwarr im Inneren des Te Lorve. »Woran hapert's denn bei dem guten Stück?«

»Eigentlich an so ziemlich allem«, antwortete mein Vater vergnügt und kratzte sich am Kinn. »Ich habe ihn drüben in Baldereck gefunden, stand beim Schwiegersohn vom alten Jorge in der Garage. Er hat ihn mir für nicht mal zweihundert überlassen.«

»Nicht schlecht!« Sid hatte sich ebenfalls ihren Weg durch das Chaos gebahnt und war von der anderen Seite an die Motorhaube herangetreten. »Wenn man den wieder zum Laufen bekommt, bringt er vermutlich gut das Acht- bis Zehnfache ein, würde ich schätzen.«

»Vorausgesetzt, man findet einen Käufer«, warf ich ein. »Die ganze H-Reihe von Te Lorve war schon immer ein wenig eigen, da braucht es manchmal viel Zuspruch, damit die so wollen, wie man selbst will.«

»Ach was«, entgegnete mein Vater. »Alles was es braucht, ist ein gutes Händchen. Dieses Schmuckstück ist eben etwas wählerisch, was seine Fahrer angeht.«

Beinahe liebevoll strich er über das rostige Metall.

»Sorgen bereitet mir nur das Kontrollventil hier oben.« Er tippte mit einem schmutzigen Fingernagel auf ein metallenes Bauteil im hinteren Teil des Motorblocks. »Ich habe die Hornigk-Spule und die Schläuche komplett ausgebaut und gereinigt, die sind noch einwandfrei, keine undichten Stellen, keine Verstopfungen, nichts. Und trotzdem stottert der Motor, wenn ich ihn anlasse. Ich vermute, es liegt daran, dass das Ventil verstopft oder vielleicht verrostet ist.«

»Und wenn du das Ventil auch ausbaust und reinigst?«, schlug ich vor und beugte mich vor, um das Sorgenkind etwas genauer unter die Lupe zu nehmen.

»Das ist leichter gesagt als getan«, erklärte mein Vater, »das ist in der Verankerung festgerostet; wenn ich es einmal draußen habe, bekomme ich es nicht wieder hinein. Also bleibt mir nur, es im eingebauten Zustand zu reinigen oder auszutauschen. Ich glaube allerdings nicht, dass ich irgendwo noch ein Kontrollventil dieser Bauart aufgetrieben bekomme, also wird mir wohl nichts anderes übrig bleiben, als das Ding zu reinigen, während es da drin sitzt.«

»Na dann viel Spaß.« Ich richtete mich wieder auf. »Wie willst du das anstellen? In Syranidlöser einlegen funktioniert ja schlecht.«

»Ich hatte überlegt, es mit hochkonzentriertem Konium zu versuchen.« Mein Vater legte die Stirn in Falten. »Allerdings ist dieses Zeug irrsinnig teuer und nicht ganz ungefährlich.«

Sid schüttelte skeptisch den Kopf.

»Ganz ehrlich; von dem hochkonzentrierten Kram würde ich die Finger lassen. Das ist von der chemischen Zusammensetzung im Prinzip nichts anderes als Karabinsäure.«

»Karabinsäure?«, fragte ich, denn ich hatte den Begriff schon einmal gehört, wusste aber im ersten Moment nichts damit anzufangen.

»Das Zeug haben sie damals im Krieg auf die Volksunion abgeworfen«, brummte mein Vater. »Grausige Angelegenheit. Den flüssigen Tod haben wir es genannt. Wenn es mit der Haut in Berührung kommt, frisst es sich sofort bis auf den Knochen runter.«

»In Kari läuft einem das Zeug heute noch manchmal über den Weg«, meinte Sid düster, als plötzlich trampelnde Schritte vor dem großen Scheunentor zu hören waren, einer der Torflügel aufgerissen wurde und meine beiden Neffen die Köpfe herein streckten.

»Oma sagt, ihr sollt reinkommen!«, plärrte Bern-Bortel. »Das Essen ist fertig!«

»Schrei nicht so!« Gutbert boxte ihn mit der Faust gegen den Oberarm.

»Au!«, protestierte Bern-Bortel und boxte zurück. »Du bist nur sauer, weil ich es schneller gesagt habe als du!«

»Bin ich gar nicht.«

»Bist du wohle!«, rief Bern-Bortel triumphierend, wandte sich um und stürmte über den Hof zurück zum Wohnhaus; Gutbert folgte ihm auf den Fuß.

»Tja, ich würde sagen, auf zur Raubtierfütterung«, meinte mein Vater, löste die Haltestange und ließ die Motorhaube langsam und vorsichtig einrasten.

Bereits im Flur wehte uns der köstliche Duft der berühmten Rouladen meiner Mutter entgegen. Mein Vater öffnete die Tür zum Esszimmer und wir traten ein.

In meiner Kindheit war das Esszimmer sozusagen der Dreh- und Angelpunkt unseres Familienlebens. Nicht nur, dass hier alle gemeinsamen Mahlzeiten eingenommen wurden; Mirna und ich pflegten hier auch unsere Schulaufgaben zu erledigen, wobei meine große Schwester keine Gelegenheit ausließ, mir zu sagen, wie unsagbar dumm ich doch war, wenn ich etwas nicht auf Anhieb verstand *(Dennoch war schließlich ich es gewesen, der nach Drakenfurth ging, um zu studieren, während sie ihre Ausbildung zur Bauzeichnerin mit der ersten Schwangerschaft abgebrochen hatte – was mir rückblickend zumindest eine leichte Genugtuung verschaffte).* Der große, wuchtige Esstisch stand hier schon, seit meine Mutter selbst ein kleines Mädchen gewesen war und soweit ich wusste, hatte sich auch an der restlichen Raumgestaltung wenig geändert. Die inzwischen schon reichlich verblichene altrosa Tapete mit dem dezenten Blumenmuster, der ausgetretene Dielenboden, auf dem ein bunter Flickenteppich lag, die gelbstichigen

Sepiafotografien irgendwelcher längst verstorbener Großonkels und -tanten, und die schweren braunen Vorhänge zu beiden Seiten des Fensters, das den Blick auf das Nachbargrundstück frei gab, all das verströmte in meinen Augen stets eine gewisse *Beständigkeit*, die dafür sorgte, dass ich mich auf seltsame Art und Weise in diesem Raum geborgen fühlte.

Mirna, Gutbert und Bern-Bortel saßen bereits am Tisch, ebenso wie Oma Girtha, die meine Mutter wohl wie jedes Mal aus ihrem Zimmer nach unten ins Esszimmer getragen hatte. Sie schien mit jedem Mal kleiner und runzeliger zu werden und ich hatte für einen kurzen Moment die skurrile Vision einer alten, schrumpelnden Kartoffel; ich grinste in mich hinein, hütete aber meine Zunge, wohl wissend, dass niemand im Raum meine Gedanken auch nur annähernd so amüsant gefunden hätte wie ich selbst.

Meine Mutter trug unterdessen den Topf mit dem dampfenden Rosenkohl aus der Küche herein, der neben Salzkartoffeln und einer herrlich cremigen Soße stets die obligatorische Beilage zu den Rouladen bildete.

»Herr im Himmel, Willi, du hättest dir ja wenigstens noch anständige Klamotten anziehen können!«, rügte sie meinen Vater und stellte den Topf mit einem dumpfen Knall auf dem Tisch ab. Dann stemmte sie die Hände in die breiten Hüften und schüttelte missbilligend den Kopf.

»Wilfert?«, tönte Oma Girtha in ihrer unverwechselbaren Lautstärke und ersparte meinem Vater damit eine Erwiderung. »Bist du das, mein Junge?«

»Ja, Oma, ich bin‘s«, erwiderte mein Vater ebenso laut – Oma Girtha als schwerhörig zu bezeichnen, wäre die Untertreibung des Jahrhunderts.

»Hast du nun endlich mal nach dem Brunnen geschaut?«, fuhr sie mit eindringlicher und ebenso lauter Stimme fort, weiterhin mit ihren halb blinden Augen ins Leere starrend.

»Ja, Oma, ist längst erledigt.« Vermutlich wusste er ebenso wenig wie ich, was sie meinte, denn der alte Brunnen im Hof wurde seit mindestens dreißig Jahren nicht mehr genutzt, aber bei Oma Girtha hatte es sich als hilfreich erwiesen, einfach immer zu allem ja und amen zu sagen, dann war sie zufrieden und man hatte vorerst seine Ruhe.

»Bist ein guter Junge«, tönte sie weiter und tätschelte etwas ungelenk seinen Unterarm; immerhin schien sie noch zu bemerken, dass er sich neben ihr auf den Stuhl gesetzt hatte.

Es folgte ein allgemeines Geklapper mit Schüsseln und Töpfen, während sich jeder den Teller voll häufte. Gutbert erzählte stolz von seinen guten Noten im Zeichenunterricht und mein Vater half Oma Girtha wie immer mit stoischer Geduld beim Essen.

»Lemrick, mein Junge«, sagte meine Mutter schließlich. »Erzähl schon, wie läuft die Arbeit?«

Ich seufzte innerlich; die Fragestunde hatte begonnen.

»Ganz gut soweit«, log ich. »Wirklich, ich bin grade einer ganz heißen Sache auf der Spur.«

»Und hast du mal mit deiner Chefin über die Gehaltserhöhung gesprochen?«, bohrte meine Mutter nach.

Ich steckte mir einen großen Bissen Roulade in den Mund und schüttelte nur kurz den Kopf. Um Mirnas Mundwinkel spielte ein spöttisches Lächeln – dasselbe, das sie früher immer zur Schau getragen hatte, wenn ich wieder einmal mit einer schlechten Note nach Hause gekommen war. Ich musste dem Drang widerstehen, ihr eine Handvoll Rosenkohl ins Gesicht zu pfeffern.

Meine Mutter zerteilte sorgfältig eine Kartoffel auf ihrem Teller und schien nach den richtigen Worten zu suchen.

»Meinst du nicht«, fuhr sie schließlich fort, »es wäre langsam an der Zeit, sich nach einer etwas geregelteren Arbeit umzusehen? Gewiss haben sie beim Hornstädter Boten auch besser bezahlte und – nun ja – *sicherere* Posten. Du könntest doch auch die ganz normalen Artikel schreiben; müssen es denn immer die großen Skandale sein?«

»Mutter«, seufzte ich. »Mir macht diese Arbeit nun mal Spaß und solange ich damit einigermaßen über die Runden komme …«

»Aber wie in Gottes Namen willst du damit einmal eine Familie ernähren?«

Rums.

Da war es wieder, das leidige Thema.

Lemrick Lokowitsch, der ewige Junggeselle, der Alptraum einer jeden Mutter.

»Für eine Familie müsste ja erstmal eine Frau her«, warf meine Schwester ein. »Eine, die es länger mit meinem Bruder aushält.«

Ich warf ihr einen giftigen Blick zu.

»Was geht *dich* denn mein Privatleben an?«, schnauzte ich zurück. Ihr Lächeln wurde breiter und sie erwiderte in diesem gönnerhaften Tonfall, den ich schon immer gehasst hatte:

»Ich mache mir lediglich Sorgen um den Lebenswandel meines kleinen Bruders. Immerhin hast du ja bisher in deinem Leben nicht unbedingt viel erreicht, nicht wahr?«

»Im Gegensatz zu dir, oder was?«, gab ich zurück.

Ihre Augen verengten sich unmerklich und sie spitzte die Lippen; ich wusste, dass sie mir mein Studium bis zum heutigen Tag neidete.

»Hockst du eigentlich immer noch jeden Abend alleine in deinem winzigen Zimmer und ertränkst deinen Frust in Alkohol? Oder hast du mittlerweile eine Alternative zum Trinken gefunden?«, fragte sie bissig.

»Kinder, bitte!«, warf meine Mutter mahnend ein.

»Was ist denn los?«, tönte Oma Girtha dazwischen.

»Nichts, Oma, alles in Ordnung, wir unterhalten uns nur«, erwiderte ich ebenso laut. Dann senkte ich meinen Blick wieder hinunter auf meinen Teller und beschloss, sowohl meine Mutter als auch meine Schwester für den Rest des Abends zu ignorieren.

Das Tischgespräch wandte sich nun glücklicherweise anderen Themen zu, und kaum, dass ich meinen Teller geleert hatte, erhob ich mich hastig und verschwand aus dem Raum, ehe meine Mutter mich aufhalten konnte. Sid folgte mir auf den Fuß und wir traten durch das kleine gemütliche Wohnzimmer hinaus auf die Terrasse hinter dem Haus. Von hier aus hatte man einen unvergleichlich schönen Blick über das ganze Kelstertal, das die Abendsonne gerade in warmes, rotgoldenes Licht tauchte.

Ich tastete nach meinem Flachmann und setzte ihn an die Lippen.

»Cigarette?« Sid hielt mir ihr silbernes Cigarettenetui hin. Dankbar nahm ich einen der dünnen weißen Stängel und ließ ihn von ihr entzünden.

Eine Weile standen wir schweigend nebeneinander, ließen den Blick über das schmale Band der Kelster gleiten, die in gemächlichen Schleifen das Tal zu unseren Füßen durchfloss, und über die weit in der Landschaft verstreuten Dörfer und Höfe, die wie kleine Farbkleckse zwischen den Wiesen und Wäldchen hocken.

»Und? Wie kommst du voran?«, brach Sid nach einer Weile das Schweigen.

»Langsam«, musste ich zugeben. »Es ist gar nicht so einfach, näheres über Thertes herauszufinden. Nach außen hin ein absolut lupenreines Unternehmen – so lupenrein, wie ein Waffenkonzern eben sein kann.« Ich zog an meiner Cigarette. »Ich schätze, ich werde nicht darum herum kommen, vor Ort ein wenig zu schnüffeln.«

Sid sog scharf die Luft ein.

»Sag jetzt nicht, dass du vorhast, dort einzubrechen.«

Ich zuckte die Schultern.

»Was heißt schon ›einbrechen‹?«, grinste ich. »Ist es Einbruch, wenn da ein Fenster offen stand?«

»Du willst die Nummer mit dem Toilettenfenster durchziehen?« Sid klang skeptisch. »Lemmy, pass bloß auf, dass du dir nicht die Finger verbrennst. Wenn du dich da erwischen lässt, kann dich das deinen Job kosten.«

Ich schnaubte.

»Wenn ich in einem Zwimond keine fertige Story habe, kostet mich das ganz sicher meinen Job.«

»Davon abgesehen bezweifle ich, dass du hier mit einer so simplen Masche durchkommst; das ist ein Waffenkonzern und kein Kindergarten.« Sid schüttelte den Kopf.

»Aber auch nur die Verwaltungszentrale eines Waffenkonzerns, nicht etwa das Hochsicherheitslager mit den Massenvernichtungswaffen und dem anderen Spielzeug. Im Prinzip also ein stinknormales Bürogebäude. Du wirst sehen, wir bekommen das schon hin.«

»Wir?«, fragte Sid mit hochgezogenen Augenbrauen.

»Du wolltest, dass ich herausbekomme, wie diese Waffen in die Hände der Iasham gelangt sind. Ist ein wenig Unterstützung dann zu viel verlangt?«

»Das kommt darauf an, was du dir unter ›ein wenig Unterstützung‹ vorstellst.«

»Ich brauche lediglich eines deiner Wundermittelchen, falls es brenzlig wird.« Ich grinste vielsagend.

Sie schwieg einen Moment und zog an dem kläglich kleinen Rest ihrer Cigarette. Dann ließ sie den Stummel mit einem resignierten Seufzer auf den Boden fallen und trat mit der Fußspitze darauf.

»Also schön. Ich besorge dir, was du brauchst. Aber nicht mehr.«

Ich grinste breit und schlug ihr auf den Rücken, was sie in einen kurzen, heftigen Hustenanfall ausbrechen ließ.

»Du bist ein Pfundskerl, Sid!«

»Aber ich werde nicht wieder irgendwelche verrückten, gefährlichen oder hochnotpeinlichen Aktionen mitmachen!«

Ich hob abwehrend beide Hände.

»Ehrenwort. Du lieferst die Ausrüstung, ich mache was draus.«

Bei Nacht und Nebel

Zwei Tage später saß ich abends gemeinsam mit Sid in ihrem grauen 42er Major und starrte durch die Windschutzscheibe auf eine dunkle Seitenstraße im Herzen von Drakenfurth.

»Dafür schuldest du mir was«, brummte Sid düster.

»Die nächste Runde im Bolgers geht auf mich«, erwiderte ich.

Es kann bisweilen recht praktisch sein, eine Militärärztin in der Familie zu haben. Neben diversen anderen Fähigkeiten ist Sid nämlich eine hervorragende Anästhesistin, was mir in diesem Fall sehr zugutekam. Sie braucht in einer Apotheke lediglich mit ihrem Dienstausweis zu wedeln und schon ist es gar kein Problem mehr, ohne Rezept an Substanzen zu kommen, die für uns Normalsterbliche für immer unerreichbar bleiben werden. Und so befand sich nun in meiner Hosentasche ein Parfümfläschchen, das Sid einige Stunden zuvor vorsichtig mit reinstem Aractocyn gefüllt hatte.

»Bei dieser hohen Konzentration dürfte einmal Sprühen bei einem normal großen Menschen ausreichen, um ihn für ein paar Minuten ins Reich der Träume zu befördern«, hatte sie erklärt. »Aber wenn du auf Nummer Sicher gehen willst, drück zweimal drauf.«

Das Parfümfläschchen mit dem Aractocyn war nicht der einzige etwas außergewöhnliche Gegenstand in meiner heutigen Ausrüstung. Es befanden sich außerdem eine kleine Taschenlampe, ein Paar dünne Gummihandschuhe, ein Mäppchen mit Dietrichen und eine alte dunkelgrüne Strickmütze darunter, die ich mit Hilfe einer Schere zu einer Art Sturmhaube umfunktioniert hatte.

»Hast du alles?« Sids Stimme klang angespannt.

»Denke schon«, erwiderte ich grinsend und zog die alte Mütze über meinen Kopf, sodass nur noch die Augen zu sehen waren.

»Und du bist sicher, dass das Fenster noch offen ist?«

»Werde ich ja gleich sehen.«

Ich öffnete die Beifahrertür und stieg aus.

»Lemmy?«

»Ja?«

»Viel Glück. Und lass dich nicht erwischen.«

Ich rollte die Augen. Manchmal war Sid schlimmer als meine Mutter.

»Wird schon schiefgehen.«

Ich vergewisserte mich noch ein letztes Mal, dass meine Ausrüstung vollständig war, dann schlich ich geduckt im Schatten der Häuser die kleine Seitengasse entlang, in der Sid den Wagen geparkt hatte.

Ich gestehe, ich war nervös. Zwar war dies nicht das erste Mal, dass ich mir während der Nachforschungen zu einer Story unerlaubten Zutritt zu einem Gebäude verschaffte, aber Thertes Waffensysteme war eben nicht der Metzger von nebenan, bei dem es angeblich ein Schädlingsproblem gab. Sicher, die Erfahrung, einem zornigen Metzger gegenüberzustehen, der das Fleischerbeil noch in der Hand hatte, war eine der unangenehmeren in meiner Karriere gewesen, aber mir war durchaus bewusst, dass ich mich in weitaus größeren Schwierigkeiten befinden würde, sollte man mich diesmal erwischen.

Der riesige Gebäudekomplex lag völlig im Dunkeln; einzig durch die Glastüren der Eingangshalle drang das schwache Licht einer einzelnen Lampe. Ich wusste, dass es hier nachts Wachposten gab, und ich hoffte inständig, dass es sich um die Sorte Nachtwächter handelte, die lieber ein kleines Nickerchen hielten oder Kuchen in sich hinein futterten, als in den Fluren auf Patrouille zu gehen.

Der Haupteingang war für mich nicht von Interesse; stattdessen lenkte ich meine Schritte auf den sauber gepflegten Rasen neben dem Gebäude, der sich irgendwo im Dunkeln verlor. Ich schlich dicht an der Hauswand entlang und zählte die Fenster, an denen ich vorbei kam. Schließlich blieb ich stehen. Ich kramte die Gummihandschuhe aus meiner Hosentasche und streifte sie über.

Es war zu dunkel, um etwas zu erkennen, also zückte ich meine Taschenlampe und ließ ihren Strahl kurz über den Fensterrahmen wandern; tatsächlich konnte ich den schmalen Spalt erkennen, der mir anzeigte, dass ich hier richtig war. Ich lächelte zufrieden und schaltete die Taschenlampe rasch wieder aus. Dann legte ich vorsichtig beide Hände gegen den Fensterrahmen und drückte langsam gegen das weiß lackierte Holz. Es dauerte einen kurzen Moment, dann gab der Rahmen nach und schwang nach innen auf. Sofort schnellte meine Hand vor, um zu verhindern, dass das Fenster mit zu viel Schwung innen gegen die Wand schlug.

Ich hielt einen Augenblick inne und lauschte. Bis auf das ferne Maunzen einer Katze war nichts Außergewöhnliches zu hören. Mit einem letzten Blick hinüber zur Straße zog ich mich auf die Fensterbank hinauf und kletterte vorsichtig ins Innere.

Auch im Dunkeln erkannte ich die Herrentoilette wieder, die ich wenige Stunden zuvor betreten hatte, um das Fenster so zu manipulieren, dass es offenblieb, obwohl es auf den ersten Blick aussah, als sei es geschlossen. Tatsächlich bedurfte es dafür nur etwas Knete und ein wenig Feingefühl. Es war ein alter Trick, den ich schon mehr als einmal angewandt hatte. Auch diesmal war ich wieder nach dem altbewährten Plan vorgegangen. Unter dem Vorwand, einen Artikel über die wichtigsten Arbeitgeber der Region zu schreiben, hatte ich einen Termin bei der Pressesprecherin von Thertes Waffensysteme bekommen. Eine nette junge Dame hatte mich in der Eingangshalle abgeholt und zum Büro der Pressesprecherin im vierten Stock begleitet. Dort hatte ich mir eine halbe Stunde lang Lobtiraden auf die Firma angehört, eifrig Notizen in meinen Block gekritzelt und kluge Fragen gestellt, bis mich dieselbe Dame wieder zurück in die Eingangshalle begleitet hatte. Im Erdgeschoss angekommen hatte ich sie mit entschuldigender Mine gefragt, ob es wohl möglich sei, kurz die Toiletten zu benutzen, und natürlich hatte sie mir bereitwillig den Weg zur Herrentoilette gezeigt. Der Rest war ein Kinderspiel gewesen.

Ich pulte das Stück Knete aus dem Rahmen und schloss das Fenster, dann tastete ich mich im Dämmerlicht zur Tür. Langsam und vorsichtig drückte ich die Klinke herunter und zog die Tür einen Spaltbreit auf.

Dunkelheit herrschte auf der anderen Seite. Waren in der Herrentoilette durch das spärlich hereinfallende Mondlicht noch schemenhafte

Umrisse zu erkennen, so lag der fensterlose Flur in absoluter Finsternis. Ich öffnete die Tür langsam weiter, schlüpfte hindurch und zog sie dann hinter mir vorsichtig wieder ins Schloss. Dann blieb ich einen Moment in völliger Dunkelheit stehen und lauschte. Da ich bis auf das Pochen meines Herzens nichts hören konnte, griff ich schließlich wieder nach der kleinen Taschenlampe und leuchtete kurz meine unmittelbare Umgebung ab. In Begleitung der jungen Dame war ich heute mit dem Fahrstuhl hinauf in die vierte Etage gefahren, doch diesmal würde ich die Treppe nehmen müssen. Und die lag links von mir. Ich schickte also einen kurzen Lichtstrahl nach links den Flur entlang. Vier Türen auf der linken Seite bis zur nächsten Biegung, nichts an den Wänden, das herunterfallen konnte. Rasch schaltete ich die Taschenlampe wieder aus. Dann legte ich die linke Hand auf die Wand neben mir und tastete mich so durch die Dunkelheit vor. Eine Tür, dann noch eine, dann die Dritte und schließlich die Vierte. Ich verlangsamte meine Schritte, wartete darauf, dass die Wand endete und mir somit anzeigte, dass die Flurbiegung erreicht war. Als ich die plötzliche Kante spürte, blieb ich stehen, lauschte in die Dunkelheit und schaltete dann erneut meine Taschenlampe ein. Ein kurzer Lichtstrahl den Flur entlang, und dann weiter tasten. Zwischendurch immer wieder stehen bleiben und lauschen. Mit dieser Methode arbeitete ich mich bis zum Treppenhaus vor. Die Treppe erklomm ich komplett im Dunkeln. Als ich den sechsten Stock erreicht hatte, wo das Büro von Arwin Thomsky, dem Chef von Thertes Waffensysteme lag, musste ich erst einmal einen Moment verschnaufen. Ich war noch nie sonderlich sportbegeistert gewesen, was ich in Momenten wie diesem manchmal bereute.

Nachdem sich meine Atmung und mein Puls wieder halbwegs normalisiert hatten, setzte ich meinen Weg durch die finsteren Flure in Richtung von Thomskys Büro fort.

Die Tür zum Vorzimmer war selbst im Dunkeln schwer zu übersehen. Sie lag direkt am Ende des Hauptflures im sechsten Stock und zwei akkurat gestutzte Zierbüsche in weißen Töpfen flankierten sie.

Ich blieb stehen und spitzte die Ohren. Außer meinem eigenen Herzschlag konnte ich erneut nichts hören. Offenbar hatte ich tatsächlich Glück, was die Arbeitsmoral der hiesigen Wachposten anging. Mit einem zufriedenen Lächeln zückte ich das Mäppchen mit den Dietrichen.

Erstens kommt es anders und zweitens, als man denkt

Ich würde nicht so weit gehen, mich als versierten Schlösserknacker zu bezeichnen. Allerdings war ich in meiner Kindheit und Jugend durchaus das, was man vielleicht umtriebig nennen würde. Die Benutzung von Dietrichen und anderen Werkzeugen zweifelhafter Natur leistete uns Halbstarken damals des Öfteren gute Dienste, wenn es darum ging, ein leerstehendes Gebäude zu erkunden oder die sorgsam weggesperrte Spirituosensammlung der Eltern zu plündern. Dass mir dieses gewisse Geschick auch in späteren Jahren bei meiner beruflichen Laufbahn von Nutzen sein würde, ahnte ich als Knirps natürlich noch nicht.

Als ich nun vor der Tür zum Chefbüro stand, war ich jedenfalls wieder einmal äußerst froh über mein damals erworbenes Können – und nebenbei auch über die dünnen Gummihandschuhe, die nun verhinderten, dass ich verräterische Fingerabdrücke hinterließ.

Es dauerte nur wenige Augenblicke, ehe aus dem Schloss ein leises ›klick!‹ ertönte. Ich verstaute die Dietriche wieder in meiner Manteltasche und drückte die Klinke herunter.

Der schmale Kegel meiner Taschenlampe enthüllte ein recht überschaubares Vorzimmer.

Die rechte Hälfte schien als Arbeitsbereich zu fungieren; ein Tisch mit einer Schreibmaschine stand mittig im Raum und entlang der Wände zogen sich niedrige Schränkchen und Regale voller Ordner. Außerdem entdeckte ich zu meiner überaus großen Freude einen Dopplikator *(für diejenigen, die noch nie eines dieser neumodischen Geräte zu Gesicht bekommen haben, sei gesagt, dass es sich hierbei um eine denkbar einfache Methode handelt, Dokumente ohne Blaupausen zu vervielfältigen)*; der konnte mir unter Umständen später noch nützlich sein.

Die linke Hälfte war wohl der Wartebereich; hier stand das einzige bequem aussehende Möbelstück des ganzen Zimmers, eine Eckcouch, sowie ein niedriger Beistelltisch und ein Zimmerfarn in einem bauchigen

Topf. Ich schloss die Tür hinter mir, durchquerte das Vorzimmer und machte mich nun mit meinem Werkzeug an der eigentlichen Tür zum Chefbüro zu schaffen. Dieses Schloss erwies sich als etwas trickreicher, doch mit Geduld und Fingerspitzengefühl gelang es mir schließlich, auch dieses zu knacken. Mit angehaltenem Atem schob ich die Tür langsam auf und lauschte. Gab es vielleicht doch irgendeine Form von Alarmanlage, die losgehen würde, sobald jemand Unbefugtes sich Zutritt zu diesem Raum verschaffte? Doch alles blieb still. Kein Sirenengeheul ertönte, keine rennenden Schritte sich nähernder Wachleute auf dem Flur und es gab auch keine verborgenen Mechanismen, die ein Netz oder eine scharfe Klinge auf mich niedersausen ließen – wobei ich mit Letzterem auch ehrlich gesagt nicht wirklich gerechnet hatte. Als ich sicher war, dass mein Einbruch noch immer unbemerkt geblieben war, trat ich vorsichtig über die dunkle Schwelle.

Hier war ich nun. Im Büro von Arwin Thomsky. Mit einer Strickmützen-Sturmhaube über dem Kopf und Einbruchswerkzeug in den Händen. Blieb zu hoffen, dass sich die ganze Aktion auch gelohnt hatte, und ich tatsächlich das fand, wonach ich suchte.

Langsam zog ich die Tür hinter mir bis auf einen schmalen Spalt zu und ließ den bläulichen Lichtkegel der Taschenlampe über meine Umgebung wandern.

Stück für Stück schälte das Büro sich aus den Schatten. Im schwachen Licht der Taschenlampe sah ich holzvertäfelte Wände, an denen gerahmte Fotografien und Urkunden hingen, eine Minibar, deren Inhalt auszukundschaften mich in den Fingern juckte, schwere Teppiche auf dem Boden und einen protzigen Schreibtisch auf der rechten Seite des Zimmers. Gegenüber der Tür erstreckte sich anstelle der Außenwand eine gewaltige Fensterfront, deren Scheiben bis zum Fußboden reichten. Ich würde aufpassen müssen, wohin ich mit der Taschenlampe leuchtete, denn auch wenn ich mich hier im sechsten Stock befand, durfte ich auf keinen Fall das Risiko eingehen, dass irgendjemand mitbekam, was ich hier drinnen trieb.

Den tastenden Lichtkegel der Taschenlampe vor mir ging ich ein paar Schritte tiefer in den Raum. Eine Sitzgruppe mit drei Sesseln tauchte aus der Dunkelheit links von mir auf und dann erblickte ich an der Wand hinter dem Schreibtisch, wonach ich gesucht hatte: ein schmales, hohes Regal aus dem gleichen dunklen Holz wie die Wandtäfelung, bis obenhin gefüllt mit Ordnern.

Mit wenigen Schritten war ich dort und versuchte nun, die Beschriftungen auf den Ordnern zu entziffern. Es handelte sich größtenteils um irgendwelche mir nicht erklärlichen Kürzel aus Zahlen und Buchstaben und hin und wieder glaubte ich, ein Datum zu lesen. Da ich aus der Beschriftung der Ordner nicht wirklich schlau wurde, zog ich schließlich kurzerhand den ersten in der obersten Reihe heraus. Ich klemmte die Taschenlampe zwischen Kopf und Schulter ein und öffnete dann die Klappe des Ordners.

Ich blätterte durch den Stapel Papiere, der hier abgeheftet war. Offensichtlich handelte es sich um Personalakten, also nicht das, wonach ich suchte. Rasch schloss ich den Ordner wieder und stellte ihn zurück an seinen Platz. Die nächsten fünf Ordner wiesen das gleiche Kürzel wie der erste auf, nur die letzte Zahl änderte sich jeweils, also handelte es sich hierbei vermutlich ebenfalls um Akten der Mitarbeiter.

Als Nächstes fand ich einen Ordner mit irgendwelchen Quartalszahlen und Statistiken, danach folgten diverse steuerliche Dokumente. Ich war mir sicher, dass ich auch hier die ein oder andere äußerst interessante Sache finden konnte, doch mir fehlte die Zeit, um ziellos in irgendwelchen Akten zu schnüffeln. Die Wachposten hatten bisher zwar nichts von sich blicken lassen, doch jede Minute, die ich mich hier aufhielt, barg das Risiko einer Entdeckung.

Hastig blätterte ich mich durch Ordner voller Sicherheitsbestimmungen und Notfallpläne für den Brand- oder Überschwemmungsfall in einer Waffenmanufaktur, Unternehmensleitlinien und anderen langweiligen bürokratischen Kram.

Dann stieß ich endlich auf einen Ordner mit Kundendaten, Kaufverträgen und Ähnlichem. Da neben ihm noch drei weitere Ordner mit beinahe identischen Beschriftungen standen, legte ich kurzerhand die Taschenlampe neben dem Regal ab, sodass ihr Lichtkegel die Wand anstrahlte, und trug die vier Ordner hinüber zum Schreibtisch. Die Taschenlampe wieder in der Hand ließ ich mich auf dem äußerst bequemen Chefsessel nieder.

Ehe ich den ersten Ordner aufschlug, hielt ich einen kurzen Moment inne und lauschte. Irgendwo aus dem dunklen Raum drang das leise und gleichmäßige Ticken einer Uhr und draußen auf der Straße konnte ich gedämpft ein vorbeifahrendes Auto hören. Ansonsten blieb alles still. Keine Schritte auf dem Flur, keine leise herunter gedrückte Türklinke. Ich nahm die Taschenlampe in die linke Hand und öffnete mit der rechten den ersten Ordner.

Während ich mich durch die Unterlagen arbeitete, wurde mir wieder einmal klar, dass ich es hier mit einem verdammt großen Konzern zu tun hatte. Die Zahlen, die dort vor meinen Augen schwirrten, überstiegen bei weitem das, was ein normaler Mensch sich vorstellen kann *(und damit meine ich sowohl die Zahl der Waffen, die hier mit einer einfachen Unterschrift auf Papier verkauft wurden, als auch die horrenden Summen, die für diese Todeswerkzeuge bezahlt wurden)*. Größtenteils handelte es sich bei den Kunden um das Militär verschiedener Länder der AWR, Sicherheitsdienste großer Firmen oder auch die gamarische Polizei. Ich war mir nicht sicher, ob ein Handelsabkommen mit den karischen Terroristen tatsächlich so offensichtlich in einem Ordner abgeheftet sein würde, oder ob dieses schmutzige Geschäft vielleicht irgendwie getarnt war, aber ich ging zunächst einmal von Ersterem aus. Falls ich in keinem der Ordner eine Erwähnung der Iasham fand, konnte ich immer noch die anderen Dokumente auf Herz und Nieren prüfen.

Ich war gerade bei der Hälfte des zweiten Ordners angelangt, als mir bei einem Kaufvertrag das Wort Kari ins Auge stieß. Sofort hielt ich inne.

Rasch überflog ich das Papier. Vertragspartner war hier offenbar die AWR, Empfänger der Lieferung anscheinend die Einheiten der AWR, die in Kari stationiert waren. Einige der genannten Namen kamen mir vage bekannt vor; vermutlich hatte Sid sie irgendwann in ihren Erzählungen einmal erwähnt. Ich überflog die Liste der verkauften Waffen und musste mich zusammenreißen, um nicht einen anerkennenden Pfiff auszustoßen. Was Sids Kameraden da alles an Arsenal zur Verfügung gestellt bekamen, ließ selbst einen Laien wie mich staunen. Nicht nur, dass ich hier die von Sid erwähnten Splittergranaten und Batteriemörser fand, sondern auch Unmengen an Munition, Handgranaten, Minen und sonstigem destruktivem Zeug waren auf der Liste geführt. Doch offenbar war das hier nicht die Lieferung, nach der ich suchte.

Ich wollte schon weiterblättern, als mir auffiel, dass an die Rückseite des Kaufvertrags drei separate Seiten geheftet waren, die offenbar nicht zum Vertrag selbst gehörten. Ich warf einen neugierigen Blick darauf.

Als meine Augen über die Schriftstücke wanderten, spürte ich, wie sich ein immer größerer Kloß in meinem Magen bildete. Denn hier hatte ich nun endlich das gefunden, weswegen ich hergekommen war. Allerdings auf vollkommen andere Art und Weise, als ich vermutet hatte.

Langsam lehnte ich mich im Chefsessel zurück, legte die Taschenlampe in meinem Schoß ab und fuhr mir mit beiden Händen durch die Haare.

Vielleicht kennen Sie dieses frustrierende Gefühl, wenn Sie mit einem Schlag erkennen, dass Sie die ganze Zeit einem gewaltigen Irrtum aufgesessen sind und sinnlose Zeit für nichts und wieder nichts verschwendet haben. Exakt so ging es mir in dieser Situation.

Denn was ich an die Rückseite des Vertrags geheftet vorgefunden hatte, war der Militärbericht über einen bewaffneten Überfall auf einen Waffentransport in Kari. Ausgeführt von einer Gruppe der Iasham. Infolge dieses Angriffs waren große Mengen an hochmodernem Kriegsgerät – unter anderem die bereits erwähnten Batteriemörser und Splittergranaten – von den Rebellen gestohlen worden. Und die angeheftete Kopie der Lieferpapiere hatte erschreckende Ähnlichkeit mit den Dokumenten, die Sid im Besitz des verletzten Iasham gefunden hatte.

Das war's dann wohl.

Der Skandal, den ich gehofft hatte, zu finden, war überhaupt kein Skandal. Was sollte ich schon hierüber großartig schreiben? »Terroristen beklauen Waffenkonzern«? Böse Leute tun böse Dinge, das war nicht mal ein müdes Lächeln wert. Mit gutem Willen hätte man vielleicht noch die mangelnden Sicherheitsvorkehrungen beim Transport solch hochgefährlicher Waffen beanstanden können, aber selbst das war weit entfernt von einer Story, wie ich sie mir erhofft hatte – und keinesfalls skandalös genug, um sich unangenehmen Fragen zur Herkunft meiner Informationen zu stellen.

Ich hatte soeben meine Story verloren.

Wieder einmal.

Mit einem resignierten Seufzer klappte ich den Ordner zu und stierte in die Dunkelheit. Was sollte ich jetzt tun? Mein Ultimatum von einem Zwimond war bereits um eine Woche geschrumpft. Mir lief die Zeit davon. Ich musste dringend irgendeine Story aus dem Hut zaubern, wenn ich meinen Job behalten wollte.

Zuerst allerdings musste ich schleunigst von hier weg. Nun, da meine Spur sich als Blindgänger entpuppt hatte, kam mir meine kleine Einbruchsaktion sogleich noch viel riskanter vor; wenn man mich jetzt erwischte, hatte ich nicht einmal etwas in der Hand, außer falschen Verdächtigungen, mit denen ich auch noch Sid in die Sache hineinziehen würde. Ich fluchte innerlich. Wieder lauschte ich auf verdächtige Geräusche. Zu meiner Beruhigung war bis auf das stetige, leise Ticken der unsichtbaren Uhr nichts zu hören.

Ich erhob mich, legte die Taschenlampe auf dem Schreibtisch ab und hob die Ordner an, um sie wieder ins Regal zu stellen. In diesem Moment geriet die Lampe langsam ins Rollen und kullerte immer schneller auf die Tischkante zu. Mit einem dumpfen Poltern ließ ich die Ordner zurück auf den Schreibtisch fallen und griff hastig nach der Taschenlampe, ehe sie mit lautem Scheppern zu Boden fallen konnte. Es gelang mir gerade so, sie festzuhalten, doch der Lichtkegel tanzte dabei einmal genau quer über die große Fensterfront. Leise fluchend versuchte ich, den Lichtstrahl rasch wieder gen Boden zu richten, rutschte dabei mit den Händen von der Tischkante ab – und diese gab plötzlich mit einem leisen Knirschen nach. Verdutzt taumelte ich einen Schritt zur Seite, als mein Halt so unvermittelt verschwand. Dann richtete ich den Strahl der Lampe auf den Schreibtisch, um nachzusehen, was meine Ungeschicklichkeit angerichtet hatte.

Es dauerte einen Augenblick, bis ich begriff, was ich dort sah. Ein kleiner Teil der Holzplatte befand sich auf einmal in merkwürdiger Schräglage: Die eine Hälfte ragte in die Höhe, die andere verschwand nach unten – anscheinend war dieser Teil der Platte an einem Scharnier befestigt. Und in dem Teil, der nun schräg in die Höhe stand, entdeckte ich – offensichtlich – ein Geheimfach.

Kurioser allerdings als die Tatsache, dass sich im Schreibtisch von Arwin Thomsky ein verborgenes Geheimfach befand, war der Inhalt ebendieses Faches. Denn dort, im bläulichen Schein der Taschenlampe, erkannte ich eine fingerdicke Mappe.

Es dauerte einen kurzen Augenblick, ehe ich entschlossen danach griff und die Mappe heraus zog. Sie war aus Pappe und ein roter Stempel mit dem Schriftzug »STRENG VERTRAULICH« prangte quer auf dem Deckel.

Mit der Hoffnung des Verzweifelten öffnete ich den Verschluss und schlug die Mappe auf.

In ihrem Inneren fand ich einen Stapel ungehefteter Papiere, teils Listen, teils offenbar Berichte, und über jedem Blatt prangte die Überschrift *Syrikon-Projekt.*

Offenbar hatte ich hier irgendein Projekt des Konzerns gefunden, auch wenn sich mir nicht auf den ersten Blick erschloss, worum es ging. Allerdings sprachen sowohl der Fundort als auch der Stempel auf dem Deckel dafür, dass es sich hier um irgendeine ganz furchtbar geheime und ganz furchtbar wichtige Sache handelte.

Ich begann, die Unterlagen ein wenig genauer zu durchforsten. Die Listen halfen mir auch auf den zweiten Blick nicht weiter; es waren hauptsächlich Zahlenkolonnen, hinter denen verschiedene Daten aufgelistet waren. Manchmal waren dahinter handschriftliche Vermerke gekritzelt wie »erhofftes Niveau nicht erreicht« oder »zweiter Versuch fehlgeschlagen«. Die Berichte waren schon etwas aufschlussreicher; zwar wimmelte es hier nur so von irgendwelchen mir unbekannten Abkürzungen, aber es war doch daraus ersichtlich, dass es sich um Dokumentationen irgendwelcher Forschungen handelte. Ich war also ganz offensichtlich über ein geheimes Forschungsprojekt gestolpert.

Zunächst fiel es mir beim Überfliegen der Texte nicht wirklich auf, doch dann stutze ich und es wurde mir klar, dass hier erstaunlich oft von Indridana die Rede war *(Sie erinnern sich – die Hilfsorganisation, deren Mitarbeiterin ich erst kürzlich auf nicht ganz so erfreuliche Weise kennen gelernt hatte).* Ich las die betreffenden Passagen der Berichte ein wenig genauer. Das wenige, was ich davon verstand, ließ allerdings keinen Zweifel daran, dass dieses ominöse Syrikon-Projekt in Senabri'il durchgeführt wurde. Das alleine war noch nicht wirklich außergewöhnlich, immerhin gibt es einen ganzen Haufen gamarische Firmen, die in Senabri'il produzieren oder entwickeln, einfach weil die Arbeitskräfte dort wesentlich billiger sind als hierzulande. Was mich jedoch wirklich misstrauisch machte, war die offensichtlich sehr enge Zusammenarbeit mit Indridana über einen Kontaktmann namens Flinn Timmler.

Was, bei allen Dämonen der neun Höllen, hatte ein Waffenkonzern mit einer Hilfsorganisation zu schaffen?

Das wollte einfach so gar nicht zusammenpassen. Und das wiederum ließ mich neugierig werden. Ich ließ meine derzeitige Situation Revue passieren und beschloss dann kurzerhand, dass es immer noch besser war, diesem Hauch einer Spur mit allen dabei auftretenden Risiken nachzugehen, als unverrichteter Dinge hier wieder abzuziehen. Sonst konnte ich auch gleich zu meiner Chefin gehen und ihr die fristlose Kündigung vor die Füße werfen *(Ich gebe zu, die Theatralik eines solchen Szenarios gefiel mir irgendwie, aber ich beschloss dann doch, mir diese Möglichkeit für den äußersten Notfall aufzuheben).*

Allerdings befand ich mich noch immer als Einbrecher im Büro des Konzernchefs von Thertes Waffensysteme und nun wurde mir mit einem Schlag klar, dass ich eben einen ziemlichen Radau veranstaltet haben musste; es war ein Wunder, dass noch keiner der diensthabenden Wachleute auf der Matte stand, um nachzusehen, was hier vor sich ging. Wenn ich mich beeilte, konnte ich vielleicht den Dopplikator im Nebenraum noch benutzen, um die wichtigsten Blätter zu dopplizieren.

Eilig erhob ich mich *(diesmal steckte ich den Griff der Taschenlampe in die Öffnung des Geheimfachs, um zu verhindern, dass sie erneut Anstalten machte vom Tisch zu kullern)* und stellte die vier Ordner, die ich zuvor durchblättert hatte, zurück in das schmale Regal. Dann schnappte ich mir meine Lampe und die Mappe und eilte zurück ins Vorzimmer. Rasch trat ich an das klobige Gerät hinter dem Schreibtisch und öffnete die Klappe an der Oberseite.

Zu meiner großen Beunruhigung veranstaltete der Dopplikator einen ziemlichen Radau, ächzte und quietschte wie eine alte Dampflok. Ich hoffte allerdings, dass die Wachposten auch weiterhin so faul blieben wie bisher und vielleicht ein Nickerchen irgendwo in ihrer Wachstube im Erdgeschoss hielten.

Ich hatte gerade ein halbes Dutzend Seiten durch den Dopplikator gejagt, als ein unheilvolles Geräusch an mein Ohr drang und mich erstarren ließ.

Schritte auf dem Flur. Schwere Schritte.

Für mehrere Herzschläge war ich wie gelähmt; mein Blick ruckte hektisch von der aufgeschlagenen Geheimakte neben mir hin zu dem fauchenden und stotternden Dopplikator und mir war klar, dass wer auch immer nun den Raum betrat, wissen würde, dass er es mit einem Eindringling zu tun hatte, selbst wenn es mir gelang, mich zu verstecken.

Ich hatte ein ernsthaftes Problem.

Die Tür öffnete sich und mit einem Hechtsprung gelang es mir in letzter Sekunde, mich in dem toten Winkel dahinter zu verstecken. Mit angehaltenem Atem wartete ich darauf, dass der Wachmann – oder wer auch immer der unerwünschte Besucher war – in mein Sichtfeld trat, während ich in meiner Jacke nach dem Parfümfläschchen mit dem Aractocyn tastete.

Eine plumpe Gestalt tauchte hinter der Tür auf und im nächsten Moment schloss ich halb geblendet die Augen; das Deckenlicht war angeschaltet worden und nachdem ich so lange durch die Dunkelheit geschlichen war, schmerzte das bläuliche Licht in meinen Augen.

»Was zum …?«, ertönte eine verblüffte Stimme und als ich die Augen wieder öffnete, sah ich einen kleinen Wachmann mit dickem Bauch, der fassungslos zwischen mir und dem fauchenden und zischenden Dopplikator hin und her schaute. Für einen kurzen Moment schien mein Herz auszusetzen. Dann sah ich, dass der Mann keine Feuerwaffe bei sich trug, sondern lediglich einen schwarzen Gummiknüppel. Offenbar rechnete man bei Thertes Waffensystem nicht mit ernsthaften Bedrohungen. Welche Ironie.

»Tja …« Ich räusperte mich verlegen. »Das ist jetzt dumm, nicht?«

Und noch bevor der dicke Wachmann etwas unternehmen konnte, hatte ich ihm das Parfümfläschchen ins Gesicht gehalten und mit einem leisen – pfft! pfft! – zweimal auf den kleinen violetten Gummiball gedrückt *(ernsthaft, wie zum Geier nennt man diese kleinen runden Puffel-Dinger an Parfümfläschchen, die dafür sorgen, dass oben was raus kommt?!)*. Der Mann verdrehte die Augen und ließ ein leises »Huach?« hören, dann sank er in sich zusammen wie eine Marionette, der man die Fäden durchgeschnitten hatte. Dumpf schlug er auf dem Boden auf und blieb liegen. Einen Moment stand ich reglos da, das Parfümfläschchen noch immer wie eine Waffe erhoben. Sid hatte nicht übertrieben. Allerdings war ich mir nicht sicher, wie lange die Wirkung des Aractocyns anhalten würde. Außerdem war es wahrscheinlich, dass das Verschwinden des Wachmanns nicht lange unbemerkt bleiben würde. Seine Kollegen würden sicherlich nach ihm sehen, und dann konnte es sein, dass ich doch noch in ernsthafte Schwierigkeiten geriet.

Hastig sammelte ich die Unterlagen aus der Geheimakte ein, verschloss diese wieder sorgfältig und eilte hinüber ins Chefbüro, wo ich sie zurück in das Geheimfach steckte, aus dem ich sie genommen hatte. Mit einem leisen Klacken ließ ich das Fach zuklappen; es verschwand beinahe nahtlos in der Tischplatte. Dann schloss ich die Bürotür hinter mir, stopfte mir die Taschenlampe und die Dopplikate, die ich gemacht hatte, in die Innentasche des Mantels, löschte das Licht und verließ hastig das Vorzimmer.

Draußen auf dem Flur atmete ich kurz durch, nahm einen flüchtigen Schluck aus meinem Flachmann und machte mich dann auf den Rückweg. Ich musste mich sehr zusammenreißen, die Treppe nicht nach unten zu rennen, sondern leise Stufe für Stufe zu nehmen, um keine unnötige Aufmerksamkeit zu erregen. Im Erdgeschoss angekommen bahnte ich mir meinen Weg zurück zur Herrentoilette – und blieb wie angewurzelt stehen, als ich Licht unter der Tür durchsickern sah. Einen Moment war ich wie erstarrt. Dann schlich ich langsam näher. Ich lauschte an der Toilettentür. Zunächst hörte ich nichts, doch dann drangen leise Geräusche an mein Ohr, die ein wenig so klangen, als werfe jemand Steine in ein Wasserbecken.

Ich verzog das Gesicht. Offenbar hatte einen der Wachmänner ein dringendes Bedürfnis ereilt. Das konnte dauern.

Was nun?

Ich bezweifelte, dass ich es schaffen würde, die Herrentoilette zu betreten und aus dem Fenster zu verschwinden, ohne dass der Kerl auf der Schüssel mich hören würde. Mein Weg nach draußen war also versperrt. Fieberhaft suchte ich nach einer Lösung – und dann fiel es mir wie Schuppen von den Augen.

Ich musste mir ein Lachen verkneifen; es war einfach zu offensichtlich! Leise trat ich an die nächste Tür heran, auf der ein D anstelle eines H prangte, und drückte vorsichtig die Klinke herunter. Es hatte schon angenehmere Anlässe in meinem Leben gegeben, eine Damentoilette zu betreten, doch diesmal bot sie tatsächlich meine beste Chance, mich ungesehen aus dem Staub zu machen. Wie ich vermutet hatte, war der Raum baugleich mit dem Herrenklo, und so war es für mich ein Leichtes, das Fenster zu öffnen und hinauszuklettern. Als ich auf der Außenseite hinausstieg, rutschte ich jedoch ab und schrammte mit dem Knie an der rauen Fassade entlang, was mir einen leider nicht sonderlich leisen Schmerzenslaut entlockte. Sofort schlug ich die Hand über den Mund, doch es war zu spät. Hinter dem erleuchteten Fenster der Herrentoilette hörte ich das dumpfe Schlagen einer Klokabinentür und ein misstrauisches »Hallo?«.

Ich zog den Kopf ein und nahm die Beine in die Hand. Hinter mir hörte ich, wie ein Fenster geöffnet wurde – offenbar war der Wachmann fertig mit seinem großen Geschäft – und jemand rief mir ein wütendes »He! Stehen bleiben!« hinterher. Ich legte noch einen Zahn zu und rannte, was das Zeug hielt. Es war egal, dass ich nun aufgeflogen war, denn der bewusstlose Wachmann oben im Vorzimmer würde sicher nicht lange unentdeckt bleiben. Die Frage war nur, wie viel Zeit wir hatten, zu verschwinden, ehe die Polizei auftauchte. Keuchend bog ich in die Seitengasse ein, wo noch immer der graue 42er Major parkte. Sid öffnete mir rasch die Beifahrertür, als sie mich kommen sah. Ich ließ mich in den Sitz fallen und riss mir die Strickmütze vom Kopf.

»Ist etwas schiefgelaufen?«, fragte sie alarmiert, als sie meinen gehetzten Gesichtsausdruck sah. Ich schüttelte den Kopf.

»Halb. Egal. Fahr«, war das Einzige, was ich hervorbrachte. Zum Glück war Sid geistesgegenwärtig genug, nicht mit aufheulendem Motor davon zu jagen, sondern ein gemächliches Tempo anzuschlagen. Doch erst als wir die Lichter Drakenfurths hinter uns ließen und über die dunkle Landstraße zurück nach Hornstadt fuhren, fiel die Anspannung etwas von mir ab.

»Und? Hast du etwas herausgefunden?«

»Ja. Aber völlig anders, als du denkst. Lass uns ins Bolgers fahren, da erzähl ich dir alles.«

Plan B

»Gestohlen?«

»Jap. Gestohlen. So einfach. Und die AWR wusste Bescheid. Von denen war der Bericht, den ich gefunden habe.«

Wir hockten auf unseren Stammplätzen im Bolgers, beide ein Glas Bier vor uns und eine Cigarette in der Hand. Ich hatte Sid gerade erzählt, was ich über die Waffen der Iasham herausgefunden hatte. Jetzt herrschte betretenes Schweigen.

»Tut mir leid, dass ich dich in Gefahr gebracht habe«, sagte Sid schließlich unbehaglich. »Und das dann auch noch für nichts und wieder nichts.«

Ich winkte ab.

»Vergiss es. In Gefahr gebracht hab' ich mich ja selbst. Und es war auch nicht für nichts und wieder nichts.«

Sid hob fragend eine Augenbraue. Ich klemmte die Cigarette zwischen die Lippen und zog die Handvoll Dopplikate heraus.

»Was ist das?«

»Das, meine Liebe, ist mein Plan B.« Ich grinste. »Wie es der Zufall so will, bin ich da über ein *streng geheimes* Projekt gestolpert. Und wenn du mich fragst: Die Sache stinkt. Oder hast du eine logische Erklärung dafür, was Thertes mit einer Hilfsorganisation zu schaffen haben könnte?«

Ich schob ihr die Blätter zu. Sid griff danach und ließ ihren Blick über die Seiten schweifen.

»Syrikon?« Sie warf mir einen überraschten Blick zu.

»Sag bloß, du weißt, was das ist.« Ich starrte verblüfft zurück.

Sid hob die Augenbrauen.

»Natürlich weiß ich das. Und du solltest es streng genommen auch wissen.«

»Dann hilf meinem Gedächtnis mal ein wenig auf die Sprünge.«

»Obersekunda? Altthrurgische Geschichte?«

Ich schnitt eine Grimasse. Wenn es ein Fach in der Schule gegeben hatte, das ich noch mehr verabscheut hatte als Mathematik, dann war es ganz sicher Altthrurgisch gewesen und das fing schon damit an, dass man alleine das Wort kaum aussprechen konnte. Manchmal bezweifelte ich, dass die Thrurgier sich damals tatsächlich selbst so genannt hatten; sehr viel wahrscheinlicher erschien mir, dass der Begriff den bösartigen Hirnen irgendwelcher sadistischer Pauker entsprungen war, um arme Schüler damit zu quälen.

Sid seufzte.

»Aber wer Syr ist, weißt du schon noch, oder?«

»Ähm … einer der beiden Monde?«

»… der nach dem altthrurgischen Kriegsgott Syr benannt ist.«

Da klingelte irgendetwas in meinem Hinterkopf. Ich meinte, mich dunkel daran erinnern zu können, dass ich als Halbwüchsiger nie verstanden hatte, was an dem friedlichen, blau leuchtenden Himmelskörper kriegerisch sein sollte.

»Jetzt wo du's sagst … und was hat es jetzt mit Syrikon auf sich?«

Sid warf mir einen missbilligenden Blick zu, der nur allzu deutlich machte, was sie davon hielt, dass ich dieses wichtige kulturgeschichtliche Wissen ganz offenbar verdrängt hatte. Allerdings kannte ich sie gut genug, um zu wissen, dass sie sich keine Gelegenheit entgehen ließ, um einen ihrer Vorträge zu halten.

»Das Syrikon war ein sehr wichtiger Bestandteil der thrurgischen Mythologie. Es bezeichnete den Tag, an dem der Kriegsgott Syr sich gegen die anderen Götter erheben und mit seinem Heer der Gefallenen die ganze Welt mit einem grausamen Krieg überziehen würde. Die Thrurgier glaubten, dass jeder Mensch, der in einer Schlacht fiel, als Krieger in Syrs Heer wieder auferstehen würde. Außerdem gibt es in einigen Quellen einen Hinweis darauf, dass die mutigsten und stärksten Krieger während des Syrikons von Syrs Heer verschont würden, wenn sie sich ihm freiwillig anschlossen.«

»Klingt ein bisschen nach Weltuntergang, wenn du mich fragst.«

»Nicht nur ein bisschen. Was meinst du, warum die Thrurgier solch ein kriegerisches Volk waren? Für sie bestand ihre einzige Chance, beim Syrikon verschont zu werden, darin, sich selbst im Kampf so hervorzutun, dass sie zu den Auserwählten gehören würden, die auch als Lebendige Aufnahme in Syrs Heer finden würden.«

Ich zog an meiner Cigarette.

»Fassen wir zusammen: Da soll also ein machthungriger Kriegsgott mit einer Armee aus Untoten die ganze Welt dem Erdboden gleichmachen?«

»Kurz gesagt: ja.«

»Und was bei allen neun Höllen hat dieser Begriff dann in den Unterlagen von Thertes Waffensysteme zu suchen?«

Wir schwiegen beide einen Moment.

»Nun ja, vielleicht würde ich es in dem Zusammenhang dann nicht ganz so wortwörtlich nehmen …«, meinte Sid schließlich. »Vermutlich haben sie den Namen nur gewählt, weil er besonders bedeutungsschwer ist. Immerhin ist das ein Waffenkonzern, deren Geschäft ist nunmal Tod und Vernichtung.«

Ich schnaubte und drückte den Cigarettenstummel im Aschenbecher aus. »Was auch immer dahinter steckt, ich habe vor, es herauszufinden.«

»Und wie willst du das anstellen? Wie du vermutlich selbst schon festgestellt hast, läuft dieses … *Projekt* allem Anschein nach in Senabri'il. Wie willst du irgendetwas darüber herausfinden?«

Ich lächelte und griff nach meinem Bierglas.

»Das ist der Punkt. Ich muss nach Senabri'il.«

Sid schüttelte den Kopf.

»Das ist verrückt. Du sprichst die Sprache nicht, hast kein Geld, um dir eine Überfahrt zu leisten, geschweige denn eine Unterkunft dort.«

»Sid«, beschwichtigte ich sie. »Lass mich nur machen. Ich hab' da so meine Kontakte …«

Wie genau ich diese Kontakte allerdings zu nutzen gedachte, das wusste ich selbst noch nicht so genau. Zu meinem Ärgernis hatte die gute Clayda mir weder Visitenkarte noch sonstige Möglichkeiten der Kontaktaufnahme da gelassen und ein Blick ins örtliche Telefonbuch half mir an diesem Abend auch nicht weiter.

Ich beschloss, erstmal eine Nacht darüber zu schlafen; zur Not müsste ich wohl in den sauren Apfel beißen und versuchen, über Fabiora mit ihr Kontakt aufzunehmen, auch wenn sich mir die Fußnägel hoch rollten beim Gedanken daran, mit dieser Frau sprechen zu müssen.

Mit vom Alkohol leicht benebeltem Kopf fiel ich weit nach Mitternacht schließlich in mein Bett. Garf schnarchte in seiner Kissenburg unter dem Fenster. Alles in allem, dachte ich schläfrig, war es doch nicht so schlimm gelaufen. Gut, ich hatte nicht wirklich das gefunden, wonach ich gesucht hatte, aber es war schließlich nicht das erste Mal, dass sich eine zu Anfang vielversprechende Story als Flop herausstellte. Immerhin stand ich diesmal nicht ganz mit leeren Händen da.

Ich hatte Sid mit Absicht nichts von der Sache mit dem Wachmann erzählt. Während ich langsam davon dämmerte, überlegte ich flüchtig, wie viel der Konzern sich wohl würde zusammenreimen können. Sicherlich, es hatte einen Einbruch gegeben, aber da der Wachmann mich nur im Vorzimmer erwischt hatte und nicht im Chefbüro selbst, wusste niemand, was ich tatsächlich gefunden hatte …

In diesem Moment durchfuhr mich eine Erkenntnis wie ein Blitz. Ich war schlagartig nüchtern und setzte mich ruckartig auf.

Ich hatte das letzte Blatt im Dopplikator liegen lassen.

»Verdammte Scheiße!«

Fluchend warf ich die Decke von mir und stieg aus dem Bett. Kurz darauf besann ich mich; was sollte ich tun? Rückgängig machen konnte ich es nicht mehr. Wieder fluchte ich und raufte mir die Haare. Rastlos begann ich, im Zimmer auf und ab zu gehen.

Rasch versuchte ich, im Kopf das Ausmaß der Katastrophe zu überschlagen. Wie war die Ausgangssituation? Eine, eventuell zwei Personen hatten mich gesehen, allerdings kannten sie dank der

Strickmützen-Sturmhaube nicht mein Gesicht. Ich hatte keine Fingerabdrücke hinterlassen. Vermutlich wussten aber sowohl Thomsky als auch die Polizei in Drakenfurth inzwischen darüber Bescheid, dass jemand sich bei Thertes eingeschlichen hatte. Und da der Wachmann Zeuge geworden war, wie ich den Dopplikator benutzt hatte, würde man wohl auch recht schnell das vergessene Blatt finden.

Ich stöhnte auf und ließ mich in den alten Sessel fallen. Das bedeutete, Thomsky wusste wohl noch vor dem nächsten Morgen, dass irgendjemand in sein Büro eingebrochen war und die Geheimakte gefunden hatte.

Mit fahrigen Bewegungen griff ich nach der halb leeren Whiskyflasche. Ein Glas war nicht in greifbarer Nähe, also setzte ich kurzerhand die Flasche an die Lippen und trank einen großen Schluck, um meine flatternden Nerven zu beruhigen.

War es möglich, fragte ich mich mit leicht aufkommender Panik, dass sich die Spur irgendwie zu mir oder Sid zurückverfolgen ließ? Aber nein, sagte ich mir im Stillen und setzte erneut die Whiskyflasche an, ich hatte schließlich keinerlei Hinweise auf meine Identität hinterlassen.

Eine Weile starrte ich düster grübelnd vor mich hin.

Konnte man Aractocyn nachträglich im menschlichen Körper nachweisen? Gab es bei der Polizei *(oder gar bei Thertes, diesem Konzern traute ich mittlerweile so ziemlich alles zu)* Spezialisten, die sich mit so etwas auskannten? Und ließ sich dann nicht auch herausfinden, wo dieses Mittel kürzlich erst gekauft worden war? Und von wem?

»Dreckige, verdammte Scheiße!«

Mit einem dumpfen Knall stellte ich die Flasche zurück auf den Tisch, hievte mich ächzend aus dem Sessel und taumelte zum Telefon hinüber. Diesmal war mir durchaus bewusst, wie spät es war. Es war mir nur herzlich egal.

Es dauerte eine halbe Ewigkeit, ehe Sid endlich abhob.

»Bist du von allen guten Geistern verlassen?«, zischte es aus dem Hörer, kaum dass sie meine Stimme erkannte.

»Sid, es ist wichtig!«, beharrte ich eindringlich.

»Das ist … warte kurz.« Ich hörte etwas rascheln, und ihre Stimme klang gedämpft. »Schon in Ordnung, es ist nur Lemmy. Geh wieder ins Bett.«

»Nicht genug, dass du mitten in der Nacht nach Hause kommst«, hörte ich meine Schwester genauso gedämpft am anderen Ende zetern. »Nachdem du wieder Gott weiß was mit meinem feinen Bruder angestellt hast, nein, jetzt muss dieser Nichtsnutz uns auch noch früh um drei aus dem Bett klingeln!«

»Mirna, geh ins Bett. Ich spreche mit ihm.«

»Sag ihm, er soll gefälligst seinen Rausch ausschlafen! Ohne andere Menschen in ihrer Nachtruhe zu stören!«

Dann fiel eine Tür mit dumpfem Krachen ins Schloss. Kurz darauf raschelte es wieder und Sids Stimme tönte, diesmal unverzerrt, aus dem Hörer.

»Ich hoffe, es gibt einen verdammt guten Grund für diesen Anruf.« Sie klang mehr als verärgert.

»Kann man Aractocyn im menschlichen Körper nachweisen?«

Einen kurzen Moment herrschte Stille.

»Wenn man weiß, wonach man sucht, ja. Warum? Hast du einen der Wachmänner betäubt?«

»Nich nur das …«

Wieder Stille am anderen Ende.

»Also, spuck‘s aus; was ist passiert?«

So knapp ich konnte, fasste ich zusammen, wie der Wachmann mich auf frischer Tat ertappt hatte, wie ich ihn außer Gefecht gesetzt hatte und dann das Blatt im Dopplikator vergessen hatte.

»Das ist übel«, sagte Sid, als ich geendet hatte.

»Können die dich dran kriegen?«, fragte ich besorgt.

Einige bange Augenblicke schwieg Sid am anderen Ende.

»Schwer zu sagen. Ich musste in der Apotheke nicht meine Personalien angeben, sondern den Ausweis nur vorzeigen. Von daher … Gesetzt den Fall, es wird tatsächlich die Polizei eingeschaltet, die nimmt Blutproben von dem Wachmann, und sie finden tatsächlich Aractocyn-Rückstände darin. Dann bleiben immer noch dutzende Möglichkeiten, wo man an dieses Zeug rankommen könnte. Vermutlich werden sie erstmal das nächste Krankenhaus unter die Lupe nehmen. Vielleicht kommen sie aber auch auf die Idee, sich die örtlichen Apotheken vorzunehmen. Und falls sich der Apotheker meinen Namen gemerkt hat, oder die Tatsache, dass ich für die AWR arbeite …«

»Aber es ist doch trotz allem sehr unwahrscheinlich, oder?«, fragte ich hoffnungsvoll. Wieder schwieg Sid einen Moment.

»Unwahrscheinlich, ja, aber nicht unmöglich. Vielleicht sollte ich mir sicherheitshalber schonmal ein Alibi zurechtlegen.«

»Ein Alibi? Wie willst …«

»Lass gut sein, Lemmy. Mir wird schon was einfallen. Schlaf du jetzt erstmal deinen Rausch aus.«

»Aber …«

»Kein aber! Du hattest definitiv genug heute Abend.«

Ich grummelte noch etwas vor mich hin, widersprach aber nicht. Nachdem Sid aufgelegt hatte, schleppte ich mich zu meinem Sessel und ließ mich hineinfallen.

»Pah! Genug …«, murmelte ich und griff nach der Flasche. Sid war manchmal wirklich fast so schlimm wie meine Mutter.

Trotzdem hoffte ich inständig, dass sie jetzt nicht meinetwegen in Schwierigkeiten war. Es reichte, wenn einer von uns beiden Kopf und Kragen und den Job riskierte.

Um der alten Zeiten Willen

Wenn man weiß, dass einem eine ziemlich unangenehme Sache bevorsteht, versucht man häufig, sie so lange wie möglich aufzuschieben. Sie kennen das sicherlich. Ich machte am nächsten Tag einen großen Bogen um das Telefon und versuchte krampfhaft, mich irgendwie zu beschäftigen. Zuerst nahm ich ein ausgiebiges Bad, was mir wieder einmal einen Streit mit Frau Blaschnitz einbrachte – diesmal über die unverhältnismäßige Verschwendung heißen Wassers. Dann räumte ich seit Langem wieder einmal mein Zimmer auf, brachte meine getragenen Hemden und Hosen zur Wäscherei und machte auf dem Heimweg einen Umweg durch den Stadtpark. Zurück in meinem Zimmer befüllte ich Garfs Futternapf neu und gönnte dem gelben Fellberg eine extra ausgiebige Ladung Streicheleinheiten, die er mit wohligem Schnurren kommentierte. Schließlich jedoch fand ich mich in meinem Sessel wieder, in der Hand ein Glas Whisky, und starrte missmutig auf das Telefon an der gegenüberliegenden Wand. Es half alles nichts. Die erhoffte zündende Idee war in den letzten Stunden leider ausgeblieben und so hatte ich nun keine andere Wahl, als das wohl unangenehmste Telefonat zu führen, zu dem man fähig ist.

Ächzend kämpfte ich mich aus den durchgesessenen Polstern hoch und durchquerte das Zimmer mit wenigen Schritten. Das halbvolle Whiskyglas stellte ich neben dem Telefon auf der kleinen Kommode ab, dann nahm ich den Hörer von der Gabel, schlug das kleine Telefonbüchlein auf, das neben dem Apparat lag, und wählte Fabioras Nummer.

Während es gleichmäßig in der Leitung tutete, hoffte ein Teil von mir, dass niemand am anderen Ende abheben würde. Dann jedoch –

»Asprion?«

Ich räusperte mich unbehaglich.

»Hallo Fabiora. Ich bin es. Lemmy.«

Kurze Stille am anderen Ende. Dann –

»Lemmy!«, rief sie überschwänglich. »Wie schön, deine Stimme zu hören! Wie geht es dir? Was machst du?«

»Danke der Nachfrage, mir geht es gut. Hör mal – ich habe eine Bitte an dich. Kannst du mir die Adresse oder die Telefonnummer deiner Schwester geben? Clayda?«

Wieder kurze Stille.

»Meine Schwester?« Fabiora klang misstrauisch.

»Ja, sie kam neulich zu mir in die Redaktion und bat mich um Hilfe. Leider habe ich keinerlei Kontaktdaten von ihr.«

»Hm. Das klingt ja interessant.«

»Ja, nun – es geht um eine Story. Sie meinte, sie sei auf deine Empfehlung hin da.«

»Ach? Das sagte sie also?«

Ich seufzte lautlos.

»Hör mal, Fabiora, ich brauche wirklich nur eine Telefonnummer oder etwas ähnliches. Kannst du mir nun helfen oder nicht?«

Erneut herrschte kurzes Schweigen am anderen Ende der Leitung und ich fürchtete schon, sie würde einfach auflegen.

»Also schön«, sagte sie schließlich zuckersüß. »Wie wäre es damit: Du gehst heute Abend mit mir aus. Und im Gegenzug sorge ich dafür, dass du mit meiner Schwester sprechen kannst.«

»Ich glaube nicht, dass das eine gute Idee ist.«

»Oh, aber ich glaube schon! Und du bist es schließlich, der etwas von mir will, nicht wahr?«

Ich verdrehte die Augen.

»Also schön. Ich gehe mit dir essen. Um halb acht im Roten Ochsen. Aber mach dir ja keine falschen Hoffnungen.«

»Fabelhaft! Dann sehen wir uns heute Abend. Ich freue mich schon, Lemmy.«

Es klickte am anderen Ende. Mit einem unwilligen Knurren knallte ich den Hörer auf die Gabel und griff nach meinem Whisky. Essen gehen mit Fabiora. Diese Story wurde so langsam ziemlich teuer.

Es war Viertel nach sieben, als ich den Roten Ochsen betrat. Ich hängte Mantel und Hut an die Garderobe neben der Tür und ließ mir dann von der Wirtin den Tisch zeigen, den ich telefonisch reserviert hatte.

»Soll ich Ihnen schon etwas bringen oder warten Sie noch auf Ihre Begleitung?«, erkundigte sie sich.

Ich bestellte einen Whisky und ließ mich dann mit Blick auf die Tür an dem kleinen Tisch nieder.

Ich hatte nicht einmal das halbe Glas geleert, als die Tür sich öffnete und Fabiora eintrat. Die dunklen Locken trug sie im Gegensatz zu ihrer Schwester knapp auf Kinnlänge und auch in ihrem sonstigen Erscheinungsbild unterschied sie sich von Clayda. Als sie mich entdeckte, lächelte sie breit und schlüpfte aus dem cremefarbenen Mantel mit Pelzbesatz. Darunter trug sie ein fließendes Kleid aus einem schillernden Stoff, dessen Farbton irgendwo zwischen mattgold und olivgrün changierte. Es kam mir vage bekannt vor und als sie sich elegant mir gegenüber niederließ, fiel mir ein, dass sie dieses Kleid bei unserer ersten Begegnung im Lichtspielhaus getragen hatte. Das war gewiss kein Zufall.

»Lemmy!«, begrüßte sie mich überschwänglich. »Wie schön, dich zu sehen! Gut siehst du aus!«

»Danke. Du ebenfalls.«

Sie schenkte mir ein strahlendes Lächeln.

»Soll ich Ihnen dann jetzt die Karte bringen?« Die Wirtin war erneut neben uns getreten. Ich bejahte mit einem Nicken, während Fabiora eine Cigarette aus einem goldenen Etui nahm und in ihre Cigarettenspitze steckte. Reflexartig zog ich mein Feuerzeug und entzündete den Glimmstängel, was sie mit einem weiteren strahlenden Lächeln quittierte. Ich murmelte etwas Unverständliches und zündete mir dann ebenfalls eine Cigarette an.

Die Wirtin brachte die Karten und wir versenkten uns in das kulinarische Angebot des Roten Ochsen. Während ich die Liste der mehr oder weniger schmackhaft klingenden Speisen überflog, überlegte ich, wie ich Fabiora wohl am leichtesten dazu brachte, mir die Telefonnummer ihrer Schwester zu verraten. War es besser, direkt und kompromisslos auf meiner Forderung zu beharren, und jeden Versuch ihrerseits, eine wie auch immer geartete Konversation zu beginnen, im Keim zu ersticken? Oder sollte ich gute Miene zum bösen Spiel machen und so tun, als wäre ich zumindest ein wenig an ihr persönlich interessiert? Es irritierte mich, dass sie sich so extrem höflich und fröhlich gab. Unser letztes Telefonat hatte in einem theatralischen Wutanfall ihrerseits geendet, nach dem ich kurzzeitig erwogen hatte, die Polizei über einen angekündigten Suizid zu informieren. Schließlich hatte jedoch meine Überzeugung gesiegt, dass Fabiora in ihrem Hang zur Melodramatik einfach nur wieder einmal fürchterlich übertrieben hatte – was sich letztendlich ja auch als wahr herausgestellt hatte, denn immerhin saß sie momentan quicklebendig vor mir und verschlang mich mit ihren Augen.

Wir bestellten beide – wobei mir nicht entging, dass Fabiora sich das teuerste Gericht aus der Speisekarte herauspickte – und verfielen anschließend für ein paar Minuten in unangenehmes Schweigen.

Schließlich lachte Fabiora ein wenig gekünstelt, zückte eine weitere Cigarette und zwinkerte mir zu.

»Also irgendwie ist das doch ein wenig albern, findest du nicht? Nun sitzen wir hier und wissen beide nicht, was wir sagen sollen.«

Ich zuckte mit den Schultern.

»*Du* wolltest, dass wir essen gehen. *Ich* will lediglich die Nummer deiner Schwester.«

Fabiora kniff für einen Augenblick die Lippen zusammen. Dann verzog sie sie erneut zu einem breiten Lächeln.

»Also Lemmy, du kannst so charmant sein, wenn du willst, aber augenblicklich willst du es wohl nicht, was?« Sie lehnte sich in ihrem Stuhl zurück und seufzte. »Ich weiß, was du denkst. Aber glaube mir, ich hege hierbei keinerlei Hintergedanken. Das hier ist einfach nur ein nettes Abendessen zwischen zwei alten Freunden. Um der alten Zeiten Willen.«

Ich schnaubte.

Wieder seufzte sie und beugte sich nun zu mir vor – dass das Dekolletee ihres Kleides dabei tief blicken ließ, schien sie absolut nicht zu stören.

Mich allerdings auch nicht, muss ich gestehen. Die Ellenbogen auf den Tisch gestützt legte sie das Gesicht in die linke Hand und musterte mich.

»Also schön. Du willst mir nicht trauen. Dann erzähl mir wenigstens, wie es dir geht. Was macht die Arbeit? Geht es gut voran?«

Ich zögerte einen kurzen Moment. Dann entschied ich, dass es für die Vermeidungsstrategie nun ohnehin zu spät war, und es nicht schaden konnte, ein wenig oberflächliche Konversation zu betreiben. Ich erzählte also von einer angeblichen Story, an der ich gerade arbeitete, und lenkte das Gespräch dann bald geschickt in eine andere Richtung und als unser Essen kam, berichtete Fabiora mir gerade wortreich von der letzten Vernissage, die sie besucht hatte.

Während des Essens plauderten wir über dies und das, lästerten über den neuesten Tratsch aus der Klatschpresse und brachten beide unseren Unmut über das wechselhafte Wetter zum Ausdruck.

Ich trank einen zweiten Whisky, dann einen dritten und vierten, und als unsere Teller leer waren, gluckste ich vergnügt über einen mittelmäßigen Witz, den Fabiora gerade gemacht hatte. Eigentlich, dachte ich mir, war das Essen gar nicht so schrecklich verlaufen, wie ich befürchtet hatte.

»So«, stellte ich zufrieden fest, nachdem ich die Rechnung bezahlt hatte, und stand auf. »Meinen Teil der Vereinbarung habe ich eingehalten. Wie steht es mit deinem?«

Fabiora kicherte.

»Also wirklich, Lemmy! Immer der eifrige Geschäftsmann, was? Na komm, hilf mir wenigstens in meinen Mantel, ich will ein wenig frische Luft schnappen.«

Kurz darauf traten wir in unsere Mäntel gehüllt hinaus auf die dunkle Straße. Fabiora atmete tief durch und lächelte.

»Ein herrlicher Abend, findest du nicht? Wie klar die Monde heute Nacht sind.«

Ich warf einen flüchtigen Blick auf die beiden blauen und weißen Himmelskörper.

»Ja, sehr schön. Gibst du mir jetzt die Telefonnummer deiner Schwester?«

Fabiora legte den Kopf schief und hakte sich bei mir unter.

»Du hast es aber wirklich eilig, was? Hat sie dir etwa den Kopf verdreht?«

»Blödsinn«, widersprach ich, ein wenig heftiger als beabsichtigt. »Das hat rein berufliche Gründe.«

Fabiora seufzte und zog mich ein paar Schritte mit sich den Gehweg entlang.

»Komm, bring mich zumindest bis nach Hause. Du willst mich doch nicht etwa im Dunkeln alleine durch die Straßen laufen lassen?«

»Ich könnte dir ein Taxi rufen«, wandte ich halbherzig ein.

»Ach, du hast dich heute doch schon mit dem Essen in Unkosten gestürzt. Nein, schau doch, es ist so ein lauer Abend, das ist so selten in letzter Zeit. Genießen wir den Sternenhimmel.«

»Aber nur bis zur Haustür«, murmelte ich.

»Nur bis zur Haustür«, wiederholte Fabiora amüsiert.

Es war lange her, dass ich zum letzten Mal in weiblicher Begleitung abends durch die Straßen Hornstadts gewankt war, und ich stellte fest, dass es durchaus seine Vorteile hatte, eine Frau an seinem Arm zu haben. Es erleichterte ungemein das leidige Problem mit dem Gleichgewichtssinn, das sich ab einer gewissen Menge Alkohol unweigerlich bemerkbar machte.

Wir erreichten das Haus, in dem Fabiora wohnte, ohne dass ich irgendwelche unangenehmen Kontakte mit Straßenlaternen oder aus dem Nichts auftauchenden Bordsteinen gemacht hätte.

»Also dann«, sagte ich und blieb stehen. »Da wären wir.«

»Ja, da wären wir«, erwiderte Fabiora und legte den Kopf schief. »Danke für‘s nach Hause bringen.«

»War doch selbstverständlich«, antwortete ich mit schwerer Stimme. »Wenn du jetzt vielleicht …?«

»Ja richtig, die Nummer meiner Schwester …«

Fabiora begann, in ihrer Handtasche zu kramen. Ich stützte mich unauffällig am Torpfosten ab.

»Ach, wie dumm, jetzt habe ich mein Adressbuch gar nicht dabei. Ich muss es vorhin auf der Kommode liegen gelassen haben.« Sie schenkte mir erneut ein breites Lächeln. »Weißt du was, komm doch kurz mit nach oben, dann kann ich dir die Nummer direkt auf einen Zettel notieren.«

»Oh nein, ich weiß was du vorhast!« Ich schüttelte abwehrend den Kopf. »Kommt nicht in Frage!«

Fabiora seufzte.

»Lemmy, ich bitte dich, stell dich doch nicht so an. Hast du etwa Angst, dass ich über dich herfallen könnte? Also wirklich. Du willst doch jetzt nicht hier stehen bleiben und warten, dass ich extra noch einmal herunter komme, nur um dir einen Zettel in die Hand zu drücken? Das ist doch reichlich lächerlich, findest du nicht?«

Darauf wusste ich nichts zu erwidern.

»Na komm schon, wir können auch den Fahrstuhl nehmen, wenn dir die Treppen Angst machen«, fügte Fabiora mit einem Schmunzeln hinzu.

Die Treppen waren es nicht, die mir Angst machten, aber dennoch war ich im Stillen erleichtert, als Fabiora mich in die Kabine des Fahrstuhls bugsierte und wir langsam ruckelnd hinauf in den vierten Stock fuhren. Es hätte sich zumindest als schwierig herausstellen können, in meinem Zustand knapp achtzig Stufen zu erklimmen.

»Achte bitte nicht auf die Unordnung; ich war nicht auf Besuch eingestellt«, bat Fabiora, als sie die Tür zu ihrem Appartement öffnete und das Licht einschaltete. Ich folgte ihr ein wenig beklommen über die Schwelle. Sie schloss die Tür hinter mir und ging dann raschen Schrittes hinüber zur Garderobe, um ihren Mantel aufzuhängen.

»Setz dich ruhig hin, Lemmy, ich muss erst schauen, wo ich das dumme Adressbuch wieder habe«, forderte sie mich über die Schulter auf. »Darf ich dir noch einen kleinen Schluck zu trinken anbieten?«

»Nein, danke«, lehnte ich ab, aber ich ließ mich doch in der Essecke neben der Einbauküche auf einem der Stühle nieder. Fabiora schlüpfte derweil aus ihren hohen Schuhen, verstaute sie in ihrem Schuhschrank und trippelte barfuß hinüber durch die offene Schiebetür ins Schlafzimmer.

»Ich habe noch einen richtig guten alten Sonderländer im Schrank«, rief sie mir zu, während sie das Licht im Schlafzimmer einschaltete und sich daran machte, ihren Schmuck abzunehmen. »Den *musst* du probieren, Lemmy, der ist fantastisch!«

»Ich glaube nicht, dass ich noch mehr trinken sollte, heute Abend«, gab ich ungewohnt vernünftig zurück.

»Ach, papperlapapp! Ein kleines Gläschen, nur zum kosten!«, widersprach Fabiora. Sie trat wieder zurück in den großen Wohnraum und löschte das Licht im Schlafzimmer. Dann wuselte sie hinüber zu dem alten Schrank, in dem sie, wie ich wusste, ihre Spirituosensammlung aufbewahrte.

»Fabiora, ich will wirklich …«, startete ich einen erneuten Versuch, sie von ihrem Vorhaben abzubringen, doch sie unterbrach mich mit einem fröhlichen: »Sechzehn Jahre im Eichenfass gereift! Schau dir nur diese tolle Färbung an!«

Sie hielt mir eine bauchige Flasche mit einer Flüssigkeit in einem dunklen Honigton entgegen. »Den hab‘ ich von meinem letzten Urlaub unten im Süden mitgebracht.«

Ich seufzte resigniert und beobachtete Fabiora dabei, wie sie zwei Gläser mit der schimmernden Flüssigkeit füllte.

»Hier, probier!« Auffordernd hielt sie mir eines der Gläser entgegen. »Keine Sorge, er ist nicht vergiftet«, fügte sie scherzhaft hinzu und zwinkerte.

Mit dem dumpfen Gefühl, dass mir die Situation so langsam immer mehr entglitt, nippte ich an dem wahrscheinlich sündhaft teuren Sonderländer. Fabiora hatte nicht übertrieben; ich konnte mich nicht entsinnen, wann ich zuletzt einen so guten Tropfen gekostet hatte. Rasch trank ich einen zweiten Schluck.

»Und?« Fabiora lächelte mit schief gelegtem Kopf.

»Mmh …«, brummte ich und deutete ein Nicken an.

»Ich *wusste* doch, er würde dir schmecken!« Sie nippte ebenfalls an ihrem Glas. »Wenn es jemanden gibt, der qualitativ hochwertige Weinbrände zu schätzen weiß, dann bist du das, Lemmy. Noch ein Schluck?«

Diesmal zögerte ich nicht, sondern schob ihr das leere Glas zum Nachfüllen hin. Dass ich am nächsten Morgen vermutlich einen Schädel mit dem Umfang eines reifen Kürbisses haben würde, war mir in diesem Moment egal – und auch, dass ich mich langsam immer weiter von meinem eigentlichen Ziel entfernt hatte.

Nachdem sie mir nachgeschenkt hatte, verkorkte Fabiora die Flasche wieder und stellte sie zurück in ihren Spirituosenschrank. Ich beobachtete ihren anmutigen Gang, der den fließenden Stoff ihres Kleides mit jeder Bewegung in einem anderen Farbton schillern ließ; mal tiefgolden, mal olivgrün, dann wieder ein undefinierbares Braunbeige. Sie war eine bildschöne Frau, das ließ sich auch in meinem alles andere als nüchternen Zustand nicht leugnen, und ich erwischte mich dabei, wie ich an die vielen Nächte dachte, die wir gemeinsam verbracht hatten. Die Erinnerungen lösten in meinem Lendenbereich eine ganz und gar unerwünschte Reaktion aus. Prompt schoss mir das Blut auch ins Gesicht und ich wandte rasch den Blick von den sanften Kurven ihres Körpers ab.

Ich hatte nicht bemerkt, dass Fabiora zu ihrem Plattenspieler hinüber gegangen war, doch nun klangen leise die ersten Töne durch den Raum. Ich erkannte Sammy Lou; es musste dieselbe Platte sein, die wir damals bei unserem ersten Rendezvous in ihrem Apartment gehört hatten.

In diesem Augenblick fiel mir langsam wieder ein, dass ich eigentlich genau das hier hatte vermeiden wollen. Ich war hier wegen der Telefonnummer von Clayda, nicht um mich von ihrer Schwester verführen zu lassen.

Mit einem unterdrückten Stöhnen erhob ich mich von meinem Stuhl. Leicht schwankend stand ich da und versuchte, nicht das Gleichgewicht zu verlieren.

»Ich … ich glaube, ich sollte … gehen …«, murmelte ich und machte eine ungefähre Bewegung in Richtung Wohnungstür. Zur Hölle mit Clayda und zur Hölle mit ihrer intriganten Drillingsschwester;

wahrscheinlich war das alles ohnehin ein abgekartetes Spiel gewesen, um mich auf diese Weise wieder in Fabioras Fänge zu locken.

»Du solltest nicht gehen, Lemmy. Du solltest bleiben.«

Ich zuckte zusammen, denn Fabioras Stimme klang viel näher, als ich sie vermutet hatte. Entweder war sie unglaublich schnell und unhörbar leise oder aber meine Sinne versagten langsam ihren Dienst. Ich stützte mich mit einer Hand an der Theke der Einbauküche ab, während ich mich zu Fabiora umwandte. Sie stand dicht vor mir, sehr dicht sogar.

»Ich sehe doch, dass du bleiben *willst*, Lemmy«, fuhr sie nun lächelnd fort und ihr Blick huschte an mir hinunter.

»Ich muss …«, setzte ich noch einmal an, wurde allerdings dadurch unterbrochen, dass Fabiora mich lange und innig auf den Mund küsste. Blut pochte erneut in meinen Wangen und meinen Lenden. Ich schnappte nach Luft, kaum dass sie von mir abließ.

»Siehst du?« Sie blinzelte mir zu. Mir blieb keine Zeit für eine Erwiderung, denn schon lagen ihre Lippen wieder auf meinen, und diesmal legte ihre eine Hand sich sanft auf die deutliche Wölbung in meiner Hose. Ich stöhnte leise; das war nicht fair!

»Fabiora, ich …«

»Schhht!«

»Wir sollten nicht …«

»Doch. Wir sollten.«

Ihre Hand hatte irgendwie den Weg unter meine Kleidung gefunden.

Ich schloss die Augen und gab nach. Sei's drum; es gab schlimmere Arten, die Nacht zu verbringen, als im Bett einer liebestollen Verflossenen.

Ein frostiges Wiedersehen

Am nächsten Morgen kam das böse Erwachen. Das erste, was ich bemerkte, war der fürchterliche Kater, den ich am Abend zuvor schon vorausgeahnt hatte; mein Kopf schien sich kurzerhand in einen wummernden Dampfdruckkessel verwandelt zu haben. Das zweite, was mir auffiel, war die fremde Bettwäsche, in der ich ganz offensichtlich lag.

Ich war nur einen kurzen Moment verwirrt; dann kehrte die Erinnerung an den vergangenen Abend mit brutaler Klarheit zurück. Es kann ein Segen sein, wenn man sich nach einer feuchtfröhlichen Nacht nicht mehr an alle Details erinnert. Leider traf das in diesem Fall nicht zu. Mit leichter Panik und großer Frustration wurde mir klar, dass ich Fabiora wie ein blinder Fisch ins Netz gegangen war. Ich hatte von Anfang an geahnt, dass es ihr nicht bloß um ein harmloses Abendessen ging, und dennoch war ich ihr auf den Leim gegangen wie ein Anfänger. Und das Schlimmste war: Ich hatte immer noch nicht das, weswegen ich mich eigentlich auf diese ganze Aktion eingelassen hatte.

Stöhnend wälzte ich mich auf die Seite und blinzelte probeweise.

Das Bett neben mir war leer, aber die Schiebetür zum Wohnraum stand halb offen. Das Licht im Schlafzimmer war angenehm gedämpft; offenbar hatte Fabiora aus Rücksichtnahme auf meinen gegenwärtigen Zustand die Jalousien unten gelassen.

Von nebenan hörte ich leise Musik aus dem Radio und dazwischen meinte ich das Klappern von Geschirr vernehmen zu können. Wie spät war es überhaupt? Ich hatte keine Ahnung. Das Einzige, was ich wusste, war, dass ich nackt und fürchterlich verkatert im Bett meiner ehemaligen Liebschaft lag, was auf der Rangliste der schlimmsten Horror-Szenarien so ungefähr Platz vier einnahm *(nein, ich werde jetzt nicht auf die Plätze eins bis drei eingehen)*.

Noch während ich, die Bettdecke bis ans Kinn hochgezogen, fieberhaft überlegte, wie ich mich am schnellsten und elegantesten aus der

Affäre zog, tauchte Fabioras Gestalt in meinem Blickfeld auf. Sie trug einen gemusterten seidenen Morgenmantel in Silbergrau, den sie nur nachlässig zugeknotet hatte. Darunter war sie offenbar nackt.

»Na, ausgeschlafen Lemmy-Schatz?«, fragte sie munter, als sie bemerkte, dass ich wach war. Oh Gott. Sie fing schon wieder an, mich Lemmy-Schatz zu nennen. Das war ein ganz, ganz übles Zeichen.

Ich zwang mich zu einem Lächeln und richtete mich halb auf, was mein Kopf mit schmerzhaft protestierendem Pochen quittierte. Fabiora schien meine gequälte Miene nicht entgangen zu sein, denn sie grinste schadenfroh, als sie sich neben mir auf der Bettkante niederließ.

»Waren vielleicht doch ein paar Schluck zu viel gestern Abend, was?« Sie zwinkerte. »Magst du frühstücken?«

»Etwas zu trinken wäre hilfreicher«, murmelte ich heiser.

»Ach, du hast ja so Recht! Ich hol dir rasch ein Glas Wasser. Vielleicht am besten gleich mit einer Kopfschmerztablette.«

Sie erhob sich und wuselte zurück in die Küche, während ich mich mühsam aus den Laken kämpfte; bei der Erwähnung des Wortes Wasser hatte sich meine Blase unangenehm bemerkbar gemacht und so wankte ich hinüber ins Bad.

Der Blick in den Spiegel verriet mir, dass ich nicht viel besser aussah, als ich mich fühlte. Vermutlich roch ich auch entsprechend. Ich würde auf ein Frühstück verzichten, beschloss ich, stattdessen darauf bestehen, dass sie mir sofort die Nummer ihrer Schwester gab, und dann schleunigst von hier verschwinden und mich zu Hause einfach wieder ins Bett legen. In *mein* Bett.

Fabiora saß mit überschlagenen nackten Beinen auf der Bettkante und lächelte mir kokett entgegen, als ich das Bad wieder verließ. Sie hielt mir ein Wasserglas entgegen, in dem eine Kopfschmerztablette leise zischend vor sich hin blubberte. Dankend nahm ich es entgegen und trank einen großen Schluck.

»Hör zu«, begann ich dann. »Du weißt, dass ich das ganze Theater hier nur wegen einer einzigen Sache mitgemacht habe. Wir hatten eine Abmachung.«

»Oh, aber natürlich hatten wir die, Lemmy-Schatz«, erwiderte sie mit einem breiten Lächeln. »Und ich gedenke, mein Wort zu halten.«

»Fabiora, ich habe keine Lust auf diese Spielchen! Es ist bestimmt schon Mittag …«

»Es ist kurz vor elf«, korrigierte sie mich, doch ich ging nicht darauf ein.

»… und über ein einfaches Abendessen geht das hier ja wohl wirklich hinaus. Mein Schädel brummt und ich habe nicht den ganzen Tag Zeit. Manche Leute müssen für ihr Geld arbeiten.«

In diesem Moment klingelte es an der Wohnungstür. Ich hustete in mein Glas und warf einen erschrockenen Blick hinüber in den Wohnraum.

»Erwartest du Besuch?«, fragte ich besorgt.

Fabiora erhob sich elegant und warf den Kopf in den Nacken.

»Ich habe dir versprochen, dass ich dir Gelegenheit verschaffen würde, mit meiner Schwester zu sprechen. Diese Gelegenheit hast du jetzt; sie kommt nämlich zum Frühstück vorbei. An deiner Stelle würde ich mir vielleicht etwas anziehen«, sprachs und verschwand aus dem Raum.

Ich war einen Moment wie erstarrt. Dann stellte ich das Wasserglas auf dem kleinen Frisiertisch ab und begann hektisch, meine Klamotten einzusammeln, die sich kreuz und quer auf Boden und Möbeln verteilt fanden. Meine Unterhose suchte ich vergeblich, also schlüpfte ich so in meine Hose. Wo war das verfluchte Hemd? Ich entdeckte es im Wohnzimmer auf der Couch. Während ich mit fliegenden Fingern einen Knopf nach dem anderen schloss, öffnete Fabiora ganz in Ruhe die Wohnungstür und wartete darauf, dass ihre Schwester im Treppenhaus auftauchte.

Gerade stopfte ich den Saum des Hemdes in die Hose, als ich Fabiora sagen hörte: »Clayda, meine Liebe, schön dass du kommen konntest!«

Ich fluchte im Inneren und fuhr mir dann einmal fahrig durch meine zerzausten Haare. So oder so, ich musste einen grauenvollen Anblick bieten.

In der Wohnungstür war mittlerweile Fabiora Nummer zwei aufgetaucht, die mich vor wenigen Tagen mit blutiger Nase in meinem Büro zurückgelassen hatte. Heute war ihre Garderobe ganz in einem strahlenden Dottergelb gehalten, auch wenn die anscheinend obligatorischen weißen Accessoires auch diesmal nicht fehlten. Ihr Blick, als sie mich entdeckte, sprach Bände; offenbar hatte sie unsere erste Begegnung in ähnlich unangenehmer Erinnerung wie ich.

»Oh, ihr beiden kennt euch doch, nicht wahr?«, meinte Fabiora und schloss die Wohnungstür hinter ihrer Schwester.

»Flüchtig«, antwortete Clayda und musterte mich. Ihr Blick wanderte von dem blonden Chaos auf meinem Kopf über die unrasierten Wangen, das zerknitterte, halb aus der Hose ragende Hemd bis hinunter zu meinen nackten Füßen.

»Ja, weißt du, Lemmy hat mich gestern Abend zum Essen ausgeführt«, fuhr Fabiora fort und ehe ich michs versah, war sie neben mich getreten und hatte sich bei mir untergehakt. »Und da er mich darum gebeten hat, den Kontakt mit dir herzustellen, dachte ich, das ließe sich doch wunderbar bei einem schönen Brunch zu dritt verwirklichen!«

Ein kurzer Blick in Claydas Gesicht zeigte mir, dass sie von dieser Idee vermutlich genau so begeistert war, wie ich – nämlich gar nicht.

Ich räusperte mich.

»Also … Ich denke nicht, dass ich zum Essen bleiben sollte …«, warf ich ein.

»Das denke ich auch nicht.« Claydas Lächeln war schmal und freudlos. »Darf ich erfahren, weswegen Sie mich sprechen wollten, Herr Lokowitsch?«

»Tja, äh, nun, wie soll ich sagen …« Ich stammelte etwas unbeholfen, teils, weil Fabiora noch immer wie eine lästige grinsende Klette an mir klebte, teils, weil ich nicht darauf vorbereitet war, Clayda mein Anliegen ungewaschen, unrasiert und nur halb angezogen vorbringen zu müssen. »Es geht um diese Sache, von der Sie erzählt hatten.« Langsam schien mein Hirn wieder zu funktionieren und ich erinnerte mich an die Version, die ich Clayda hatte erzählen wollen. »Ich bin nun doch früher als erwartet mit meinem momentanen Projekt fertig geworden und hätte noch etwas zeitlichen Puffer. Also falls Sie nach wie vor an einer Zusammenarbeit interessiert sind, würde ich Ihnen wirklich gerne bei den Nachforschungen zur Hand gehen.«

Clayda zog die Augenbrauen hoch und verschränkte die Arme vor dem Körper.

»Welch plötzlicher Stimmungswechsel«, erwiderte sie mit unüberhörbarem Sarkasmus in der Stimme. »Was hat Sie denn dazu bewogen, Ihre Meinung zu ändern? Sie meinten doch – wie war das? – dass sich hier niemand für ein paar verschwundene *Elfen* interessiert.«

Neben mir zuckte Fabiora beim Klang des Wortes leicht zusammen. Ich räusperte mich verlegen.

»Ja, nun, ich denke ich muss für mein Verhalten bei unserer letzten Begegnung um Entschuldigung bitten. Ich fürchte, ich habe einen schrecklichen ersten Eindruck hinterlassen.«

»Da sind Sie ja gerade auf dem besten Weg, diesen ersten Eindruck zu verbessern«, gab Clayda sarkastisch zurück.

»Wissen Sie, es ist nicht so, wie es aussieht«, startete ich einen überaus lahmen Erklärungsversuch.

»Oh, ich denke, ich weiß ziemlich genau, wie es ist«, erwiderte sie kühl. »Aber Sie haben Glück, dass es mir letztendlich herzlich egal ist, was für ein Mensch Sie sind. Ich will nicht Ihre Freundschaft, ich will Ihre Unterstützung bei der Suche nach den Vermissten.«

»Die werden Sie bekommen«, versicherte ich ihr.

Einen kurzen Moment herrschte Schweigen. Fabiora hing immer noch an meinem Arm; zu gerne hätte ich ihr Gesicht gesehen, um zu wissen, wie sie auf diese abstruse Unterhaltung reagierte.

»Also schön«, meinte Clayda schließlich. »Treffen Sie mich heute Abend um halb sieben in der Alten Post, dann können wir alles weitere besprechen. Und seien Sie pünktlich.«

Ich war selten so froh gewesen, die Tür zu meinem kleinen Mansardenzimmer aufzuschließen wie an diesem Tag. Eine gute Sache hatte Claydas Auftauchen immerhin gehabt; in ihrer Anwesenheit schien Fabiora sich nicht zu trauen, mir eine Szene zu machen, weswegen ich das

Apartment fluchtartig, aber unbehelligt verlassen hatte. Meine Socken und die Schuhe hatte ich gefunden, doch das Schicksal meiner Unterhose blieb weiterhin ungewiss; ich traute Fabiora zu, dass sie sie mit Absicht irgendwo versteckt hatte.

Wie genau ich es nach Hause geschafft hatte, ist im Nachhinein schwer, zu sagen, doch schließlich hatte ich mit großer Anstrengung die Treppen in Frau Blaschnitz‘ Haus erklommen *(meine Vermieterin war glücklicherweise nicht da, als ich ankam)* und betrat nun endlich mein kleines Zimmer. Ich machte mir nicht die Mühe, aus meinen Klamotten zu steigen, sondern ließ mich wie ich war auf mein Bett fallen.

Ich wachte auf, als mein Kater sich laut maunzend auf mein Gesicht setzte. Schlaftrunken richtete ich mich auf, schob den Fellklops zur Seite und warf einen flüchtigen Blick auf die Uhr. Es war beinahe halb sechs. Wenn ich mich noch waschen und frische Klamotten anziehen wollte, ehe ich mich mit Clayda traf, musste ich mich beeilen.

»Ja, du hast Hunger, ich weiß«, brummte ich, als das penetrante Maunzen nicht aufhörte. Mit noch immer unangenehm pochendem Schädel füllte ich Garfs Futternapf auf und versuchte dann, mein Erscheinungsbild so gut es ging zu verbessern. Auf eine Rasur verzichtete ich in Anbetracht des knappen Zeitfensters, doch ich brachte meine Haare in eine einigermaßen annehmbare Form, wusch mir, so gut es ging, den Schweiß der vergangenen Nacht vom Körper und schlüpfte in frische Kleidung. Dann verließ ich eilig die Wohnung und machte mich auf den Weg zur Alten Post, einer Gaststätte in der Hornstädter Altstadt.

Das Glück war mir ausnahmsweise einmal hold: Gerade als ich an der Haltestelle in der Kardenolstraße vorbeiging, hielt die Tram der Linie 7, was mir einen Großteil des Weges ersparte, und so traf ich bereits zehn Minuten vor der vereinbarten Zeit an der Alten Post ein.

Dennoch musste ich feststellen, dass ich keineswegs vor Clayda hier war; kaum hatte ich die Gaststätte betreten, fiel mir auch schon das strahlend gelbe Kleid ins Auge, das Fabioras Schwester an diesem Tag trug. Sie saß an der Theke, vor sich eine Tasse Kaffee, in der Hand eine Cigarette und blickte mir entgegen.

Ich nahm Hut und Mantel ab, hängte sie an die Garderobe und trat dann zu Clayda an die Theke heran.

»Erstaunlich, Sie sind tatsächlich pünktlich«, begrüßte sie mich. Ich antwortete mit schmalem Lächeln. Ihr Blick wanderte kurz abschätzig von Kopf bis Fuß an mir entlang, während sie langsam an ihrer Cigarette zog. Heute waren ihre Fingernägel – passend zum Kleid – leuchtend gelb lackiert. Lediglich die Lippen waren ebenso rot wie bei unserer ersten Begegnung; ich hätte ihr beinahe zugetraut, bei ihrem extravaganten Stil auch einen gelben Lippenstift zu benutzen.

»Ich will es kurz machen«, fuhr sie fort und klemmte ihre Cigarette in den Aschenbecher neben ihr. »Wenn Ihr Angebot heute früh ernst gemeint war, läuft das ganze folgendermaßen: Sie fahren mit mir nach Senabri'il und tun Ihr Möglichstes, um mit mir etwas über die vermissten Indri herauszufinden. Da ich davon ausgehe, dass Sie der Landessprache nicht mächtig sind, werden Sie mit mir als Dolmetscherin Vorlieb nehmen müssen. Ich gehe weiterhin davon aus, dass Sie eher weniger gut betucht sind, und werde daher die Reisekosten für Sie übernehmen. Dafür verlange ich von Ihnen, dass Sie sich vor Ort meinen Entscheidungen beugen; ich kenne das Land, ich kenne die Bevölkerung und ich weiß, wie man in gewissen Situationen am besten reagiert. Wenn ich Ihnen also rate, den Mund zu halten, werden Sie das tun, wenn ich Ihnen rate, ein angebotenes Getränk anzunehmen, werden Sie es annehmen und wenn ich Ihnen davon abrate, werden Sie auch dieser Anweisung Folge leisten.«

Ich schwieg und beschränkte mich stattdessen darauf, zu nicken, auch wenn mir der Befehlston, mit dem diese Frau mich herumkommandierte, ganz und gar nicht gefiel. Sie war jedoch meine einzige Chance, nach Senabri'il zu kommen; ohne sie bestand für mich nicht die geringste Möglichkeit, irgendetwas über dieses ominöse Syrikon-Projekt herauszufinden, und wenn das bedeutete, mich für die nächste Zeit unter ihre Fuchtel zu begeben, würde ich das tun, wenn auch mit

Zähneknirschen. Wie bereits mehrfach erwähnt, hatte ich schon wesentlich unangenehmere Sachen auf mich genommen, wenn eine gute Story lockte. Innerlich tröstete ich mich mit dem Gedanken, dass sie immerhin soeben versprochen hatte, die gesamten Reisekosten für mich zu übernehmen.

»Also, sind wir im Geschäft?«, fragte sie und griff wieder nach ihrer Cigarette.

»Das sind wir«, stimmte ich zu. Wenn auch ein wenig anders, als die gute Clayda sich das im Moment vorstellte.

Nordwärts

Drei Tage später fand ich mich mit Clayda an Bord der Ann Lou wieder; sie hatte zwei Kabinen und einen Autostellplatz auf dem Passagierschiff gebucht, das uns an die senabrische Küste bringen würde.

Die vergangenen Tage hatte ich genutzt, um noch einmal alles, was ich über Indridana und Thertes Waffensysteme herausgefunden hatte, durchzugehen, meiner Vermieterin zu eröffnen, dass ich für unbestimmte Zeit verreisen würde, um einer Story nachzugehen, mich von Sid zu verabschieden und meinen dicken Kater bei meinen Eltern abzuliefern. Nun war ich heilfroh, endlich meine Kabine an Bord der Ann Lou zu beziehen, denn was ich seit meiner Verabredung mit Fabiora befürchtet hatte, hatte sich in den vergangenen Tagen bewahrheitet.

Ich versichere Ihnen, ich habe keine Ahnung, was im Kopf dieser Frau vor sich geht, aber offenbar war sie der Meinung, durch unseren gemeinsamen Abend *(und insbesondere die darauffolgende gemeinsame Nacht)* habe sich das Verhältnis zwischen uns in irgendeiner Weise zu ihren Gunsten verändert, weswegen sie sich wohl gezwungen sah, mehrmals am Tag bei mir anzurufen. Ich war daraufhin wieder zur Ich-bin-nicht-da-Strategie übergegangen, allerdings diesmal in wirklich wörtlichem Sinne; den Großteil der Zeit hatte ich außer Haus verbracht, in diversen Cafés, im Stadtpark oder sogar in der Redaktion, wenn ich mich ausführlich mit den Dokumenten über das Syrikon-Projekt auseinandersetzte.

Ich war mir nicht sicher, ob Clayda ihre Schwester darüber in Kenntnis gesetzt hatte, dass sie mit mir für einige Zeit außer Landes verschwinden würde; ich selbst hatte es nicht für nötig gehalten, es zu erwähnen. Sie würde sicherlich früh genug merken, dass ich einstweilen untergetaucht war.

Unsere Kabinen an Bord der Ann Lou befanden sich nebeneinander im Erste-Klasse-Bereich des Schiffes; Clayda hatte offenbar keine Kosten gescheut, um uns die Überfahrt so behaglich wie möglich zu gestalten. Nachdem ich mich in dem kleinen Raum eingerichtet hatte *(der zu meiner großen Freude sogar über eine eigene Mini-Bar verfügte)*, machte ich mich auf den Weg nach oben, um einen letzten Blick auf die heimatliche Küste zu werfen, ehe das Schiff aufs offene Meer hinaus fuhr.

Ich traf Clayda an Deck, wo sie an der Reling lehnte und den Blick auf das sich langsam entfernende Festland gerichtet hatte; offenbar hatte sie denselben Gedanken gehabt wie ich. Ihre Garderobe war an diesem Tag ganz in einem kräftigen Kobaltblau gehalten und ihre schneeweißen Accessoires hatte sie um einen Sonnenhut mit weiter Krempe und eine Sonnenbrille mit riesigen Gläsern erweitert.

Ich trat langsam neben sie an die Reling und überlegte, wie ich wohl am geschicktesten ein Gespräch in Gang brachte. Die Autofahrt nach Königshaven war recht schweigsam verlaufen, und die Tatsache, dass Clayda die ganze Zeit das Radio in einer unerhörten Lautstärke laufen ließ, hatte es nicht gerade besser gemacht. Da ich bemüht war, den offensichtlich recht zerbrechlichen Frieden zwischen uns nicht zu stören, hatte ich mich nicht beklagt, obwohl mir das Geplärre aus den Lautsprechern nach der ersten Stunde gehörig auf die Nerven gegangen war. Stattdessen hatte ich mich in stoischer Gelassenheit geübt und mir die Zeit damit vertrieben, eine Rangliste der kuriosesten Ortsnamen zu erstellen, durch die unsere Fahrt uns führte *(ernsthaft, wer möchte bitte schön in einem Ort namens ›Würgen‹ leben?)*.

Allerdings stand uns nun eine mehrtägige Schiffsreise bevor, und danach vermutlich noch mehrere Tage oder sogar Wochen, in denen wir wohl oder übel irgendwie miteinander auskommen mussten. Also blieb mir nichts anderes übrig, als zu versuchen, irgendwie mit Clayda auf einen grünen Zweig zu kommen.

Mit einem tiefen Seufzer lehnte ich mich eine Armlänge neben ihr an die Reling und ließ meinen Blick über die sich langsam entfernenden Häuser Königshavens gleiten. Ein kurzer Seitenblick zeigte mir, dass Clayda mich gekonnt ignorierte. Der weiße Seidenschal um ihren Hals flatterte leicht im Wind und verlieh ihr zusammen mit der Sonnenbrille und dem großen Hut das Aussehen einer Filmdiva.

»Es ist schon ein paar Jahre her, dass ich zuletzt mit dem Schiff gefahren bin«, versuchte ich, eine Unterhaltung in Gang zu bringen. Clayda erwiderte nichts. Sie tat so, als habe sie mich nicht gehört. Ich schwieg ein paar Augenblicke und startete dann einen neuerlichen Versuch:

»Ich hoffe bloß, das Essen hier an Bord ist gut. Man hört da ja teilweise die abenteuerlichsten Geschichten.«

Wieder keine Antwort. Innerlich verfluchte ich ihre offensichtliche Dickschädeligkeit, doch ich ließ mir nichts anmerken.

»Wussten Sie, dass Königshaven bereits zu Zeiten des altthrurgischen Reichs existierte? Damals allerdings noch unter dem Namen Antavia.«

»Hören Sie, Herr Lokowitsch«, unterbrach Clayda mich. »Sie können sich diese höfliche Konversation sparen. Ich bin nicht daran interessiert, mich mit Ihnen zu unterhalten. Wenn Sie also für einen Moment Ihren Mund halten könnten, wäre ich Ihnen sehr verbunden.«

Und sie zeigte mir wieder die kalte Schulter. Doch so leicht ließ ich mich nicht abwimmeln.

»Sollen wir uns jetzt etwa während der gesamten Schiffsreise anschweigen?«, fragte ich herausfordernd. »Und wie genau stellen Sie sich eigentlich unsere gemeinsame Arbeit in Senabri'il vor? Ich weiß, dass Sie mich nicht leiden können, und glauben Sie mir, wenn Sie auch nur annähernd Ähnlichkeiten mit Ihrer Schwester haben, könnte das durchaus auf Gegenseitigkeit beruhen. Aber wenn diese ganze Aktion hier nicht ein fürchterliches Fiasko werden soll, werden Sie mit mir sprechen müssen – und zwar nicht erst, wenn wir die betroffenen Familien in Neu Herryskoog befragen.«

Ein leises Schnauben war die Antwort. Clayda musterte mich von oben herab.

»Ziehen Sie zum Abendessen etwas Anständiges an. Und überlegen Sie mal, ob Sie in Ihrem Repertoire einen Satz finden, der nicht mit ›Ich‹ anfängt.« Und mit diesen Worten ließ sie mich stehen. Verdrießlich blickte ich ihrem wehenden weißen Seidenschal hinterher. Das konnte ja heiter werden!

Das Reisen in der Ersten Klasse brachte einige Annehmlichkeiten mit sich. Nicht nur dass es in meiner Kabine ein Fenster gab, aus dem ich freien Blick auf die ab und an in der Ferne auftauchende Küstenlinie hatte. Nein, das Erste-Klasse-Ticket beinhaltete ebenfalls kostenlosen Eintritt zu den Abendveranstaltungen im großen Salon, Zugang zum Oberdeck sowie die bereits erwähnte Mini-Bar in der Kabine, die ich unbegrenzt nachfüllen lassen konnte.

Gleich am ersten Tag machte ich die Bekanntschaft zweier sympathischer junger Männer aus Königshaven, die ihre Flitterwochen an Bord der Ann Lou verbrachten, und mit denen ich mich prächtig verstand. Da ich wenig Lust hatte, mich weiterhin mit Claydas schnippischer Art herumzuärgern, verbrachte ich die folgenden Tage häufig in Gesellschaft des jungen Pärchens. Wenn die beiden nicht zu zweit beschäftigt waren, spielten wir Karten oder flanierten über das Oberdeck und abends genossen wir das Unterhaltungsprogramm im Salon *(sie hatten eine wirklich talentierte junge Sängerin dort an Bord, deren kraftvolle Stimme der von Corsina Carpati Konkurrenz machte).*

Am dritten Tag erfuhren wir, dass wir in der darauffolgenden Nacht mit etwas Glück Zeugen eines einzigartigen Naturschauspiels werden konnten. Unser Kurs führte uns nahe genug ans Zentrum des Meeres heran, um bei klarer Sicht den Vortex beobachten zu können.

Wie vermutlich die meisten von Ihnen kannte ich dieses Phänomen zwar aus Erzählungen und von Fotografien, hatte es aber bisher noch nicht mit eigenen Augen gesehen.

Als es dunkelte, drängten sich die Passagiere bereits an der Steuerbordreling. Einige von ihnen hatten sich Getränke aus dem Salon mitgebracht und manche hatten zu meinem großen Unverständnis Fotoapparate dabei. Verstehen Sie mich nicht falsch – ich selbst bin natürlich ebenfalls im Besitz eines Fotoapparats. Doch ein so einmaliges Schauspiel wie den Vortex auf einem kleinen Schwarzweißbild festzuhalten, anstatt den Anblick einfach zu genießen, erscheint mir nicht wirklich sinnvoll.

Zu unser aller Glück spielte das Wetter an diesem Abend mit. Ein klarer Abendhimmel erstreckte sich über uns und während der Himmel im Westen noch in das tiefe Rot der bereits hinter dem Horizont versunkenen Sonne getaucht war, kroch von Osten her die Nacht heran. Der Abend brachte angenehme Kühle mit sich, was ich sehr begrüßte, denn mittlerweile hatte unser Kurs uns so weit nach Norden geführt, dass die Sonne tagsüber für sehr sommerliche Temperaturen sorgte.

Ich suchte mir einen Platz an der Reling des Oberdecks und richtete meinen Blick auf den langsam dunkler werdenden Horizont. Die übrigen Passagiere um mich herum waren größtenteils noch in angeregte Unterhaltungen vertieft, bis plötzlich ein kleines Mädchen ein paar Meter weiter einen begeisterten Schrei von sich gab und aufgeregt in die Ferne deutete.

Ich folgte mit den Augen ihrem Finger – und da endlich sah ich es auch. Rings um mich her wurden Rufe des Erstaunens und der Begeisterung laut und die Personen mit Fotoapparat beeilten sich, ihre Gerätschaften in Gang zu bringen.

Ich gestehe, ich kenne mich nicht gut genug mit Physik oder Chemie aus *(oder welche andere Naturwissenschaft auch immer dafür zuständig ist)*, um genau zu verstehen, wie der Vortex zustande kommt, also werde ich mich an dieser Stelle lediglich auf die Beschreibung eines unkundigen Laienauges beschränken.

Es war zunächst nur ein Schimmer, bläulich und kühl, ähnlich wie das Licht einer Syranidlampe. Doch je dunkler es wurde, desto deutlicher konnte man erkennen, was sich dort mehrere Seemeilen entfernt im Zentrum des Meeres abspielte. Es schien, als würde das Meerwasser von einem gigantischen Tornado angesaugt und in einer riesigen, um sich selbst wirbelnden Säule kilometerweit in den Nachthimmel katapultiert – nur dass es kein Wasser war, sondern eine strahlend hellblaue Substanz, die sich hoch oben in der Atmosphäre zerstreute und nicht mehr zu sehen war.

Ich gebe zu, ich war baff.

Wie bereits erwähnt kannte ich Bilder des Vortex und selbstverständlich hatte ich irgendwann in der Schule einmal gelernt, dass es sich bei ihm schlicht um eine sehr große Syranidverwirbelung handelte – aber dennoch, der Anblick dieses gewaltigen Naturschauspiels hatte etwas Erhebendes und mit einem Mal fühlte ich mich unglaublich klein.

»Klappen Sie den Mund wieder zu, sonst verschlucken Sie noch einen Nachtfalter.«

Claydas Stimme ertönte so unvermittelt neben mir, dass ich kurz zusammenzuckte, dann den Mund aber tatsächlich schloss *(ich hatte nicht einmal bemerkt, dass ich ihn geöffnet hatte).*

Sie trug trotz der Dunkelheit wieder die weiße Sonnenbrille, was es mir unmöglich machte, ihre Augen zu sehen. Ihr Kleid und die Fingernägel strahlten heute in einem kräftigen Türkis.

»Haben Sie also doch beschlossen, sich dazu herabzulassen, mit mir zu sprechen«, meinte ich, als ich mich wieder gefasst hatte, und richtete meinen Blick zurück auf das Schauspiel am Horizont.

»Ehrlich gesagt wollte ich mir nur den Vortex ansehen.«

Ich hörte ein leises Klicken neben mir und dann flammte ein Feuerzeug auf.

»Wie offenbar alle anderen Passagiere ebenfalls«, erwiderte ich.

Ein paar Momente starrten wir schweigend über die Reling auf den gespenstisch leuchtenden Wirbel am Horizont und ich dachte schon, ihre Mitteilsamkeit habe ein ebenso jähes Ende gefunden, wie sie begonnen hatte.

Nachdem sie jedoch einige Male schweigend an ihrer Cigarette gezogen hatte, fand Clayda ihre Sprache erneut wieder.

»Die Indri nennen ihn *Eyacancái*, Strom des Lebens«, erzählte sie. »Sie haben lange vor den Menschen begriffen, dass der Vortex die Quelle aller Energie in unserer Welt ist.«

»Wie meinen Sie das?«

»Syranid.« Clayda zog erneut an der Cigarette. »Was für uns heutzutage ein ganz selbstverständliches Wissen ist, war bis vor zwei oder drei Jahrhunderten niemandem südlich der Parivan-Fälle bekannt.«

Ich runzelte die Stirn und wandte den Blick für einen Moment vom Vortex ab, um Clayda ins Gesicht zu sehen.

»Wollen Sie damit sagen, die Indri hätten bereits vor der Syranischen Revolution Syranid genutzt?«

Das widersprach so ziemlich allem, was ich jemals gelesen oder gehört hatte. Zwar hatte ich mich nie sonderlich für Geschichte begeistern können *(wie Ihnen zweifellos bereits aufgefallen ist)*, aber irgendwie hatte ich in Erinnerung, dass es die technische Unterlegenheit der Indri gewesen war, die dafür gesorgt hatte, dass sie vor etwas mehr als zweihundert Jahren von den Menschen unterworfen worden waren.

»Oh, nicht in unserem heutigen Sinne.« Clayda lächelte schmal. »Es gab kein syranisches Licht, keine Syranidmotoren oder dergleichen. Aber der Begriff der ›Syranischen Revolution‹ verleitet gerne zu dem Irrglauben, man könne Syranid nur auf diese eine, technische Art und Weise nutzen. Die Leute vergessen nur allzu schnell, dass es auch eine – nun ja, sagen wir biologische Art der Syranidnutzung gibt.«

»Sie sprechen von Begabten«, wurde mir klar. »Meine Großmutter hat mal einen gekannt, als sie selbst noch ein Kind war. Ein alter Mann bei ihr aus dem Dorf. Hat sich mit selbstgebautem animiertem Kinderspielzeug seinen Lebensunterhalt verdient. Und war konstant betrunken.«

»Das muss für Sie ja sehr sympathisch geklungen haben«, spottete Clayda, dann wurde sie wieder ernst. »Leider ist und war Alkoholismus unter Begabten recht verbreitet – kein Wunder, immerhin gibt es kaum eine bessere Möglichkeit, Syranol in großen Mengen zu sich zu nehmen, ohne einen toxischen Schock zu bekommen.«

»Sie scheinen sich ja ziemlich gut mit dem Thema auszukennen«, stellte ich fest und zündete mir nun ebenfalls eine Cigarette an.

»Selbstverständlich«, erwiderte Clayda schlicht. »Das bleibt nicht aus, wenn man einen Job hat wie ich.«

»Das müssen Sie genauer erklären.« Ich versuchte, die Verbindung zwischen der Arbeit für eine Hilfsorganisation und Magie zu ziehen, doch es wollte mir nicht so recht gelingen.

»Aber Sie wissen doch sicherlich, dass alle Indri von Natur aus eine Begabung haben, oder?«, fragte Clayda.

Nein, das wusste ich nicht. Streng genommen wusste ich aber generell nicht viel über die indigene Bevölkerung der nördlichen Länder.

»Sie meinen, das sind alles Magier?«, fragte ich zweifelnd. Claydas Lippen verzogen sich zu einem amüsierten Lächeln.

»Nun ja, es gibt einen ziemlichen Unterschied zwischen einem Begabten und einem tatsächlichen Magier. Das beste Potenzial nützt Ihnen recht wenig, wenn Sie es nicht nutzen. Immerhin haben wir alle auch potentiell die Veranlagung für Malerei oder Schauspielerei oder das Erlernen eines Musikinstruments, doch die wenigsten schlagen diesen Pfad letztendlich ein. Begabte haben einfach einen etwas anderen Stoffwechsel; ihr Körper kann Syranol in Syranid umwandeln, nichts anderes, als in einem Kraftwerk geschieht. Und da Syranol fast überall ist – im Trinkwasser, in Nahrungsmitteln, ja in geringen Mengen sogar in der Atemluft – haben Begabte praktisch immer Syranid in den Adern. Ob sie damit dann etwas anfangen können, steht auf einem anderen Blatt geschrieben.«

»So ausführlich habe ich mich noch nie mit dem Thema auseinandergesetzt«, gestand ich.

»Das überrascht mich nicht.« Clayda zog ein letztes Mal an ihrer Cigarette und drückte den Glimmstängel dann in einem der Aschenbecher aus, die entlang der Reling aufgestellt waren. »Unter Menschen ist die Begabung zur Magie so selten, dass es mich ehrlich gesagt wundert, dass Ihre Großmutter einen Begabten kannte. Ich glaube, es gibt in ganz Gamarien nicht einmal zweitausend bekannte Fälle. Und wie viele davon ihr Potenzial auch nur annähernd nutzen, ist auch fraglich.«

»Warum sollte man das ungenutzt lassen?« Ich musterte sie verblüfft. »Wenn man das Zeug zu einem Magier hat, würde dann nicht jeder darauf brennen, das auch zu nutzen?«

»Haben Sie eben nicht zugehört?« Clayda schüttelte missbilligend den Kopf. »Nutzt etwa jeder, der das Zeug zum Künstler hat, diese Möglichkeit auch? Es braucht Zeit, Geduld und viel Disziplin, auch nur die grundlegendsten Dinge in der Magie zu meistern. Und da es so selten vorkommt mangelt es an Lehrpersonen. Hätten Sie als Kind etwa Lust gehabt, sich jeden Tag für mehrere Stunden hinzusetzen und sich im Alleingang das Klavierspielen oder Jonglieren beizubringen, nur weil Sie zufällig die biologische Veranlagung dazu haben? Ich glaube kaum.«

»Aber das ist doch etwas anderes«, widersprach ich. »Du meine Güte – Magie!«

»Sie haben jetzt aber hoffentlich nicht irgendwelche Rauschebart-tragenden alten Herren vor Augen, die Blitze aus ihren Fingern schießen?«

Um ehrlich zu sein, hatte ich genau das. Ich wusste, dass es Magier gab. Meines Wissens arbeiteten sogar ein paar für die AWR. Aber seltsamerweise hatte ich mir nie wirklich Gedanken darum gemacht, was ein Magier eigentlich alles konnte.

Clayda seufzte, als sie meine verlegene Miene sah.

»Das Spannendste, was ich im Zusammenhang mit Magie erlebt habe, sind Fähigkeiten wie das Licht an- und auszuschalten oder einen abgewürgten Syranidmotor wieder zum Laufen zu bringen«, erklärte sie. »Begabte … *spüren* Syranid in ihrer Umgebung. Es ist wie ein sechster Sinn. Und mit sehr viel Übung und Selbstdisziplin gelingt es einigen, dieses Syranid auch zu kontrollieren.« Sie lachte. »Was wohl ziemlich praktisch sein kann, wenn die Fernbedienung gerade außer Reichweite ist.«

Ich starrte schweigend hinüber zu dem bläulichen Schein des Vortex, der noch immer am Horizont tobte, und zog nachdenklich an meiner Cigarette. Ein Teil der restlichen Passagiere hatte sich mittlerweile wieder zurückgezogen; spannend genug, um länger als eine Viertelstunde an Deck auszuharren, fanden Sie den Vortex dann wohl doch nicht.

»Sie können mir unmöglich erklären, die Fähigkeiten von Magiern beschränkten sich darauf, syranidbetriebene Geräte fernzusteuern«, meinte ich schließlich. »Was haben Magier denn dann vor der Syranischen Revolution gemacht?«

Clayda seufzte tief.

»Es gibt … gab, wohl eher … Magier, die in der Lage waren, das Syranid in ihren Adern zu nutzen, um ihre körperlichen Fähigkeiten zu verbessern. Ihre Reflexe waren besser, sie konnten schneller laufen, waren stärker als gewöhnliche Menschen oder Indri. Es gibt Überlieferungen, wonach es manchen von ihnen sogar möglich war, auf das Syranol in ihrer Umgebung zuzugreifen und es zu kontrollieren – was bedeuten würde, dass sie praktisch über die Natur selbst hätten gebieten können.« Sie hielt den Blick geradeaus auf den Vortex gerichtet. »Aber das sind alles nur Legenden, und wenn es einmal Magier mit solchen Fähigkeiten gegeben hat, dann ist das Wissen darum längst verschwunden.«

»Schade eigentlich.« Ich tat es Clayda gleich und drückte meinen Cigarettenstummel im Aschenbecher aus. »Aber das mit den gesteigerten körperlichen Fähigkeiten könnte ich mir bei Militär-Magiern durchaus vorstellen.«

»Möglich«, stimmte Clayda mir zu. »Auch wenn das wahrscheinlich alles irgendeiner Geheimhaltungsstufe unterliegt.«

Ich stützte mich auf der Reling ab und versenkte mich wieder in den Anblick des Vortex in der Ferne.

»Strom des Lebens«, wiederholte ich, was Clayda vorhin gesagt hatte. »Unter dem Gesichtspunkt durchaus verständlich.« Ich stutzte. »Kann man den Vortex denn überhaupt von der senabrischen Küste aus sehen?«

»Nein«, erwiderte Clayda.

»Aber die Indri waren doch noch nie ein Seefahrervolk«, meinte ich. »Wie können sie denn dann vom Vortex gewusst haben?«

»Sie hören tatsächlich nicht zu – ist mir ein Rätsel, wie Sie jemals eine Story zu Papier bringen.« Diesmal klang ihre Stimme belustigt. »Ich sagte doch bereits, dass Begabte das Syranid in ihrer Umwelt spüren können. Der Vortex ist wie ein Leuchtfeuer für sie, auf mentaler Ebene, stark und unauslöschlich. Sie müssen ihn nicht *sehen*, um zu wissen, dass er der Quell all ihrer Kraft ist. Es ist wie … wie die Nadel eines Kompasses, die immer nach Norden ausschlägt.«

Ich versuchte, mir diese Art inneren Kompass vorzustellen – vergeblich.

»Das muss doch auf Dauer fürchterlich nervig sein, wenn man da ständig dieses – mentale Leuchtfeuer am Horizont hat«, meinte ich kopfschüttelnd. »Ich meine – das kann man ja nicht abschalten!«

Clayda lachte leise.

»Im Gegenteil, es ist äußerst praktisch – Sie werden niemals einem Begabten begegnen, der sich verirrt. Ihre Sinne können Sie ja schließlich auch nicht abschalten und empfinden es nicht als störend, oder?«

»Doch, ich kann die Augen schließen und mir Ohren oder Nase zuhalten.«

»Aber Sie werden immer spüren, ob es gerade warm oder kalt, nass oder trocken ist«, erwiderte Clayda. »Und auch wenn Sie sich die Ohren zuhalten, hören Sie nicht *nichts*. Sie hören nur weniger.«

»Da ist was Wahres dran«, musste ich zugeben.

Wir verfielen wieder in Schweigen und starrten auf den Vortex am Horizont. Um uns her wurde das Deck immer leerer und schließlich beschloss auch ich, mich in meine Kabine zurückzuziehen. Clayda nickte nur knapp, als ich mich verabschiedete. Das letzte, was ich sah, ehe ich das Oberdeck verließ, war ihre schmale, einsame Gestalt, die vor dem samtschwarzen Nachthimmel an der Reling lehnte und hinüber zum Vortex starrte. Und ich musste zugeben, dass ich sie nicht halb so unausstehlich fand wie ihre Schwester.

Neu Herryskoog

Waren Sie schon einmal in einer der ehemaligen Kolonialhafenstädte oben im Norden? Wenn nicht, können Sie sich vermutlich nicht vorstellen, wie es dort ist – ich zumindest konnte es nicht, bevor wir den Hafen von Neu Herryskoog erreichten. Noch nie zuvor in meinem Leben sind mir solch extreme Gegensätze auf so engem Raum begegnet wie in der Hauptstadt Senabri'ils *(die im Übrigen auch streng genommen die einzige Siedlung in diesem Land ist, die die Bezeichnung »Stadt« verdient hat).*

Ich gebe zu, ich weiß nicht viel über Kolonialgeschichte – meine mangelnde Begeisterung für historische Belange dürfte mittlerweile deutlich geworden sein – doch dreizehn Jahre humanistische Schulbildung sind selbst an einem so resistenten Geist wie dem meinen nicht gänzlich spurlos vorbei gegangen. Mein spärliches Wissen über diesen Teil der senabrischen *(und natürlich auch gamarischen)* Geschichte war immerhin ausreichend, um zu wissen, dass Neu Herryskoog irgendwann vor ungefähr dreihundert Jahren von den gamarischen Eroberern gegründet worden war, nachdem sie die einheimischen Indri mehr oder weniger brutal vertrieben oder wahlweise massakriert hatten. Von hier aus koordinierten sie die Eroberung der umliegenden Indri-Territorien, wobei sie sich auch hin und wieder mit anderen kolonialisierenden Mächten in die Wolle bekamen, bis einige Jahrzehnte und ein paar Millionen tote Indri später Senabri'il in den Grenzen bestand, wie wir es heute kennen.

Warum es in ganz Senabri'il außer Neu Herryskoog keine nennenswerte größere Stadt gibt, kann ich Ihnen nicht sagen – das müssen Sie jemanden aus der Geschichts- oder Sozialwissenschaft fragen. Tatsache ist jedoch, dass diese Stadt zweihundert Jahre lang der Ort war, von dem aus die gamarischen Kolonialherren das ganze Land kontrollierten. Und das sieht man der Stadt auch heute noch an.

Senabri'il ist ein sehr gebirgiges Land *(so ungefähr das genaue Gegenteil von Flaatlend könnte man sagen)*, was bedeutet, dass zwischen Meer und

Bergen so gut wie kein Raum ist. Neu Herryskoog quetscht sich also irgendwie in diesen schmalen Streifen mit dem Meer im Südosten und den Bergen im Nordwesten und wuchert wie ein großes Pilzgeflecht die Hänge hinauf. Ein Großteil der Häuser stammt noch aus der Kolonialzeit und ist aus dem für diese Gegend typischen gelblichen Tuff gebaut. Ganz oben an den Hängen der Berge und auf dem kleinen Plateau, das sich über der Stadt erhebt, sind die Häuser in sehr gutem Zustand, die Straßen sauber und gepflegt. Je weiter man jedoch nach unten und somit in Richtung des Hafens kommt, desto verfallener und verwahrloster wirken die Straßenzüge. Halbnackte Kinder spielen auf dem staubigen Pflaster und es wimmelt nur so von streunenden Katzen und Hunden. In diesen unteren Vierteln Neu Herryskoogs ist auch die Kriminalitätsrate entsprechend hoch – rivalisierende Banden tragen hier teils offen ihre bewaffneten Konflikte aus, bei denen es nicht selten Tote gibt, und Touristen werden immer wieder davor gewarnt, sich nicht in diese Gegenden zu begeben, da das Risiko, überfallen und ausgeraubt zu werden, wohl sehr hoch ist. Sie werden also verstehen, warum mir nicht ganz wohl war, als wir unter der glühenden senabrischen Sonne in Claydas schneeweißem Cabrio durch die Straßen fuhren *(Clayda trug heute kräftiges Grasgrün)*.

Nach unserem Gespräch über Indri und Magie und den Vortex hatte Clayda sich mir gegenüber wieder recht einsilbig verhalten; was auch immer dazu geführt hatte, dass sie an jenem Abend so gesprächig gewesen war, offenbar war es nicht von Dauer gewesen. Immerhin ignorierte sie mich nicht mehr vollständig, was ich als Punkt für mich verbuchte. Da ich allerdings während der Fahrt durch die Stadt hauptsächlich damit beschäftigt war, entweder besorgt nach kriminellen Banden Ausschau zu halten oder aber mir den Schweiß von Stirn und Nacken zu wischen, war ich ohnehin nicht an Konversation interessiert.

Unser Hotel entpuppte sich als kleines, aber feines Etablissement in einem der höher gelegenen Viertel Neu Herryskoogs. Es hatte eine kleine Veranda und einen überdachten Säulengang, der über die gesamte Vorderseite des am Hang liegenden Gebäudes verlief. Die Fenster waren hoch, die Fassade hell und ein von Blumenrabatten gesäumter kurzer Kiesweg führte von der Straße zum Eingang.

Clayda parkte den Wagen auf dem hoteleigenen Parkplatz neben dem Gebäude und wir holten unser Gepäck aus dem Kofferraum. Der Kies knirschte unter unseren Schuhen, als wir auf den Eingang des Hotels zugingen, das den klangvollen Namen ›Villa Silberstein‹ trug. Obwohl ich hemdsärmelig war, schwitzte ich extrem und konnte es kaum erwarten, endlich mein Zimmer zu beziehen und mir eine kühle Dusche zu gönnen. Clayda schien die Hitze weitaus weniger auszumachen als mir, was aber vielleicht auch daran lag, dass ihr Kleid wesentlich kürzer und aus einem dünneren Stoff war als meine Klamotten.

In der kleinen Eingangshalle des Hotels war es angenehm schattig, aber nur unwesentlich kühler als draußen. Dunkelbraune und ockerfarbene große Fliesen bildeten ein Schachbrettmuster auf dem Boden und die Wände waren mit dunklem Holz getäfelt. Zwei Ventilatoren drehten sich träge unter der hohen Decke und in der Mitte der Halle hing ein ausladender Kristalllüster, den statt Kerzen gut drei Dutzend kleine filigrane Syranidlampen zum Strahlen brachten. Linkerhand führte eine weit geschwungene Treppe hinauf in die obere Etage. Zu unserer Rechten befand sich der Empfangstresen, hinter dem eine junge Frau mit großen braunen Augen und langen dunklen Haaren stand, und direkt gegenüber des Eingangs entdeckte ich zu meiner Freude eine Bar, deren Flaschensammlung vor dem Spiegel an der Rückwand ein recht großes Repertoire an Spirituosen verhieß. Ich war kurz hin- und hergerissen zwischen der Rezeption und den alkoholischen Verlockungen, doch die Entscheidung wurde mir abgenommen, da Clayda die junge Frau sofort auf Senabrisch ansprach *(eine eigentümliche Sprache, die sich wohl irgendwie aus Gamarisch und vier oder fünf Indri-Dialekten zusammensetzt – ich verstand nur etwa jedes zehnte Wort und selbst da war ich mir nicht sicher)*. Ich steuerte also zielstrebig die Bar an – Clayda würde den ganzen Papierkram schon regeln und bis wir unsere Schlüssel hatten, konnte es ja nicht schaden, sich ein wenig mit den hochprozentigen Gaumenfreuden der Region vertraut zu machen.

Der Barkeeper war ein hagerer alter Kerl mit einem schmalen Oberlippenbart, der kaum mehr als ein dünner Strich war. Seine runzelige Haut war braun gebrannt und als er die alten Lippen zu einem Lächeln verzog, entblößte er schief stehende gelbe Zähne.

So gut es ging und unter Zuhilfenahme meiner Hände gab ich ihm zu verstehen, dass er mir ein Glas Whisky einschenken solle. Er griff tatsächlich zu einer der Whiskyflaschen hinter ihm – Völkerverständigung vom Feinsten!

Während ich meinen Gaumen mit der honigfarbenen Flüssigkeit benetzte, beobachtete ich Clayda, die sich noch immer auf Senabrisch mit der Rezeptionistin unterhielt. Auch wenn ich nicht wirklich verstehen konnte, worüber sie sich unterhielten, so merkte ich doch an Claydas Tonfall und Körpersprache, dass es wohl irgendwelche Probleme gab. Die junge Rezeptionistin hatte einen entschuldigenden Tonfall angenommen, während Clayda zunehmend gereizt klang. Ich befürchtete bereits, dass die Buchung unserer Zimmer aus irgendwelchen Gründen schief gelaufen war und wir uns eine andere Bleibe würden suchen müssen, als die Dunkelhaarige schließlich doch noch nach dem Schlüsselbrett hinter sich griff. Beruhigt wandte ich mich wieder zu dem alten Barkeeper um und versuchte, mit Händen und Füßen in Erfahrung zu bringen, wie lange die Bar abends geöffnet hatte.

Noch bevor ich jedoch in dieser Hinsicht einen Erfolg erzielen konnte, ertönte plötzlich das laute und schnelle Klacken von hohen Absätzen auf dem Fliesenfußboden und dann ließ sich Clayda auf dem Barhocker neben mir nieder. Ihr Gesichtsausdruck verhieß nichts Gutes. Mit grimmigem Blick warf sie dem Barkeeper ein paar Worte hin, worauf dieser nach derselben Flasche griff, aus der er mir soeben ausgeschenkt hatte, ein großes Glas füllte und vor ihr auf den Tresen stellte. Sprachlos sah ich zu, wie Clayda den Whisky nahm und das ganze Glas auf ex hinunter kippte, ohne eine Miene zu verziehen.

»Ähm – stimmt irgendetwas nicht?«, wagte ich schließlich vorsichtig zu fragen. Clayda warf mir einen Blick zu, der wirkte, als habe sie auf eine Zitrone gebissen.

»Es gab wohl ein Missverständnis bei der Buchung«, erklärte sie säuerlich.

»Aha«, erwiderte ich. »Soll heißen?«

»Soll heißen, wir haben nicht zwei Einzelzimmer bekommen, sondern ein Doppelzimmer«, antwortete sie gereizt.

Einen Moment starrte ich sie an. Dann stahl sich ein Grinsen auf mein Gesicht.

»Wissen Sie, Sie hätten sich keine so kreative Ausrede einfallen lassen müssen, um mich dazu zu bringen, mit Ihnen zu …«

»Halten Sie den Mund!«, fauchte Clayda und gab dem Barkeeper mit einem Wink zu verstehen, dass er ihr Glas nachfüllen sollte. »Bilden Sie sich ja nicht ein, Sie könnten die Situation irgendwie ausnutzen!«

»Würde mir nicht im Traum einfallen«, erwiderte ich, während Clayda das zweite Glas Whisky exte. »Also – wollen wir unser Zimmer dann mal beziehen?« Mein Grinsen wurde breiter.

Clayda taxierte mich mit ihren Bernsteinaugen.

»Sie schlafen auf dem Sofa, damit das klar ist«, blaffte sie. »Wenn das Hotel nicht ausgebucht wäre …«

»Aber sicher«, schmunzelte ich. »Das war natürlich alles nur ein bedauerliches Missverständnis.«

Clayda schnaubte und stand so abrupt auf, dass der Barhocker beinahe umkippte. Sie bedeutete mir mit einem kurzen Rucken ihres Kopfes, ihr zu folgen, und ich beeilte mich, mein Glas ebenfalls zu leeren.

Ich warf der etwas eingeschüchtert wirkenden Rezeptionistin ein entschuldigendes Lächeln zu, was sie ein wenig unsicher erwiderte, und eilte dann hinter Clayda die Treppe hinauf.

Unser Zimmer lag am Ende eines holzgetäfelten Flures mit weinrotem Teppichboden. Clayda öffnete die Tür und ich folgte ihr hinein.

Die Einrichtung des Zimmers war schlicht, aber ansprechend. Rechter Hand stand ein gemütlich aussehendes Doppelbett, in der Zimmerecke gegenüber der Tür ein Sofa und linker Hand gab es eine Kommode aus dunklem Holz. Eine Tür führte nach nebenan in ein kleines Badezimmer. Da das Zimmer auf der Ostseite des Hotels lag, hatte man aus den Fenstern einen schönen Blick über die Dächer Neu Herryskoogs hinweg bis hinunter zum Hafen.

Ich schloss langsam die Tür hinter uns und ließ mich dann probehalber auf dem Sofa in der Zimmerecke nieder. Clayda pfefferte ihre Handtasche auf das Bett und trat dann an eines der beiden Fenster heran, um es zu öffnen.

»So«, sagte ich und lehnte mich zurück. »Und wie geht es jetzt weiter?«

Ich musterte Clayda, die noch immer ein finsteres Gesicht machte und aus dem geöffneten Fenster starrte. Schließlich entspannten sich ihre Züge ein wenig und sie wandte sich mit verschränkten Armen zu mir um.

»Frühstück ist hier von acht bis elf, Abendbuffet gibt es ab sechs. Für heute lohnt es sich nicht mehr, aus der Stadt hinaus in eines der Reservate zu fahren. Ich werde gleich zum hiesigen Büro von Indridana fahren, um mich selbst auf den neuesten Stand bezüglich der Vermissten zu bringen. Danach treffen wir uns zum Abendessen hier und besprechen den Plan für morgen.«

»Hm«, machte ich. »Ich komme mit.«

Clayda zog die Augenbrauen hoch.

»Wie bitte?«

»Ich sagte, ich komme mit. Es kann ja wohl nicht schaden, wenn ich mir mal anschaue, wie Ihre Organisation hier so arbeitet.«

Ich beobachtete ihre Reaktion genau. Für einen Moment sah sie so aus, als wolle sie mir widersprechen, doch dann zuckte sie mit den Schultern.

»Wie Sie meinen. Warten Sie unten in der Halle auf mich, ich möchte mich gerne frisch machen.«

Ich verzog ein wenig den Mund – eigentlich hatte ich vor gehabt, selbst für eine Weile das Badezimmer in Beschlag zu nehmen, denn noch immer klebte mir das Hemd vor lauter Schweiß am Rücken. Allerdings wollte ich mir die Chance, direkt am ersten Tag ein wenig bei Indridana herumzuschnüffeln, auf keinen Fall entgehen lassen – immerhin wusste ich nicht, wie lange ich Clayda gegenüber die Scharade würde aufrecht erhalten können und je schneller ich mit meinen eigenen Nachforschungen anfing, desto besser.

Ich nickte also ergeben, erhob mich aus dem Sofa und machte mich wieder auf den Weg nach unten in die Eingangshalle. Dann würde ich eben meine Erforschung der senabrischen Whiskys fortsetzen.

Die Zentrale von Indridana lag ein wenig unterhalb unseres Hotels; hier waren die Häuser nicht mehr ganz so nobel, aber von den Armenvierteln waren wir dennoch weit entfernt.

Clayda hielt vor einem schlichten, ocker gestrichenen Gebäude mit wenigen Fenstern. Neben der Eingangstür hing ein Schild mit dem Logo der Hilfsorganisation und dem Hinweis auf die Öffnungszeiten. Darunter war ein kleiner runder Klingelknopf in die Wand eingelassen, neben den jemand einen handschriftlichen Zettel mit den Worten »Klyngel ocái« geklebt hatte.

Clayda machte jedoch keine Anstalten, zu klingeln, sondern kramte einen Schlüssel aus ihrer weißen Handtasche hervor.

Hinter der Eingangstür erwartete uns ein schlichter Flur mit grauem Boden und Wänden, die von einer Handvoll gerahmter Zeitungsartikel geziert wurden. Zu beiden Seiten zweigten Türen ab und nach einigen Metern machte der Flur einen Knick nach rechts.

Clayda steuerte zielstrebig auf die erste Tür auf der rechten Seite zu und klopfte zweimal energisch gegen das Holz. Sie wartete keine Antwort von innen ab, sondern drückte die Klinke herunter und trat ein.

Ich folgte ihr in ein Büro, das ebenso schlicht gehalten war wie der Flur draußen. Vor dem Fenster hing eine Jalousie mit silbergrauen Lamellen, unter der Decke drehte sich ein Ventilator und gegenüber der Tür stand ein alter Schreibtisch.

Eine Frau mit halblangem karamellblondem Haar, das sie nachlässig im Nacken hochgesteckt hatte, saß hinter dem Schreibtisch und blätterte gerade durch irgendwelche Unterlagen. Als wir eintraten, blickte sie auf und warf uns durch die Gläser ihrer Brille einen fragenden Blick zu, dann schien sie Clayda zu erkennen und ihre Miene hellte sich auf.

»Clayda!« Sie erhob sich und kam hinter dem Schreibtisch hervor – da erst fiel mir auf, wie groß sie war. »Gut, dass du kommst!«

»Hallo Annika«, erwiderte Clayda und die beiden Frauen umarmten sich flüchtig. »Das ist Annika Weber, unsere Zweigstellenleiterin hier in Neu Herryskoog«, wandte sie sich dann an mich. »Annika, ich möchte dir Lemmy Lokowitsch vorstellen. Er ist Journalist und wird mir bei der Suche nach den Vermissten zur Hand gehen.«

»Es freut mich sehr, Sie kennen zu lernen.« Annika Weber trat auf mich zu und reichte mir die Hand. Ihre Stimme klang, als sei sie es gewohnt, Anweisungen zu geben, und ihr Händedruck war fest und warm. »Wir können Ihre Hilfe wirklich gut gebrauchen.«

»Ich tue mein Bestes«, erwiderte ich.

»Wie ist der Stand der Dinge?«, erkundigte Clayda sich und zog sich einen der Stühle an den Tisch heran, die neben uns an der Wand standen. Ich begnügte mich damit, neben der Tür stehen zu bleiben und meinen Blick so beiläufig wie möglich durch den Raum schweifen zu lassen.

»Übel, um ehrlich zu sein«, erwiderte Annika und ließ sich ihrerseits wieder hinter ihrem Schreibtisch nieder. Während sie einen Ordner aus dem Regal zu ihrer Rechten zog und darin zu blättern begann, fuhr sie fort: »Letzte Woche gab es vier weitere Vermisstenfälle.«

»Vier?«, wiederholte Clayda ungläubig. »Innerhalb einer Woche?«

Annika nickte düster.

»Zwei junge Mädchen aus Firis'dun, ein Familienvater aus Caycona und eine alte Frau aus Silberhayn«, präzisierte sie.

»Verdammt«, entwich es Clayda. Auf ihrem Gesicht spiegelten sich Sorge und unverhohlener Zorn. »Und von Seiten der Polizei gibt es immer noch keine Reaktion?«

Annika schnaubte.

»Ich habe letzte Woche persönlich mit dem Polizeipräsidenten gesprochen«, erklärte sie. »Er hat die ganze Zeit gelächelt und verständnisvoll genickt, mir dann versichert, dass sie ihr Möglichstes tun und mich anschließend von seiner Sekretärin hinauskomplimentieren lassen.«

»Scheinheiliger Mistkerl«, brummte Clayda.

»Wir haben angefangen eine Karte anzulegen, um herauszufinden, ob sich vielleicht irgendein Muster abzeichnet«, fuhr Annika fort und entfaltete einen großen Bogen Papier. »Leider sieht es bisher nicht danach aus. Uns fehlen aber ehrlich gesagt auch die Kapazitäten, um nähere Nachforschungen anzustellen.«

»Dafür sind wir ja jetzt da«, meinte Clayda und beugte sich mit konzentriertem Blick über die Karte. »Vielleicht fahren wir morgen früh am besten direkt nach Firis'dun – dort gab es bisher die meisten Vermisstenfälle, wenn ich das richtig sehe.«

»Mehr als zwei Dutzend«, bestätigte Annika.

»Kann ich mir die Karte ausleihen?«, fragte Clayda.

»Sicher. Dafür war sie gedacht.« Annika entnahm dem Ordner zwei weitere Blätter. »Das hier ist die aktualisierte Liste der Vermissten, inklusive der Namen ihrer Familien oder nächsten Anverwandten.«

Clayda faltete die Unterlagen und verstaute sie in ihrer Handtasche.

»Danke. Ist Grigur da? Ich würde gerne noch mit ihm sprechen.«

»Er müsste hinten im Labor sein«, erwiderte Annika.

»Gut. Dann sehen wir uns vermutlich im Laufe der Woche. Ich halte dich auf dem Laufenden, falls wir etwas herausfinden.«

Clayda erhob sich und wandte sich zum Gehen. Sie warf mir einen auffordernden Blick zu.

Ich nickte noch einmal in Annikas Richtung und konnte mir ein kleines Lächeln nicht verkneifen. »Also dann – hat mich sehr gefreut, Frau Weber.«

»Hat mich auch gefreut, Herr Lokowitsch.«

Ich folgte Clayda den grauen Flur entlang.

»Wer ist Grigur?«, fragte ich, während ich im Vorbeigehen versuchte, einen genaueren Blick auf einige der Zeitungsartikel zu werfen – zu meiner Enttäuschung waren fast alle von ihnen in senabrischer Sprache verfasst. Lokale Presse, vermutete ich.

»Dr. Grigur Carravas ist unser Arzt«, erklärte Clayda. »Er kümmert sich um die medizinische Versorgung in den Reservaten. Zumindest in dem Maß, das unsere Ressourcen erlauben.«

»Wie finanziert sich Indridana eigentlich? Ich meine – all diese Projekte, die Sie hier durchführen, das verschlingt doch sicher einiges an Geld.«

»Wir sind eine Hilfsorganisation«, erwiderte Clayda. »Wir werden durch Spenden finanziert.«

»Und ein paar großzügige Senioren oder weltverbessernde Idealisten reichen aus, um den Laden hier am Laufen zu halten?«

»Worauf wollen Sie hinaus?«

Täuschte ich mich oder klang ihre Stimme mit einmal Mal leicht gereizt?

»Auf gar nichts. Ich bin bloß neugierig. Berufskrankheit.«

Ich grinste.

»Heben Sie sich Ihre Neugier besser für morgen auf, wenn wir mit den betroffenen Familien sprechen.«

Ich erwiderte nichts darauf. Aha. Geld schien also ein empfindliches Thema zu sein. Wenn das mal nicht interessant war …

Das Labor entpuppte sich als letzter Raum hinter der Biegung des Flures. Als wir eintraten, fühlte ich mich für einen kurzen Moment in meine Schulzeit zurückversetzt, als wir im Chemiesaal vom alten Professor Kray mit alkoholischer Gärung und den Anwendungsmöglichkeiten von Baldrian drangsaliert worden waren. Allerdings war dieses Labor deutlich kleiner als unser alter Chemiesaal. Ein Haufen grauer Metallschränke säumte die Wände, dazu kamen mehrere Regale, in denen sich offensichtlich Medikamente und Verbandsmaterial befanden. Und dann gab es in der Mitte des Raumes eine Art große Theke, deren Oberfläche aus roten Ziegelsteinen bestand, und auf der sich allerlei kuriose wissenschaftliche Apparaturen befanden.

An einem Schreibtisch vor dem Fenster saß ein älterer Herr mit Glatze, der durch die Gläser eines altmodischen Zwickers einige Dokumente studierte. Seiner dunklen Haut und den spitz zulaufenden Ohren nach zu urteilen, handelte es sich bei ihm um einen Indri – und ich muss gestehen, ich hatte mir meine erste Begegnung mit einem Vertreter dieses Volkes etwas weniger beiläufig vorgestellt. Er schien uns zunächst nicht zu bemerken.

»Hallo Grigur«, sagte Clayda mit lauter Stimme. Der Angesprochene schreckte hoch und hätte beinahe seinen Zwicker verloren. Als er Clayda entdeckte, lächelte er jedoch.

»Clayda!« Er kam hastig auf die Beine und sagte ein paar Worte auf Senabrisch. Dabei fummelte er an seinem linken Ohr herum, an dem er, wie ich nun sah, ein Hörgerät trug.

Clayda erwiderte etwas und trat näher.

Ein wenig befremdet sah ich zu, wie sie sich mit ihren zierlichen Händen an Dr. Carravas' Hörgerät zu schaffen machte.

»Jetzt besser?«, fragte sie und wechselte ins Gamarische.

»Oh ja, viel besser, meine Liebe!« Der Arzt strahlte sie an. »Nun sag, was führt dich zu mir?«

»Ich habe jemanden gefunden, der uns hilft, nach den verschwundenen Indri zu suchen.« Sie wies auf mich. »Das ist Lemmy Lokowitsch, ein Journalist aus Hornstadt.«

»Das ist ja ganz wunderbar!« Das Lächeln auf Dr. Carravas' Gesicht wurde breiter und er schüttelte mir begeistert die Hand; ich hörte einen leichten Akzent aus seiner Stimme heraus, aber sein Gamarisch war nahezu einwandfrei. »Ich bin überaus erfreut, dass Sie unserer Clayda assistieren! Es wird höchste Zeit, dass diese schrecklichen Vermisstenfälle aufgeklärt werden.«

Ich lächelte peinlich berührt.

»Es ist mir eine Freude, wenn ich helfen kann«, antwortete ich und fühlte zu meinem Erstaunen so etwas wie ein schlechtes Gewissen. Vielleicht war es die unvoreingenommen herzliche Art des Mannes oder die Tatsache, dass er ein Indri war, aber irgendwie hatte ich ihm gegenüber wesentlich mehr Skrupel, die Wahrheit zu verschweigen, als gegenüber Clayda oder Annika – dass ich mich einen feuchten Dreck um die Verschwundenen kümmerte, und stattdessen seinen Arbeitgeber im Verdacht hatte, schmutzige Geschäfte mit einem Waffenkonzern abzuwickeln *(wovon er selbst höchstwahrscheinlich gar nichts wusste)*.

»Grigur, du bist doch am häufigsten draußen in den Reservaten«, fuhr Clayda nun in ernstem Tonfall fort. »Du kannst am besten einschätzen, wie es den Leuten momentan geht. Annika sagte, es werden seit letzter Woche schon wieder vier Personen vermisst.«

Ein bekümmerter Ausdruck trat auf Dr. Carravas' Gesicht.

»Ja, ich weiß – und die Zwillinge habe ich erst wenige Tage vor ihrem Verschwinden zum letzten Mal gesehen! Sie hatten sich eine kleine Infektion eingefangen, nichts Schlimmes. Ich kann nicht glauben, dass sie jetzt einfach fort sind. Beide noch so jung! Und Aleyna hatte so gute Fortschritte in der Schule gemacht, sie hat mir beim Blutabnehmen noch ganz stolz erzählt, dass sie beim letzten Test Klassenbeste war. So ein aufgewecktes Mädchen ...« Er seufzte tief und fuhr sich über die Augen. »Nun, es hilft ja nichts – sie sind fort, alle beide, und niemand weiß, wohin. Nicht von der Schule nach Hause gekommen. Die Familie ist krank vor Sorge, natürlich. Ich habe mit ihnen gesprochen, ebenso wie mit Nadims Frau – Nadim ist der Vater aus Caycona – die sich jetzt alleine um ihre drei Jungs kümmern muss. Sie weiß nicht, wie sie die Kinder durchfüttern soll, ihr Mann hat das Geld verdient – zwar nicht viel, aber es hat zum Überleben gereicht. Jetzt kann sie nicht einmal die drei Monate Witwenrente beantragen, weil er nicht tot ist, sondern nur verschwunden, und sein Chef hat wohl schon gedroht, ihm fristlos zu kündigen, sollte er nicht bald wieder zur Arbeit erscheinen. Nun, und die alte Daniya ... sie hatte keine Familie, da war es die Nachbarin, die sich gewundert hat, warum sie nicht wie jeden Tag ihre Gemüsebeete hinter der Hütte gepflegt hat. Zuerst haben sie alle befürchtet, sie wäre gestorben, doch ihre Hütte war leer, und es fehlte jede Spur von ihr.«

»Genau wie bei den anderen Fällen«, seufzte Clayda. »Nun gut, ich danke dir. Ich denke, wir werden die Familie der beiden Mädchen morgen als erstes aufsuchen.«

Sie warf mir einen fragenden Blick zu.

»Haben Sie noch irgendeine Frage? Irgendeine Information, die Sie benötigen, bevor wir morgen mit den Befragungen anfangen? Der Doktor hat hier vor Ort den engsten Kontakt zu den Leuten.«

»Äh«, machte ich, etwas überrumpelt. Natürlich hatte ich keine Fragen – zumindest keine die Vermissten betreffend. Dennoch war es vermutlich besser, so zu tun, als wäre es anders. Ich zückte also hastig meinen Notizblock. »Wie oft fahren Sie denn hinaus in die Reservate?«

»Nun, normalerweise viermal die Woche«, erwiderte Dr. Carravas. »Wir haben vier Reservate in unserem Bezirk – Firis'dun und Caycona im Südwesten, Silberhayn und Vale im Norden. Meist fahre ich an zwei Tagen nach Firis'dun und Caycona, an den anderen beiden nach Silberhayn und Vale.«

Ich nickte pflichtschuldig und notierte eifrig in meinen Block.

»Und – äh – Sie kennen die Leute alle persönlich?«

»Mehr oder weniger«, antwortete Dr. Carravas. »Die meisten habe ich irgendwann schon einmal wegen irgendetwas behandelt. Allerdings beläuft sich die Bevölkerung aller vier Reservate insgesamt auf über zweitausend – da wird es schwierig, jede einzelne Person beim Namen zu kennen.«

»Verstehe. Wie sieht es mit den Vermissten aus? Kannten Sie die alle persönlich?«

Dr. Carravas legte die Stirn kurz in Falten. Peinlich berührt merkte ich, wie meine Augen immer wieder zu den spitz zulaufenden Ohren des Arztes huschten. Ich zwang meinen Blick zurück auf den Block; ich wollte nicht unhöflich wirken.

»Das ist eine gute Frage … ich denke, die meisten von ihnen schon. Aber ich muss Sie enttäuschen – meist weiß ich von den Leuten nicht mehr als ihren Namen und weshalb sie mich aufsuchen. Für ausführliche persönliche Gespräche bleibt neben der Arbeit kaum Zeit.«

Ich nickte wieder.

»Sagen Sie«, fuhr ich fort, denn mir war gerade ein wunderbarer Gedanke gekommen. »Wäre es möglich, dass Sie uns die Krankenakten der Vermissten zur Verfügung stellen? Ich weiß, so etwas unterliegt für gewöhnlich der ärztlichen Schweigepflicht, aber in diesem Fall …«

Clayda zog die Stirn in Falten.

»Die Krankenakten? Denken Sie, das Verschwinden der Leute könnte etwas mit ihrem gesundheitlichen Zustand zu tun haben?«

»Ich denke gar nichts«, wehrte ich ab. »Aber wir haben bisher schließlich noch keinen einzigen Anhaltspunkt – da kann es nicht schaden, in allen Bereichen nach Indizien zu suchen. Selbstverständlich nur, wenn Sie damit einverstanden sind, Herr Doktor Carravas.«

Ich bemühte mich um mein gewinnendstes Lächeln.

Der Arzt schien einen Moment zu zögern.

»Nun, ich würde sagen, wir befinden uns in einer Ausnahmesituation«, seufzte er. »Sie bekommen die Akten – unter einer Bedingung: Die Familien der Betroffenen müssen Ihnen ihr schriftliches Einverständnis dazu geben.«

»Selbstverständlich«, beeilte ich mich zu sagen und versuchte, nicht allzu selbstzufrieden auszusehen. Krankenakten waren zwar nicht unbedingt die beste Art von Unterlagen, um etwas über die dubiose Verbindung zwischen Indridana und Thertes Waffensysteme herauszufinden, aber mit etwas Glück waren dort Medikamentenabrechnungen oder Ähnliches zu finden, oder aber ich fand in einer der Akten einen Vorwand, um mir Zugang zu weiteren Unterlagen zu verschaffen. Und irgendwo musste ich schließlich anfangen.

»Ich werde unseren Volontär damit beauftragen, Ihnen die fraglichen Akten zusammenzusuchen«, versprach Dr. Carravas. »Wäre es bis morgen Nachmittag ausreichend? Flinn hat schon Feierabend, aber er hat einfach einen besseren Überblick über den ganzen Papierkram als ich – ich bin mehr für die Praxis zu gebrauchen.« Ein entschuldigendes Lächeln erschien auf seinem Gesicht.

Ich nickte. »Gut, dann habe ich sonst einstweilen keine Fragen mehr – ich denke, der morgige Tag wird mehr Erkenntnisse bringen.«

»Das hoffe ich auch«, meinte Clayda. »Danke für deine Hilfe, Grigur. Wir sehen uns morgen.«

Indri

Es ist – wie ich bereits erwähnte – schon vereinzelt vorgekommen, dass ich eine Nacht nicht in meinem *(oder irgendeinem fremden)* Bett verbracht habe, sondern wahlweise in meinem Sessel, auf dem Teppichboden und einmal sogar auf der Treppe vor meinem Zimmer. Allerdings war kaum einer dieser Orte mit dem Sofa in unserem Hotelzimmer zu vergleichen, wie mir am nächsten Morgen schmerzhaft bewusst wurde.

Ich habe keine Ahnung, wie alt dieses Teil war und wie viele Federn in seinem Inneren bereits gesprungen waren, jedenfalls fühlte ich mich so verdreht und zerschlagen wie schon lange nicht mehr. Meine Rückenmuskulatur schien ein einziger gigantischer Knoten zu sein und ich hatte einen steifen Nacken, auch wenn Clayda mir gnädigerweise eines der beiden Kopfkissen überlassen hatte.

Sie selbst war jedoch frisch wie der junge Morgen und während ich noch versuchte, meine zerschundenen Glieder irgendwie zu ordnen, hatte sie geduscht, ihre Haare frisiert, sich geschminkt und ein leuchtend violettes Kleid angezogen.

Mit den Worten »Ich sehe Sie dann beim Frühstück« verließ sie schließlich das Hotelzimmer und ich kroch ins Bad, um zumindest halbwegs ins Reich der Lebenden zurückzufinden.

Eine heiße Dusche und das reichhaltige Frühstücksbuffet sorgten schließlich dafür, dass ich mich wieder wie ein Mensch fühlte, als wir eine dreiviertel Stunde später das Hotel verließen.

Zu meinem Erstaunen führte Clayda mich nicht zu ihrem Cabrio, sondern steuerte stattdessen einen etwas ramponiert aussehenden Geländewagen an, der auf dem Parkplatz neben dem Hotel stand.

»Haben Sie ein neues Auto?«, fragte ich leicht irritiert. »Das alte hat mir besser gefallen.«

Der Anflug eines Lächelns huschte über ihre auch heute wieder leuchtend rot bemalten Lippen.

»Es ist ein Leihwagen«, erklärte sie. »Die meisten Straßen außerhalb Neu Herryskoogs sind nicht sonderlich gut ausgebaut, da sind wir mit einem etwas robusteren Modell besser dran.«

»Verstehe«, erwiderte ich und musterte sie ein wenig zweifelnd. »Und … Sie sind sicher, dass Sie so ein Ding auch fahren können?«

Claydas Augen verengten sich leicht und sofort bereute ich meine Frage.

»Steigen Sie ein und halten Sie den Mund«, erwiderte sie knapp.

Wir verließen Neu Herryskoog in südlicher Richtung. Kaum dass wir die letzten Häuser hinter uns gelassen hatten, erstreckte sich rings um uns nichts als sattes Grün. War die Hitze in den Straßen der Stadt schwer und drückend, so wich sie hier einer beinahe angenehmen Schwüle. Clayda hatte nicht übertrieben – die Straße, auf der wir fuhren, war wenig mehr als ein schmales Band aus festgestampfter Erde, das sich durch den senabrischen Urwald schlängelte, mal steil bergauf, mal dicht an der Bergflanke entlang, gerade breit genug, dass unser Geländewagen bequem Platz darauf fand. Der Untergrund war holprig und mehr als einmal musste Clayda Schlaglöchern oder größeren Steinbrocken ausweichen und einmal hielten wir kurz an, um einen dicken Ast von der Straße zu räumen, der unseren Weg blockierte.

Der undurchdringliche Dschungel ringsum hatte etwas zugleich Faszinierendes und Unheimliches. Riesige Bäume, deren Namen ich nicht kannte, wuchsen wie gigantische Säulen dem Himmel entgegen, umrankt von fremdartigen Kletterpflanzen, deren fleischige Blüten in satten Farben schillerten. Lianen hingen von den Ästen herab und wildes Buschwerk wucherte zwischen den Stämmen, sodass ein Vorankommen abseits der Wege unmöglich schien. Riesige Farne reckten ihre faserigen Wedel in die Luft und über allem lag ein Duft, der mit nichts zu vergleichen war, was ich je gerochen hatte, ein Duft nach Wald und Moos und Feuchtigkeit, dunkel und schwer doch zugleich von einer fruchtigen Süße und betörenden Lieblichkeit. Hin und wieder erhaschte ich einen Blick auf farbenfrohe Vögel mit schillerndem Federkleid und einmal schwang sich eine ganze Horde winziger Kapuzineraffen durch die Baumwipfel neben der Straße und begleitete uns so ein Stück des Weges.

Nach etwa einer halben Stunde bog Clayda schließlich nach rechts auf eine noch schmalere Seitenstraße ab, die allem Anschein nach in ein kleines Tal hinein führte. Wir durchquerten einen breiten, aber nicht sonderlich tiefen Bach, der den Weg kreuzte *(eine Brücke gab es nicht und spätestens jetzt begriff ich, warum Clayda ihr Cabrio am Hotel hatte stehen lassen)* und wenig später verkündete ein großes, verblichenes Holzschild neben der Straße, dass wir uns nun dem Indri-Reservat Firis'dun näherten *(zumindest vermutete ich das anhand der zwei Worte auf dem Schild, die ich verstand)*.

»Wir sind fast da«, erklärte Clayda und bestätigte damit meine Interpretation des Wegweisers.

Kurz darauf fuhren wir ein kleines Stück steil bergauf, dann über eine Hügelkuppe – und die Umgebung änderte sich schlagartig.

Wo zuvor Urwaldriesen in grünem Dämmerlicht gestanden hatten, führte die Straße nun auf einmal in ein vollkommen kahl geschlagenes Tal, in dem ich auf den ersten Blick keinen einzigen Baum entdecken konnte. Die Hänge der Berge ringsum wirkten merkwürdig angefressen. Überall war der blanke gelbliche Tuff zu sehen, aus dem die meisten Gebäude in Neu Herryskoog errichtet sind, und mir wurde klar, dass wir uns wohl in einem ehemaligen Steinbruch befinden mussten – und zwar in einem gewaltigen!

Während Clayda weiter dem Verlauf der Straße folgte, die sich nun in Schlangenlinien an der Bergflanke hinunter wand, ließ ich meinen Blick über das Tal wandern, den blanken Stein, auf den die Sonne niederbrannte, und die wenigen kümmerlichen Sträucher, die hier und da am Wegesrand wuchsen. In der Mitte erstreckte sich ein länglicher See, dessen Wasser eine seltsam grünliche Färbung hatte. Ich bezweifelte stark, dass er sonderlich fischreich war.

Als wir die Talsohle erreichten, führte uns die Straße zwischen ein paar Feldern hindurch. Die kläglichen Pflanzen wuchsen hier in Reih und Glied und ich sah einige Personen, die offenbar bei der Feldarbeit waren. Als sie unser Auto näher kommen hörten, sahen sie auf, schirmten die Augen gegen die Sonne ab und folgten uns mit ihren Blicken, bis wir vorbei waren. Ihre Haut war dunkel, ihr Haar schwarz und glatt und ihr Körperbau klein und schmal. Indri.

Bald kamen die ersten Hütten in Sicht. Und wenn ich sage Hütten, ist das noch beinahe geschmeichelt. Das Dorf, welches sich am Ufer des grünen Sees erstreckte, war eine Ansammlung primitiver Behausungen, behelfsmäßig zusammengezimmert aus Holz und Steinen und Blech, mit Fenstern ohne Glas und verblichenen alten Teppichen und Vorhängen anstelle von Türen. Eine Horde halbnackter Kinder balgte sich auf der staubigen Straße um etwas, das aussah wie ein Knäuel Lumpen, und erst nach einigen Augenblicken wurde mir klar, dass sie offenbar Fußball spielten – barfuß.

Clayda hielt an einer Stelle zwischen den Hütten, die so etwas wie der Dorfplatz zu sein schien, und stieg aus dem Wagen. Ich folgte ihr ein wenig zögernd.

Sofort ließen die Kinder ihren Lumpenklumpen links liegen und kamen schreiend und jubelnd auf uns zu gerannt, umringten uns und strahlten uns aus schmutzigen Gesichtern an, in denen hier und da eine Zahnlücke klaffte.

Clayda lächelte ihnen zu und sprach einige Worte auf Senabrisch mit ihnen, woraufhin mehrere der Kinder aufgeregt antworteten und ein paar der älteren wie der geölte Blitz davon zischten.

Mittlerweile näherten sich uns auch einige der erwachsenen Dorfbewohner. Sie waren weniger überschwänglich; es waren Vorsicht und Misstrauen, die aus ihren Gesichtern sprachen. Ihre Kleidung unterschied sich größtenteils nicht wirklich von unserer – die Männer trugen Hosen und Hemden, die Frauen Röcke und Blusen – doch sie war alt und ausgeblichen und mehrfach geflickt. Nur einige der alten Indri, deren dunkle Gesichter faltig und wettergegerbt waren, trugen andere Kleidung, fremdartig in meinen Augen, aus Leder oder mir unbekannten, halb transparenten Stoffen.

Fast alle waren barfuß. Hier und da sah man ausgetretene Sandalen oder ein Paar alter Turnschuhe, die vermutlich nur noch durch den

Schmutz zusammengehalten wurden und mehr Löcher als heile Stellen hatten.

Ich fühlte mich seltsam unbehaglich. Zwar hatte ich gewusst, dass die Indri hier in Senabri'il größtenteils arm waren, aber mir war nicht klar gewesen *wie* arm. Die Leute waren allesamt schmal, fast dürr, mit eingefallenen Wangen und müden Augen. Ich musste schlucken.

Clayda schien mein Unbehagen aufzufallen.

»Nicht das, was Sie erwartet hatten, hm?«, fragte sie leise.

»Nein«, erwiderte ich mit belegter Stimme.

Doch was hatte ich erwartet? Wilde Indri, die in den Baumkronen hausten und mit Pfeil und Bogen jagten? Bilder wie aus den Abenteuerbüchern meiner Kindheit flackerten in meinem Kopf auf und ich fragte mich, ob diese Geschichten wohl jemals einen wahren Kern gehabt hatten.

Dann kamen die älteren Kinder zurückgerannt und ihnen folgte eine Frau, deren gebückte Haltung, faltige Haut und schlohweißes Haar auf ein sehr hohes Alter schließen ließen. Und obgleich ihre Gestalt klein und gebrechlich war, strahlte sie dennoch eine gewisse Autorität aus, als sie auf einen großen, knorrigen Stab gestützt auf uns zu trat. Ihr Haar war mit zahlreichen kleinen Zöpfen durchwirkt, in die bunte Bänder, Federn und Perlen eingewoben waren. Zwischen den weißen Haarsträhnen ragten ihre spitz zulaufenden Ohren heraus, die von kleinen metallenen Ringen geziert wurden. Ihre Kleidung bestand lediglich aus einem ärmellosen grünen Kleid, das bis zu den Knien reichte und mit Fransen und Bändern übersät war. Bunte Federn schmückten den Kragen und Stickereien von Blättern und Blüten zogen sich über den Rock, der weit und mehrlagig war. Um die dürren Arme wanden sich bunte Lederbänder und Armreifen und um den Hals trug sie mehrere lange Ketten.

Die restlichen Dorfbewohner machten ihr Platz, als sie näher kam; selbst die Kinder traten zur Seite, um sie durchzulassen. Dicht vor uns blieb sie stehen, stützte sich auf den knorrigen Holzstab, der sie um eine Hauptlänge überragte, und warf uns einen prüfenden Blick aus ihren erstaunlich wachsamen Bernsteinaugen zu.

Clayda legte die rechte Hand auf die Brust, verneigte sich zweimal und sprach einige Worte auf Senabrisch. Die alte Frau nickte langsam und erwiderte schließlich etwas. Dann winkte sie uns, ihr zu folgen, und schritt durch die Menge der Indri auf eine der Hütten zu, die sich am Rand des Dorfplatzes befanden.

»Das ist Sadiye, die *Sharakúya* des Dorfes«, erklärte Clayda mir, während wir der alten Frau ins Innere der Hütte folgten. »Sie ist zugleich weltliches und spirituelles Oberhaupt. Ihr Wort hat Gewicht.«

Es war dämmrig in der Hütte, denn Licht fiel nur durch eine kleine Fensteröffnung hinein. Auf dem Boden lagen Teppiche und Felle, die schiefen Wände waren übersät mit nicht weniger schiefen Regalen, deren Inhalt sich mir größtenteils nicht erschloss, und in der Mitte der Hütte gruppierten sich ein paar niedrige Hocker und dicke Sitzkissen rund um eine hölzerne Säule, die das Dach stützte. Im hinteren Teil des Raums entdeckte ich so etwas wie ein Bett, daneben stand eine große hölzerne Truhe und in der Ecke gab es einen alten gusseisernen Ofen.

Sadiye bedeutete uns, Platz zu nehmen, und wir ließen uns auf zwei der Sitzkissen nieder. Ein paar der Kinder waren uns gefolgt und lugten nun neugierig durch die Tür. Die Alte lachte und rief ihnen ein paar Worte zu, woraufhin sie davon wuselten.

»Sie hat sie losgeschickt, die Familien der Vermissten zu holen«, erklärte Clayda, während Sadiye sich mit einem zerbeulten Teekessel an ihrem Ofen zu schaffen machte. Dabei wechselte sie ein paar Worte mit Clayda und warf mir ein Lächeln zu.

»Warum leben sie hier?«, stellte ich schließlich die Frage, die mir auf der Zunge brannte, seit wir das Tal erreicht hatten. »Hier an diesem trostlosen, staubigen Ort? Ringsum erstreckt sich meilenweit der schönste und fruchtbarste Dschungel.«

»Weil sie müssen«, erwiderte Clayda. »Dies ist das Reservat, das ihnen von der senabrischen Regierung zugewiesen wurde. Glauben Sie etwa, der Dschungel da draußen gehöre niemandem? Da sitzen internationale Konzerne oder Privatpersonen dahinter. Jeder Millimeter senabrischer Boden ist unter irgendwelchen reichen Menschen aufgeteilt.«

Aus ihrer Stimme klang Bitterkeit.

»Aber sie könnten in der Stadt leben«, warf ich ein.

»Manche tun das.« Clayda nickte. »Manche verlassen ihre Reservate, in der Hoffnung, in Neu Herryskoog ein besseres Leben zu führen. Doch kaum jemand ist bereit, ihnen Arbeit zu geben, und für viele Indri endet der Traum von der großen Freiheit bei irgendwelchen Drogenkartellen oder auf dem Straßenstrich. Das Leben hier ist zwar hart, aber sie sind unter ihresgleichen und müssen sich nicht täglichen Beschimpfungen und Erniedrigungen aussetzen.«

Ich schluckte. Kein Wunder, dass die Indri mich so misstrauisch beäugt hatten – vermutlich hatten sie eher selten gute Erfahrungen mit Menschen gemacht.

Wenig später war die Hütte mit einem guten Dutzend Indri jeden Alters gefüllt. Clayda und ich saßen in der Mitte, uns gegenüber die alte Sadiye, und hatten beide einen Becher mit dampfendem Tee auf dem Boden vor uns stehen. Ich hatte meinen Notizblock und einen Stift gezückt und Clayda erklärte den Umsitzenden und -stehenden gerade, weshalb wir hier waren. *Angeblich* hier waren. Je länger ich die Gesichter ringsum betrachtete, in denen sich Sorge und Trauer spiegelten, aber auch eine verzweifelte Hoffnung, die durch Claydas Worte immer mehr an Kraft gewann, desto unwohler fühlte ich mich in meiner Haut. Es war eine Sache, ein paar Leute zu belügen, deren Hilfsorganisation wahrscheinlich schmutzige Geschäfte mit einem Waffenkonzern tätigte. Aber diese Leute hier hatten Familienangehörige verloren, Kinder, Eltern oder Geschwister, und meine Lüge gaukelte ihnen Hoffnung vor, die nicht bestand.

»Denken Sie daran, die Angehörigen auf die Sache mit den Krankenakten anzusprechen«, meinte ich leise zu Clayda, als sie ihre Ausführungen beendet hatte. Sie nickte und fügte einige Worte auf Senabrisch hinzu. Die Indri warfen sich untereinander kurze Blicke zu, dann gab es vereinzeltes Nicken und zustimmendes Gemurmel. Sadiye sagte etwas, woraufhin Clayda nickte.

»Sie meint, sie seien mit allem einverstanden, wenn es uns bei unseren Nachforschungen hilft.«

Der Kloß in meinem Hals wurde dicker. Ich räusperte mich unbehaglich.

»Also dann«, meinte ich und entfaltete das Blatt Papier mit der Vermisstenliste. »Fangen wir an. Vielleicht jeweils damit, wann und wo Sie die Vermissten zum letzten Mal gesehen haben.«

Die Befragung war lange und umständlich. Ich formulierte meine Fragen, die Clayda daraufhin für die Umstehenden ins Senabrische übersetzte. Darauf folgte stets ein Stimmenwirrwarr, weil zunächst alle durcheinander sprachen, ehe die alte Sadiye energisch für Ruhe sorgte. Sie war es dann auch, die die Informationen der Dorfbewohner sammelte und an Clayda weiter gab, die sie wiederum für mich ins Gamarische übersetzte. Ich notierte alles, was sie sagte, und obgleich all das nur eine Farce war, begann ich doch, über meine Notizen zu grübeln. Ich nehme an, das ist so eine Art Berufskrankheit – unwillkürlich, fast unbewusst suchte ich in den Aussagen der Indri nach einem Muster, nach Gemeinsamkeiten. Und das Seltsame war: Ich fand keine. Zumindest nicht auf den ersten Blick. Die Vermissten waren alle unterschiedlich alt – die jüngsten gerade einmal acht Jahre, die ältesten weit über sechzig. Es waren Männer und Frauen, manche hatten Familie, andere nicht. Keinem der Angehörigen waren im Vorfeld Veränderungen bei den Vermissten aufgefallen und sie waren auch alle zu unterschiedlichen Zeiten verschwunden. Manche waren von der Arbeit oder Schule nicht zurückgekehrt, andere verschwanden nachts aus ihren Betten. Viele von ihnen waren zuvor von Dr. Carravas behandelt worden, doch auch das schien kein aussagekräftiges Kriterium zu sein, denn wie mir Sadiye und Clayda erklärten, traf dies auf beinahe alle Dorfbewohner zu – immerhin kam der Arzt zweimal pro Woche vorbei und hatte stets alle Hände voll zu tun.

Als der Tee alle war, kochte Sadiye neuen, und als es schließlich auf die Mittagszeit zu ging, servierte sie uns kleine Teigfladen, die mit einer pikanten Gemüsepaste bestrichen waren.

»Essen Sie davon nicht zu viel«, warnte Clayda mich. »Wenn Ihr Magen nicht an indrisches Essen gewöhnt ist, kann das sonst zu Turbulenzen führen.«

Ich beschränkte mich also auf einen der Fladen und blieb ansonsten bei meinem Tee.

Als mir schließlich die Finger vom Schreiben schmerzten und mein Magen immer lauter knurrte *(mal ehrlich – so ein kleiner Teigfladen als Mittagessen taugt einfach nicht)*, verkündete Clayda, dass wir uns nun langsam auf den Weg machen müssten, wenn wir noch nach Caycona wollten, ehe wir uns die Krankenakten in der Zentrale abholten. Wir bedankten uns bei Sadiye für das Essen und den Tee und während die Angehörigen der Reihe nach eine Einverständniserklärung für die Herausgabe der Krankenakten unterzeichneten, blätterte ich nachdenklich durch meine Notizen. Fast zwanzig Seiten hatte ich vollgeschrieben; morgen würde ich einen neuen Notizblock brauchen, wenn wir die anderen beiden Reservate besuchten. Ich fragte mich, was ich mit all diesen vollgeschriebenen Zetteln anfangen sollte.

Ich hatte nicht gemerkt, dass eine der Frauen an mich herangetreten war. Ihr Gesicht war schmal und ihre honigfarbenen Augen sahen gerötet aus, als hätte sie geweint. Das schwarze Haar hatte sie zu einem einfachen Zopf geflochten, der über ihrer rechten Schulter lag, und mein Blick blieb kurz an den spitz zulaufenden Ohren hängen.

Sie lächelte, ein wenig unsicher vielleicht, aber aufrecht. Zaghaft griff sie nach meinen Händen, drückte sie und sagte ein einziges Wort auf Gamarisch: »Danke.«

Dann wandte sie sich ab und verließ gemeinsam mit den anderen die Hütte. Sprachlos blickte ich ihr nach.

»Das war Rasha, die Mutter von Aleyna und Yara«, sagte Clayda leise. »Den beiden Zwillingen, die vorige Woche verschwanden.«

»Wofür hat sie mir gedankt?«, fragte ich. »Ich habe doch gar nichts getan.«

»Aber Sie versuchen es«, erwiderte Clayda sanft. »Sie hören ihnen zu, obwohl Sie ein Mensch sind. Sie sehen nicht weg. Diese Leute hier erfahren nur selten Freundlichkeit.«

»Wir wissen ja nicht einmal, ob das hier überhaupt etwas bringt!« Ich schüttelte den Kopf. »Ich meine – vielleicht finden wir ja überhaupt nichts heraus! Oder wir sind zu spät und die Vermissten sind alle längst tot!«

»Ich nehme an, alles wäre besser als weiterhin diese Ungewissheit ertragen zu müssen.«

Die Ewig Schöne

Wir verließen das Tal und tauchten schon bald wieder in den tiefen Dschungel ein. Unser Weg führte uns ein Stück die Straße entlang, die wir gekommen waren, dann bog Clayda auf eine Seitenstraße ein, die nach Westen führte. Wir fuhren eine weitere halbe Stunde bergauf und bergab, bis Clayda schließlich mit einem sehr undamenhaften Fluch auf den Lippen die Bremse durchtrat. Quer vor uns lag ein umgestürzter Baum, dessen Stamm so dick war, dass wir nur mit Mühe über ihn hinweg blicken konnten.

»Das hat uns gerade noch gefehlt«, schimpfte Clayda und stieg aus dem Wagen. Ich folgte ihr und warf einen kritischen Blick auf den Stamm. Keine Chance, dass wir das Teil alleine bewegen konnten.

»Und was jetzt?«, fragte ich und schob die Hände in die Hosentaschen. Clayda stand mit in die Hüften gestemmten Fäusten da und schien nachzudenken. Dann wandte sie sich abrupt ab und öffnete die hintere Tür des Wagens.

»Wir gehen zu Fuß weiter.«

»Wie bitte?« Ich glaubte, mich verhört zu haben. Höchst verwundert sah ich ihr dabei zu, wie sie die hochhackigen Schuhe abstreifte und stattdessen in ein paar ganz und gar nicht schicke, aber dafür augenscheinlich sehr praktische Wanderschuhe schlüpfte. Auf meinen verblüfften Blick hin erschien ein amüsiertes Lächeln auf ihrem Gesicht.

»Schauen Sie nicht so – Sie glauben doch nicht im Ernst, ich würde mit solchen Schuhen quer durch den Dschungel stapfen?«

»Ehrlich gesagt weiß ich nicht mal, wie Sie normalerweise in den Dingern laufen können«, erwiderte ich.

»Kommen Sie.« Sie schloss den Wagen ab. »Es ist nicht mehr weit und zu Fuß können wir eine Abkürzung nehmen. Solange Sie kein Problem mit einer kleinen Kletterpartie haben.«

»Kommt drauf an, was ›klein‹ bedeutet«, brummte ich und folgte ihr, als sie sich unter den tief hängenden Wedeln eines großen Farns hindurch duckte und in das Dickicht jenseits des Weges eintauchte.

Wir kämpften uns unseren Weg zwischen Lianen und leuchtend orangerot blühenden Sträuchern hindurch und bereits nach wenigen Metern hatte ich komplett die Orientierung verloren. Während ich Claydas violetter Gestalt weiter zwischen den moosbewachsenen Stämmen hindurch folgte, durchforstete ich mein Gedächtnis vergeblich nach irgendwelchen Informationen über die einheimische Fauna. Gab es in Senabri'il eigentlich große Raubtiere? Oder Giftschlangen?

»Sind Sie sicher, dass das hier eine Abkürzung ist?«, fragte ich schließlich.

»Keine Sorge«, beruhigte Clayda mich und stieg mit Leichtigkeit über einen großen Felsbrocken, der uns den Weg versperrte. »Hinter der Hügelkuppe wird der Weg einfacher.«

»Gut zu wissen«, murmelte ich – mir war schleierhaft, wie sie in diesem Dickicht auch nur ansatzweise erkennen konnte, wo hier eine Hügelkuppe sein sollte.

Dennoch merkte ich kurz darauf, wie unser Weg steiler wurde. Immer mehr Felsbrocken lagen zwischen den Stämmen, teilweise von ineinander verschlungenen Wurzeln überwuchert, und immer öfter musste ich mich an den Stämmen der Bäume festhalten und ein Stück nach oben ziehen, um voranzukommen. Eine Weile ging es so bergauf, bis wir wieder ebenes Terrain erreichten und der Untergrund schließlich leicht abschüssig wurde.

Tatsächlich war der Weg hier etwas leichter, genau wie Clayda versprochen hatte. Das Unterholz war weniger dicht – dennoch bedeckten Moos und Kletterpflanzen die Bäume und Steinbrocken, die von Zeit zu Zeit unter ihren Wurzeln hervorzubrechen schienen oder sich zu bizarren Felsformationen zwischen den Stämmen auftürmten. Mit ein wenig Fantasie erinnerten diese überwucherten Gesteinsformen mitunter an Säulen oder Mauerstücke mit hohen schmalen Fensteröffnungen …

Die Erkenntnis traf mich wie ein Schlag. Ich blieb stehen. Mein Blick wanderte zurück zu einer der Felsformationen, die wir gerade passiert hatten. Wenn man sich all das Moos und die Blätter und Ranken wegdachte, dann stand dort ein Stück Mauer mit einer spitz zulaufenden Türöffnung, vor der die Überreste dreier Säulen aufragten. Und der Boden unter meinen Füßen … Trotz der Wurzeln und Ranken und der dünnen Schicht Humus war er viel zu eben und gerade für natürlichen Dschungelboden. Da waren Steinplatten darunter.

Clayda bemerkte, dass ich nicht weiter ging, und blieb ebenfalls stehen. »Was ist?«

»Das sind Ruinen«, sagte ich.

Sie erwiderte nichts, sondern nickte nur.

»Wo sind wir hier?« Ich trat an eine der verfallenen Säulen heran und versuchte, die Ranken und das Moos ein wenig zu entfernen. Darunter kam blanker Stein zum Vorschein, in den verwitterte, aber immer noch erkennbare filigrane Ornamente eingraviert waren. Es schien derselbe hellgelbe Tuff zu sein, aus dem auch Neu Herryskoog errichtet worden war, doch wirkte er hier irgendwie feiner und die Oberfläche glatter, wie … veredelt.

»Das hier war einst eine Stadt«, antwortete Clayda. »Caycona. Sie gab dem Reservat seinen Namen. Es war die Hauptstadt des alten Indrireichs, das sich früher hier erstreckte, und wurde vor über zweihundert Jahren von den gamarischen Eroberern vollständig zerstört.«

Meine Finger verweilten einen Moment auf der überwucherten Säule. Dann ließ ich meine Augen weiter über den umliegenden Dschungel wandern. Immer mehr Einzelheiten schälten sich aus dem Dickicht – ein verfallenes Haus hier, eine steinerne Balustrade dort … Fasziniert ging ich einige Schritte den kaum noch sichtbaren Pfad entlang, der einst eine gepflasterte Straße gewesen sein mochte.

»Ich wusste nicht, dass die Indri befestigte Städte hatten«, meinte ich. »Ich dachte immer … nun, Sie wissen schon – es gibt diese ganzen Geschichten von Baumhäusern und federgeschmückten Häuptlingen und solchen Dingen.«

Clayda lächelte blass.

»Ich weiß – die Menschen sind für gewöhnlich nicht sonderlich erpicht darauf, zuzugeben, dass die angeblich so primitiven Indri, denen sie Kultur und Fortschritt gebracht haben, ihnen in vielerlei Hinsicht weit überlegen waren.«

»Ich wollte damit nicht sagen –«, setzte ich an, doch Clayda winkte ab.

»Schon gut«, meinte sie. »Sie befinden sich in bester Gesellschaft.« Dann legte sie den Kopf ein wenig schief. »Kommen Sie. Ich will Ihnen etwas zeigen.«

Ich folgte ihr zwischen den Ruinen hindurch bis zu einem großen Felsen – zumindest dachte ich im ersten Moment, es wäre einer. Bei genauerem Hinsehen stellte ich fest, dass es sich um die Überreste eines alten Turms oder dergleichen handeln musste. Clayda führte mich um das verfallene Bauwerk herum bis zu einer Stelle, wo die Mauer eingebrochen war und den Weg ins Innere frei gab. Eine steinerne Treppe, die erstaunlich gut erhalten war, führte in die Höhe.

»Ich hoffe, Sie sind schwindelfrei«, meinte sie, ehe sie sich daran machte, die alten Stufen zu erklimmen. Ich schickte ein Stoßgebet in den Aether, dass diese Frau wusste, was sie tat, und folgte ihr dann vorsichtig.

Zu unserem Glück schien die Baukunst der alten Indri für die Ewigkeit geschaffen zu sein – oder aber das Gemäuer wurde nur noch durch die zahllosen Wurzeln und Ranken zusammengehalten.

Ich zählte die Stufen nicht, doch irgendwann mussten wir schätzungsweise zehn oder fünfzehn Meter über dem Boden sein. Durch die hohen schmalen Fensteröffnungen erhaschte ich hin und wieder einen Blick nach draußen; wir befanden uns nun mittlerweile auf Höhe der Baumkronen. Schließlich erreichten wir die Spitze des Turms – oder das, was davon übrig war. Ich vermutete, dass er einst ein Dach gehabt hatte, doch davon war nun nichts mehr zu sehen. Die Mauern und die Treppe endeten einfach abrupt im Nirgendwo. Clayda hielt auf der obersten Stufe an und winkte mir, näher zu kommen. Ich vermied es, nach unten zu blicken, und trat dann neben sie. Die Mauer war an dieser

Stelle so weit in sich zusammen gebrochen, dass sie uns nur noch bis knapp an die Hüfte heran reichte.

»Schauen Sie«, meinte Clayda und nickte hinaus.

Wir befanden uns oberhalb der Baumwipfel; vor meinen Augen erstreckte sich sattes, saftiges Grün, soweit ich sehen konnte, wie ein sturmgepeitschtes Meer mit haushohen Wellenbergen. Nebel hing als silbriger Dunst zwischen den Berghängen und in der Ferne erblickte ich einen gigantischen Wasserfall, der mehrere hundert Meter in die Tiefe stürzte, um im smaragdenen Zwielicht zu verschwinden.

Zu unseren Füßen jedoch erkannte ich die Ruinen des alten Caycona. Zwar hatte der Dschungel sich die verfallenen Gebäude längst zurückgeholt, doch von unserer erhöhten Warte aus konnte man dennoch erkennen, wo sich einst prächtige Paläste und Türme erhoben hatten. Manche der Ruinen ließen erahnen, wie kunstfertig die Architektur der alten Indri gewesen sein musste, denn Fragmente filigraner Spitzbögen und Säulengänge erhoben sich wie schweigsame Gerippe zwischen den Bäumen.

»Caycona – Die Ewig Schöne«, sagte Clayda leise. »Das bedeutet der Name in der alten Sprache der Indri. Diese Stadt bestand über zwei Jahrtausende, ehe die gamarischen Armeen in dieses Land einfielen.«

Ich warf ihr einen kurzen Seitenblick zu. Ihre Bernsteinaugen waren starr auf die Ruinenstadt gerichtet, doch sie schien mit ihren Gedanken woanders zu sein.

»Sie muss riesig gewesen sein«, sagte ich ehrfürchtig, denn ich konnte nicht erkennen, wie weit sich die Ruinen unter dem Blätterdach des Dschungels erstreckten.

»Beinahe einhunderttausend Indri lebten hier während ihrer Blütezeit«, erzählte Clayda. »Einhunderttausend Leben – ausgelöscht innerhalb weniger Tage. Die Stadt wurde vollständig zerstört. Sie ließen niemanden am Leben. Es sollte das Volk der Indri brechen, zur Kapitulation zwingen.« Sie wandte den Blick ab und starrte in die Ferne. »Am Ende war niemand mehr übrig, der hätte kapitulieren können.«

Mit einem Mal schien es trotz der tropischen Wärme kühl zu werden.

Clayda fuhr sich einmal mit der Hand über die Augen, dann strafften sich ihre Schultern und das schmale Lächeln kehrte zurück auf ihre roten Lippen.

»Wir sollten weiter«, meinte sie geschäftig. »Wir haben viel zu tun.«

Ein feuchtfröhlicher Abend

Die Sonne stand bereits tief, als Clayda den Wagen vor der Zentrale von Indridana parkte. Auch die Befragungen in Caycona hatten keine neuen Erkenntnisse zutage gefördert und ich ertappte mich während der Rückfahrt mehrfach dabei, wie ich über das Verschwinden der Indri nachgrübelte. Ich musste mich zusammenreißen; wenn ich mich nicht konzentrierte, verlor ich womöglich noch mein eigentliches Ziel aus den Augen.

Gerade als wir die Tür zum Labor erreichten, wurde sie von innen geöffnet und ein junger Mann mit unordentlichem braunem Lockenschopf und einer dicken Hornbrille auf der Nase trat heraus. Er zuckte zusammen, als er beinahe in uns hinein lief, nuschelte ein leises »'tschuldigung« und duckte sich dann an uns vorbei. Durch die geöffnete Tür konnte ich Dr. Carravas sehen, der über den Schreibtisch vor dem Fenster gebeugt stand und offenbar gerade damit beschäftigt war, irgendwelche Papiere zu sortieren.

»Ah, da sind Sie ja.« Er blickte auf und winkte uns heran.

»Ich habe hier die Akten, die Sie benötigen. Selbstverständlich können Sie mich auch jederzeit fragen, falls irgendetwas in den Unterlagen für Sie unklar bleibt.«

»Vielen Dank für die Hilfe«, antwortete ich, während wir eintraten. »Hoffentlich lohnt sich der Aufwand.«

Dr. Carravas winkte ab.

»Danken Sie nicht mir – die meiste Arbeit hatte Flinn. Wir haben hier annähernd zweitausend Krankenakten gelagert, die könnte ich nie im Leben alle selbst verwalten. Der Junge ist Gold wert.«

»Also dann.« Clayda drückte mir einen Stapel grauer Kartonmappen in die Hand und nahm selbst die andere Hälfte. »Fahren wir zurück ins Hotel. Ich sagte doch, wir haben viel zu tun.«

Drei Stunden später verfluchte ich mich innerlich dafür, um die Krankenakten gebeten zu haben. Der Boden unseres Hotelzimmers war übersät mit den grauen Mappen. Clayda saß im Schneidersitz auf dem Bett, die langen dunklen Locken im Nacken hochgesteckt, und kaute auf einem Bleistift herum, während ihre Augen unermüdlich über die Papiere in ihrem Schoß glitten. Ich selbst hatte es mir, so gut es ging, auf dem Sofa bequem gemacht und durchforstete seit einer gefühlten Ewigkeit die Unterlagen auf der Suche nach irgendeinem nützlichen Hinweis auf das Syrikon-Projekt. Dabei war es nicht gerade hilfreich, dass mir der Tag in den Reservaten noch immer nicht aus dem Kopf wollte. Das Schicksal dieser Leute ging mir näher, als ich es erwartet hatte. Vielleicht, so sagte ich mir, bestand ja die Möglichkeit, mich doch noch auf die Suche nach den Vermissten zu machen, sobald die Sache mit Thertes erst einmal erledigt war. Doch solange mir die Deadline meiner Chefin im Nacken saß, blieb mir wohl keine Wahl – denn was Porritzsch mir erzählen würde, wenn ich ihr mit einer sentimentalen Story über verschollene Indri in Senabri'il käme, wollte ich mir lieber nicht ausmalen. Dann konnte ich ebenso gut direkt kündigen.

»Ich bin mir nicht sicher, aber möglicherweise habe ich hier etwas entdeckt.« Claydas Stimme riss mich aus meinen Gedanken.

»Hm?«, machte ich und streckte meinen verspannten Rücken.

»Möglicherweise hat das gar nichts zu bedeuten, aber …« Sie schien zu zögern. Ihre Augen glitten wieder über das Blatt Papier, das sie grade in der Hand hielt, dann griff sie nach einer der anderen Akten, die sie bereits gelesen hatte. »Ich habe nach Gemeinsamkeiten und Übereinstimmungen gesucht. Krankheiten, Behandlungen, Medikamente, et cetera. Und … nun ja, wie gesagt, ich bin mir nicht sicher, ob das etwas zu bedeuten hat, aber allen Vermissten wurde irgendwann während der letzten Monate eine Blutprobe entnommen, aus den unterschiedlichsten Gründen.«

Clayda warf mir einen fragenden Blick zu. Ich lehnte mich zurück.

»Nun, zumindest sollten wir das im Blick behalten – auch wenn ich nicht auf Anhieb sagen kann, ob uns das irgendwie weiterhilft. Aber es ist ein Anfang.«

Ich griff halbherzig wieder nach der Krankenakte, die ich zuletzt durchgeblättert hatte. Tatsächlich. Auch hier war eine Blutprobe genommen und die Werte auf einem separaten Blatt notiert worden. Ich seufzte leise. Wo war Sid, wenn man sie brauchte? Sie hätte mir mit einem Blick sofort erklären können, was dieser Wust an Zahlen und Kürzeln zu bedeuten hatte.

Ich fuhr mir mit der Hand über die Augen.

»Wie wäre es, wenn wir für heute Schluss machen?«, schlug ich vor. »Ich weiß langsam nicht mehr, wo mir der Kopf steht. Morgen ist schließlich auch noch ein Tag.«

Clayda schien zu zögern.

Ich klappte die Mappe zu und stand auf.

»Kommen Sie. Gehen wir runter an die Bar und trinken was. Das hilft dabei, den Kopf frei zu kriegen.«

Ich hielt ihr auffordernd die Hand entgegen.

»Also schön«, seufzte Clayda und legte die Akten beiseite. »Ich denke, ein Drink kann nicht schaden.«

Die Halle war beinahe menschenleer. Zu dieser Stunde war die Rezeption nicht mehr besetzt und an der Bar saß nur ein einziger weiterer Hotelgast, ein Geschäftsreisender, wie es schien, und unterhielt sich mit dem alten Barkeeper.

Wir ließen uns auf zwei Barhockern nieder und ich wandte mich bereits an den Barkeeper, doch Clayda winkte ab.

»Lassen Sie nur, ich mach das schon. Whisky, richtig?« Sie lächelte.

Kurz darauf hatten wir beide ein Glas mit der honigfarben schimmernden Flüssigkeit vor uns stehen.

»Also dann«, sagte ich und hob mein Glas. »Auf was trinken wir?«

»Keine Ahnung«, erwiderte sie und legte den Kopf ein wenig schief. »Sie wollten schließlich an die Bar gehen.«

»Dann lassen Sie uns fürs erste auf unseren einstweiligen Waffenstillstand trinken«, grinste ich und zwinkerte ihr zu.

Sie kräuselte ihre Lippen zu einem amüsierten Lächeln.

»Sie haben einen Hang zu übertriebenen Ausschmückungen, wissen Sie das?«

Ich zuckte die Schultern.

»Das macht der Job«, erwiderte ich.

»Vermutlich.« Sie ließ ihr Glas mit einem leisen Klirren gegen meines stoßen. »Also dann – auf einstweiligen Waffenstillstand, wenn Sie es so nennen mögen.«

Wir setzten beide die Gläser an die Lippen und tranken.

Ich gestehe, ich kann im Nachhinein nicht mehr genau sagen, über was wir an diesem Abend alles sprachen. Ich weiß nur noch, dass diesem ersten Glas Whisky viele weitere folgten, dass Clayda und der alte Barkeeper irgendwann beschlossen, ich müsse einige senabrische Schimpfwörter lernen *(sie bekam aufgrund meiner offenbar grauenvollen Aussprache vor Lachen Schluckauf und ich weiß bis heute nicht, was »Klutekayl« und »Lulzack« eigentlich so genau bedeutet)* und wir eine halbe Stunde lang äußerst intensiv über die Frage debattierten, ob denn nun links- oder rechtsdrehende Motoren besser waren. Schließlich kamen wir irgendwie auf das Thema Arbeit und Chefs und Kollegium zu sprechen.

»Wir hatten mal 'nen Kollegen, der immer meinte, jedem seine halbe Lebensgeschichte erzählen zu müssen.« Ich zog an meiner Cigarette. »Die Eheprobleme mit seiner Frau, die neuesten Wehwehchen der Schwiegermutter, das schicke neue Auto der Nachbarn … Furchtbarer Fall von verbaler Inkontinenz.«

Clayda grinste. Zum ersten Mal fiel mir auf, dass sie ein winziges Grübchen an der linken Wange bekam, wenn sie lächelte.

»So eine Volontärin hatten wir mal hier in Neu Herryskoog«, antwortete sie und zündete sich ebenfalls noch eine Cigarette an. »Und der arme Grigur war natürlich zu gutherzig, ihr über den Mund zu fahren. Also hat er irgendwann einfach immer ›vergessen‹ sein Hörgerät anzuschalten, sobald sie im Raum war.«

Ich gluckste.

»So gesehen kann es wohl manchmal praktisch sein, wenn man schwerhörig ist«, meinte ich.

»Ich hab' ihm damals angeboten, die junge Frau einfach wieder rauszuschmeißen – sie brachte ohnehin kaum die nötige Kompetenz für die Stelle mit.« Clayda zuckte die Schultern. »Aber Grigur wollte sie behalten – wir können nicht wählerisch sein mit unseren Volontären. Alleine schafft er die ganze Arbeit einfach nicht.«

Ich schüttelte den Kopf.

»Es ist ohnehin bemerkenswert, dass er so viele Patienten alleine betreut. Einen zweiten Arzt fest anzustellen ist wohl nicht möglich?«

Ich warf Clayda einen fragenden Blick zu. Sie verzog den Mund zu einem schiefen Grinsen. Da war das Grübchen wieder. Irgendwie niedlich.

»Das geben die Finanzen nicht her«, erwiderte sie, stürzte den Rest Whisky hinunter und bedeutete dem Barkeeper, nachzufüllen. »Außerdem müssen wir bestimmte Auflagen erfüllen, um den Status einer gemeinnützigen Organisation nicht zu verlieren. Nervige Bürokratie.«

Ich schnitt eine Grimasse.

»Bürokratie«, schnaubte ich. »Der natürliche Feind von … keine Ahnung, von eigentlich allem.«

»Wem sagen Sie das«, seufzte Clayda. »Nein, wir können von Glück reden, dass wir die Volontariatsstelle meistens besetzen können. Und mit diesem Flinn Timmler scheint Grigur jetzt auch sehr zufrieden zu sein. Hat sich offenbar schon gut eingearbeitet während der letzten Monate.«

Ich griff nach meinem Glas Whisky.

»Na dann ist ja …«, ich stockte mitten im Satz, die Hand mit dem Glas auf Mundhöhe in der Luft schwebend. »Moment, wie war das? Wie heißt der Kerl?«

»Wer?«, fragte Clayda.

Ich stellte das Glas ab.

»Na der – der – der Volontär! Sagen Sie den Namen nochmal!«

»Flinn Timmler. Warum?«

In meinem Hirn arbeitete es.

Dieser Name.

Ich hatte ihn schon einmal gelesen.

Und ich wusste auch wo.

Da war er, der fehlende Hinweis, den ich die ganze Zeit gesucht hatte, die Verbindung zwischen Thertes Waffensysteme und Indridana.

Aber das ergab überhaupt keinen Sinn.

Welche Rolle spielte Timmler bei dieser ganzen Sache? Wenn er der Kontaktmann für Thertes Waffensysteme bei Indridana war – was tat er dann?

Ich starrte Clayda einen Moment an. Dann rutschte ich von meinem Barhocker hinunter.

»Warten Sie – ich muss kurz was überprüfen«, murmelte ich und steuerte auf die Treppe zu.

Mir schwirrte der Kopf und das nicht nur wegen des Alkohols. Während ich die Stufen erklomm und den dunklen Flur entlang tappte, zischten die Gedanken wie Querschläger durch mein Hirn.

In unserem Zimmer lagen noch immer die Unterlagen überall im Raum verteilt, doch ich zog stattdessen meinen Koffer unter dem Sofa hervor. Hektisch kramte ich nach den Dopplikaten, die ich im Vorzimmer von Arwin Thomsky gemacht hatte, und die ich während der Reise in einem schmalen Seitenfach deponiert hatte.

Ich blätterte durch den Stapel Papiere, auf der Suche nach der Stelle, an der ich den Namen Flinn Timmler zum ersten Mal gelesen hatte – und dabei fiel mir ein Symbol ins Auge. Ein S mit einem kleinen senkrechten Strich im unteren Bogen. Ich stockte. Normalerweise hätte ich einfach darüber hinweg gelesen, doch mir war dieses Symbol am heutigen Tag schon mehrfach über den Weg gelaufen.

Rasch griff ich nach einer der Krankenakten, die ich zuletzt durchgesehen hatte. Tatsächlich. Da war es. Es tauchte in einer Tabelle auf, die unterschiedliche Werte der Blutuntersuchung beinhaltete.

Und nicht nur das. Zwar begriff ich noch immer nicht den genauen Inhalt der Dokumente, doch eines war unbestreitbar: Die Tabellen in den Unterlagen zum Syrikon-Projekt sahen genau so aus, wie die Tabellen mit den Blutwerten aus den Krankenakten.

Das leise Quietschen der Tür ließ mich zusammenfahren. Erschrocken sah ich auf und blickte in Claydas verdutztes Gesicht.

»Alles in Ordnung?«, fragte sie und schloss die Tür hinter sich. Ein wenig verwirrt blickte sie auf mich hinunter, wie ich auf dem Boden hockte, den aufgeschlagenen Koffer neben mir, und die beiden unterschiedlichen Akten in den Händen. »Haben Sie etwas entdeckt?«

»Ich glaube schon«, sagte ich aufgeregt. »Du meine Güte – wenn ich das gewusst hätte! Das … das hängt zusammen!« Meine Augen sprangen zwischen den Kopien aus der Geheimakte bei Thertes und der Krankenakte hin und her.

Ich hätte mich gar nicht zwischen zwei Stories entscheiden müssen.

Es hatte von Anfang an nur eine Story gegeben.

Rasch erhob ich mich und hielt Clayda die beiden Blätter hin.

»Hier! Sehen Sie? Das Symbol?«

»Sie meinen das chemische Zeichen für Syranid?«

»Ach, das ist …?« So langsam begann das Puzzle sich vor meinem geistigen Auge zusammen zu fügen. »Das heißt … der Syranidwert im Blut hat etwas mit dem magischen Potenzial zu tun, richtig? Bei uns beiden stünde hier vermutlich eine Null, oder?« Ich schwenkte das Blatt mit den Blutwerten.

»Worauf wollen Sie hinaus?«

»Ich glaube, ich habe soeben herausgefunden, wer für das Verschwinden der Indri verantwortlich ist«, verkündete ich zufrieden und hielt ihr die Kopie aus der Geheimakte entgegen. »Und Ihr guter Flinn Timmler ist der Mittelsmann.«

Clayda nahm das Blatt entgegen und ließ ihre Augen darüber wandern.

»Woher haben Sie das?«, fragte sie schließlich.

»Aus einer Geheimakte in einem Geheimfach im Schreibtisch des Chefs von Thertes Waffensysteme«, erwiderte ich grinsend. »Ja, ich weiß – das klingt wie aus einem schlechten Kriminalroman.«

Clayda presste die Lippen zusammen, bis sie nur noch ein schmaler roter Strich waren.

»Deshalb sind Sie hier, stimmt's?«, fragte sie mit kühler Stimme. »Es ging Ihnen nie um die Vermissten. Sie wollten herausfinden, was diese …

dieses Syrikon-Projekt ist, und da kam es Ihnen natürlich gerade gelegen, dass ich Sie um Hilfe gebeten hatte. Oh, aber natürlich!« Sie lachte kurz und freudlos auf. »Wie konnte ich nur so dumm sein! Früher mit der vorherigen Story fertig geworden, ja? Ha! Ich hätte es wissen müssen!«

Ich hob beschwichtigend die Arme.

»Na gut, na gut, ich gebe es ja zu«, sagte ich in versöhnlichem Tonfall. »Mir ging es darum, dieses Geheimprojekt aufzudecken. Aber ich wusste ja nicht mal, ob ich Ihnen überhaupt trauen kann – hätte ja genau so gut sein können, dass Sie da mit drin stecken!«

»Versuchen Sie nicht, sich rauszureden – Sie haben mich benutzt!«, fuhr Clayda dazwischen. Ihre Bernsteinaugen schienen Funken zu sprühen. »Sie haben mich belogen, mir weisgemacht, Sie wollten mir tatsächlich bei der Vermisstensuche helfen, damit ich Sie nach Senabri'il bringe und Sie sich Zugang zu Indridana verschaffen können!«

»Ja, ich habe Sie belogen – aber es ist ja nicht so, als wären Sie komplett ehrlich zu mir gewesen, oder?« Ich verschränkte die Arme. »Indridana finanziert sich durch Spenden? Sie haben nicht genug finanzielle Mittel für einen zweiten Arzt? Ha! Aber ein Cabrio fahren und erster Klasse reisen, ja?«

»Ach hören Sie doch auf, das tut doch gar nichts zur Sache!«, rief sie hitzig. Ihr Gesicht war gerötet vor Empörung. »Sie wissen ganz genau, dass es hier um das Leben Unschuldiger geht! Ich dachte, das hätten Sie heute begriffen.«

Ich breitete die Arme aus.

»Was ist eigentlich Ihr Problem? Augenscheinlich hängen die beiden Sachen doch zusammen! Wir ziehen am selben Strang, Clayda, also kommen Sie mal von Ihrem hohen Ross der Tugendhaftigkeit herunter. Wir finden die verschwundenen Indri, decken dabei die Machenschaften von Thertes Waffensysteme auf, meine Chefin bekommt ihre Story und alle sind glücklich.«

Die Antwort war ein höhnisches Lachen.

»Wenn Sie glauben, dass ich jetzt noch Interesse daran hätte, mit Ihnen zusammen zu arbeiten, haben Sie sich aber geschnitten!« Sie trat hinüber ans Bett und begann zornig, die noch immer darauf verteilten Krankenakten einzusammeln.

»Seien Sie doch froh, dass Sie sich an mich gewandt haben und ich die Verbindung entdeckt habe – ohne mich würden Sie nämlich nach wie vor im Dunkeln tappen!«, gab ich zurück.

»Sparen Sie sich den Atem«, schleuderte sie mir entgegen, ohne sich umzudrehen. »Ich werde mich der Sache von nun an wieder alleine annehmen.«

Ich schnaubte.

»Ach, kommen Sie«, meinte ich und betrachtete sie, wie sie da stand in ihrem Zorn wie eine Fleisch gewordene violette Rachegöttin. »Sie brauchen mich, geben Sie's zu. Sonst wären Sie nicht bei uns in der Redaktion aufgetaucht. Sonst hätten Sie nicht zugestimmt, mit mir zusammen zu arbeiten, obwohl Sie mich nicht ausstehen können. Obwohl ich Ihnen das auch nicht mehr abnehme – so übel finden Sie mich gar nicht, stimmt's?«

Clayda knallte den Aktenstapel auf den Nachttisch und wirbelte mit rot glühenden Wangen herum. Mit einem lauten Klatschen landete ihre Hand in meinem Gesicht und hinterließ ein brennendes Prickeln auf meiner linken Wange, das sich über meinen restlichen Körper auszubreiten schien. Als sie sprach, zitterte jede Silbe vor Zorn.

»Wissen Sie, was Sie sind? Sie sind ein egoistischer, selbstverliebter Mistkerl, der sich einen Scheißdreck um andere Leute schert. Ihnen geht es nur um sich selbst, um *Ihre* Karriere, um *Ihre* Interessen. Wenn andere dabei auf der Strecke bleiben, ist Ihnen das scheißegal! Ich hätte auf meine Schwester hören sollen!«

»Ach, hat Fabiora Ihnen das eingeflüstert?«, gab ich wütend zurück und rieb mir die schmerzende Wange. »Wissen Sie, was Ihre saubere Schwester so alles tut? Dass sie mich wochenlang mit ihren Psychospielchen terrorisiert hat, nur weil ich ihr den Laufpass gegeben habe, als sie anfing von Hochzeit und solchen Dingen zu faseln? Dass sie mit ihrer manipulativen Art versucht hat, mich an sich zu ketten, und dabei ein paar verdammt miese Nummern durchgezogen hat? Denken Sie, das war Zufall, dass ich an dem Morgen bei ihr war, als Sie zu Besuch kamen? Denken Sie, ich hätte es darauf angelegt, mich wieder auf diese ganze Scheiße mit ihr einzulassen? Aber nein – Sie urteilen ja lieber über jemanden, den Sie kaum kennen, nur damit Sie selbst sich als die große wohltätige Heilsbringerin inszenieren können! Nicht jeder hat einen Arsch voll Geld und kann damit um sich werfen. Manche Leute müssen hart dafür arbeiten, dass sie über die Runden kommen. Aber das kann so eine verwöhnte, privilegierte Göre wie Sie natürlich nicht verstehen – Sie mussten sich wahrscheinlich in Ihrem ganzen verdammten Leben nie für irgendetwas anstrengen! Scheiße, wie mich das ankotzt, dass ihr reichen Schnösel euch immer für was Besseres haltet!«

»Versuchen Sie nicht, sich selbst die Opferrolle zu geben, das zieht bei mir nicht«, gab Clayda verächtlich zurück.

»Nein, die Opferrolle geben *Sie* sich gerade!«, erwiderte ich wütend. »Sie veranstalten diese alberne Szene, spielen sich auf wie sonst jemand, als wären Sie hier die Leidtragende. Ich sag Ihnen, wer die Leidtragenden sind – die Indri, die sich darauf verlassen, dass wir ihre Angehörigen finden. Wenn Ihnen Ihr eigener Stolz wichtiger ist als das Schicksal der Vermissten, kann es mit Ihrer Hilfsbereitschaft ja nicht so weit her sein. Aber bitte – versuchen Sie doch, im Alleingang weiterzumachen! Das scheint ja bisher von wahnsinnigem Erfolg gekrönt gewesen zu sein. Aber dann kommen Sie verdammt nochmal nicht in ein paar Wochen angekrochen und betteln um Hilfe, wenn Sie versagt haben!«

Stille.

Ich hatte einen weiteren Wutausbruch ihrerseits erwartet. Stattdessen starrte sie mich nur schweigend an und ich bemerkte unbehaglich, dass ihre Unterlippe zitterte.

Scheiße. Ich hatte definitiv nicht vor gehabt, sie zum Weinen zu bringen.

Noch ehe ich meine Worte etwas relativieren konnte, schnappte sie sich ihre Handtasche und riss die Tür auf.

»Ach, kommen Sie«, versuchte ich, sie zu beschwichtigen, und griff nach ihrem Handgelenk. Sie erstarrte.

»Lassen Sie mich los«, sagte sie leise. »Auf der Stelle!«

Ich gehorchte. Sie riss ihren Arm los und rauschte aus dem Zimmer.

»Wo wollen Sie denn jetzt hin?«, rief ich ihr hinterher, doch sie reagierte nicht, sondern eilte weiter den Flur entlang und verschwand die Treppe nach unten.

Ich fluchte und zog die Zimmertür hinter mir zu. Dann folgte ich ihr. Als ich die Halle erreichte, sah ich gerade noch ihre violette Gestalt aus der Eingangstür verschwinden. Sie wollte doch nicht etwa …? Ich rannte hinter ihr her, hinaus in die Nacht, die nur vom trüben bläulichen Licht der Straßenlaternen dürftig erhellt wurde. Clayda war bereits auf dem Parkplatz neben dem Hotel; sie hielt zügig auf das weiße Cabrio zu. Das durfte doch nicht wahr sein! Sie hatte getrunken, sie konnte jetzt nicht Auto fahren!

Ich versuchte, sie einzuholen, doch noch bevor ich sie erreichte, hatte sie den Motor angeworfen und das grelle Licht der Scheinwerfer blendete mich.

»Clayda!«, brüllte ich. »Hören Sie auf mit dem Unsinn!«

Sie ignorierte mich. Ich hörte, wie der Motor aufheulte und dann brach sie aus der Parklücke, direkt auf mich zu. Fluchend wich ich zur Seite aus, als das weiße Cabrio an mir vorbei vom Parkplatz herunter bretterte und die Straße entlang verschwand.

Fassungslos starrte ich dem Wagen hinterher.

Diese Frau war doch verrückt!

Wo wollte sie überhaupt hin?

Sicher hatte sie nicht vor, mich hier zurückzulassen – sie hatte nur ihre Handtasche mitgenommen, nicht aber ihr Reisegepäck.

Ich fuhr mir durch die Haare und ging langsam wieder nach drinnen. Zu meinem Glück hatte der alte Barkeeper noch nicht Feierabend gemacht und so setzte ich mich wieder an die Bar und ließ mir ein weiteres Glas Whiskey einschenken. Seufzend fuhr ich mir über das Gesicht. Das war definitiv nicht so gelaufen, wie ich es mir vorgestellt hatte. Aber wie hätte ich auch ahnen sollen, dass Clayda so ausrasten würde? Sie hätte froh sein sollen, dass wir endlich eine Spur hatten! Was machte es schon, dass ich ihr nicht alles erzählt hatte?

Gut, ich hatte ein wenig mehr getan, als ein paar entscheidende Details auszulassen. Ich hatte sie von vorne bis hinten belogen. Aber dennoch – das war doch kein Grund, sich so aufzuführen! Was zählte, war doch das Ergebnis – wir hatten nun einen ersten Anhaltspunkt. War das nicht wichtiger als ihr gekränkter Stolz?

Ich stürzte den restlichen Whiskey im Glas herunter und bestellte direkt noch einen.

Sie würde sich bestimmt wieder einkriegen. Hoffte ich zumindest. Was hatte sie sich nur dabei gedacht, in ihrem Zustand in ein Auto zu steigen? Ich war ja nun wirklich nicht unbedingt das, was man als besonders verantwortungsvoll bezeichnen würde, aber sich betrunken hinters Steuer eines Wagens zu setzen, war dann auch in meiner Wahrnehmung kompletter Irrsinn.

Was, wenn ihr nun etwas zustieß? Während ich den nächsten Whiskey in mich hinein kippte, flackerten Bilder in meinem Kopf auf. Bilder eines völlig zerbeulten und qualmenden weißen Autowracks, das frontal irgendwo gegen eine Mauer oder ein anderes Fahrzeug gekracht war. Manchmal verfluchte ich meine lebhafte Fantasie.

»Krieg dich wieder ein, der passiert schon nichts«, murmelte ich und schob dem Barkeeper das leere Glas entgegen. »Die ist zäh. Und nicht auf den Kopf gefallen.«

Na wunderbar. Jetzt war ich schon so weit, dass ich anfing, Selbstgespräche zu führen.

Ich schreckte hoch, als etwas Kühles über meine Wange strich. Für einen Moment blinzelte ich verwirrt. Die Hotelbar schob sich in mein Blickfeld, doch etwas war seltsam. Das Licht. Es war irgendwie blass und grau. Dann bemerkte ich die Gestalt neben mir, deren strahlendes Violett als einzige Farbe nicht von dem seltsam blassen Licht gedämpft wurde.

Clayda.

Noch etwas orientierungslos richtete ich mich auf und rieb meinen schmerzenden Nacken. Ich musste an der Bar eingeschlafen sein. Der alte Barkeeper war verschwunden und das seltsame Licht, das begriff ich jetzt, war die bleiche Morgendämmerung, die durch die Fenster hereinkroch.

Mein Blick wanderte zurück zu Clayda. Sie stand schweigend neben mir und bedachte mich mit einem Blick, den ich nicht so ganz deuten konnte. Dann ließ sie sich auf dem Barhocker neben mir nieder, stützte die Arme auf der Theke ab und starrte ins Leere. Ihre Augen waren leicht gerötet, die Schminke verschmiert und ihre Frisur wirkte zerzaust.

Ich schluckte unbehaglich.

Wie spät war es? Wie lange war sie fort gewesen?

Noch während ich fieberhaft überlegte, was ich sagen sollte, kam sie mir zuvor. Ihre Stimme war leise und klar, als sie sprach:

»Ich war zwölf, als meine Mutter starb. Sie verlor den langen Kampf gegen eine Krankheit, gegen die sie von Anfang an keine Chance hatte. Doch sie kämpfte bis zum Schluss. Sie war tapfer, sie war stark und sie war die wundervollste Frau, die ich je gekannt habe.« Sie schwieg einen kurzen Moment und ihre Augen huschten rastlos über die Wand hinter der Bar, ohne dass sie wirklich wahrzunehmen schien, was sie sah. »Ich wollte immer sein wie sie. Stark. Mutig. Ungebrochen bis zuletzt.« Sie warf mir einen kurzen Blick zu.

»Ich hasse es, auf Hilfe angewiesen zu sein. Das gibt mir ein Gefühl von … Abhängigkeit. Ich habe wirklich alles in meiner Macht Stehende getan, ehe ich mich an Sie gewandt habe, das können Sie mir glauben. Aber heute Nachmittag dachte ich, es wäre tatsächlich einmal die richtige Entscheidung gewesen. Dass es gut war, mir Hilfe gesucht zu haben.«

Sie starrte wieder auf die Rückwand der Bar.

»Und dann stellt sich heraus, dass ich mich habe benutzen lassen. Dass es doch ein Fehler war und dass meine Schwester Arianna Recht hat. *Wenn du etwas richtig machen willst, mach es alleine.*«

Clayda schüttelte langsam den Kopf.

»Aber manchmal schafft man es eben nicht alleine. Manche Kämpfe kann man nicht gewinnen. Nicht alleine. Selbst meine Mutter, meine starke, tapfere Mutter, hat am Ende verloren. Und ich möchte diesen Kampf nicht verlieren. Gerade um ihretwillen.«

Ihre Schultern strafften sich und sie wandte sich mir zu, sah mir direkt in die Augen.

»Sie war eine Indri. Es ist ihr Volk, das leidet. Mein Volk. Und dabei kann ich nicht tatenlos zusehen.«

Es verstrichen endlose Sekunden, in denen keiner von uns ein Wort sprach. Ich erwiderte ihren Blick, während ihre Worte in meinem Hinterkopf widerhallten, und ich versuchte, mir vorzustellen, wie viel Überwindung es sie gekostet haben musste, mir all dies zu erzählen.

Schließlich fuhr ich mir unbehaglich durch die Haare.

»Clayda«, setzte ich an, »scheiße … ich … ach verdammt, es tut mir leid. Ich hab' mich wie der letzte Arsch verhalten. Ich hätte dich nicht belügen und benutzen sollen und, verdammt nochmal, ich hätte dir das vorhin alles nicht an den Kopf werfen sollen. Ich … bitte entschuldige. Ich wusste nicht, wie … persönlich das für dich ist. Dass du … na ja …« *Dass du eine Halb-Indri bist*, fügte ich in Gedanken hinzu.

Zu meiner Verwirrung schmunzelte Clayda plötzlich.

»Du?«, fragte sie mit leicht amüsierter Stimme. Da erst fiel mir auf, dass ich völlig selbstverständlich in die vertrauliche Anrede übergegangen war. Die Hitze schoss mir ins Gesicht.

»Verzeihung … ich wollte nicht …«

»Schon in Ordnung«, unterbrach sie mich. »Vielleicht wird es wirklich Zeit, dass wir uns duzen.«

Ich schwieg verlegen.

»Mir tut es auch leid«, sagte sie, wieder ernst. »Dass ich dich geschlagen habe. Das hätte ich nicht tun sollen.«

»Ach das.« Ich winkte ab. »Halb so schlimm.«

Wir schwiegen wieder. Und hier, in diesem unwirklichen Moment irgendwo in der bleichen Stunde zwischen Nacht und Tag, wussten wir beide, dass unser Waffenstillstand einem Frieden gewichen war.

Flinn Timmler

Es war die Sonne, die mich weckte.

Ich blinzelte ein wenig verwirrt und verzog das Gesicht. Ein dumpfes Pochen in meinem Kopf erinnerte mich daran, dass ich in der Nacht eventuell doch einen Whisky zu viel getrunken hatte, doch das war nichts, das sich nicht mit einem ordentlichen Frühstück und viel Wasser beheben ließ.

Stöhnend richtete ich mich auf dem Sofa auf und blickte mich um.

Zwar hatten wir im Morgengrauen in weiser Voraussicht die Vorhänge vor den Fenstern zugezogen, doch die Sonne war mittlerweile bereits so weit am Himmel gewandert, dass sie nun genau durch den schmalen Spalt zwischen Vorhang und Wand hindurch fiel und mich im Gesicht getroffen hatte. Es musste bereits früher Vormittag sein.

Das Bett war leer.

Clayda war offenbar schon aufgestanden.

Mit einem Gähnen schlurfte ich hinüber ins Bad. Ein Blick in den Spiegel sagte mir, dass ich erstaunlicherweise nicht ganz so zerknautscht aussah, wie ich mich fühlte. Ich stieg unter die Dusche und spürte zufrieden, wie meine Lebensgeister unter dem heißen Wasser neu erwachten. Wie auch immer der heutige Tag sich nun gestalten würde – ich war bereit.

Fünf Minuten später verließ ich das Zimmer und machte mich auf den Weg in den Gastraum, in der Hoffnung, dass das Frühstücksbuffet noch nicht abgeräumt worden war.

Ich hatte Glück. Der lange Tisch an der Längsseite des Raumes war noch immer gut bestückt und so lud ich mir einen Teller voll mit Brot, Marmelade und einem Frühstücksei und füllte mir eine große Tasse mit Kaffee.

Ich fand Clayda an einem Tisch neben dem Fenster sitzend, vor sich eine Tasse Kaffee, in der Hand einige Papiere, die sie offenbar hoch konzentriert studierte. Einen Moment blieb ich stehen, um sie zu beobachten. Ihr Kleid war von einem warmen Orange wie ein Sonnenuntergang im Herbst und ihre braunen Augen schimmerten wie Honig in dem hellen Streifen Sonnenlicht, der durch das Fenster fiel.

»Gut geschlafen?« Sie blickte mich über den Rand ihrer Kaffeetasse hinweg an, als ich mich ihr gegenüber niederließ.

»Zu kurz«, erwiderte ich und unterdrückte ein Gähnen.

»Ich war so frei und hab' mir das hier mal komplett durchgelesen.« Sie schob mir die Blätter zu und ich erkannte, dass es sich um die Dopplikate des Geheimprojekts handelte. »Das sind nicht die vollständigen Unterlagen, oder?«

»Nein, das ist nur ein kleiner Ausschnitt«, bestätigte ich und köpfte mein Frühstücksei. Der Dotter zerlief cremig auf meinem Messer. »Ich – ähm – es kam etwas dazwischen.«

»Verstehe.« Um ihre Mundwinkel zuckte es. »Ich gehe nicht davon aus, dass du *gefragt* hast, bevor du diese Dopplikate angefertigt hast.«

Ich hob nur vielsagend die Schultern.

»Also dann – wie geht es jetzt weiter?«, fragte ich, während ich begann, mein Ei zu löffeln.

»Ich finde, wir sollten Flinn einen Besuch abstatten«, meinte Clayda und rührte mit dem Löffel in ihrer Kaffeetasse. »Er hat heute seinen freien Tag.«

»Dann freut er sich bestimmt über Besuch, oder?«

»Davon bin ich überzeugt.«

Ihr Lächeln hatte etwas raubtierhaftes an sich und mit einem Mal war ich froh, dass ich nicht Flinn Timmler war.

Timmlers Wohnung befand sich in der dritten Etage eines großen alten Gebäudes aus Kolonialzeiten, das zum Mietshaus umgebaut worden war.

Der alte klapprige Fahrstuhl war außer Betrieb, also stiegen wir die knarzenden Holztreppen hinauf. Eine alte Frau mit einem ebenso alten Hund an der Leine kam uns entgegen und grüßte freundlich, im zweiten

Stock hörte man aus einer Wohnung ein Baby schreien und irgendwo übte jemand fürchterlich schief Blockflöte.

Vor der Wohnungstür, auf der der Name ›Timmler‹ auf einem schlichten Pappschild angebracht war, hielten wir an.

»Böser Bulle, guter Bulle?«, fragte Clayda und deutete erst auf mich, dann auf sich.

»Böser Bulle, guter Bulle.« Ich nickte. Dann drückte Clayda den Klingelknopf.

Es dauerte einen Moment, dann wurde die Tür geöffnet und der junge Mann mit dem unordentlichen Lockenschopf blickte uns entgegen.

Clayda setzte ihr freundlichstes Lächeln auf.

»Hallo Flinn«, sagte sie. »Können wir kurz reinkommen? Wir hätten da ein paar Fragen.«

Timmler schob die dicke Hornbrille hoch.

»Wieso? Stimmt was nicht mit den Unterlagen?«, fragte er.

»Könnte man so sagen«, erwiderte Clayda. »Also … dürfen wir rein kommen?«

Timmler schien zu zögern. Dann öffnete er die Tür ganz und trat zur Seite.

Die Wohnung war nicht sonderlich groß; tatsächlich bestand sie aus einem einzigen Raum, der Schlafzimmer und Wohnzimmer zugleich zu sein schien. In einer Wandnische war eine Küche eingebaut und eine geöffnete Tür führte in ein kleines Badezimmer. Die Einrichtung war karg; unter dem einzigen Fenster stand ein Bett, in der Mitte des Raumes gab es einen Tisch mit zwei Stühlen, zwei Bücherregale zierten die linke Wand und an der rechten stand ein alter Kleiderschrank. An den Wänden hingen ein paar Poster von Sportlern und Musikerinnen, die wirkten, als stammten sie aus den bunten Magazinen, die es am Kiosk zu kaufen gab.

Flinn schloss die Tür hinter uns und stand dann ein wenig unschlüssig im Raum.

»Also – äh – ich kann Ihnen leider nichts anbieten, ich hab‘ nichtmal Kaffee da …«, sagte er etwas verlegen und schob wieder die Brille hoch.

»Nicht nötig«, sagte ich. »Hinsetzen.«

»Äh – was?« Er warf mir einen verdutzten Blick zu.

»Hinsetzen!«, schnauzte ich und wies auf einen der Stühle. Zu meinem Erstaunen ließ er sich tatsächlich darauf plumpsen. Ich packte den zweiten Stuhl an der Lehne, zog ihn zu mir heran und ließ mich dann Timmler gegenüber nieder. Ohne ihn aus den Augen zu lassen zündete ich mir eine Cigarette an, nahm einen tiefen Zug und blies ihm dann den Rauch ins Gesicht. Er hustete leise.

»So«, knurrte ich und bemühte mich um mein finsterstes Gesicht. »Und jetzt reden wir mal über deine Verbindung zu Thertes Waffensysteme.«

»Äh – was?«, machte Timmler wieder.

»Versuch nicht mich zu verscheißern, Kleiner.« Ich hob drohend den Zeigefinger. »Wir wissen, dass du deren Kontaktmann bei Indridana bist. Die Frage ist: was tust du für sie? Gibst du vertrauliche Laborwerte an sie weiter? Oder gehst du sogar noch einen Schritt weiter und lieferst ihnen hin und wieder ein paar frische Indri?«

Timmler war blass geworden.

»Ich – ich weiß wirklich nicht, was Sie meinen«, stammelte er, doch er war ein schlechter Lügner.

Ich schlug mit der Faust auf den Tisch neben uns und der Junge zuckte zusammen.

»Verarsch mich nicht!«, schrie ich in meiner besten Porritzsch-Imitation. »Du weißt genau, wovon ich rede! Was haben sie dir gezahlt, hm? Für wie viel hast du diese Leute verkauft?«

»Herr Lokowitsch, bitte«, schaltete Clayda sich beschwichtigend ein. »Bleiben Sie ruhig!«

Ich sprang auf.

»Ich soll ruhig bleiben?«, rief ich mit zorniger Stimme. »Dieser kleine Scheißer hier macht gemeinsame Sache mit den Mistkerlen, die für das Verschwinden der Indri verantwortlich sind!«

»Sie machen ihm Angst«, sagte sie eindringlich und legte mir eine Hand auf den Arm. Ich schnaubte und wandte mich ab. Hinter mir hörte ich, wie sie sich Timmler gegenüber auf dem Stuhl niederließ.

»Tut mir leid, Flinn«, sagte sie mit sanfter Stimme. »Herr Lokowitsch ist manchmal ein wenig … übereifrig.«

»Mann, ich weiß doch auch nichts.« Seine Stimme zitterte. »Ich – ich weiß wirklich nicht, was ...«

Ruckartig wandte ich mich um. Timmler zuckte zusammen, als ich mich über ihn beugte, die brennende Cigarette nur Zentimeter von seinem Gesicht entfernt.

»Ich kann die Wahrheit auch aus dir rausprügeln, wenn du nicht das Maul aufmachst, Kleiner«, zischte ich.

»Herr Lokowitsch!«, mahnte Clayda wieder. Sie griff sanft nach Timmlers Hand, während ich mich wieder aufrichtete und einen tiefen Zug nahm. »Niemand wird dir wehtun, Flinn, aber du musst uns sagen, was du weißt.«

Eine kurze Stille trat ein. Der Junge war käsebleich und warf mir immer wieder angstvolle Blicke zu, während Clayda ihm gegenüber saß mit einem Ausdruck formvollendeter Güte auf ihrem perfekten Gesicht. Ich fixierte Timmler mit eisigem Blick und ließ die überschüssige Asche auf den Fußboden fallen.

»Ich … ich weiß nicht, wer dahinter steckt«, stammelte Timmler schließlich. »Ich … sie bezahlen mich dafür, dass ich ihnen die Blutwerte der Indri zukommen lasse. Sie sagten, es wäre für irgendwelche Statistiken.«

»Wer sind ›sie‹?«, fragte Clayda. Timmler hob hilflos die Schultern.

»Sie hat dir eine Frage gestellt«, knurrte ich drohend.

»Ein Mann, irgendein Mann, ich kenne seinen Namen nicht, ehrlich!«, sprudelte Timmler hastig hervor. »Einmal pro Woche gebe ich einen Umschlag mit den Werten im *Rooking Pa'arat* an der Bar ab. Dafür bekomme ich einen Umschlag mit Geld. Das ist alles, ich schwöre es!«

Clayda richtete sich auf und warf mir einen vielsagenden Blick zu.

Ich zog an meiner Cigarette.

»Wann?«, fragte ich knapp.

»Heute Abend wäre das nächste Mal.«

»Gut.« Ich ließ die halb gerauchte Cigarette auf den Boden fallen und trat sie mit der Fußspitze aus. »Du wirst diesen Umschlag wie gewohnt dort abgeben, als sei nichts geschehen. Diese Unterhaltung hat nie stattgefunden. Verstanden?«

Timmler nickte hastig.

Ich ruckte kurz mit dem Kopf, dann wandte ich mich auf dem Absatz um und verließ die Wohnung.

Clayda holte mich auf der Treppe ein.

»Das *Rooking Pa'arat* also«, meinte sie, als wir draußen auf der Straße wieder in ihr Auto einstiegen.

»Kennst du den Laden?«

»Das ist eine Bar unten am Hafen. Ehrlich gesagt der letzte Ort, an dem ich so eine geheime Übergabe erwartet hätte.«

»Das war vermutlich auch die Idee dahinter.«

»Dann machen wir uns heute also einen gemütlichen Kneipenabend«, meinte Clayda. »Und bis dahin – was hältst du von einer kleinen Tour durch Neu Herryskoog? Hier gibt es schließlich mehr zu sehen als unser Hotel und die Indridana-Zentrale.«

Da dies hier nicht zu einem Reisebericht ausarten soll, werde ich den überaus unterhaltsamen und spannenden Rest des Tages überspringen – sollten Sie allerdings jemals Urlaub in Neu Herryskoog machen, würde ich Ihnen auf jeden Fall einen Besuch der General-Corrington-Galerie, des alten Justizpalasts und der Präsidialgärten ans Herz legen.

Am Abend fand ich mich gemeinsam mit Clayda in dem schummrigen Schankraum des *Rooking Pa'arat* wieder. Auf dem Holzschild, das draußen über der Eingangstür hing, hatte man gerade noch das verblichene Bild eines Papageis mit einer Cigarre im Schnabel erkennen können. Die Decke war niedrig, die Tische alt und abgegriffen, die Luft rauchgeschwängert und die Gäste schienen zum Großteil aus Arbeitern zu bestehen. Sie saßen lachend, trinkend und rauchend auf den alten, wackligen Stühlen, hemdsärmelig und schwitzend, denn der große Ventilator unter der Decke wirbelte die warme, stickige Luft nur träge von einer Seite des Raums auf die andere. Hinten in der Ecke, auf einer schäbigen kleinen Bühne, spielte eine Band, deren Musik im Lärm der Kneipe beinahe unterging. Ich fühlte mich sofort wie zu Hause.

Clayda und ich hatten zwei Plätze etwas abseits ergattert, von denen aus wir die Bar gut im Blick hatten, und nippten nun beide an unserem ersten Glas Whisky.

»Dann heißt es jetzt wohl warten«, meinte ich und zog an meiner Cigarette.

Clayda starrte nachdenklich in ihr Glas.

»Was glaubst du, was machen sie mit den Leuten?«, fragte sie schließlich.

Ich zögerte.

»Ich bin mir nicht sicher, auch wenn ich da so eine Theorie habe …«

»Lass hören.«

»Der Name, weißt du … Syrikon-Projekt? Ich hab' da schon mit meiner Schwägerin drüber spekuliert«, erzählte ich und trank einen Schluck. »Wie gut kennst du dich mit altthrurgischer Mythologie aus?«

»Ich weiß, was das Syrikon ist, wenn du das meinst.«

Ich nickte.

»Das meine ich. Na ja, weißt du … ich habe nochmal über das nachgedacht, was du mir über Magie erzählt hast … ich weiß ja nun wirklich nicht viel darüber, aber …« Ich zögerte erneut. Dann beugte ich mich vor. »Was, wenn Thertes vor hat, eine Art Armee aus magisch begabten Supersoldaten zu erschaffen?«, sagte ich leise. »Ich weiß, das klingt total absurd …«

»Nein, den Gedanken hatte ich auch schon«, erwiderte Clayda und zog an ihrer Cigarette.

»Oh.« Ich richtete mich wieder auf.

»Ich hab' mir die Unterlagen von diesem … Forschungsprojekt angeschaut«, fuhr sie fort. »Zugegeben, ich habe nicht viel davon verstanden, aber das sah für mich aus, als würden sie irgendwelche … Tests durchführen. Und auch wenn sie ständig Begriffe wie ›Objekt‹ oder ›Projekt‹ verwenden, hatte ich irgendwie den Eindruck … dass sie in Wirklichkeit von Personen sprechen.«

Wir schwiegen beide beklommen.

»Die Leute machen da bestimmt nicht freiwillig mit«, sagte ich schließlich.

»Nein«, stimmte Clayda mir zu. »Garantiert nicht.«

Wir warfen uns einen kurzen Blick zu. Wir mussten nicht aussprechen, was wir beide dachten. Nämlich dass wir uns lieber nicht vorstellen wollten, *was genau* Thertes mit den verschwundenen Indri anstellte.

Claydas Blick wanderte über meine Schulter hinweg und sie nickte mir kaum merklich zu.

»Da ist Flinn«, sagte sie leise.

Ich griff nach meinem Glas und warf einen unauffälligen Blick in Richtung Tür.

Flinn Timmler bahnte sich gerade mit gesenktem Kopf seinen Weg durch den überfüllten Schankraum. Kaum jemand nahm Notiz von ihm. Ich nippte an meinem Glas und folgte dem Jungen mit meinem Blick.

Er erreichte den Tresen, ohne uns zu bemerken. Der Wirt, ein graubärtiger alter Kerl mit wettergegerbtem Gesicht, warf ihm einen beiläufigen Blick zu. Ein wenig unbeholfen kramte Flinn einen Umschlag aus seiner Hosentasche hervor und schob ihn über die Theke. Der Wirt nahm ihn entgegen, ohne eine Miene zu verziehen, und ließ ihn in der Tasche seiner Schürze verschwinden. Er und Flinn wechselten ein paar Worte auf Senabrisch und er stellte dem Jungen einen Krug Bier hin, den er gierig ergriff und mit einem Zug zur Hälfte leerte.

»Er ist nicht immer so nervös, oder?«, murmelte ich Clayda zu, während ich Flinn weiter beobachtete.

»Ich kenne ihn nicht besonders gut, aber ich würde sagen, deine Vorstellung von heute Vormittag steckt ihm noch in den Knochen«, erwiderte Clayda ebenso leise.

»Behalt den Wirt im Auge. Wir dürfen nicht verpassen, wenn er den Umschlag an irgendjemanden weiter gibt.«

Timmler trank seinen Krug Bier in schnellen Zügen und starrte dabei die meiste Zeit vor sich hin. Er schien so sehr mit sich selbst beschäftigt, dass er uns nicht bemerkte, obwohl wir nur wenige Meter entfernt saßen. Schließlich zückte er sein Portemonnaie und legte dem Wirt ein paar Münzen auf den Tresen. Dieser nahm sie entgegen und schob ihm im Gegenzug einen unscheinbaren Umschlag zu. Timmler schnappte ihn, stopfte ihn in die Hosentasche und machte auf dem Absatz kehrt.

Ich schüttelte den Kopf.

»Wenn ich mir vorstelle, wie lange er das schon macht …« Es fiel mir schwer, die Abscheu in meiner Stimme zu unterdrücken. »Selbst wenn er nicht wusste, was sie mit seinen Informationen anfangen – er musste bloß eins und eins zusammenzählen, um zu begreifen, dass das Verschwinden der Indri damit zusammenhängt.«

»Vielleicht bezahlt Thertes ihn einfach gut genug«, sagte Clayda bitter und stürzte den Rest ihres Whiskys hinunter. »Geld lässt Leute nur allzu gerne Augen und Ohren verschließen.«

Ich zündete mir nachdenklich eine neue Cigarette an.

»Verrätst du mir etwas?«, fragte ich dann und musterte Clayda forschend.

»Das kommt drauf an«, erwiderte sie.

»Worauf?«

»Ob mir die Frage gefällt.«

Ich grinste.

»Wie finanziert Indridana sich wirklich?«, fragte ich und blies den Rauch zur Seite. »Und warum kannst du dir ein Cabrio und zwei Erste-Klasse-Tickets auf einem Schiff leisten, wenn bei deinem Arbeitgeber ständig das Geld knapp ist?«

Clayda schwieg einen Moment und bestellte sich ein weiteres Glas Whisky. Das Thema schien nicht einfach für sie zu sein.

»Hast du meine Schwester je gefragt, wie sie sich ihr Apartment und all die schönen Kleider und Besuche auf Vernissagen leisten kann?«

Ich überlegte. Tatsächlich hatte ich mit Fabiora nie über Geld gesprochen – jetzt, da Clayda es erwähnte, kam es mir allerdings in der Tat seltsam vor.

»Nein«, gestand ich.

»Dachte ich mir.« Clayda lächelte flüchtig. »Sonst hättest du mir diese Frage nicht gestellt.«

Sie nahm einen tiefen Zug aus ihrer Cigarette.

»Unser Vater hat seinerzeit ein gewaltiges Textil-Imperium aufgebaut«, erzählte sie dann. »Nach seinem Tod vor sechs Jahren fiel die Firma mir und meinen Schwestern zu. Arianna leitet das Unternehmen inzwischen, aber die Gewinne werden immer noch zu gleichen Teilen unter uns aufgeteilt.«

Die dritte Drillingsschwester. Ich erinnerte mich, dass Clayda in der Nacht kurz von ihr gesprochen hatte.

»Und während Fabiora ihren Teil des Geldes regelmäßig für Schmuck und teuren Alkohol und andere schöne Dinge verprasst, habe ich beschlossen, stattdessen eine Hilfsorganisation zu gründen, um den Indri zu helfen.«

»Moment – zu *gründen?*«, fragte ich verdutzt. »Ich dachte, du *arbeitest* für Indridana.«

»Das eine schließt das andere doch nicht aus, oder?« Sie blies einen dünnen Rauchstrahl gen Decke. »Ich verdiene zwar nicht mein Geld damit, aber ich verbringe den Großteil meiner Zeit mit der Arbeit für Indridana. Das ist … ein bisschen so ein Herzensprojekt von mir. Und ja – nebenbei gönne ich mir von meinem Geld auch die eine oder andere schöne Sache wie ein Auto oder eine Erste-Klasse-Kabine auf einem Schiff.«

»Warum hast du das nicht früher erzählt?«, fragte ich verdutzt.

Clayda zuckte mit den schmalen Schultern.

»Es tat nichts zur Sache«, erwiderte sie. »Außerdem hast du ganz richtig festgestellt, dass ich dich nicht ausstehen konnte.«

»Aha, *konntest*«, wiederholte ich und griff nach meinem Whiskyglas »Also hatte ich doch Recht – du findest mich mittlerweile gar nicht mehr so übel, oder?«

In diesem Moment richtete Clayda sich plötzlich alarmiert auf. Dann neigte sie sich zu mir vor.

»Er hat den Umschlag übergeben«, sagte sie mit gesenkter Stimme und fixierte mit ihren Augen irgendetwas oder -jemanden hinter mir. »Komm.«

Nächtliche Pirsch

Es regnete, als wir das *Rooking Pa'arat* verließen. Und mit Regen meine ich nicht dieses mickrige Nieseln, das Sie vermutlich bei uns aus Gamarien kennen. Nein, ich meine tropischen Regen. Lange Schnüre aus Wasser, die ohne Unterlass vom Himmel herab fließen und einen innerhalb von Sekunden bis auf die Haut durchnässen.

Der Mann, dem wir folgten, war ein unscheinbarer Mittvierziger mit kurzem Haar und spitzer Nase. Er stieg vor der Kneipe in einen alten Lepo in Silber-metallic und wir nahmen in dem gemieteten Geländewagen die Verfolgung auf.

Trotz der späten Stunde und des starken Regens war relativ viel Verkehr in den Straßen. Einerseits war das unser Glück, denn so konnten wir in der Menge der anderen Autos untertauchen. Andererseits gestaltete es sich so recht schwierig, den silbernen Lepo in den engen Straßen im Blick zu behalten. Ich selbst verlor ihn mehrere Male aus den Augen, aber Clayda schaffte es irgendwie immer wieder, ihm auf den Fersen zu bleiben. Ich war heilfroh, dass wir nicht Claydas Cabrio genommen hatten; bei diesem Wetter wäre es wohl mit einer fahrenden Badewanne vergleichbar gewesen, und wir waren so schon klitschnass bis auf die Haut.

»Er will aus der Stadt raus«, stellte Clayda irgendwann fest. Tatsächlich ließen wir alsbald die letzten Häuser Neu Herryskoogs hinter uns und folgten dem silbernen Wagen in den nächtlichen senabrischen Dschungel. Es war eine andere Straße als die, die wir am Vortag genommen hatten. Diese hier war deutlich besser ausgebaut und teilweise mit Schotter befestigt. Das dichte Blätterdach über uns hinderte den Großteil des Regens daran, bis zum Boden vorzudringen – dennoch spritzte der Schlamm an den Seiten des Autos in alle Richtungen.

Clayda verlangsamte das Tempo etwas und schaltete die Außenscheinwerfer aus. Schlagartig legte sich nächtliche Dunkelheit um uns.

»Er könnte uns sehen«, erklärte sie. Ich nickte beklommen. Sie hatte natürlich Recht – dennoch fühlte ich mich ein wenig unwohl, denn ich konnte die Straße vor uns nun nur noch sehr undeutlich erkennen. Irgendwo weit vor uns leuchteten hin und wieder die roten Rücklichter des Lepos auf, dann verschwand der Wagen wieder hinter der nächsten Kurve.

»Was glaubst du, wo er hin will?«, fragte ich schließlich.

»Ich habe keine Ahnung«, erwiderte Clayda. »In dieser Richtung gibt es nicht viel außer ein paar stillgelegten Fabriken und –«

Weiter kam sie nicht, denn als wir um die nächste Kurve bogen, sahen wir, dass der Lepo nur wenige hundert Meter weiter am Straßenrand gehalten hatte. Sofort bremste Clayda den Wagen ab, lenkte ihn ein Stück zur Seite ins Unterholz hinein und schaltete den Motor aus. In der Finsternis ringsum hörte man jetzt nur noch das kontinuierliche Prasseln des Regens auf dem Urwalddach und die Rufe irgendwelcher Tiere, die ich nicht zuordnen konnte.

Kurz darauf erloschen die Rücklichter des Lepos und wir sahen zwischen den Bäumen hindurch eine schemenhafte Gestalt aussteigen.

»Komm«, meinte Clayda und langte nach hinten auf den Rücksitz, wo ihre Wanderschuhe lagen.

Wir stiegen aus und kämpften uns durch die wenigen Meter an Unterholz, die Clayda mit dem Geländewagen einfach durchfahren hatte. Dann näherten wir uns vorsichtig dem nun vollständig dunklen Wagen.

Als wir näher kamen, erkannte ich, was zuvor durch das dichte Unterholz verborgen gewesen war: Ein Eisenzaun verlief wenige Meter neben der Straße, durchbrochen von einem großen Gittertor. Vor diesem hatte der Lepo haltgemacht. In der Dunkelheit war es unmöglich, zu erkennen, was jenseits des Zaunes lag, aber der Typ war ganz offensichtlich durch das Gittertor verschwunden.

Neben dem silbernen Wagen blieben wir kurz stehen. Wir warfen beide einen Blick auf das leicht geöffnete Tor. Clayda fuhr sich durch die tropfnassen Locken.

»Bereit?«, fragte ich nervös. Sie nickte.

Wir zwängten uns durch die Öffnung und folgten einem schmalen Pfad durch das Unterholz. Es war schwierig, im Dunkeln Genaues zu erkennen, doch es schien mir, als sei dieser Weg erst kürzlich frei geschlagen worden.

Ein kurzes Stück tappten wir durch beinahe vollständige Finsternis, dann tauchte irgendwo vor uns ein Lichtschein auf, der undeutlich durch das nasse Blätterwerk schimmerte. Kurz darauf führte der Pfad um eine Biegung – und der Dschungel hörte schlagartig auf. Ich blieb stehen und starrte ungläubig auf den Anblick, der sich mir bot.

Hier, inmitten des Dschungels, umgeben von Urwaldriesen und undurchdringlichem Dickicht, erhob sich die gewaltige Ruine einer alten Fabrik. Einer der beiden schmal zulaufenden Schornsteine war eingebrochen, die hohen Fenster in der gemauerten Fassade waren blind und größtenteils eingeschlagen. Das untere Stockwerk war fast gänzlich von Moos und Kletterpflanzen überwuchert, doch rings um das alte Bauwerk war der Boden frei von Urwaldwuchs. Es schien allerdings, als habe hier durchaus einmal Strauchwerk gewuchert, denn das unebene Pflaster war brüchig und lückenhaft und fehlte an mehreren Stellen gänzlich.

Erhellt wurde diese surreale Szenerie von einer Reihe recht modern aussehender und offenbar erst kürzlich angebrachter Syranidlampen, die an die alte Fassade montiert worden waren.

»Was ist das hier?«, fragte ich fasziniert.

»Ich sagte doch, in dieser Gegend gibt es mehrere alte Fabriken, die seit Jahrzehnten nicht mehr in Betrieb sind«, erwiderte Clayda. Wir hielten uns im Schatten zwischen den Bäumen, denn obgleich das Gelände auf den ersten Blick menschenleer war, wollten wir nicht riskieren, entdeckt zu werden.

»Ja, aber hier hat sich anscheinend jemand die Mühe gemacht, das alte Gemäuer wieder in Beschlag zu nehmen.«

»Nicht sehr sorgfältig allerdings, wie mir scheint«, gab Clayda zu bedenken. »Das Gebäude selbst sieht nicht gerade aus, als sei es besonders gut in Schuss.«

»Komm«, meinte ich und bedeutete ihr, mir zu folgen. »Sehen wir uns das mal von allen Seiten an.«

Wir schlichen am Rand des Dschungels einmal rund um das gesamte Grundstück. Zwar begegneten wir keiner Menschenseele, dafür entdeckten wir eine große Zufahrt, die auf das Gelände führte, breit genug, dass ein großer Lastwagen hindurch gepasst hätte.

»Warum hat unser Mann wohl den Hintereingang genommen?«, fragte ich leise.

»Möglicherweise ist der Weg kürzer«, mutmaßte Clayda. »Wer weiß, zu welcher Straße diese Zufahrt führt.«

Und noch etwas fiel mir bei unserer Umrundung des Grundstücks ins Auge: Ein Eingang, der aussah, als sei er erst kürzlich benutzt worden. Es war eine metallene Doppeltür, die ins Innere der Fabrik führte, und im Gegensatz zu den anderen rostigen Türen, die wir entdeckt hatten, und den Mauern ringsum, war sie frei von Moos und Kletterpflanzen.

»Da scheint es hineinzugehen.« Ich nickte hinüber zu der Tür. Es waren ungefähr zehn oder fünfzehn Meter, die wir über offenes Terrain würden zurücklegen müssen, doch noch immer war keine Menschenseele weit und breit zu sehen.

Clayda nickte grimmig.

»Dann schauen wir doch mal, wohin der Kerl mit dem Umschlag verschwunden ist.«

Geduckt rannten wir durch den Regen hinüber zu der Metalltür. Beim Näherkommen fiel mir auf, dass sie nicht nur sauber, sondern augenscheinlich auch neu war. Clayda und ich wechselten einen kurzen Blick. Dann nickte sie angespannt. Ich versuchte, mein rasendes Herz zu ignorieren, fasste den Türgriff und schob vorsichtig den rechten Türflügel auf.

Wir fanden uns in einem recht heruntergekommenen Treppenhaus wieder, das von einer einzelnen Syranidlampe erhellt wurde. In der Mitte zwischen den Treppen befand sich ein verrosteter alter Aufzugsschacht, der mit einer schweren Eisenkette verschlossen war. Nach oben hin verlor der Raum sich in Dunkelheit, doch linker Hand führten Stufen hinunter in den Keller, wie es schien – und sie waren beleuchtet.

»Was immer hier auch vor sich geht – es spielt sich wohl unterirdisch ab«, murmelte ich und schüttelte den Kopf ein wenig, um das Wasser aus den Haaren zu bekommen.

Gemeinsam begannen wir, die Treppe ins Untergeschoss hinabzusteigen, die sich um den Aufzugschacht wand. Es war still dort unten, verdächtig still. Nach dreißig Stufen erreichten wir einen kargen Tunnel, dessen Wände aus rotem Backstein gemauert waren und unter dessen Decke sich rostige Luftschächte entlang zogen. Dünne Schläuche führten an den Mauern entlang und verbanden ein halbes Dutzend Syranidlampen miteinander, bis der Gang sich irgendwo vor uns in einer Rechtskurve verlor.

Langsam wagten wir uns weiter vor. Hin und wieder waren massiv wirkende Metalltüren in die Backsteinwände eingelassen, doch sie alle stellten sich als verschlossen heraus, und als ich bei einigen von ihnen probehalber ein Ohr an das Metall legte und lauschte, war nichts zu hören. Entweder sie waren außerordentlich gut gedämmt, oder auf der anderen Seite herrschte tatsächlich Stille. Der Backsteintunnel knickte einmal nach rechts und dann wieder nach links ab und endete schließlich vor einer großen metallenen Doppeltür. Da alle Türen bisher verschlossen gewesen waren, blieb uns nur noch die Hoffnung, dass es bei dieser anders sein würde. Ich legte den Finger auf die Lippen und schlich auf die Tür zu. Vorsichtig legte ich ein Ohr an das Metall und lauschte. Und tatsächlich – ganz leise und entfernt war da ein Geräusch, bei dem es mir schwerfiel, es einzuordnen. Eine Art Summen oder Sirren und hin und wieder etwas, das mit viel Fantasie vielleicht Stimmen sein konnten. Mit klopfendem Herzen versuchte ich, einen der Türflügel zu öffnen – mit Erfolg. Vorsichtig lugte ich durch den entstandenen Spalt.

Aus Albträumen geboren

Bläuliches Zwielicht herrschte hinter der Tür. Das Summen und Sirren war nun deutlich lauter und ich stellte fest, dass es tatsächlich Stimmen waren, die ich gehört hatte, auch wenn sie noch immer zu weit entfernt und zu undeutlich waren, um sie zu verstehen. Vorsichtig erweiterte ich den Spalt, um weiter in den dahinter liegenden Raum schauen zu können.

Von der Tür führten ein paar metallene Gitterstufen hinunter in den eigentlichen Raum, der offenbar ein wenig tiefer lag. Es war schwer, zu erkennen, wie groß er war, doch er schien sich zu meiner rechten noch ein gutes Stück weiter auszudehnen. Massive Säulen aus rotem Backstein ragten in regelmäßigen Abständen in die Höhe und verbanden den Boden und die Decke miteinander, an der sich mehrere metallene Lüftungsrohre entlang zogen. Zwischen den Säulen erkannte ich Stapel von Kisten, vereinzelte metallene Tische und Aktenschränke – und seltsame Apparaturen, die eher an ein Krankenhaus oder ein Chemielabor erinnerten. Was bei allen neun Höllen taten sie da drin?

Ich atmete tief durch und schob die Tür dann weit genug auf, dass ich mich hindurch quetschen konnte. Clayda folgte mir und ließ die Tür hinter sich ganz langsam wieder ins Schloss gleiten.

Mit angehaltenem Atem pressten wir uns in die Mauernische neben der Tür und wagten einen Blick nach rechts in den großen Raum. Es war noch immer schwer, genaueres zu erkennen, doch immerhin sahen wir nun, dass wir uns in einem toten Winkel am Ende dieser unterirdischen Halle befanden.

Ich legte einen Finger auf die Lippen und winkte Clayda, mir zu folgen. Langsam schlich ich die Metallstufen hinunter auf den Boden der Halle. Hinter einem großen Stapel Kisten ging ich in Deckung und versuchte, weitere Details in dem riesigen Raum zu erkennen.

Ein Stück entfernt entdeckte ich schließlich zwei Personen – von ihnen schienen die Stimmen zu kommen. Ich deutete stumm in die Richtung der beiden und Clayda nickte.

Geduckt schlich ich weiter in den Raum hinein, die Kisten, Schränke und Säulen als Deckung nutzend. Clayda war direkt hinter mir.

Allmählich konnte ich einzelne Worte aus dem undeutlichen hallenden Gemurmel heraushören. Es waren offensichtlich ein Mann und eine Frau, die sich dort unterhielten. Und sie sprachen Gamarisch.

»... gute Fortschritte. VenTresko war sehr zufrieden.« Das war die Stimme der Frau.

»Wurde auch langsam Zeit – das ganze Projekt verschlingt viel mehr Ressourcen als ursprünglich vermutet.«

Die Frau erwiderte etwas, das ich nicht verstand, woraufhin der Mann lachte.

»Das glaube ich kaum«, sagte er.

Ich sah mich unschlüssig um – konnte ich es wagen, noch ein Stück näher an die beiden heranzuschleichen? Ich wollte gerade hinüber zur nächsten Säule kriechen, als Clayda neben mir plötzlich hörbar nach Luft schnappte. Als ich mich zu ihr umwandte, hatte sie die Hände vor den Mund geschlagen und starrte mit schreckensweiten Augen auf irgendetwas.

Ich folgte ihrem Blick – und mir stockte der Atem.

Eine große Glasscheibe war in die Backsteinwand neben uns eingelassen worden, die an ein überdimensionales Schaufenster erinnerte. Der Anblick, der sich uns dahinter bot, hatte aber nichts mit der verlockenden Auslage eines Ladens zu tun.

Ich rang um Fassung.

Wir hatten die Indri gefunden.

Es waren bestimmt drei Dutzend von ihnen, Männer, Frauen und Kinder gleichermaßen, die in dem Raum hinter der Scheibe entlang der Wände aufgereiht hingen. Sie waren nackt, allesamt, eingespannt in eine Art groteske Maschinerie, die ihre reglosen Körper aufrecht hielt. Ihre Gesichter waren von surreal anmutenden Masken verdeckt, die durch eine Art dicken grauen Rüssel mit einer seltsamen Apparatur über ihren Köpfen verbunden waren. Hunderte feiner Schläuche drangen an allen möglichen und unmöglichen Stellen durch die dunkle Haut der Gefangenen; sie führten zu einer Maschine in der Mitte der Kammer, wo aus ihnen ein steter Strom roter Flüssigkeit in einen großen transparenten Behälter sickerte.

Blut.

Ich starrte darauf und versuchte zu begreifen, was das zu bedeuten hatte, und warum ein schwacher bläulicher Schimmer vom Blut der Indri auszugehen schien – und dann begriff ich im selben Moment wie Clayda.

»Oh mein Gott«, hauchte sie und ich sah das Entsetzen in ihren Augen.

»Sie zapfen ihnen das Syranid aus den Adern ab«, sagte ich fassungslos.

Und dann fiel mir auf, dass das Gespräch in unserem Rücken verstummt war – doch es war zu spät.

»Hey!«, ertönte eine Stimme direkt hinter dem Kistenstapel, neben dem wir kauerten. »Was tun Sie hier? Wer sind Sie?«

Ich fuhr herum.

Der Kerl, den wir aus Neu Herryskoog hierher verfolgt hatten, stand vor mir und starrte mich mit zornigem Blick an.

»Scheiße«, fluchte ich und sprang auf. »Lauf!«, rief ich Clayda zu, holte aus und ließ dem Kerl meine Faust ins Gesicht krachen.

Mit einem Aufschrei taumelte er zurück – ich bin nicht sonderlich stark, doch das Überraschungsmoment war auf meiner Seite. Ich wartete nicht darauf, bis er sich von seinem Schrecken erholt hatte, sondern stürzte hinter Clayda her, die geistesgegenwärtig genug war, sofort zurück zur Tür zu sprinten.

Hinter mir hörte ich das Knistern eines Funkgerätes und die Stimme der Frau, die hektisch »Alarm! Wir haben hier zwei Eindringlinge im Labor!« rief – und dann krachte ein Schuss.

Ich schrie vor Schreck auf und zog unwillkürlich den Kopf zwischen die Schultern.

»Renn!«, brüllte ich und spurtete so schnell ich konnte auf die metallenen Stufen zu. Verdammte Scheiße, die waren bewaffnet!

Clayda erreichte die Tür als erste und riss sie auf, als der zweite Schuss krachte und klirrend vom Metallgeländer der Treppe abprallte.

»Scheißescheißescheiße!«, fluchte ich und hechtete hinter Clayda aus der Tür. Wir hetzten den Tunnel entlang zurück – als plötzlich Schritte von vorne zu hören waren.

›*Oh nein*‹, dachte ich panisch – wir saßen in der Falle. Clayda jedoch packte meine Hand und zerrte mich weiter den Gang entlang.

»Warte, wir können –«, setzte ich an, doch da bog wenige Schritte vor uns ein Kerl um die Ecke. Er hielt sich nicht groß damit auf, uns irgendetwas entgegenzubrüllen, sondern hob seine Pistole und schoss.

Mit einem Schrei warf ich mich zu Boden; die Kugel ging ins Leere. Eine zweite schlug dicht über mir in der Wand ein, und dann gab es ein lautes berstendes Geräusch und mit einem Schlag war es stockfinster; er musste eine der Lampen getroffen haben. Ich hörte ein Fluchen aus der Richtung, in der ich den Typen vermutete, doch mir blieb keine Zeit, über meine Möglichkeiten nachzudenken, denn Clayda hielt noch immer meine Hand umklammert und zog mich nun weiter. Ich stolperte blindlings hinter ihr her, dann ertönte ein dumpfes Geräusch und ein schmerzhaftes Stöhnen, irgendetwas Großes fiel zu Boden und Clayda zerrte mich weiter den dunklen Flur entlang. Wie bei allen neun Höllen fand sie sich in dieser totalen Finsternis zurecht?

Hinter uns erklangen wütende Stimmen – die Frau und der Mann aus dem Labor schienen die Verfolgung aufgenommen zu haben. Da tauchte vor uns ein Lichtschimmer auf; ich konnte schemenhaft die Umrisse der Treppe erkennen, die hinauf ins Erdgeschoss führte. Offenbar waren nur die Lampen hier unten im Keller ausgefallen, denn von oben sickerte ein bläulicher Schein die Stufen hinunter.

Wir rannten auf die Treppe zu, sprinteten hinauf, drei Stufen auf einmal nehmend, und stießen die Tür ins Freie auf.

»Deckung!«, schrie Clayda und zerrte mich gerade noch rechtzeitig zurück ins Innere des Treppenhauses, als auch schon die Kugeln pfeifend von außen gegen die Metalltür prasselten.

»Scheiße«, keuchte sie und fuhr sich über das Gesicht. Ihre Brust hob und senkte sich in schnellem Rhythmus. Dann stürzte sie plötzlich hinüber zu einem unscheinbaren Metallkasten in der Ecke. Von unten aus dem Keller konnte ich nun erneut Schritte hören.

Ohne zu zögern, riss Clayda die Klappe des Kastens auf und packte zielstrebig in den Wust aus bläulich leuchtenden Schläuchen. Ein kräftiger Ruck – und Dunkelheit senkte sich über das gesamte Gelände. Von draußen hörte ich überraschte Rufe und Fluchen und die Schritte im Keller verlangsamten sich hörbar.

»Hör zu«, hörte ich Claydas Stimme leise neben mir. »Wir rennen jetzt so schnell und leise wie möglich nach links und dann in direkter Linie hinein ins Unterholz. Bleib dicht hinter mir.«

Dann packte sie erneut meine Hand und zog mich hinüber zur Tür, die ich nur als weniger dunkles Rechteck in der vollkommenen Schwärze ringsum ausmachen konnte.

Draußen fielen erneut Schüsse, doch es hörte sich so an, als träfen die Kugeln allerhöchstens das Mauerwerk. Dennoch war es Irrsinn, einfach dort hinauszurennen – die Lampen mochten aus sein, doch die Kugeln konnten uns schließlich auch treffen, wenn die Typen dort draußen einfach auf Verdacht in die Dunkelheit schossen.

›*Wir sind sowas von tot*‹, ging es mir durch den Kopf, und Übelkeit machte sich in mir breit. In was war ich da nur hineingeraten?

»Jetzt!«, flüsterte Clayda und hechtete aus der Tür nach draußen in den Regen. Ohne nachzudenken, folgte ich ihr.

Noch nie in meinem Leben war ich so gerannt. Hinter uns ertönten Schreie und dann erklang wieder das Rattern der Maschinenpistolen. *Maschinenpistolen!* Die schossen mit verdammten *Maschinenpistolen* auf uns! Was war das hier, der zweite senabrische Bürgerkrieg, oder was?!

Das Blut rauschte in meinen Ohren und ich hatte das Gefühl, in meiner Brust sei ein Dampfkessel am Werk. Regen peitschte mir ins Gesicht und floss mir in die Augen, doch ich sah ohnehin nichts als Schwärze und ab und an eine undeutliche Bewegung vor mir. Eine weitere Salve fauchte in unsere Richtung und pflügte den Boden zu unseren Füßen auf und dann explodierte Schmerz an meiner rechten Seite – doch mir blieb keine Zeit, ich musste weiter!

Keuchend erreichten wir das Dickicht des Dschungels und rannten blindlings hinein. Ich konnte nichts sehen, hörte nur das laute Rascheln vor mir, wo Clayda sich durch die Sträucher und Lianen kämpfte, und das Rattern der Maschinenpistolen hinter mir, die das Unterholz zerfetzten wie ein Schwarm zorniger Hornissen.

»Weiter, komm schon!«, drängte Claydas Stimme irgendwo vor mir. »Hier ist ein Zaun, da müssen wir drüber!«

Vor meinen Augen flimmerten kleine Lichtpunkte. Undeutlich sah ich ihre Gestalt, wie sie flink über den mannshohen Metallzaun hinweg stieg. Schon konnte ich hinter uns rennende Stiefel und Rufe hören. Sie wussten, wohin wir verschwunden waren.

»Wir müssen zur Straße«, keuchte ich und griff mit zitternden Händen nach den Metallstreben des Zaunes, doch ich hatte nicht genug Kraft, mich daran hochzuziehen.

»Hier, setz einen Fuß da rein«, hörte ich Clayda. Sie stand auf der anderen Seite und stupste mich durch die Gitterstäbe mit ihren Händen an, deren Finger sie ineinander verschränkt hatte. *Räuberleiter*, ging es mir durch den Kopf, das hatten wir als Kinder immer benutzt, um über die Mauer in den Nachbarsgarten zu klettern und Äpfel zu klauen.

Mit ihrer Hilfe schaffte ich es irgendwie, über den Zaun zu kommen; unsanft landete ich auf der anderen Seite auf dem Boden.

»Komm, weiter!« Clayda packte mich am Arm und zog mich wieder auf die Füße. »Nicht schlapp machen!«

Meine Beine zitterten inzwischen, doch ich taumelte weiter durch das Unterholz hinter Clayda her, immer nur dem lauten Rascheln und Brechen von Zweigen folgend.

»Clayda«, keuchte ich und versuchte, eine zitternde Hand in ihre Richtung auszustrecken.

»Wir können später reden, wir müssen erst weg hier!« Sie packte meine Hand und zerrte mich weiter. »Die bringen uns um, wenn sie uns erwischen, das ist dir hoffentlich klar?«

»Ich weiß«, hustete ich. »Aber … ich glaube …« Ich stolperte und fiel zu Boden. Schmerz durchzuckte mich und stöhnend fasste ich an meine rechte Seite. Da war etwas Nasses – etwas Warmes, Nasses, Klebriges.

»Lemmy, was ist?« Ihre Stimme klang jetzt alarmiert und ich sah verschwommen, wie sie neben mir in die Hocke ging.

Langsam hob ich meine zitternde Hand vors Gesicht. Sie glänzte schwarz in der Dunkelheit und es roch nach Eisen.

»Scheiße«, flüsterte Clayda, die nun endlich auch zu begreifen schien, dass etwas nicht stimmte. »Scheiße, Lemmy, haben die dich erwischt?«

»Sieht so aus«, murmelte ich, und erneut tanzten die Lichtpunkte vor meinen Augen.

»Oh verdammt, nein!« Sie sah sich hektisch nach allen Seiten um. »Lemmy, wir müssen hier weg, die werden überall im Umkreis nach uns suchen, wir müssen …«

Doch mehr hörte ich nicht mehr, denn in diesem Moment kippte meine Welt und ich versank irgendwo in tiefer, tonloser Schwärze.

Das war's dann wohl

Als ich wieder zu mir kam, fühlte ich mich im ersten Augenblick vollkommen desorientiert. Wo war ich? Was war geschehen? Ich hatte die Augen geschlossen und auch meine restlichen Sinne schienen noch nicht wieder gänzlich funktionsfähig zu sein. Alles war irgendwie dumpf und undeutlich.

Dann kehrte die Erinnerung zurück.

Das alte Fabrikgelände. Die gefangenen Indri. Unsere Flucht. Die Schüsse. Clayda, die versuchte, mich weiter durch den Dschungel zu ziehen.

Schlagartig schlug meine Verwirrung um in kalte Furcht. Ich versuchte, mich zu bewegen, und stöhnte leise, als ein dumpfer Schmerz durch meine rechte Seite zuckte.

Ach ja, richtig.

Da war ja was.

Und dann hörte ich es: Schritte, schwere Schritte, die näher kamen.

Mit rasendem Herzen lag ich da und lauschte.

Wo war ich eigentlich? Lag ich noch immer im Dschungel? Wie viel Zeit war vergangen? Hatten die Männer uns erwischt und irgendwo hin geschleift? Was war mit Clayda? War sie entkommen?

Jemand beugte sich über mich.

Ich hielt die Luft an.

»Hm«, hörte ich eine Männerstimme brummen. »Ich glaub', ich muss den Verband nachher nochmal wechseln.«

»Wird er wieder?« Das war Claydas Stimme.

»Keine Sorge, so schlimm ist es nicht – da hab' ich schon übleres gesehen«, erwiderte die Männerstimme. »Na, sieh an! Ich glaub', er kommt zu sich.«

Da offenbar nicht die Gefahr bestand, dass ich innerhalb der nächsten Augenblicke von dem Unbekannten gemeuchelt wurde, öffnete ich die Augen.

Das Erste, was ich sah, war ein Bart – ein dichter, grauer Vollbart. Das dazugehörige Gesicht war wettergegerbt, tiefschwarz und von ebenso grauem Haar umgeben, das in fingerdicken Filzlocken herunter hing. Eine wild aussehende Narbe zog sich quer über die linke Wange und Schläfe, haarscharf am Auge vorbei.

»Alles fit, Kamerad?«

»Was ist passiert? Wo bin ich?«, fragte ich und drehte den Kopf ein wenig.

Ganz offensichtlich befand ich mich zumindest nicht mehr dort, wo ich das Bewusstsein verloren hatte, denn ich lag in einem einfachen Bett; über mir spannte sich ein dichtes Geflecht aus dünnen Zweigen und Palmwedeln, die offenbar zu einer Art Dach gewoben waren. Um mehr zu erkennen, reichte das schwache Licht nicht aus; es war gelblich warm, konnte also nicht von einer Syranidlampe herrühren.

»Wie geht es dir?« Clayda hatte sich auf einem Hocker neben dem Bett nieder gelassen und blickte besorgt auf mich hinunter. Sie trug noch immer das orangene Kleid, das ihr jedoch verdreckt, zerrissen und klamm am Körper klebte.

»Schwer zu sagen«, murmelte ich und versuchte, mich aufzurichten.

»Whoa, langsam, Kamerad!«, mahnte der Bärtige und legte mir eine große, schwielige Pranke auf die Brust. »Sonst kippst du mir gleich wieder aus den Latschen.«

Erst jetzt registrierte ich, dass ich kein Hemd mehr trug, sondern mit freiem Oberkörper da lag; um meinen Bauch war ein Verband gewickelt, der an der rechten Seite mit dunklem Blut vollgesogen war.

»Ich lass euch zwei Hübschen mal alleine; muss eh nach der Suppe schauen.« Er erhob sich und stapfte davon.

»Wer ist das?«, fragte ich leise, als er außer Hörweite war.

»So ganz sicher bin ich mir da auch nicht«, erwiderte Clayda. »Er haust ganz allein in einer Hütte hier draußen im Nirgendwo. Nennt sich selbst Panzer-Porter.«

»Panzer-Porter?«, wiederholte ich.

»Frag nicht.« Sie schüttelte den Kopf. »Aber er scheint in Ordnung zu sein. Er hat dich ziemlich fachgerecht wieder zusammengeflickt.«

»Was ist passiert?«, fragte ich wieder. »Nachdem ich umgekippt bin, meine ich.«

»Ich habe uns in einer kleinen Höhle zwischen den Wurzeln eines Baumes versteckt«, erzählte sie. »Als die Männer von Thertes die Suche aufgegeben haben, habe ich dich weiter getragen – na ja, streng genommen eher geschleift. Jedenfalls habe ich versucht, die Straße zu finden, aber stattdessen bin ich diesem komischen Kauz über den Weg gelaufen. Er meinte, er hätte Schüsse gehört und wollte nachsehen, was da vor sich geht. Er hat uns in die Hütte hier gebracht – frag mich nicht, wo genau wir sind, ich weiß nicht einmal, wie lange wir durch den Dschungel getrottet sind. Aber das alles hat Zeit bis morgen. Vorerst sind wir hier in Sicherheit – hoffe ich.«

Erschöpft fuhr sie sich mit der Hand über die Augen.

»So, das Essen ist fertig!« Panzer-Porter, wie er sich nannte, war zurück. Ich wandte den Kopf in seine Richtung – nun erst wurde mir klar, was für ein Bär von einem Mann er war. Er hatte eine Blechschüssel und einen Löffel in der Hand.

»Versuch nochmal, ob du dich aufsetzen kannst, Kamerad, aber schön langsam«, forderte er mich auf. Ich stützte mich vorsichtig auf die Ellenbogen und brachte mich mit Claydas Hilfe in eine halbwegs sitzende Position. Dankend nahm ich die Schale mit der Suppe entgegen und begann vorsichtig zu löffeln.

Es war ein einfacher Gemüseeintopf, aber er schmeckte ausgezeichnet. Vermutlich hätte ich das aber in meiner derzeitigen Verfassung über jede Art von Nahrung gesagt.

Panzer-Porter ließ sich auf einem Stuhl neben dem Bett nieder, lehnte sich zurück und verschränkte die Arme vor der breiten Brust.

»Also ich will ja nicht zu neugierig erscheinen, aber – was beim Arsch des Kaisers ist euch eigentlich da draußen passiert?«, fragte er und musterte uns forschend aus seinen dunklen Augen.

Clayda und ich warfen uns kurze Blicke zu. Wie viel konnten wir ihm erzählen? Was, wenn er mit Thertes unter einer Decke steckte? Andererseits – warum hätte er uns dann helfen sollen?

»Wir hatten ein wenig … Ärger mit den falschen Leuten«, sagte ich schließlich.

»Ha!« Ein breites Grinsen teilte sein schwarzes Gesicht und entblößte erstaunlich makellose Zähne. »Darauf wäre ich ja nie gekommen.«

Als ich noch immer zögerte, mehr zu erzählen, hob er beschwichtigend die Hände.

»Ist schon in Ordnung – vermutlich 'ne streng geheime Sache, was?« Er zwinkerte verschwörerisch. »Ihr müsst es mir auch nicht erzählen. Wer immer euch da ins Jenseits befördern wollte, hier seid ihr erstmal sicher. Iss deine Suppe auf, danach schau ich nochmal nach der Schusswunde.«

Er stand auf und ging wieder nach draußen. Ich musterte Clayda, während ich weiter meine Suppe löffelte. Sie war blass und wirkte ziemlich mitgenommen – kein Vergleich zu der unnahbaren Perfektion, die sie sonst zur Schau trug.

»Danke«, sagte ich schließlich.

»Hm?« Sie schreckte hoch und blickte mich fragend an.

»Du hast mir das Leben gerettet.«

»Oh«, machte sie. »Ja, vermutlich.«

Ruckartig stand sie auf und begann unruhig auf und ab zu gehen. Ich löffelte ein paar Momente schweigend weiter.

»Spuck's aus«, sagte ich schließlich und stellte die Blechschüssel zur Seite.

»Was?« Sie blieb stehen und warf mir einen fragenden Blick zu.

»Worüber zerbrichst du dir den Kopf?«, fragte ich. »Ganz offenbar ja nicht über meinen gesundheitlichen Zustand.«

Mit einem Seufzer ließ sie sich wieder auf dem Hocker neben dem Bett nieder.

»Ich bekomm diesen Anblick einfach nicht aus meinem Kopf«, sagte sie. »Es war wie … als wären wir mitten in einen Alptraum gestolpert. Wie kann man jemandem so etwas nur antun? Als wären sie Tiere – weniger als Tiere!« Sie stockte und schüttelte den Kopf. »Wir müssen sie da rausholen, irgendwie.«

Ich schwieg.

»Was bezweckt Thertes damit?« Clayda sah mich grübelnd an. »Ich meine – es ist ein Waffenkonzern, nicht? Was haben sie vor? Warum halten sie die Leute dort fest, um … um sie *anzuzapfen*?« Sie schauderte leicht.

»Ich weiß es nicht«, sagte ich und schüttelte den Kopf. »Und ich bin mir nicht sicher, ob wir weiterhin versuchen sollten, es herauszufinden.«

Clayda starrte mich an.

»Was?«, fragte sie fassungslos. »Willst du damit sagen, du gibst auf?«

»Uns bleibt nicht wirklich eine Wahl, würde ich sagen. Das ist eine Nummer zu groß für uns. Sagen wir der Polizei, was wir herausgefunden haben. Sollen die sich darum kümmern.«

Clayda schnaubte ungläubig.

»Und du glaubst im Ernst, dass das etwas bringt?«, fragte sie verächtlich. »Du bist sowas von naiv. Die Polizei hat bisher nichts unternommen, sie werden auch jetzt nicht eingreifen. Im schlimmsten Fall haben wir eine Klage wegen Einbruch und Hausfriedensbruch am Hals. Nein, wir sind auf uns gestellt.«

»Und was willst du dann tun? Dort ein zweites Mal einbrechen, jetzt, wo sie alarmiert sind, dass ihnen jemand auf die Schliche gekommen ist, und versuchen, die Indri zu befreien? Also ich bin nicht scharf darauf, mich nochmal mit diesen schießwütigen Kerlen anzulegen.«

»Wir können nicht einfach *nichts* tun«, rief Clayda aufgebracht. »Wie kann dich das so kalt lassen?«

»Es lässt mich nicht kalt!«, gab ich hitzig zurück. »Mir wird übel, wenn ich daran denke, was sie diesen Leuten dort antun!« Ich holte tief

Luft und fuhr in ruhigerem Ton fort: »Schau dir doch mal an, wo wir stehen: Wir haben keine Beweise für das, was wir gesehen haben. Wir haben offenbar auch niemanden, an den wir uns wenden könnten, wenn die Polizei ausscheidet. Niemand wird uns Glauben schenken.«

»Vielleicht ja doch«, beharrte Clayda. »Wenn du darüber schreibst, die Leute wachrüttelst …«

Ich lachte freudlos.

»Jetzt bist *du* naiv«, erwiderte ich. »Wenn ich meiner Chefin mit dieser Story komme, wird sie mir einen Vogel zeigen und mir nahelegen, fortan bei irgendeinem Klatschblatt mit Vorlieben für Verschwörungstheorien mein Glück zu versuchen. Und selbst wenn diese Story aus welchen Gründen auch immer im Hornstädter Boten gedruckt würde – niemand würde sie glauben. Ein Waffenkonzern, der Indri gefangen hält und als Syranidquelle benutzt? Das klingt nach einem zweitklassigen Groschenroman. Wenn ich es nicht selbst gesehen hätte, würde ich das auch denken – und wenn du ehrlich bist, du auch.«

Clayda warf mir einen vernichtenden Blick zu, doch ihre zusammengekniffenen Lippen sprachen eine deutliche Sprache. Sie wusste, dass ich Recht hatte.

»Und was jetzt?«, meinte sie schließlich mit gepresster Stimme. »Fahren wir einfach nach Hause und tun so, als wäre nichts geschehen? Vergessen das Ganze? Lassen die Gefangenen im Stich und all jene, die Thertes noch verschleppen wird?«

Ich fuhr mir über die Augen.

»Wir können zumindest weitere Opfer verhindern. Feuer diesen Timmler und sorg dafür, dass niemand außer Dr. Carravas Zugriff auf die Krankenakten hat.«

»Und den Familien der bisherigen Opfer sage ich dann – was? Dass wir wissen, wo ihre Angehörigen, ihre Kinder sind, dass ihnen schreckliches angetan wird, aber dass wir sie von dort nicht retten können?«

»Clayda, bitte«, sagte ich erschöpft. »Glaubst du, mir fällt das leicht?«

Ich griff nach ihrer Hand, doch sie zog sie zurück und erhob sich hastig.

»Ich … ich brauch kurz frische Luft«, sagte sie mit abweisender Stimme. »Das ist alles … entschuldige mich.«

Ich sah ihr schweigend nach, wie sie schnellen Schrittes die kleine Hütte verließ. Sie hatte ja Recht. Verdammt nochmal, und wie sie Recht hatte! Wir wussten, was Thertes den Indri antat. Wir hatten es mit eigenen Augen gesehen und der Anblick steckte auch mir noch tief in den Knochen. Die Vorstellung, einfach untätig zu bleiben, drehte mir den Magen um.

Mit einem Seufzen lehnte ich den Kopf nach hinten und schloss die Augen. Ich hatte mich noch nie in meinem Leben so machtlos gefühlt – und ich mochte dieses Gefühl nicht. Ganz und gar nicht. Aber noch weniger mochte ich die Aussicht, erschossen zu werden.

Vier Tage blieben wir in der kleinen Hütte im Dschungel. Am ersten Morgen machte Clayda sich gemeinsam mit Panzer-Porter früh auf den Weg, um unseren Mietwagen zu holen, der noch immer irgendwo im Gebüsch neben der Straße in der Näher der alten Fabrik stand. Es fiel mir nach wie vor schwer, unseren merkwürdigen Retter einzuschätzen; nach seinen Worten zu urteilen hatte er im Krieg auf Seiten der Kaiserlichen gekämpft und war desertiert, als die Niederlage unausweichlich erschienen war – allerdings angeblich nur, um sich bedeckt zu halten, bis die Kaiserlichen sich wieder erheben würden. Tatsächlich hing an einer Wand in seiner Hütte ein altes Porträt des Kaisers, vor dem eine Kerze brannte, und gelegentlich hörte ich Porter alte Kriegslieder vor sich hin singen *(Hin und wieder summte er auch eine andere Melodie, die sich eher nach einem Kinderlied anhörte, was mich noch mehr irritierte).* Zudem bewahrte er in einem kleinen Schuppen neben seiner Hütte eine ansehnliche Sammlung verschiedener Waffen auf, bei denen ich mir nicht sicher war, ob er sie bei seiner Desertion mitgenommen oder sich in den späteren Jahren irgendwo besorgt hatte.

Claydas Zorn und Empörung war mittlerweile einer abgeklärten Resignation gewichen. Sie schien eingesehen zu haben, dass uns die Hände gebunden waren – zu meiner großen Enttäuschung ging diese

Erkenntnis aber auch Hand in Hand mit einer deutlichen Distanz, die sie zu mir aufbaute.

Panzer-Porter versorgte weiterhin meine Verletzung, wechselte regelmäßig meinen Verband, desinfizierte die heilende Wunde mit einer fürchterlich brennenden Flüssigkeit, die mir die Tränen in die Augen trieb, und ließ mich mehrmals am Tag kleine weiße Pillen schlucken, bei denen es sich laut seiner Aussage um ein spezielles Breitbandantibiotikum handelte, das verhindern sollte, dass die Wunde sich entzündete. Was mir am meisten zu schaffen machte, war das strikte Alkoholverbot, das er ausgesprochen hatte, solange die Wunde heilte – was hätte ich nicht für einen Schluck guten Whiskys gegeben, um die Schmerzen und alles andere zu vergessen! Da allerdings mein Flachmann während unserer Flucht irgendwo im nächtlichen Dschungel abhandengekommen war, hatte ich gar keine andere Wahl, als mich zu fügen.

Die ersten zwei Tage verbrachte ich hauptsächlich mit Schlafen und Essen, am dritten erlaubte Porter mir, mein Lager zu verlassen und ein paar Schritte vor der Hütte zu gehen, auch wenn ich noch immer etwas zittrig auf den Beinen war. Seit dem Vortag hatte ich mit Kopfschmerzen zu kämpfen, die auch durch viel Wasser trinken nicht besser wurden, was nicht gerade dazu beitrug, meine Grundstimmung zu heben. Ich trug eines von Porters Hemden, da meines durch die Schusswunde und die anschließende Verarztung nur noch ein Haufen blutiger Fetzen war. Auch Clayda hatte sich mittlerweile von ihrem schmutzigen und durchnässten Kleid getrennt und es durch ein Hemd und eine Hose von Porter ersetzt. Die Klamotten waren ihr einige Nummern zu groß und so musste sie sowohl die Hosenbeine als auch die Ärmel des karierten Hemdes mehrfach umschlagen. Ihre dunklen Locken hatte sie ungekämmt im Nacken zusammengebunden und ihrem Gesicht fehlte jegliche Schminke. Sie stand mit einer Cigarette zwischen den Fingern ein paar Meter von der Hütte entfernt und starrte in die grünen Tiefen des Dschungels. Von ihren Fingernägeln blätterte der orangene Nagellack.

»Weißt du, ich hab‘ zwar keine Ahnung, was da eigentlich zwischen euch passiert ist, Kamerad, aber du solltest mit deinem Mädel reden.«

Porter kam mit feuchtem Oberkörper und nichts weiter als einem Handtuch um die Hüften aus der kleinen Dusche hinter seiner Hütte. Seine grauen Locks reichten durch das Gewicht des Wassers bis auf seine schwarz schimmernde Brust hinunter. »So eine wie die findest du nicht an jeder Straßenecke.«

»Was?«, fragte ich etwas perplex und mein Blick blieb vielleicht ein wenig zu lange an seinem muskulösen Oberkörper hängen. Dann begriff ich, was er meinte. »Oh, nein, wir sind nicht … ich meine … sie ist nicht …«

»Hm«, brummte Porter nur und warf mir einen langen Blick zu.

Am späten Nachmittag des vierten Tages beschlossen wir schließlich, zurück nach Neu Herryskoog zu fahren. Porter hatte meine Wunde zwar erstaunlich gut versorgt, dennoch war auch er der Meinung, dass es sicherlich besser wäre, das Ganze noch einmal von einem richtigen Arzt in Augenschein nehmen zu lassen. In ein Krankenhaus zu fahren wollten wir nicht riskieren, aber Clayda schlug vor, Grigur um seine fachmännische Meinung zu bitten.

»Er ist zwar eigentlich Internist und kein Chirurg, aber immerhin ist er Arzt«, meinte sie und fügte an Porter gewandt hinzu: »Bitte nicht falsch verstehen.«

»Hey, kein Problem«, grinste dieser und hob die Hände. »Ich war meiner Zeit auch eher für's Löcher machen als flicken zuständig.«

Wir schwiegen während der kompletten Fahrt und ich hatte das Gefühl, dass diese ganze unselige Geschichte wie eine Wand aus Eis zwischen uns stand. Und mir fiel beim besten Willen nichts ein, was ich dagegen hätte tun können.

Es dämmerte bereits, als wir unser Hotel erreichten. Clayda parkte den Leihwagen auf dem Parkplatz neben dem Gebäude und wir betraten die Eingangshalle. Sie war wieder einmal beinahe menschenleer, nur der alte Barkeeper polierte in aller Seelenruhe an einem seiner Gläser herum und hinter der Rezeption stand die junge Frau mit den dunklen

Haaren. Sie starrte uns mit großen Augen an, als wir hinüber zur Treppe gingen – ich konnte es ihr nicht verdenken. Wir hatten beide seit zwei Tagen kein richtiges Badezimmer mehr gesehen und trugen noch immer Porters Klamotten. Vermutlich fragte sie sich, was wir während der letzten vier Tage, die wir verschwunden gewesen waren, getrieben hatten.

»Du kannst als erstes ins Badezimmer, wenn du möchtest«, sagte Clayda, als wir unser Zimmer betraten. »Ich kümmere mich in der Zwischenzeit um die nächstmögliche Schiffspassage zurück nach Gamarien.«

Ich zögerte einen kurzen Moment, doch sie wandte mir demonstrativ den Rücken zu und begann in ihrer Tasche nach Wer-weiß-was zu kramen. Für einen kurzen Moment war ich drauf und dran, sie zur Rede zu stellen, weil mich ihre abweisende Art kolossal nervte – allerdings waren meine Kopfschmerzen immer noch nicht besser geworden und ich war in meinem momentanen Zustand nicht unbedingt erpicht auf Streit. Also schlurfte ich resigniert hinüber ins Badezimmer und wusch mich, so gut es ging, ohne den Verband über der nur langsam heilenden Wunde allzu sehr zu durchnässen *(was sich, nebenbei bemerkt, als verdammt kompliziert herausstellte – ich fluchte dabei unentwegt und setzte den halben Raum unter Wasser).*

Eine Viertelstunde später verließ ich das Bad und ließ mich mit zusammengebissenen Zähnen auf das Sofa in der Zimmerecke sinken – zu viel Bewegung tat der Wunde ganz offensichtlich immer noch nicht gut.

Clayda musterte mich besorgt.

»Ich fahr dich nachher zu Grigur.«

Ich nickte nur und schloss die Augen, während ich hörte, wie Clayda nun ihrerseits im Badezimmer verschwand. Insgeheim war ich aber froh, dass sie zumindest wieder mit mir sprach und sich wohl auch Sorgen um mich machte.

Wenn ich ehrlich war, bereitete mir die Schusswunde weit weniger Kopfzerbrechen, als man hätte meinen können. Wesentlich größer wog in meinen Augen das Problem, dass ich nun wieder ohne eine Story da stand. Und die Zeit lief mir davon. Woher sollte ich innerhalb weniger

Tage noch einen passablen Skandal nehmen, der meine Chefin davon überzeugte, mich nicht zu feuern?

Eine Weile versank ich in verdrießliche Grübeleien. Schließlich erhob ich mich mit einem Seufzer vom Sofa und trat hinüber ans Fenster. Unter mir schimmerten die Dächer Neu Herryskoogs im Mondlicht und in der Ferne glitzerte das Meer. Ein idealer Urlaubsabend – wenn ich denn im Urlaub gewesen wäre.

Ich wollte mich gerade wieder abwenden, als mich etwas unten auf der Straße stutzen ließ. Ein schwarzer Lieferwagen mit verspiegelten Scheiben war gerade vorgefahren und hatte auf der gegenüberliegenden Straßenseite im bläulichen Lichtkegel einer Straßenlaterne geparkt. Ich kniff leicht die Augen zusammen; irgendetwas an diesem Wagen behagte mir nicht. Einen kurzen Moment geschah nichts. Dann öffneten sich die Türen und sechs Männer in schlichten schwarzen Anzügen stiegen aus. Sie trugen Sonnenbrillen und wirkten definitiv nicht, als seien sie Touristen. Das ungute Gefühl verstärkte sich, als die Männer sich kurz nach allen Seiten umsahen und dann ruhig, aber zielstrebig auf den Hoteleingang zu steuerten.

Au Backe.

Das war gar nicht gut.

Auf der Flucht

Ich klopfte mit den Fingerknöcheln gegen die Badezimmertür.

»Clayda? Wir haben vielleicht ein Problem. Ziemlich sicher sogar.«

»Was ist denn?«, drang es durch die geschlossene Tür.

»Da sind grade sechs Anzugträger aus einem Lieferwagen mit verspiegelten Scheiben ausgestiegen und betreten vermutlich in diesem Moment unser Hotel«, erklärte ich. »Und sie wirkten wie … Na ja, du weißt schon. Welche von der unangenehmen Sorte.«

Ich warf einen weiteren nervösen Blick aus dem Fenster, dann hinüber zu unserer Zimmertür. Draußen im Flur blieb es still, doch das musste nichts heißen.

Dann ging die Badezimmertür auf.

»Lass uns gehen«, meinte Clayda nur und griff nach ihren Wanderschuhen und ihrer Handtasche. Sie trug wieder eines ihrer leuchtend bunten Kleider, diesmal in einem kräftigen Fuchsia. Ihre Haare waren noch nass und sie war ungeschminkt.

Wir verließen unser Zimmer und eilten durch den dunklen Flur hinüber zur Treppe, die hinunter in die Eingangshalle führte. Von unten hörte ich Stimmen; sie sprachen Senabrisch.

»Kannst du verstehen, was sie sagen?«, fragte ich leise. Clayda schlich, barfuß wie sie war, näher an den Treppenabsatz heran und ging in die Hocke. Ihr Gesicht verdüsterte sich.

»Sie suchen nach uns«, flüsterte sie.

»Und was jetzt?«, fragte ich mit klopfendem Herzen.

Clayda richtete sich auf und warf einen Blick auf meine verletzte Seite.

»Aus dem Fenster klettern scheidet wohl aus. Dann bleibt uns nur –« Sie brach ab. »Verdammt. Sie kommen hoch«, flüsterte sie und packte mich am Arm. Hastig zerrte sie mich ein paar Meter den Flur entlang in die entgegengesetzte Richtung.

Wir drückten uns je in eine der Türnischen, die zu beiden Seiten die Wände des Flures durchbrachen. Ich warf einen besorgten Blick um die Ecke in Richtung Treppe; hoffentlich war es im Flur dunkel genug, sodass unser improvisiertes Versteck unbemerkt blieb.

Schritte kamen die Treppe hinauf. Ich presste mich tief in den Schatten der Türnische und hielt die Luft an. Mir gegenüber tat Clayda dasselbe.

Die Schritte klangen nun gedämpfter, als die Männer auf dem Treppenabsatz ankamen. Ich hörte das charakteristische Klicken eines Lichtschalters und mir stockte kurz der Atem, doch es blieb dunkel im Flur. Leise gemurmelte Worte wehten zu uns hinüber, dann entfernten sich die Schritte langsam in die entgegengesetzte Richtung den Flur entlang.

Clayda suchte meinen Blick, legte einen Finger auf die Lippen und bedeutete mir dann, ihr zu folgen.

Wir huschten aus den dunklen Türnischen über den Teppichboden hinüber zur Treppe. Als ich einen flüchtigen Blick den Flur entlang warf, konnte ich schemenhaft ein paar dunkle Gestalten ausmachen, die in Richtung unseres Zimmers gingen.

Wir schlichen, so schnell es ging, die Treppe hinunter. Mit klopfendem Herzen lauschte ich auf die Geräusche aus dem oberen Stockwerk. Man hörte erst ein dumpfes Klopfen, dann kurze Stille, eine Tür wurde geöffnet – und dann rief eine Männerstimme etwas auf Senabrisch und Clayda packte mich am Arm. »Lauf!«, zischte sie und zerrte mich mit sich. Wir polterten die restlichen Stufen hinunter ins Erdgeschoss, nun überhaupt nicht mehr auf Heimlichkeit bedacht. Von oben hörte ich rennende Schritte – sie waren uns auf den Fersen.

Clayda nahm die letzten drei Stufen im Sprung – und kam abrupt zum Stehen, den rechten Arm nach hinten ausgestreckt, um mich zu bremsen.

Mir stockte der Atem.

Sechs Männer hatte ich das Hotel betreten sehen und ganz offensichtlich waren nicht alle von ihnen hinauf in den ersten Stock gestiegen, denn wir sahen uns drei unangenehmen Zeitgenossen in schwarzen

Anzügen und Sonnenbrillen gegenüber, die uns den Weg nach draußen versperrten. Hinter uns eilten Schritte die Treppe hinunter; wir saßen in der Falle.

Mein Blick huschte kurz hinüber zu der dunkelhaarigen Rezeptionistin, die das Geschehen mit großen Augen verfolgte. Als unsere Blicke sich trafen, sah sie rasch weg und begann, irgendetwas hinter der Theke zu kramen; von ihrer Seite war wohl keine Hilfe zu erwarten. Und auch der alte Barkeeper machte keinerlei Anstalten, das Polieren seiner Gläser zu unterbrechen.

Die sechs Anzugträger schlossen nun gemächlich den Kreis um uns und einer von ihnen – scheinbar der Anführer – nahm mit einem fürchterlich falschen Lächeln die Sonnenbrille ab und enthüllte stechend eisblaue Augen.

»Guten Abend«, sagte er in fließendem Gamarisch. »Fräulein Asprion, nehme ich an?«

Clayda erwiderte nichts, was Eisauge wohl als Zustimmung nahm, denn er nickte zufrieden.

»Wir sind hier, um Sie zu Herrn VenTresko zu begleiten; er hat dringend darum gebeten, Sie und Ihren Begleiter zu sprechen.« Sein Lächeln war ebenso kalt wie seine Augen.

»Das ist sehr nett von Herrn – äh – VenTresko, aber wir müssen leider ablehnen. Wir sind bereits anderweitig verplant«, erwiderte ich; ich hoffte, dass sie vor Zeugen nicht wagen würden, Hand an uns zu legen.

»Zu schade.« Eisauge griff in die Innentasche seines Jacketts und zog ein Foto heraus. »Vielleicht sollten Sie Ihre Pläne noch einmal überdenken. Ihrer Gesundheit zuliebe.«

Sein Lächeln wurde – sofern das überhaupt möglich war – noch eine Spur kälter, als er uns das Bild reichte.

Das Foto zeigte den Kopf von Flinn Timmler – und zwar nur den Kopf, der in einer dunkel schimmernden Lache lag, die verdächtig nach Blut aussah. Der Rest seines Körpers schien ihm abhandengekommen zu sein.

Wissen Sie, es gibt Dinge, die man in seinem Leben lieber nicht zu Gesicht bekommen möchte – und das Bild eines abgetrennten Kopfes gehört unzweifelhaft dazu. Noch dazu, wenn man den zugehörigen Besitzer erst vier Tage zuvor *(waren tatsächlich erst vier Tage vergangen? Mir kam es vor, als seien es Wochen!)* in quicklebendigem Zustand verhört hat und der Verlust seines Kopfes mit an Sicherheit grenzender Wahrscheinlichkeit in direktem Zusammenhang mit eben jener Befragung steht.

Ich schluckte und versuchte, mir meinen Schock nicht anmerken zu lassen. Wir waren geliefert. Rasch ging ich im Kopf unsere Möglichkeiten durch, doch es fiel mir schwer, mich zu konzentrieren. Vielleicht bestand die Chance, uns irgendwie aus der ganzen Nummer heraus zu reden, auch wenn es mir im Moment nicht sonderlich wahrscheinlich erschien.

Während ich noch fieberhaft nach einer Lösung suchte, brach Clayda neben mir plötzlich in Tränen aus und sackte in sich zusammen. Verwirrt und bestürzt ging ich neben ihr in die Hocke und legte behutsam einen Arm um sie. Ihre Reaktion irritierte mich noch mehr, denn mit lautem Schluchzen warf sie die Arme um mich und vergrub ihr Gesicht an meinem Hals.

»Hey, alles in Ordnung?«, fragte ich ein wenig überfordert.

Clayda klammerte sich weiterhin an mir fest und dann spürte ich ihre Lippen dicht an meinem Ohr.

»Wenn ich ›jetzt‹ sage, renn zur Tür«, flüsterte sie. Ich war einen Augenblick zu perplex, um zu reagieren. Dann schlang sie ihre Arme plötzlich um meinen Kopf und zog mein Gesicht schützend an ihre Schulter heran.

Im nächsten Moment zerbarst der Kronleuchter über unseren Köpfen.

Augenblicklich senkte sich Dunkelheit über uns, ich hörte erstauntes Rufen und Schmerzensschreie, als hunderte Splitter feinen Kristallglases auf die Männer nieder prasselten, und dann flüsterte es »jetzt!« neben meinem Ohr.

Mir blieb keine Zeit, mich zu wundern, denn Clayda war bereits aufgesprungen, hatte dem Geräusch nach zu urteilen dem ersten Mann, der ihr den Weg versperrte, mit Schwung ihr Knie in die Weichteile gerammt und hechtete nun durch die fast gänzlich dunkle Eingangshalle auf den Ausgang zu. Ich beeilte mich, ihr zu folgen, mit dem unguten Gefühl, dass diese Art der körperlichen Betätigung dem Heilungsprozess meiner Wunde vermutlich alles andere als zuträglich war.

Wir rannten den Kiesweg entlang, der hinüber zum Parkplatz führte, während hinter uns wütende Rufe zu hören waren. Die Männer hatten die Verfolgung aufgenommen.

»Hast du 'nen Plan?«, keuchte ich, krampfhaft darum bemüht, mit Clayda Schritt zu halten und die Schmerzen in meiner Seite zu ignorieren.

Anstelle einer Antwort sprintete Clayda auf den Leihwagen zu – und daran vorbei. Verwirrt folgte ich ihr hinüber zu ihrem weißen Cabrio, das einige Plätze weiter stand.

»Steig ein«, wies sie mich knapp an, warf Handtasche und Wanderschuhe in den Beifahrerfußraum und sprang selbst hinter das Steuer. Ich hatte noch nicht richtig Platz genommen, als sie den Motor schon aufheulen ließ und mit durchdrehenden Reifen aus der Parklücke herausbrach. Ich warf einen besorgten Blick zurück in Richtung des Hotels, während Clayda den Wagen zwischen den parkenden Autos hindurch manövrierte. Unsere Verfolger hatten sich aufgeteilt; drei von ihnen rannten zurück zu dem Lieferwagen, mit dem sie hergekommen waren, die anderen drei folgten uns zu Fuß. Sie waren nun fast auf Höhe des Leihwagens.

»Clayda, sie sind ...«, setze ich an, doch sie unterbrach mich.

»Kopf runter!«, herrschte sie mich an, den Blick hochkonzentriert auf den Rückspiegel gerichtet. Ich hatte mittlerweile aufgegeben, ihre Kommandos zu hinterfragen; zu oft innerhalb der letzten Tage hatten sie mir den Arsch gerettet. Also zog ich den Kopf zwischen die Schultern – und im nächsten Augenblick zerriss eine gewaltige Explosion die Nacht, tauchte den gesamten Parkplatz und das Hotel für einen Moment in gleißend helles weißblaues Licht und brachte meine Ohren zum

Klingeln. Im Rückspiegel sah ich fassungslos die brennenden, geborstenen Überreste unseres Leihwagens.

Sie wissen ja, was man sagt: Echte Männer scheren sich nicht um Explosionen. Nun, offensichtlich bin ich kein echter Mann. Ich machte mir fast in die Hosen, als der Wagen in die Luft ging.

»Heilige Scheiße!«, fluchte ich lautstark. »Was bei allen neun Höllen war das?« Überall hinter uns regneten Metallteile auf die restlichen Autos nieder und von den drei Anzugträgern, die uns eben noch zu Fuß nachgestellt hatten, fehlte mit einem Mal jegliche Spur.

»Eine Bombe, die wohl für uns bestimmt war«, erwiderte Clayda grimmig und riss das Steuer scharf herum. »Für den Fall, dass wir abhauen.« Sie bretterte ungebremst vom Parkplatz herunter auf die Straße und raste mit Vollgas davon.

Mein Herz hämmerte noch immer in schnellem Stakkato und ich warf einen Blick in den Seitenspiegel. Gegen die Flammen des lichterloh brennenden Autowracks konnte ich den dunklen Lieferwagen sehen, der sich an unsere Fersen heftete.

»Sie folgen uns.«

»Ich weiß«, erwiderte Clayda. »Aber nicht mehr lange.«

Die Reifen quietschten laut auf und sie bog mit voller Geschwindigkeit in eine Seitenstraße ein. Es knirschte und kreischte unschön, als der Wagen kurz an einem Stück Mauer entlang schrammte, ehe Clayda ihn wieder auf der Spur hatte. Ich klammerte mich an meinem Sitz fest; meine Wunde hatte wieder begonnen, dumpf pochenden Schmerz durch meinen Körper zu jagen. Wenn VenTreskos Männer uns nicht kalt machten, dachte ich in einem Anflug von Galgenhumor, dann schaffte Clayda es mit ihrem halsbrecherischen Fahrstil ganz sicher auch selbst.

Im Zickzack rasten wir durch die Straßen Neu Herryskoogs. Ich hatte längst jegliche Orientierung verloren und nicht den blassesten Schimmer, wo Clayda eigentlich hin wollte. Vielleicht versuchte sie auch nur, unsere Verfolger lange genug an der Nase herumzuführen, bis sie uns aus den Augen verloren. Dann jedoch bemerkte ich, dass wir uns offenbar langsam dem Stadtrand näherten, allerdings in einer Richtung, die wir bisher noch nicht eingeschlagen hatten, nämlich nach Norden. In dieser Richtung erstreckte sich die Stadt noch ein ganzes Stück weiter am Meer entlang; es waren hauptsächlich Hafenanlagen und große Lagerhallen, die hier standen, und zu dieser späten Stunde war keine Menschenseele mehr auf den Straßen zu sehen.

»Clayda«, wagte ich schließlich, zu fragen, als wir eine lange Straße zwischen großen Industriebauten entlang rasten, den schwarzen Lieferwagen noch immer im Nacken, »was genau hast du vor?«

Statt einer Antwort riss sie abermals das Steuer scharf herum und bog in eine weitere Seitenstraße ein. Ich stöhnte leise auf vor Schmerz.

»Schau mal in meine Handtasche«, erwiderte sie nach einem kurzen prüfenden Blick in den Rückspiegel. »Da ist 'ne Spengler A17.«

Ich hatte keine Ahnung, wovon sie sprach, aber angelte dennoch ihre Handtasche zwischen meinen Füßen hervor – und schnappte nach Luft.

»Scheiße, du hast 'ne verdammte Pistole in der Handtasche?!«, fragte ich fassungslos.

»Nimm sie«, erwiderte Clayda. »Und dann ziel auf den Wagen hinter uns.«

»Ich hab' keine Ahnung, wie man mit sowas umgeht!«

»Du sollst nicht schießen. Nur zielen«, antwortete sie ungeduldig. »Na mach schon!«, fügte sie hinzu, als ich nicht sofort reagierte.

Ich schüttelte kurz verwirrt den Kopf, tat dann aber wie befohlen. Mit schmerzverzerrtem Gesicht drehte ich mich auf meinem Sitz um, die schwere Pistole in der Hand und zielte mit ihr auf den Wagen unserer Verfolger.

Im nächsten Augenblick barst erst der eine, dann der andere Frontscheinwerfer des Kastenwagens. Irritiert starrte ich auf die Waffe in meiner Hand. Ich hatte doch überhaupt nichts gemacht und es hatte sich auch ganz sicher kein Schuss gelöst. Doch ehe ich richtig Zeit hatte, mich zu wundern, riss Clayda erneut das Steuer herum, bog in eine dunkle Seitenstraße ein und schaltete das Licht aus. Mit aufheulendem Motor raste sie im Zickzack durch ein paar kleine Gassen zwischen Lagerhallen und Hafenanlagen, die nun in nächtlicher Finsternis lagen.

Ich sackte stöhnend auf meinem Sitz zusammen und biss vor Schmerz die Zähne zusammen. Schließlich verlangsamte sie ihr Tempo etwas und wir fuhren wieder auf eine größere Straße, die durch blasse Straßenlaternen erleuchtet wurde. Der Kastenwagen war irgendwo hinter uns in den dunklen Hafengassen verschollen. Clayda schaltete das Licht wieder ein und atmete hörbar durch.

Ich hielt noch immer die Pistole in der Hand und starrte darauf.

»Komm, pack sie wieder zurück, bevor du dir noch weh tust«, meinte Clayda mit einem belustigten Seitenblick. Das ließ ich mir nicht zweimal sagen. Hastig verstaute ich die Waffe wieder in ihrer Handtasche.

»Hast du dafür überhaupt eine Lizenz?«, fragte ich mit schwacher Stimme, obwohl das das Letzte war, was mich im Moment beschäftigte.

»Lizenz und Waffenschein«, erwiderte Clayda. »Eine notwendige Vorsichtsmaßnahme, wenn man viel in den Elendsvierteln von Neu Herryskoog unterwegs ist.«

Eine Weile fuhren wir schweigend die Straße entlang.

»Wo fahren wir hin?«, fragte ich schließlich.

»Zurück zu Porter«, erwiderte Clayda. »Das ist der einzige sichere Ort, der mir im Moment einfällt. Und die Flucht hat deine Wunde bestimmt auch nicht unbedingt besser gemacht.«

Ich warf ihr einen verwirrten Blick zu.

»Aber müssen wir dafür nicht nach Westen?«

»Ja.«

»Aber … jetzt sind wir nach Norden gefahren.«

»Ganz genau. Und das war auch das letzte, was unsere Verfolger von uns gesehen haben, ehe wir sie abgehängt haben.«

Den Rest der Fahrt beschränkte ich mich darauf, die Schmerzen in meiner Seite so gut es ging, zu ignorieren und darauf zu hoffen, dass es nicht so schlimm war, wie es sich anfühlte. Dass mein Hemd an der Seite langsam immer nasser und roter wurde, war allerdings wohl kein allzu gutes Zeichen.

Schließlich verlangsamte Clayda das Tempo; wir waren so nah an Porters Hütte, wie es uns mit dem Wagen möglich war. Vorsichtig lenkte sie das Cabrio so weit es ging in das Unterholz des senabrischen Dschungels. Wir holperten über den unebenen Waldboden und mussten die Köpfe einziehen, als Lianen, Äste und Farnwedel über uns hinweg glitten. Dass dieser kurze Querfeldeintripp dem Auto vermutlich alles andere als guttat, war uns in diesem Moment beiden herzlich egal.

Nach einem guten Dutzend Meter ging es nicht weiter; die Bäume standen hier zu dicht. Clayda schaltete den Motor ab und nächtliche Dunkelheit senkte sich über uns. Während ich mich unter Schmerzen mühsam aus dem Wagen kämpfte, begann Clayda Blätter, Zweige und Äste aus dem umliegenden Unterholz zusammen zu klauben und über dem Wagen auszubreiten. Außerdem beschmierte sie die weiße Außenhaut des Cabrios so gut es ging mit Dreck und Matsch. Ich wäre ihr gerne zur Hand gegangen, hätte ich meinen Beinen derzeit vertraut, mich zu tragen. Auf die Wurzel eines Urwaldriesen gesunken sah ich ihr schwer atmend dabei zu, wie sie Lage um Lage an Grünzeug und Gestrüpp über dem Wagen verteilte, bis er nicht mehr zu sehen war.

»Ich hoffe, das reicht«, murmelte sie schließlich und wischte sich die Hände an ihrem Kleid ab. »Komm.«

Clayda stützte mich, so gut sie konnte, während wir uns durch den dunklen Wald auf den Weg machten.

In Panzer-Porters Hütte brannte Licht und er kam uns mit geladener Flinte entgegen, als wir uns den schmalen Pfad zwischen den Bäumen entlang schleppten.

»Holla, Kameraden«, brummte Porter, als er uns erkannte, und ließ die Waffe sinken. »Wieder in Schwierigkeiten?« Sein Blick wanderte zwischen uns hin und her.

»*Noch* trifft es eher«, erwiderte Clayda, während Porter ihr zur Hand ging und mich ins Innere seiner Hütte bugsierte.

»Hm«, machte er und ich ließ mich mit seiner Hilfe auf das Bett nieder sinken. Vorsichtig half er mir, das Hemd auszuziehen, und begutachtete dann mit zusammengezogenen Brauen meine Seite.

»Schöne Scheiße«, meinte er. »Die ist wieder auf gegangen.« Sein Blick wechselte wieder kurz zwischen uns hin und her. »Ihr braucht mir meine gesamten medizinischen Vorräte auf, Kameraden! Ich gehe mal davon aus, es gibt 'nen guten Grund dafür, dass ihr ärztliche Ratschläge missachtet und«, er sah kurz auf die Uhr, »nach nicht einmal fünf Stunden schon wieder hier aufkreuzt?«

»Sind abgetrennte Köpfe und Autobomben Grund genug?«, gab ich leicht gereizt zurück.

Panzer-Porter hielt kurz inne und starrte mich an.

»Ich denke schon«, brummte er dann und widmete sich wieder meiner Wunde.

Und nun, da die unmittelbare Gefahr vorüber und wir vorerst in Sicherheit waren, begann der Adrenalinpegel zu sinken. Und damit kam das Zittern.

Ich weiß nicht, wie es Ihnen geht, aber wenn jemand innerhalb weniger Tage mehrfach versucht, mich umzubringen, dann schlägt das doch ein wenig aufs Gemüt. Ich hatte jedenfalls die Schnauze voll.

Als Porter fertig war, stand er wortlos auf und trat nach draußen; ich bekam gerade noch mit, wie er die Tür hinter sich schloss, dann übermannte mich die Erschöpfung und ich schlief ein.

Es war hell, als ich erwachte.

Ich hatte keine Ahnung, wie viel Zeit vergangen war, aber dem Tageslicht, dem hohlen Gefühl in meinem Magen und den leichten Kopfschmerzen nach zu urteilen mussten mehrere Stunden vergangen sein.

Clayda und Panzer-Porter waren nirgends zu sehen. Vorsichtig versuchte ich, mich aufzusetzen. Sofort machte sich die Wunde an meiner Seite schmerzhaft bemerkbar, aber der Schmerz war nicht mehr ganz so schlimm wie noch in der vergangenen Nacht.

Dafür nagte etwas anderes an mir.

Während ich unsere aktuell fatale Situation für die Dauer meines traumlosen Schlafes einigermaßen erfolgreich verdrängt hatte, kehrte sie nun mit aller Deutlichkeit zurück.

Wir stecken in der Scheiße. Und zwar knietief.

Ich lehnte mich zurück und schlug die Hände vors Gesicht, als könnte ich so die ganze Katastrophe einfach ausblenden.

Ich hörte, wie sich die Tür öffnete, und leise Schritte näher kamen. Das klang nicht nach Porter. Mit einem Auge lugte ich durch einen Spalt zwischen meinen Fingern.

Clayda ließ sich vorsichtig auf dem Stuhl neben mir nieder. Ich ließ die Hände sinken. Eine Weile schwiegen wir beide.

»Porter ist jagen«, sagte Clayda schließlich.

Ich fragte nicht, was oder womit er jagte, sondern nickte nur. Wieder herrschte einen Moment Schweigen.

»Bist du in Ordnung?«, fragte Clayda schließlich. Die Frage galt nicht meiner Wunde.

»Ja, klar, alles bestens«, erwiderte ich ruhig. »Thertes kennt jetzt unsere Identität, sie haben Flinn unseretwegen umgebracht, wir wurden fast in die Luft gejagt, meine Wunde schmerzt wie Hölle, ich hab‘ seit vier Tagen keinen Schluck mehr getrunken und wir müssen uns jetzt vermutlich bis ans Ende unseres Lebens hier im Dschungel verstecken. Scheiße, nein, ich bin *NICHT IN ORDNUNG*! Diese ganze Scheiße wird mir langsam echt zu viel! Wir haben uns mit einem beschissenen WAFFENKONZERN angelegt! Scheiß auf die Indri und scheiß auf meine Story – wir können froh sein, wenn wir bei der ganzen Scheiße nicht draufgehen!« Ich verzog das Gesicht vor Schmerzen.

Clayda ließ meinen Wutausbruch ruhig über sich ergehen.

»Ich verstehe, dass du Angst hast«, setzte sie an.

»Angst?!«, wiederholte ich. »Scheiße, ich hab‘ die Hosen voll! Die wissen wer wir sind, Clayda! Die wollen uns *umbringen*! Und ich will verdammt nochmal nicht sterben!«

»Vom inflationären Gebrauch des Wortes ›Scheiße‹ wird es auch nicht besser.«

Ich lehnte mich mit leisem Stöhnen zurück.

»Ich weiß«, sagte ich genervt. »Aber ist halt alles Scheiße.«

Aus den Augenwinkeln sah ich, wie sie schmunzelte. Ich wandte den Kopf.

»Im Übrigen schuldest du mir eine Erklärung«, fügte ich hinzu.

Clayda zog die Augenbrauen hoch.

»Eine Erklärung?«, wiederholte sie.

»Ach komm, Clayda.« Ich schnaubte. »Verkauf mich nicht für blöd. Die Sache mit dem Kronleuchter? Die Bombe? Und was zum Henker war das mit der Pistole? Willst du mir weismachen, dass das alles bloß Zufälle waren?«

Sie errötete leicht und wich meinem Blick aus.

»Ich … also … das ist ein bisschen schwer zu erklären.« Sie wand sich sichtlich.

»Ich hab' Zeit«, erwiderte ich gereizt und verschränkte die Arme vor der Brust.

Clayda seufzte tief und fuhr sich mit den Händen übers Gesicht. Einen Moment schien sie nach den richtigen Worten zu suchen.

»Dass ich so viel über Begabte und Magier weiß, hat einen Grund«, sagte sie schließlich. »Ich bin selbst eine.«

Sie schwieg. Noch immer schien sie meinem Blick auszuweichen.

Ich nickte.

»Dachte ich's mir doch. Das heißt, du kannst … was genau kannst du?«

»Ich kann Syranid spüren und beeinflussen«, sagte Clayda. »Ich habe den Kronleuchter bersten lassen. Und die Autoscheinwerfer. Und die Lampen im Fabrikkeller.«

Vor meinem inneren Auge spielten sich die Situationen ein weiteres Mal ab; mit welch schlafwandlerischer Sicherheit sie mich in der Fabrik durch den finsteren Keller gelotst hatte. Wie schnell sie den Verteilerkasten der Syranidversorgung lokalisiert hatte.

»Und die Bombe?«, fragte ich.

Sie warf mir einen unbehaglichen Blick zu.

»Das war auch ich. Ich habe gespürt, dass sie etwas unter das Fahrgestell montiert haben, als wir drauf zu liefen. Also habe ich … sie im richtigen Moment zur Detonation gebracht.«

Stille.

Ich schluckte.

»Du hast drei Menschen getötet«, sagte ich schließlich.

»Ich weiß.«

»Mit Absicht.«

»Ja.«

Ich fuhr mir über das Gesicht.

»Wow«, sagte ich schließlich trocken. »Zumindest wird das wohl definitiv die Story meines Lebens, falls wir lebendig aus der ganzen Sache rauskommen.«

»Aus welcher Sache?«, ertönte Panzer-Porters Stimme von der Tür. Er stand im Türrahmen und musterte uns. In der Hand hielt er einen toten Pudu, einen der kleinen Waldhirsche, von denen es im senabrischen Dschungel wimmelte.

Clayda und ich schreckten hoch.

Porter löste sich vom Türrahmen und kam zu uns rüber.

»Hab' das Radio angemacht«, erzählte er. »Interessante Fahndungsmeldung, die sie da im Minutentakt bringen. Zwei Personen, ein Mann und eine Frau, gamarische Herkunft, Beschreibung passt auf euch. Gefährlich und bewaffnet, Hinweise sofort an die örtliche Polizei.«

»Scheiße«, murmelte Clayda. »Das ging ja schnell.«

»Nach uns wird gefahndet?« Fassungslos blickte ich zwischen Porter und Clayda hin und her. Das wurde ja immer besser.

»Das wundert mich ehrlich gesagt nicht«, sagte Clayda resigniert. »Ich hab' dir von der Korruption der Polizei erzählt. Gut möglich, dass sie von Thertes gekauft sind.«

»Thertes?«, wiederholte Porter mit hochgezogenen Augenbrauen, legte den Pudu beiseite und zog sich einen Stuhl heran. »Oha – sagt bloß, ihr habt denen ans Bein gepisst?«

Clayda und ich wechselten einen kurzen Blick.

»Ans Bein gepisst ist vermutlich etwas untertrieben«, sagte ich schließlich vorsichtig, und dann berichteten wir abwechselnd von den verschwundenen Indri, dem ominösen Syrikon-Projekt, über das ich gestolpert war, und unserer Entdeckung im Keller der stillgelegten Fabrik.

Panzer-Porter verfolgte unseren Bericht mit wachsender Fassungslosigkeit.

»Heilige Scheiße«, meinte er, als wir geendet hatten. »Und ich dachte, ihr habt euch nur mit ein paar kleinkriminellen lokalen Gangs angelegt oder so.« Er lachte.

»Das ist nicht witzig«, brummte ich. »Die gehen über Leichen. Und wenn wir Pech haben auch über unsere.«

»Hm«, meinte Panzer-Porter und lehnte sich mit verschränkten Armen in seinem Stuhl zurück. »Und was habt ihr jetzt vor?«

»Keine Ahnung«, gab Clayda zu und hob hilflos die Schultern. »Wenn wirklich nach uns gefahndet wird, kommen wir aus Senabri'il sowieso nicht weg. Dieser VenTresko, den die Typen vorhin erwähnt haben – er scheint der Drahtzieher des ganzen Projekts zu sein. Die Frau im Fabrikkeller hat seinen Namen erwähnt und ich meine, ihn auch schon in einem anderen Zusammenhang gehört zu haben. Jedenfalls bezweifle ich, dass wir in Gamarien vor ihm sicher wären. Dort hat er zwar die Polizei nicht unter seiner Fuchtel – das hoffe ich zumindest – aber ich fürchte, das würde ihn nicht abschrecken.«

»Tja, dann bleibt euch wohl nur die Flucht nach vorne«, stellte Panzer-Porter fest. »Angriff ist immer noch die beste Verteidigung.«

Ich kratzte mich nachdenklich am Kinn.

»Das stimmt vermutlich«, gab ich zu.

Clayda sah mich erstaunt an.

»Vor ein paar Tagen wolltest du noch aufgeben, weil du zu viel Angst hattest, drauf zu gehen, und jetzt findest du auf einmal, dass Angriff die beste Verteidigung ist?«

»Vor ein paar Tagen wusste ich auch noch nicht, dass wir polizeilich gesucht werden«, erwiderte ich und schnitt eine Grimasse. »Ich meine – schau dir unsere Situation an: Wir können nicht nach Hause und ich bezweifle, dass dieser VenTresko sich davon überzeugen lässt, uns in Frieden zu lassen – seine Leute haben Flinn einen Kopf kürzer gemacht, nur weil er uns etwas verraten hat oder vielleicht auch nur, um uns einzuschüchtern. Also wenn wir uns nicht den Rest unseres Lebens hier im senabrischen Dschungel verstecken wollen, müssen wir wohl oder übel etwas unternehmen. Und VenTresko ans Messer zu liefern, erscheint mir die einzige Möglichkeit, aber dafür brauchen wir etwas Handfesteres als unsere Augenzeugenberichte. So etwas wie Fotos zum Beispiel.«

»Und was schlägst du vor?«, fragte Clayda. »Sie werden die Sicherheitsvorkehrungen auf dem Fabrikgelände mittlerweile verschärft haben. Noch einmal können wir da garantiert nicht einfach so hinein spazieren.«

»Das stimmt.« Ich seufzte. »Da werden wir uns was überlegen müssen.«

»Ich glaube, ich hätte da eine Idee«, meinte Panzer-Porter, der unsere Unterhaltung höchst interessiert verfolgt hatte. »Kommt mal mit.«

Wir folgten Porter aus der Hütte hinaus und ein kleines Stück ins Unterholz des Dschungels hinein. Ich zitterte noch immer leicht und musste mich auf Clayda stützen, aber glücklicherweise wirkte die Betäubung, die Porter mir gespritzt hatte, immer noch, sodass die Schmerzen nicht allzu stark waren. Außerdem fühlte ich mich auf seltsame Art und Weise leicht.

Nach wenigen Metern hielt Porter an.

»Hier.« Erstaunt sahen wir zu, wie er zu einem Haufen Gestrüpp hinüber stakste und mit seinen großen Händen anfing, Palmwedel und Lianen zur Seite zu zerren. Darunter kam etwas zum Vorschein, das auf den ersten Blick aussah, wie ein langes Abwasserrohr, das auf Kopfhöhe in der Luft hing, doch je mehr er freilegte, desto deutlicher wurde, was wir da vor uns hatten.

»Mein Baby«, sagte Porter schließlich stolz und wandte sich strahlend zu uns um.

»Ein – Panzer«, stellte ich fassungslos fest. Zumindest war mir nun klar, warum er sich Panzer-Porter nannte.

Porter gluckste.

»Das ist die gute Betty«, erklärte er und tätschelte das Gefährt liebevoll. »Wir waren unzertrennlich, damals im Krieg. Konnte sie doch nicht zurücklassen, als ich getürmt bin.«

»Funktioniert er noch?«, fragte Clayda.

»Aber hallo – ich warte sie regelmäßig!«, erwiderte Porter. »Kann ja nie wissen, wann der Kaiser mich wieder braucht. Und das hier ist eine Mission, die unsere Unterstützung verdient. Es wäre mir eine Ehre, mich und Betty in den Dienst eurer Sache zu stellen, Kameraden.«

Und er salutierte doch tatsächlich vor uns.

Ich war hin und her gerissen zwischen Faszination, Unglauben und Belustigung. Clayda war glücklicherweise offenbar nicht so überfordert mit der Situation.

»Und uns wäre es eine Ehre, wenn du und Betty uns bei unserer Mission unterstützen würdet«, erwiderte sie.

Am Abend, nachdem ich ein paar weitere Stunden geschlafen und ein paar Bissen wirklich lecker zubereitetes Pudu-Fleisch verdrückt hatte, machten wir uns daran, einen Plan auszuhecken.

»So«, sagte Porter und rieb sich die Hände. »Was haltet ihr von Tee und Butternuffies? Das regt das Denken an.«

»Was sind Butternuffies?«, wollte ich wissen.

Porter starrte mich an, als hätte ich seine Großmutter beleidigt.

»Du weißt nicht was Butternuffies sind?«, fragte er ungläubig.

»Ähm – nein, tut mir leid«, antwortete ich.

»Ich glaube, das ist so ein senabrisches Ding«, meinte Clayda. »Die werden zwar auch nach Gamarien exportiert, aber hier sind sie ein richtiger Verkaufsschlager. Gibt's hier in jedem Kiosk und Supermarkt zu kaufen.«

»Kamerad, diese Bildungslücke müssen wir dringend schließen.« Porter klopfte mir mit einer seiner gewaltigen Hände auf die Schulter. Dann stand er auf und begann, in einer Schachtel auf einem der schiefen Regale zu kramen. Zu meinem Erstaunen förderte er eine Kassette zutage, hielt sie mit einem bedeutungsvollen Grinsen in die Höhe und legte sie in einen alten Kassettenspieler. Im nächsten Moment ertönte ein quäkiges, von einer Horde Kinderstimmen gesungenes Lied, dessen Text und Melodie mir vollkommen ungeahnte Einfallslosigkeit eröffneten: »Butternuffies, Butternuffies, ja, die sind so lecker, Butternuffies, Butternuffies, lecker-lecker-schmecker!« Ich erkannte die Melodie, die ich Porter hin und wieder hatte vor sich hin summen hören.

Clayda und ich warfen uns leicht irritierte Blicke zu.

»Hab' es aufgenommen«, erklärte Porter grinsend. »In Dauerschleife. Noch damals in der alten Heimat.« Mit diesen Worten trat Porter hinüber in die kleine Kochecke und setzte Teewasser auf, während er die Melodie des Liedes vor sich hin summte.

Zehn Minuten später saßen wir rund um seinen alten Holztisch, jeder eine dampfende Tasse Tee vor sich und in der Mitte eine riesige Schüssel Butternuffies. Ich muss zugeben, dass die Dinger lecker waren. Ein bisschen arg süß vielleicht, aber doch irgendwie lecker. Den quäkigen Werbesong hatte Porter zum Glück wieder aus gemacht. Mit Tee und Butternuffies bewaffnet machten wir uns endlich an die Ausarbeitung eines Schlachtplans.

Bis spät in die Nacht hinein beratschlagten wir uns und feilten unseren Plan aus, so gut es ging. Dass unser Vorhaben trotz Betty mehr als riskant war, war uns allen dreien bewusst. Allerdings gingen wir alle unterschiedlich damit um. Clayda versuchte ruhig und analytisch jede mögliche Gefahr im Vorfeld zu bestimmen und einen Plan B, C und nach Möglichkeit auch D zu haben, Porter schien Feuer und Flamme zu sein, endlich wieder in den Kampf zu ziehen *(»Wie in den guten alten Zeiten!«, sagte er)* – und ich machte mir fast in die Hosen vor Angst, bemühte mich aber nach Kräften, mir nichts anmerken zu lassen. Wenn ich wenigstens ein Glas Whisky statt des Tees hätte trinken können. So aber blieb mir nichts, als tonnenweise Butternuffies in mich hineinzustopfen und zu hoffen, dass dieses Himmelfahrtskommando nicht in einem Desaster endete und wir alle drei drauf gehen würden.

Zurück in die Höhle des Löwen

Diesmal regnete es nicht.

Clayda und ich hockten einige Dutzend Meter entfernt von dem Zaun, der das Fabrikgelände umschloss, im Dickicht und warteten.

Während ich den vergangenen Tag dazu genutzt hatte, mich zu schonen und der Wunde an meiner Seite Zeit zu geben, um notdürftig wieder zu verheilen, hatten Clayda und Porter sich in die letzten Vorbereitungen unseres Vorhabens gestürzt. Porter hatte uns in der Stadt neue Kleidung besorgt, die für unsere Nacht-und-Nebel-Aktion besser geeignet war als Claydas fuchsiafarbenes Kleid und mein weißes Hemd. Wir trugen nun beide schlichte Hosen und Hemden mit langen Ärmeln in dunklem Khaki und Oliv. Unsere Gesichter und Hände hatten wir mit Schlamm beschmiert – ich hatte den Schlamm auch in meinen Haaren verteilt.

Porters Waffenarsenal in dem kleinen Schuppen neben seiner Hütte hatte zudem offenbar einige praktische Dinge zutage gefördert; Clayda hatte nicht nur ihre Pistole dabei, sondern war außerdem mit zwei Ersatzmagazinen ausgestattet sowie einer faustgroßen Metallkugel, bei der es sich wohl um irgendeine Art Blendgranate handelte, soweit ich es verstanden hatte.

Ich war unbewaffnet. Vermutlich hätte ich mir eher selbst in den Fuß geschossen, als etwas zu treffen. *(Das behauptete Clayda zumindest und Porter stimmte ihr darin zu, weswegen ich ärgerlicherweise überstimmt war.)*

»Es reicht, wenn du Fotos schießt«, hatte Clayda gemeint und ich hatte nicht widersprochen. Nun war ich mit einem Fotoapparat ausgestattet – frisch aufgefüllter Syranidtank, neuer Film eingelegt und zwei Ersatzfilme dabei. Blieb zu hoffen, dass wir überhaupt weit genug kamen, um Fotos machen zu können.

Es schienen Ewigkeiten zu vergehen, bis endlich in der Ferne ein dumpfes Brummen zu hören war. Betty war im Anmarsch.

»Es geht los«, flüsterte Clayda und bedeutete mir, ihr zu folgen. Langsam schlichen wir uns im Schutz der Dunkelheit näher an das Fabrikgelände heran. Wir hatten Recht behalten mit unserer Vermutung – das gesamte Areal war hell erleuchtet und gegen das grellblaue Licht konnten wir die Silhouetten mehrerer augenscheinlich schwer bewaffneter Gestalten ausmachen, die am Saum des Dickichts entlang patrouillierten. Mir rutschte das Herz in die Hose. Selbst mit Porters Ablenkungsmanöver würden wir es nie im Leben schaffen, diese Typen auszutricksen. Dennoch hob ich die Kamera vor meine Augen und machte nervös ein paar erste Fotos von dem hell erleuchteten Gelände.

Clayda schien meine Verunsicherung zu spüren, denn sie legte mir eine Hand auf die Schulter.

»Ruhig Blut«, raunte sie mir zu. »Wir schaffen das.«

»Es sind so viele«, murmelte ich und ließ den Fotoapparat sinken. »Da kommen wir niemals ungesehen vorbei. Die werden uns sehen.«

»Nicht, wenn ich ihnen das Syranid abdrehe«, erwiderte sie und nickte hinüber zu dem Verteilerkasten, der sich nur wenige Meter von uns entfernt hinter dem Zaun befand. Ohne Claydas besondere Fähigkeiten hätten wir ihn vermutlich niemals entdeckt, so sehr war er von Gestrüpp überwuchert.

Ich schüttelte den Kopf.

»Dass du für eine Hilfsorganisation arbeitest …«, sagte ich leise. »Du solltest Geheimagentin werden oder so.«

Das Brummen aus der Ferne war nun mittlerweile so laut, dass auch die Männer auf dem Fabrikgelände es hörten, denn Unruhe machte sich unter ihnen breit. Einige hasteten hinüber zu dem großen Tor, das mit einer Eisenkette gesichert war, ein anderer rief irgendetwas in ein Funkgerät.

»Hoffentlich geht das gut«, murmelte ich und folgte Clayda vorsichtig durch das Unterholz. Ich lugte durch den Zaun hinüber zum Tor – gerade rechtzeitig, um zu sehen, wie Betty mit voller Geschwindigkeit aus dem Unterholz geschossen kam und ungebremst über den Zaun neben dem Tor hinweg walzte, als wäre er aus Zuckerwatte. Unter den

Männern am Tor brach heilloses Chaos aus; sie schrien durcheinander, manche stolperten rückwärts und versuchten, sich vor dem Panzer in Sicherheit zu bringen, andere hoben ihre Maschinenpistolen und feuerten völlig sinnlos Salve um Salve auf das Gefährt. Betty bretterte derweil unbeeindruckt weiter über das Gelände und brachte den Boden zum Beben. Schließlich kam sie ruckartig zum Stehen. Einige Sekunden geschah nichts und die Männer ringsum schlichen misstrauisch näher, die Waffen im Anschlag. Dann gab es einen ohrenbetäubenden Knall, ein armdickes Geschoss fauchte aus dem Kanonenrohr auf Bettys Kopf und traf einen flachen Seitentrakt der Fabrik, der mit lautem Getöse in sich zusammenbrach. Staub wirbelte auf und Geröll flog durch die Luft und die Bewaffneten duckten sich hustend zur Seite weg.

Aus einer Luke am vorderen Teil des Panzers tauchte Porters dunkles Gesicht auf.

»Hahaaa! Volltreffer!«, grölte er und riss das Steuer herum, sodass der Panzer sich in eine scharfe Rechtskurve legte. Er hatte seine alte Kriegsuniform angezogen und sein Gesicht zierte eine Form alter indrischer Kriegsbemalung.

»Der Kerl hat doch 'nen totalen Dachschaden«, meinte ich kopfschüttelnd und verfolgte, wie Panzer-Porter mit dröhnendem Lachen auf eine Gruppe Bewaffneter zu raste, die mit ihren Maschinenpistolen in seine Richtung feuerten.

»So, und jetzt wollen wir dem Ganzen noch etwas Würze verleihen.« Clayda streckte die Hand aus und legte sie auf den verrosteten Verteilerkasten. Sie schloss die Augen und runzelte leicht die Stirn. Es gab ein kurzes, hohes Sirren und Dunkelheit legte sich über das gesamte Außengelände. Sofort hörte das Schießen auf und wurde durch wütend gebrüllte Befehle ersetzt, während man weiterhin Bettys lautes Brummen und Porters dröhnendes irrsinniges Lachen hörte.

»Komm«, flüsterte Clayda neben mir, fasste mich am Handgelenk und zog mich mit sich. Wir kletterten über den Zaun *(wobei ich aufgrund meiner Verletzung erneut auf Claydas Hilfe angewiesen war)* und eilten dann geduckt im Schutz der Dunkelheit und allgemeinen Verwirrung hinüber zu dem alten Fabrikgebäude. Porter und Betty randalierten gerade irgendwo am anderen Ende des Geländes herum und jetzt waren auch wieder Schüsse aus dieser Richtung zu hören.

Wir drückten uns an die Mauer und eilten zu der Metalltür, die ins Innere des Gebäudes führte.

Ich hörte Clayda leise fluchen.

»Verschlossen«, verkündete sie.

»Warte, das haben wir gleich«, erwiderte ich und zog ein Mäppchen mit Dietrichen heraus, das Porter gemeinsam mit unseren Klamotten in der Stadt besorgt hatte – mein eigenes hatte ich bei unserer überstürzten Flucht ärgerlicherweise im Hotel zurückgelassen.

»Du hast ja doch ein bisschen was drauf«, sagte Clayda und ich wusste nicht, ob sie das als Beleidigung oder Kompliment meinte. Ich beschloss, es als Letzteres aufzufassen.

»Was dachtest du, wie ich an die Unterlagen über das Syrikon-Projekt gekommen bin?«, erwiderte ich, während ich mich am Schloss zu schaffen machte. »Die lagen schließlich nicht irgendwo auf der Straße rum.«

Bettys Brummen wurde nun wieder lauter und schien in unsere Richtung zu kommen. Als der Panzer erneut anhielt, konnte ich Panzer-Porter grölen hören. Er war nun offenbar dazu übergegangen, alte Kriegslieder zu singen, denn zwischen den Maschinenpistolensalven hörte ich seinen dröhnenden Bariton nur allzu deutlich:

»He-ja-ho und hoch die Flinten, stellt den Rothals an die Wand! Wir geben tapfer unser Blut für Kaiser, Kron‘ und Vaterland!«

»Ich sag‘s ja – kompletter Dachschaden«, murmelte ich, und dann klickte es endlich im Schloss. Wir schlüpften hindurch und ließen Porter und die schießwütigen Typen hinter uns.

Aus dem Keller drang bläulicher Lichtschein nach oben. Clayda zog ihre Pistole und hielt sie mit beiden Händen umfasst schussbereit vor ihrer Brust. Ich knipste rasch zwei weitere Fotos von der Treppe, die in den Keller hinunter führte.

»Bereit?«, fragte Clayda leise. Ich nickte nervös.

Wir schlichen die Kellertreppe nach unten. Der Tunnel lag genauso verlassen da wie beim letzten Mal, doch ich ließ mich nicht täuschen; bestimmt lauerten irgendwo hier unten noch mehr Bewaffnete. Mit klopfendem Herzen tappte ich hinter Clayda her, die mit der Pistole im Anschlag den Gang entlang schlich.

An der Ecke vor der Tür zum Labor hielt sie an und legte den Finger auf die Lippen. Dann lugte sie vorsichtig um die Biegung.

»Fünf«, flüsterte sie mir anschließend zu. »Alle bewaffnet.«

Sie schien einen Moment zu zögern, dann griff sie nach der Metallkugel, die sie aus Porters Waffenkammer mitgenommen hatte.

»Geh sicherheitshalber da hinten in Deckung.« Sie nickte zurück zu der letzten Biegung, die wir passiert hatten. Ich nickte nur knapp und hastete, so schnell ich konnte, hinter die Ecke.

Kaum war ich dahinter verschwunden, erlosch mit einem Mal das Licht im ganzen Tunnel. Überraschte Rufe ertönten von vorne, wo die Tür zum Labor lag. Dann glaubte ich zu hören, wie die Metallkugel über den Boden rollte. Kurz darauf gab es ein leises Zischen, als würde Dampf aus einem Kessel entweichen, gefolgt von den dumpfen Geräuschen zu Boden fallender Körper. Dann war es still.

»Die Luft ist rein«, wehte schließlich Claydas Stimme zu mir hinüber. Ich tastete mich langsam den finsteren Gang entlang bis zu der Biegung, wo wir eben gestanden hatten.

»Entschuldige – ich vergaß«, ertönte Claydas Stimme von etwas weiter vorne. Der Kegel einer Taschenlampe flammte vor mir auf und ich sah in ihrem schwachen bläulichen Licht die reglosen Körper von fünf großen, muskulösen Männern auf dem Boden liegen.

»Sind sie …?«, fragte ich unbehaglich.

»Nein, sie sind nicht tot«, erwiderte Clayda. »Das war eine syranidgesteuerte Schockgranate, die Porter mir da gegeben hat. Sie sendet eine Art syranomagnetischen Impuls aus, der das Syranol im Körper kurz energetisch auflädt und so zu einer vorübergehenden Überlastung des Nervensystems führt.«

Ich hatte kein Wort verstanden, nickte aber dennoch.

»Meinst du wir sollen sie einfach hier liegen lassen?«, fragte ich.

»Uns bleibt nicht wirklich etwas anderes übrig«, erwiderte Clayda. »Wir können ihnen die Waffen abnehmen, dann sind sie wenigstens unbewaffnet, wenn sie wieder zu sich kommen. Aber wir sollten uns beeilen.«

Wir sammelten die fünf Maschinenpistolen von den reglosen Gestalten ein und versteckten drei davon in einem der rostigen Luftschächte, die unter der Decke verliefen. Die anderen beiden passten nicht mehr in die Öffnung, die wir gefunden hatten, also hängte ich sie mir kurzerhand über die Schulter *(nachdem Clayda sich vergewissert hatte, dass sie gesichert waren)*.

Clayda winkte mir, ihr zu folgen, und ging dann hinüber zu der Tür, hinter der das Labor lag. Wortlos schaltete sie die Taschenlampe aus und zog stattdessen wieder ihre Pistole.

»Bleib hinter mir«, wies sie mich an. »Wir wissen nicht, ob nicht auch ein paar von den Typen dort drinnen sind.«

Vorsichtig schob sie die Tür auf und wir schlüpften hindurch.

Bläuliches Zwielicht empfing uns, doch zu meiner großen Erleichterung schien der Raum menschenleer zu sein. Dennoch ließ ich Clayda nur zu gerne den Vortritt, als sie, die Pistole im Anschlag, langsam die metallenen Stufen hinunterstieg und schließlich einen prüfenden Blick in den Rest der unterirdischen Halle warf. Ein knappes Nicken bestätigte meine Hoffnung, dass wir – nun, streng genommen sie – bereits alle Wachen ausgeschaltete hatten. Ich folgte ihr hastig und fummelte dabei an der Kamera herum. Dass die beiden Maschinenpistolen über meiner Schulter baumelten, war nicht gerade hilfreich.

»Beeil dich«, meinte sie. »Wir wissen nicht, wie lange Porter sie zum Narren halten kann.«

Ich hatte das Gefühl, dass sie den Blick hinüber zu der großen Glasscheibe bewusst vermied. Ich konnte es ihr nicht verdenken. Ohne Zeit zu verlieren, eilte ich zwischen den Backsteinsäulen und Kisten hindurch, während Clayda mir etwas langsamer folgte.

Auch beim zweiten Mal jagte der Anblick hinter der Glasscheibe mir einen unangenehmen Schauer über den Rücken. Ich zwang mich zur Konzentration und hob die Kamera vor die Augen.

Ich hatte gerade ein knappes Dutzend Aufnahmen gemacht, als Claydas Stimme an mein Ohr drang.

»Lemmy, sieh dir das an.«

Ich ließ die Kamera sinken und hob den Kopf. Clayda stand ein paar Meter entfernt an einem großen Tisch, der den Platz zwischen zwei Backsteinsäulen einnahm, und hielt einige Blätter in der Hand. Als ich näher trat, hielt sie sie mir hin.

»Wenn mich nicht alles täuscht, sind das hier die restlichen Unterlagen aus diesem … Syrikon-Projekt. Die, die du nicht dopplizieren konntest.«

Ich warf einen Blick auf die Dokumente, die sie mir reichte. Tatsächlich. Es waren die noch fehlenden Teile der Geheimakte. Und nicht nur das – als ich die Blätter etwas genauer in Augenschein nahm, fiel mir auf, dass diese Akte hier deutlich umfangreicher war, als die, die ich in Drakenfurth entdeckt hatte. Möglicherweise handelte es sich um eine neuere oder ausführlichere Variante. Auf jeden Fall war dieser Fund Gold wert.

»Die nehmen wir mit«, sagte ich, rollte die Dokumente zusammen und stopfte sie mir kurzerhand unters Hemd. »Vielleicht können wir so herausfinden, warum sie die Indri … nun ja, was der Grund für das da ist.« Ich machte eine ungefähre Handbewegung in Richtung der Glasscheibe. Clayda nickte nur.

»Hast du genug Bildmaterial?«, fragte sie dann.

»Ich denke doch.«

»Dann lass uns hier verschwinden. Je eher, desto besser.«

Wir wandten uns zum Gehen – und in diesem Moment flog die Tür am oberen Ende der Metalltreppe auf.

Ich erhaschte nur einen kurzen Blick auf drei schwarz gekleidete, bewaffnete Kerle, die in den Raum stürmten, da brüllte Clayda auch schon »DECKUNG!« und stieß mich zur Seite hinter eine der Kisten, während sie selbst sich hinter der nächsten Backsteinsäule in Sicherheit brachte. Keine Sekunde später prasselte ein Feuerwerk aus Maschinenpistolensalven über uns hinweg und zerfetzte die restlichen Unterlagen auf dem Tisch zu winzigen Papierschnipseln. Ich duckte mich, so tief ich konnte hinter die Kiste und hielt mir die Hände auf die Ohren, das Herz rasend vor Panik. Ganz ehrlich – so langsam wurde ich es mehr als leid, dass ständig irgendwelche Leute auf mich schossen!

Aus den Augenwinkeln sah ich, wie Clayda sich zur Seite drehte und mit der Waffe um die Säule herum zielte. Kurz darauf mischten sich Schreie in die Schüsse, und die Geschosssalven setzten für einen kurzen Moment aus. Ich hörte ein lautes Schreien und Fluchen und dann feuerten sie wieder, diesmal aber ausschließlich auf die Säule, hinter der Clayda hockte, einen Ausdruck grimmiger Entschlossenheit auf dem Gesicht. Offenbar hatte sie zumindest einen der Kerle erwischt – dafür nahmen die Typen nun ausschließlich sie unter Beschuss und ich war mir nicht sicher, wie lange sie ihre Position würde halten können.

Vorsichtig ließ ich mich auf alle viere hinunter, schob die zwei Maschinenpistolen, die mir noch immer über der Schulter baumelten, auf meinen Rücken und kroch geduckt zur Seite, weg von den Schüssen, in Richtung der mir nächstgelegenen Säule. Schwer atmend, das Blut in den Ohren rauschend, lehnte ich mich mit dem Rücken gegen die kühlen Backsteine und überlegte fieberhaft, was ich tun konnte, um Clayda zu helfen – ohne dabei von den schießwütigen Kerlen in Senniger Käse verwandelt zu werden.

Einer Eingebung folgend griff ich mir eine der Maschinenpistolen. Ich hatte noch nie ein vergleichbares Mordinstrument in den Händen gehabt – Claydas Pistole war überhaupt die erste Feuerwaffe gewesen, die ich jemals berührt hatte – aber mir blieb nicht wirklich eine Wahl. Rasch fand ich den kleinen Hebel, mit dem Clayda die Maschinenpistole zuvor gesichert hatte, und legte ihn um. Nervös neigte ich mich etwas zur Seite und schob die Waffe um die Kante der Säule herum, bis der Lauf ungefähr in die Richtung zeigte, aus der die Schüsse kamen. Dann drückte ich den Abzug.

Rattattattattattattattattaaa!

Die Maschinenpistole zuckte und hüpfte unter meinen Händen wie ein Presslufthammer *(eigentlich heißen die Teile ja Drucklufthammer – Dinge, die einem in den unangemessensten Momenten durch den Kopf gehen)* und meine Arme wurden in einer unkontrollierten Bewegung in die Höhe gerissen. Ich verlor das Gleichgewicht und stürzte nach hinten. Durch das unangenehme Sirren, das sich nun in meinen Ohren bemerkbar machte, hörte ich ein metallisches Kreischen und Knirschen; eines der Lüftungsrohre an der Decke sackte am Ende der Halle schlagartig nach unten und schlug mit einem blechernen Krachen außerhalb meines Blickfelds auf. Ein Schmerzensschrei ertönte und dann feuerten erneut Schüsse, diesmal jedoch in meine Richtung. Hastig kroch ich zurück hinter die Säule und presste mich mit dem Rücken dagegen, während hinter mir pfeifend die Kugeln von den Backsteinen abprallten. Das hatte nicht ganz so funktioniert, wie ich es mir vorgestellt hatte. Als ich einen Blick zur Seite wagte, fing ich Claydas Blick auf. Ich hob entschuldigend die Schultern. Einen Versuch war es wert gewesen. Und immerhin hatte ich wohl wenigstens einen der Männer ausgeschaltet, wenn ich das abgestürzte Lüftungsrohr und den Schrei richtig gedeutet hatte. Zwischen dem Rattern hörte ich jemanden – vermutlich den verbliebenen Wachmann – irgendetwas rufen, aber ich konnte die Worte nicht verstehen.

Im Gegensatz zu Clayda. Ihr Gesichtsausdruck wurde angespannt, und über den Lärm der Schüsse und das Sirren in meinen Ohren versuchte ich, ihre Worte zu verstehen.

»Er ruft Verstärkung!«

Scheiße.

Wir saßen wirklich in der Klemme.

Fieberhaft ließ ich meinen Blick durch die Halle gleiten, auf der Suche nach einem Ausweg – und stockte, als ich im hinteren Teil eine unscheinbare Metalltür entdeckte, die halb hinter ein paar Kisten verborgen war.

»*Clayda!*«, zischte ich und wedelte mit den Armen, damit sie zu mir sah. Als ich endlich ihren Blick auffing, deutete ich wild gestikulierend zu der Tür, die ich entdeckt hatte. Claydas Augen weiteten sich kurz, als sie begriff. Sie schien einen kurzen Moment zu überlegen, dann bedeutete sie mir, ihr die beiden Maschinenpistolen hinüberzuschieben. Ich holte Schwung und ließ die Feuerwaffen über den Boden der Halle in ihre Richtung schlittern. Eine verfing sich unterwegs beinahe an den Beinen des Tisches, doch sie erreichten ihr Ziel. Clayda schnappte sie sich, schlang sich eine der Waffen über die Schulter und entsicherte die andere mit geübtem Griff. Dann stand sie auf, den Rücken an die Säule gepresst. Ihr Blick huschte kurz durch die Halle, als versuche sie, die Lage einzuschätzen.

»Lauf!«, schrie sie mir dann zu und nickte hinüber zu der Tür. Dann wirbelte sie blitzschnell um die Säule herum, die Maschinenpistole fest mit beiden Händen gepackt, und feuerte Salve um Salve in Richtung des verbliebenen Wachmannes. Jetzt oder nie. Ich schickte ein Stoßgebet in den Aether und hastete dann geduckt in Richtung der Tür. Hinter der letzten Säule vor meinem Ziel ging ich in Deckung. Kurz darauf gesellte Clayda sich zu mir. Sie atmete schwer und Schweißperlen glänzten auf ihrer Stirn. Die Maschinenpistole hielt sie noch immer mit beiden Händen so fest umklammert, dass ihre Knöchel weiß hervortraten.

Ich warf ihr einen Seitenblick zu.

»Hast du mit sowas schonmal geschossen?«, fragte ich.

»Einmal«, lautete die kurzatmige Antwort. »Vor Jahren am Schießstand. Ich hatte eigentlich gehofft, so ein Ding nie wieder in die Hand nehmen zu müssen.« Hinter uns pfiffen wieder Schüsse durch die Halle und Splitter platzten von den Backsteinen der Säule ab. Die kurze Feuerpause, die Clayda uns durch ihre Kamikaze-Aktion ermöglicht hatte, schien vorbei zu sein.

Sie griff nach der anderen Maschinenpistole und drückte sie mir in die Hand.

»Der Rückstoß reißt dir die Waffe nach oben«, sagte sie. »Aber das hast du vermutlich schon gemerkt. Kurze, kontrollierte Salven. Und gut festhalten.«

Ich starrte sie entgeistert an.

»Hast du sie nicht mehr alle?«, platzte ich heraus. »Du hast doch gerade gesehen, was passiert, wenn ich so ein Ding anfasse.«

»Uns bleibt nichts anderes übrig«, herrscht sie mich an. »Schau nur, dass du ungefähr in Richtung des Eingangs zielst. Du musst nichts treffen, wir müssen sie uns nur lange genug vom Hals halten. Und jetzt bete, dass diese Tür nicht verschlossen ist.«

Ohne meine Antwort abzuwarten, sprang sie wieder hinter der Säule hervor und feuerte in Richtung Eingang, während sie sich rückwärts näher an die Metalltür heran schob. Ich versuchte, den Klumpen aus Angst in meinem Magen zu ignorieren, packte die Waffe fest mit beiden Händen und tat es Clayda nach.

Wieder zuckte die Maschinenpistole hektisch unter meinen Händen, doch diesmal hielt ich sie fest und betätigte den Abzug immer nur kurz. Den verbliebenen Wachmann konnte ich nirgends sehen; er schien in Deckung gegangen zu sein, als Clayda das Feuer auf ihn eröffnet hatte. Da ich keine Ahnung hatte, wo er sich gerade befand, zielte ich einfach auf gut Glück irgendwie in Richtung des Eingangs, in der Hoffnung, dass meine vollkommen unkoordinierten Schüsse ihn daran hindern würden, seine Deckung zu verlassen.

Hinter mir ertönte ein metallisches Quietschen und Knirschen.

»Schnell, rein hier!«, hörte ich Claydas Stimme. Ich warf einen kurzen Blick über die Schulter und sah, dass sie es tatsächlich geschafft hatte, die Tür weit genug zu öffnen, dass wir uns durch den Spalt zwängen konnten. Ich feuerte eine letzte Salve in Richtung des Eingangs, dann klickte es nur noch. Hastig warf ich die Waffe zur Seite und schlüpfte hinter Clayda durch den Türspalt.

Mit vereinten Kräften schoben wir die Tür wieder zu. Es krachte dumpf, als sie ins Schloss fiel. Dunkelheit senkte sich über uns. Für einen kurzen Moment hörte ich nur unser beider lautes Atmen. Dann ertönten von der anderen Seite der Tür erneut Schüsse; ein paar der Kugeln prallten pfeifend vom Metall ab.

»Und jetzt?«, fragte ich. Ich wurde das unangenehme Gefühl nicht los, dass wir uns gerade selbst in eine Falle manövriert hatten. Die

Finsternis ringsum machte es unmöglich, zu erkennen, wo wir uns eigentlich befanden. Wahrscheinlich waren wir in eine Sackgasse gerannt.

Es klickte leise neben mir, dann leuchtete die kleine Taschenlampe in Claydas Händen auf. Der dünne bläuliche Schein enthüllte weitere Backsteinwände, einen schmutzigen, unebenen Boden und – Schienen. Schienen, die sich nach links in der Dunkelheit verloren.

»Das ist ein Tunnel«, stellte ich erstaunt fest. »Wo der wohl hin führt?«

»Vermutlich zu einer Mine in der Nähe.« Der Lichtstrahl der Taschenlampe verharrte auf einer rostigen alten Kipplore, die auf den Schienen ein kleines Stück links von uns stand.

Die Schüsse in unserem Rücken brachen ab.

»Wir sollten uns schleunigst überlegen, wie wir diese Tür verbarrikadiert bekommen«, sagte ich nervös. »Und dann machen, dass wir hier weg kommen.«

»Wenn mich nicht alles täuscht ...« Clayda trat an die Lore heran und leuchtete mit der Taschenlampe hinein. Ein zufriedenes Lächeln erschien auf ihrem Gesicht. »Volltreffer!«

»Was ist da drin?«, fragte ich.

Ich erhielt keine Antwort. Stattdessen betätigte Clayda den Mechanismus, der den Behälter der Lore zur Seite kippen ließ. Es knirschte und quietschte, als das rostige Eisen sich bewegte, doch dann kullerten mit lautem Rumpeln und Getöse dutzende Gesteinsbrocken auf den Tunnelboden, groß wie Kürbisse.

»Leuchte mir mal bitte.« Clayda hielt mir die Taschenlampe hin. »Und geh einen Schritt von der Tür weg.«

»Willst du mit den Steinen die Tür blockieren?«, fragte ich, während ich die Taschenlampe ergriff. »Die kriegst du doch nie bewegt; die sind viel zu schwer.«

Clayda antwortete nicht, sondern ging neben dem Steinhaufen in die Hocke. Sie runzelte leicht die Stirn und streckte die Hände über die Gesteinsbrocken. Noch während ich mich fragte, was genau sie eigentlich vor hatte, begannen die schweren Felsbrocken zu wackeln und dann setzte sich der ganze Haufen rumpelnd in Bewegung. Staunend verfolgte ich, wie die

Gesteinsbrocken sich unter Claydas Händen kullernd und holpernd der Tür näherten, bis sie schließlich mit einem dumpfen Knall dagegen schlugen.

»Was zum …?« Ich wusste um Claydas Kräfte, aber nichts, was sie mir bisher über Magie erzählt hatte, erklärte auch nur ansatzweise, warum sie imstande war, schwere Felsbrocken durch die Gegend zu bewegen.

»Das sollte sie zumindest eine Weile aufhalten.« Schwer atmend fuhr sie sich mit dem Handrücken über die Stirn.

Ich hielt ihr die Taschenlampe hin.

»Erklärst du mir, was du da grade eigentlich gemacht hast?«, fragte ich, als wir uns so schnell es ging auf den Weg durch den engen Tunnel machten.

»Das war Rotarium-Erz«, lautete die Antwort. »Rotarium und Syranid treten in Wechselwirkung, wenn der Abstand gering genug ist. Wie in einem Motor.«

»Du meinst – wie bei Hornigk-Spule und Kolbenwelle?«

»Genau. Mit ausreichend Übung kann ich das Syranid in meinen Adern nutzen, um Rotarium zu bewegen. Allerdings habe ich das bisher immer nur gemacht, wenn ein Wagen nicht anspringen wollte.«

Der Tunnel schien endlos zu sein. Wir schwiegen fortan und lauschten angespannt auf etwaige Geräusche hinter uns. Wie lange würde es dauern, bis sie die verbarrikadierte Tür aufbekamen? Oder wussten sie gar, wohin der Tunnel führte und warteten dort bereits auf uns? Uns war eine Maschinenpistole mit fast leerem Magazin sowie Claydas Pistole geblieben. Unsere Chancen im Fall einer weiteren Konfrontation standen nicht besonders gut.

Nach einer gefühlten Ewigkeit mündete der Tunnel unvermittelt in einen etwas größeren Raum mit rohen Felswänden, von dem mehrere noch schmalere Tunnel abzweigten, deren Wände ebenfalls aus blankem Stein bestanden. Wir schienen die Mine erreicht zu haben.

»Und wie finden wir jetzt hier raus?«, fragte ich nervös.

»Ganz einfach.« Clayda ging zielstrebig auf den mittleren Tunnel zu. »Immer nach oben.«

Unter Tage

Der Gang war so schmal, dass wir gezwungen waren, hintereinander zu gehen, und ich musste den Kopf einziehen, um nicht an die Decke zu stoßen. Alle paar Schritte wurde der Tunnel von schweren Holzbalken gestützt, deren aktuellen Morschheitsgrad ich lieber nicht so genau wissen wollte. Für gewöhnlich neige ich nicht unbedingt zu Klaustrophobie, doch dieser enge Felsentunnel irgendwo unter der Erde, dessen Ende nicht abzusehen war, wirkte überaus beklemmend auf mich.

Es kam mir vor, als seien wir bereits Stunden durch die Mine geirrt, von einem Tunnel in den nächsten, als Clayda irgendwann ihre Schritte verlangsamte und schließlich stehen blieb.

»Was ist?«, fragte ich leise.

»Ich glaube …« Sie brach ab und leuchtete mit der Taschenlampe an der Felswand entlang. Einen Moment wanderten ihre Augen über den feucht glitzernden Stein, dann schüttelte sie den Kopf. »Nicht so wichtig. Lass uns weiter gehen.« Sie lenkte den Strahl der Taschenlampe wieder auf den Weg vor uns.

Ich fragte nicht weiter nach. Doch je weiter wir kamen, desto häufiger ließ sie den Lichtstrahl nun die Wände entlang gleiten, über rohen Fels und alte, durchfurchte Holzpfosten. Als sie schließlich zum wiederholten Mal so plötzlich stehenblieb, dass ich fast in sie hinein lief, hielt ich es nicht mehr aus.

»Nun sag schon, was ist los?«

Clayda schien zu zögern.

»Ich bin mir nicht sicher.« Erneut glitt der Lichtkegel der Taschenlampe über die Wände des Felsganges. »Aber irgendwie … kommt mir das hier vertraut vor.«

»Wie meinst du das?«

»Ich meine …« Sie brach abrupt ab.

»Ja?«

»Pst! Hörst du das?«

Ich lauschte. Zuerst hörte ich nichts. Doch dann -

»Stimmen«, flüsterte ich.

Clayda legte einen Finger auf die Lippen und schaltete die Taschenlampe aus. Sofort senkte sich Dunkelheit über uns. Ich spürte, wie Clayda nach meiner Hand griff und mich langsam weiter den Tunnel entlang zog. Vorsichtig tasteten wir uns voran.

Wir hatten uns nicht getäuscht. Es waren tatsächlich Stimmen zu hören. Und sie kamen von vorne, seltsam hohl und blass weitergetragen durch die kahlen Felswände. Ich bezweifelte stark, dass das etwas Gutes zu bedeuten hatte.

Nach ein paar Minuten in atemloser Finsternis kamen wir schließlich an eine erneute Gabelung des Ganges. Als wir vorsichtig um die Ecke lugten, sahen wir in einiger Entfernung kleine bläuliche Lichtkegel umher tanzen.

»Lass mich raten«, raunte ich. »Dort vorne ist der Ausgang.«

»Sieht ganz so aus. Und wie es scheint, wartet Thertes schon auf uns.«

Ich fluchte leise.

»Wir hätten uns denken können, dass sie wissen, wohin der Tunnel führt«, flüsterte ich. »Was machen wir jetzt?«

»Lass uns versuchen, etwas näher zu kommen. Vielleicht können wir verstehen, worüber sie reden.«

Im Schutz der Dunkelheit, dicht an die Tunnelwand gepresst, schlichen wir uns vorsichtig Meter um Meter näher an das Ende des Ganges heran. Zwischen den tanzenden Lichtkegeln konnten wir nun schemenhafte Silhouetten ausmachen, die ganz offenbar mit irgendetwas sehr beschäftigt waren.

»Was tun sie da?«, flüsterte ich. Es verwirrte mich, dass dort so rege Geschäftigkeit herrschte, ohne dass sich die Gestalten weiter in den Tunnel hinein bewegten. Wenn Sie uns nicht aktiv im Inneren der Mine suchen wollten, warum warteten sie dann nicht einfach am Ausgang?

»Ich weiß es auch nicht.« Claydas Stimme klang gepresst. Offenbar behagte ihr die ganze Situation ebenso wenig wie mir. »Jedenfalls kommen wir auf diesem Weg wohl vorerst nicht raus. Es sind zu viele.«

Sie hatte Recht.

Wir steckten ziemlich in der Klemme.

»Und jetzt?« Ich warf einen Blick zurück in die Finsternis hinter uns.

»Ich weiß nicht. Lass mich kurz nachd...« Das Wort blieb ihr im Halse stecken, als plötzlich etwas dort vorne am Ende des Ganges gebrüllt wurde.

»Weg hier, *weg hier*!« Panisch packte sie meine Hand und rannte zurück den dunklen Tunnel entlang. »Die wollen sprengen!«

»Die wollen *was*?!«

Clayda riss mich in einen Seitengang – keinen Augenblick zu früh, denn in diesem Moment ertönte eine ohrenbetäubende Explosion und eine gewaltige Druckwelle fegte uns fast von den Füßen. Krachend und polternd stürzten Felsbrocken hinter uns in den Gang und feiner Staub kitzelte meine Lungen. Hustend stolperte ich weiter hinter Clayda her, die immer noch meine Hand umklammert hielt. Ein unangenehmes Sirren hatte sich in meinen Ohren breitgemacht. Erst als das höllische Getöse hinter uns langsam verebbte und nur noch vereinzeltes Rieseln und Kullern von Schutt zu hören war, hielt Clayda an. Kurz darauf flammte der bläuliche Schein der Taschenlampe auf.

»Bist du in Ordnung?« Sie klang besorgt.

»Was bei allen neun Höllen war das?« Hustend lehnte ich mich an die Tunnelwand.

»Die Mistkerle haben den Mineneingang gesprengt.«

»Na ja, von uns aus gesehen war's wohl eher der Ausgang«, brummte ich und wischte mir den Staub aus dem Gesicht. Das Sirren in meinen Ohren wurde nun etwas dumpfer.

»Ich schätze, sie hielten es für einfacher, uns hier unten lebendig zu begraben, als in diesem Tunnelsystem nach uns zu suchen.« Der Lichtstrahl ihrer Taschenlampe malte einen bläulichen Kegel in den noch immer in der Luft schwebenden Staub.

»Schöne Scheiße«, fluchte ich. »Und was machen wir jetzt?«

Einen Moment schwieg Clayda und leuchtete wieder an der Tunnelwand entlang.

»Ich glaube, ich weiß, wie wir hier raus kommen«, sagte sie schließlich langsam. »Also – vielleicht.«

»Vielleicht ist immer noch besser als gar nicht.« Ich klopfte meine Klamotten ab, um den gröbsten Staub loszuwerden. »Also, lass hören: Wie lautet der Plan?«

»Es gibt einen zweiten Ausgang, ganz in der Nähe. Ich hoffe, er ist groß genug für uns.«

»Einen zweiten Ausgang? Woher weißt du das?«

Ihr Blick blieb wieder an der Tunnelwand hängen.

»Ich kenne dieses Bergwerk. Das ist die Silberfallmine.«

»Du *kennst* es? Warst du schon mal hier?« Ich starrte sie erstaunt an.

»Nicht bloß ›mal‹. Sehr oft sogar. Aber das ist lange her. Verdammt lange.«

Der Lichtkegel blieb zitternd auf einem Holzbalken kleben und als ich genauer hinsah, erkannte ich, dass dort etwas ins Holz geschnitzt worden war, grob und unbeholfen, wie mit einem stumpfen Messer oder einem Nagel vielleicht. *C + S* stand dort, umrandet von etwas, das entfernt an die Form eines Herzens erinnerte.

Mein Blick wanderte zwischen Clayda und der ungeschickten Schnitzerei hin und her.

»Willst du damit sagen …?«

»Ich war sechs«, erwiderte sie rasch, wie um sich zu verteidigen. »Wir haben hier als Kinder früher gespielt. Allerdings sind wir nie so tief in die Tunnel vorgedrungen, dass wir bis zu der alten Fabrik gelangt wären.«

Ich nickte. Dann grinste ich.

»Wer ist S?«

Clayda überhörte meine Frage.

»Komm, wir sollten weiter gehen. Ich bin mir nicht sicher, ob ich den Weg nach all den Jahren noch wieder finde.«

Ich folgte ihr den Gang entlang. Wir passierten den Tunnel, der bis vor Kurzem noch zum Ausgang geführt hatte; nun war er nach wenigen Metern bis unter die Decke mit Felsbrocken und Geröll verstopft. Die Männer von Thertes hatten ganze Arbeit geleistet.

»Dann bist du hier aufgewachsen? In Senabri'il?«, fragte ich, als wir in den nächsten Gang eintauchten.

»Was dachtest du denn?«

»Na ja, ich dachte du wärst Gamarierin.«

Sie warf mir einen kurzen Seitenblick zu. »Du hast dich nie sonderlich tiefgehend mit meiner Schwester unterhalten, oder?«

Tatsächlich hatte ich mich nie für Fabioras Familie und Herkunft interessiert. Andererseits hatte sie aber auch keinerlei Anstalten gemacht, mir von sich aus davon zu erzählen.

»Sie hat hauptsächlich von ihren Reisen und irgendwelchen Besuchen auf Vernissagen oder Theaterpremieren erzählt«, brummte ich. »Sie hat mir ja nicht mal gesagt, dass sie Schwestern hat.«

Clayda schwieg eine Weile.

»Ich wurde in einem kleinen Dorf hier in der Nähe geboren«, begann sie schließlich zu erzählen. »Es hatte nur ein paar hundert Einwohner und existiert heute gar nicht mehr. Wir sind damals nach Neu Herryskoog gezogen, als Arianna, Fabiora und ich sechs waren. Unsere Eltern wollten, dass wir zur Schule gingen, und die gab es in unserem Dorf nicht. Die erste Zeit in der Stadt war hart. Mein Vater war Schneider und verdiente gerade genug, damit wir halbwegs über die Runden kamen. In der Schule waren wir die *Elfen-Drillinge*.« Ich hörte die Bitterkeit und Wut in ihrer Stimme. »Im besten Fall mieden die anderen Kinder uns, im schlimmsten Fall gab es Spott und Häme, manchmal auch Schläge. Damals lernte ich, dass es besser ist, auszuteilen, als einzustecken.«

Sie hielt einen Moment inne, um in einen der Nebengänge hineinzuleuchten. Dann lenkte sie ihre Schritte nach rechts.

»Aber das Leben in der Stadt bot uns auch neue Möglichkeiten. Mein Vater gründete eine kleine Weberei mit angegliederter Schneiderwerkstatt. Langsam, aber stetig wuchs der Betrieb, und uns ging es finanziell besser. Wir wurden älter, kamen auf eine andere Schule, wo die Kinder uns in Frieden ließen, wir sogar Freunde fanden. Meine Eltern kauften ein hübsches Haus in einem der besseren Stadtteile Neu Herryskoogs, dort, wo man über die Dächer der ärmeren Viertel hinweg das Meer sehen konnte. Es ging uns gut.«

Sie schwieg und ich hatte das Gefühl, dass sie nach den richtigen Worten suchte. Als sie weiter sprach, klang ihre Stimme seltsam belegt.

»Dann wurde meine Mutter krank. Es dauerte, bis mir klar wurde, *wie* krank sie war. Dass diese Krankheit sie wahrscheinlich töten würde. Meine Eltern suchten die besten Ärzte Neu Herryskoogs auf, doch niemand konnte meiner Mutter helfen. Also beschlossen sie, nach Gamarien zu gehen, in der Hoffnung, dort die dringend benötigte Heilung zu finden. Ich weiß noch, wie wütend ich damals war. Ich wollte nicht schon wieder umziehen, nicht schon wieder alles hinter mir lassen und neu anfangen, diesmal sogar in einem fremden Land. Ich erinnerte mich noch gut, wie schlimm es damals gewesen war, als wir nach Neu Herryskoog gezogen waren, und ich hatte Angst, dass es diesmal genau so kommen würde. Das Auswanderungs- und Einbürgerungsverfahren lief recht reibungslos, auch wenn wir zahlreiche Behördengänge machen mussten und es Wochen dauerte, bis alles in trockenen Tüchern war. Es war ein Glück, dass das Unternehmen meines Vaters mittlerweile florierte, denn so nahm uns Gamarien mit Kusshand. Die Produktion wurde aus Neu Herryskoog nach Drakenfurth verlegt, wo meine Mutter im Katerina-Klinikum behandelt werden sollte. Hätten wir damals gewusst, dass es bereits zu spät war ...« Sie seufzte und schüttelte den Kopf. »Einerlei. Wir alle klammerten uns an die Hoffnung, dass die Ärzte in Drakenfurth meine Mutter retten konnten. So kehrten wir Senabri‘il den Rücken und kamen nach Gamarien. Wir begannen ein neues Leben. Aber meine Mutter verlor ihres.«

Stille folgte ihren Worten. Für ein paar Augenblicke hörte ich nur unsere Schritte auf dem steinigen Boden. Ich suchte nach Worten; was sollte ich auf diese Geschichte erwidern? Egal, was ich sagte, es würde sich falsch anfühlen.

Glücklicherweise blieb mir eine Antwort erspart, denn Clayda verlangsamte ihre Schritte und blieb vor einer Nische in der Tunnelwand stehen.

»Hier ist es.«

Im Schein der Taschenlampe erkannte ich eiserne Sprossen, die in den Fels geschlagen worden waren. Sie führten nach oben.

»Ich hoffe bloß, die Luke lässt sich noch öffnen«, murmelte Clayda. Dann drückte sie mir die Lampe in die Hand. »Leuchte mir mal.«

Es war von meiner Position aus nicht gut zu erkennen, wie weit der schmale Schacht in die Höhe ging. Im bläulichen Taschenlampenlicht sah ich Clayda immer höher klettern, bis sie ungefähr drei Stockwerke über mir schließlich anhielt. Ich konnte nicht erkennen, was sie tat, aber ich hörte sie murmeln und fluchen und leise ächzen und dann rieselte Dreck von oben herab.

»Brauchst du Hilfe?«, rief ich zu ihr hinauf, auch wenn ich nicht wirklich wusste, was ich von hier unten hätte ausrichten können.

»Hab's gleich«, kam die etwas gepresste Antwort zurück. Dann ertönte ein metallisches Knirschen und noch mehr Dreck rieselte mir auf den Kopf.

»Na bitte, wer sagt's denn!« Clayda klang zufrieden. Ich sah im schwachen Lichtkegel, wie sie ein paar weitere metallene Sprossen erklomm und dann zur Seite aus meinem Sichtfeld verschwand. Kurz darauf tauchte ihr Kopf wieder in dem schmalen Schacht auf.

»Kommst du?«

Etwas unbeholfen begann ich den Aufstieg mit der Taschenlampe in der Hand. Die Eisensprossen waren alt und rostig und ich hoffte inständig, dass sie die zweifache Belastung nach so langer Zeit aushielten. Ich hatte Glück – ich erreichte die metallene Luke, die seitlich aus dem Schacht heraus führte, unbeschadet und folgte Clayda hinaus ins Freie. Erleichterung durchströmte mich, als ich die schwüle Luft des nächtlichen Dschungels in meine Lungen sog und irgendwo weit über mir zwischen den Kronen der Urwaldriesen hindurch den Sternenhimmel erahnen konnte. Die Gewissheit, dass wir nun doch keinen grausigen

Tod in den Minen tief unter der Erde würden erleiden müssen, versetzte mich in ein eigenartig taumelndes Hochgefühl.

»Jetzt müssen wir nur noch zurück zu Porters Hütte finden«, sprach Clayda aus, was ich dachte.

»Das sollte nach unserer erfolgreichen Odyssee dort unten das geringere Übel sein.« Der Lichtkegel der Taschenlampe streifte über ihren Oberkörper, als ich mir einen Eindruck unserer Umgebung verschaffen wollte – und ich hielt erschrocken inne, als ich sah, dass Blut ihren linken Ärmel tränkte. Das Hochgefühl fiel in sich zusammen wie ein Luftballon, aus dem jemand die Luft entweichen lässt.

»Du blutest!«

Clayda jedoch warf nur einen flüchtigen Blick auf ihren Arm.

»Ja, hab' ich vorhin schon bemerkt. Ist nur ein Streifschuss. Da kann Porter sich nachher drum kümmern. Komm.«

Ich war nicht ganz so unbesorgt angesichts des blutigen Stoffes, beschloss aber, nichts weiter dazu zu sagen. Immerhin hatte sie es mit der Verletzung durch das gesamte Tunnellabyrinth geschafft und war anschließend den schmalen Schacht in die Höhe geklettert. Allzu schlimm verwundet konnte sie also wohl wirklich nicht sein.

»Meinst du, Porter hat es in einem Stück da raus geschafft?« Ich reichte ihr die Taschenlampe zurück.

»Mach dir um ihn keine Sorgen«, erwiderte Clayda und strich sich die zerzausten Haare aus der Stirn. »Ich glaube, den bekommt so schnell niemand klein.«

Und im Stillen musste ich ihr Recht geben.

Das Syrikon-Projekt

»Das sieht echt übel aus.«

»Ist halb so schlimm.«

Ich warf Clayda, die gerade gemeinsam mit Porter die Verletzung an ihrem Arm in Augenschein nahm, einen zweifelnden Blick zu. Die Kugel hatte sie tatsächlich nur gestreift, aber dennoch eine tiefe Furche ins Gewebe gerissen. Die Kanten sahen unangenehm ausgefranst aus und ein paar Stofffetzen ihres Oberteils klebten noch in der blutigen Wunde.

»Das krieg' ich wieder hin«, brummte Porter und kramte in der Blechkiste herum, in der er das Verbandsmaterial und die restlichen medizinischen Utensilien aufbewahrte. Vor einer Viertelstunde war er wohlbehalten aus dem Dschungel aufgetaucht. Wie er es geschafft hatte, die Wachmänner abzuschütteln, erschloss sich mir nicht ganz, denn immerhin musste Betty eine ordentliche Schneise im Unterholz hinterlassen haben, aber Porter erzählte irgendetwas von einer alten gepflasterten Straße und einer Höhle hinter einem Wasserfall, wo er Betty vorübergehend versteckt hatte, und mir war es eigentlich auch herzlich egal. Die Hauptsache war, dass er jetzt hier war, und sich um Claydas Schussverletzung kümmern konnte.

»Ist lange nicht so schlimm wie bei dir, Kamerad«, grinste er.

Der Hinweis wäre eigentlich überflüssig gewesen – immerhin hatte mich der Blutverlust das Bewusstsein gekostet und die verheilende Wunde tat noch immer weh, wenn ich mich zu viel bewegte. Auf meine Frage, ob ich ihm irgendwie zur Hand gehen konnte, verneinte er, und so wandte ich mich ab und zog stattdessen die Unterlagen unter meinem Hemd hervor, die wir im Labor gefunden hatten. Während Porter sich daran machte, Claydas Wunde mit einer Pinzette und reichlich Alkohol zu reinigen *(als er nicht hinsah, schnappte ich mir die Flasche und trank rasch einen Schluck; es schmeckte widerlich, aber sogleich fühlte ich mich besser, denn unser jüngstes Abenteuer steckte mir immer noch in den Knochen)*, hockte ich mich an den alten Holztisch, der in der Mitte der Hütte stand, und begann, die Papiere durchzusehen.

Ein Teil der Akte kam mir vage bekannt vor – vermutlich hatte ich sie bereits in Drakenfurth zu Gesicht bekommen – und es fanden sich auch jene Blätter, die ich durch den Dopplikator gejagt hatte. Zusätzlich gab es jedoch noch einen ganzen Haufen an Dokumenten, die ich noch nie gesehen hatte, und auf die konzentrierte ich mich nun hauptsächlich. Während Porter Claydas Wunde vorsichtig vernähte, mit Salbe bestrich und anschließend einen blütenweißen Verband um ihren Arm wickelte, ließ ich meinen Blick über Listen und Tabellen wandern, über Laborberichte und schließlich einen Haufen technisch aussehender Zeichnungen.

Als Porter seine Utensilien wieder wegpackte, sah ich auf.

»Ich weiß, was das Syrikon-Projekt ist.«

Clayda erhob sich hastig und kam zu mir herüber, um einen Blick auf die Unterlagen zu werfen.

»Es ist eine Waffe«, erklärte ich und zeigte ihr die Zeichnungen. »Irgendein neuartiges Langstrecken-Dings, das unglaubliche Durchschlagskraft hat. Daher der Name.«

Claydas Augen glitten über die Zeichnungen. Dann machte sich Erkenntnis auf ihrem Gesicht breit.

»Diese Schweine«, sagte sie leise. »Und das alles nur …« Sie brach ab.

Porter erhob sich stirnrunzelnd.

»Und was hat das mit den armen Leuten zu tun, die sie da unten im Keller haben?«, fragte er.

»Sie brauchen Syranid dafür«, erklärte ich, da Clayda noch immer fassungslos und zornig auf die Blätter starrte, »Unmengen an Syranid. Und das ist in der Herstellung nunmal nicht gerade billig. Vermutlich würde sich das Ganze einfach nicht rentieren, wenn sie es auf herkömmliche Weise aus Syranol gewinnen würden. Da war der Griff nach dem Blut der Indri die … preisgünstigere Variante.«

»Preisgünstig!« Clayda schnaubte. »Das ist … ich habe noch nie etwas so Widerwärtiges erlebt! Wir hätten die ganze Bande in die Luft jagen sollen!«

Ihre Augen schienen Funken zu sprühen.

»Hey«, versuchte ich, sie zu beschwichtigen, »ruhig Blut. Mit dem, was wir hier an Beweismaterial haben, bekommen wir VenTresko und alle anderen Verantwortlichen hinter Schloss und Riegel. Sie werden bekommen, was sie verdienen. Und die Indri holen wir da auch raus. Das ist das Wichtigste.«

Clayda schien zunächst widersprechen zu wollen – vielleicht entsprach ihre Vorstellung von dem, was VenTresko verdiente, nicht ganz der meinen – nickte dann jedoch.

»Schreib deinen Artikel«, meinte sie dann. »Dann können wir uns immer noch überlegen, wie wir nach Hause kommen.«

Eine Schreibmaschine besaß Porter zu meinem Leidwesen nicht und so blieb mir nichts anderes, als meinen Bericht über die finsteren Machenschaften von Thertes Waffensysteme mit einem alten Füllfederhalter auf graues Papier zu schreiben.

Eigentlich hätte ich mich freuen sollen.

Ich würde es schaffen, die Deadline meiner Chefin einzuhalten, und ich würde ihr darüber hinaus auch noch die Story meines Lebens liefern. Wahrscheinlich würde ich so nicht nur dem drohenden Rausschmiss entgehen, sondern noch dazu mit etwas Glück eine saftige Gehaltserhöhung bekommen. Aber ich war nicht in Hochstimmung. Ganz im Gegenteil. Während ich versuchte, den fürchterlichen Anblick der in die groteske Maschinerie eingespannten Indri zu beschreiben, dachte ich im Stillen bei mir, dass ein Bericht über die Jahresversammlung des Kaninchenzüchtervereins doch eigentlich ein ganz wunderbares Thema für meinen nächsten Artikel wäre.

Ich schrieb die ganze Nacht durch.

Clayda und Porter legten sich irgendwann schlafen, doch ich kritzelte weiter im Schein einer alten Petroleumlampe Zeile um Zeile meines

Artikels, bis ich irgendwann im Morgengrauen den Stift zur Seite legte. Ich war fertig. Mit leisem Stöhnen streckte ich meine Glieder und beschloss, mir noch eine kleine Mütze Schlaf zu gönnen.

Mein Kopf hatte kaum das Kissen berührt, da war ich auch schon eingeschlafen.

Ich erwachte von Sonnenlicht, das mir ins Gesicht fiel. Blinzelnd schlug ich die Augen auf und sah mich gähnend um. Clayda saß in ein Laken gehüllt am Tisch und las gerade meinen Artikel. Porter war nirgends zu sehen.

»Du bist fertig«, lächelte sie, als sie bemerkte, dass ich wach war. »Der ist gut. Der ist wirklich gut.« Ihre Augen huschten wieder über die Zeilen in ihren Händen.

»Danke«, sagte ich und richtete mich auf. »Wie geht's deinem Arm?«

Sie warf einen kurzen Blick auf den Verband.

»Besser«, erwiderte sie dann. »Er tut nicht mehr so weh wie heute Nacht noch.«

Ich stand auf und streckte mich – und zuckte leicht zusammen, als sich die Wunde an meiner Seite wieder schmerzhaft bemerkbar machte. Ich musste noch immer vorsichtig sein.

»Wo ist Porter?«, fragte ich.

»Holt Frühstück im Nachbardorf«, erwiderte sie, »und versucht, die Lage in Neu Herryskoog abzuschätzen. Ob sich an der Fahndung nach uns irgendetwas geändert hat nach gestern Nacht.«

»Vielleicht gibt's ja jetzt ein sattes Kopfgeld auf uns beide«, mutmaßte ich, während ich Porters Regale nach etwas Trinkbarem durchforstete *(Ich fand tatsächlich eine halb leere Flasche Portwein, was immerhin besser als nichts war).* »Wenn wir das einfach selbst kassieren, können wir die Polizei anschließend schmieren, dass sie uns laufen lassen.«

Clayda lachte leise.

»Zumindest hast du deinen Humor nicht verloren.«

»Wenn ich den auch noch verlieren würde, hätte ich ja gar nichts mehr«, erwiderte ich schulterzuckend.

Eine halbe Stunde später kam Porter mit frischen Maisfladen und Butternuffies zurück.

»Die Stadt ist wohl im Ausnahmezustand«, erklärte er und verteilte Teller und Besteck auf dem Tisch. »Überall Polizei! Die halten wahllos irgendwelche Passanten an, um sie zu kontrollieren. Den Bäcker haben sie heute früh zweimal kontrolliert, als er zum Markt gefahren ist, obwohl er keinem von euch auch nur ansatzweise ähnlich sieht. Also entweder hat euer feiner Waffenkonzern den Polizeipräsidenten unter der Knute oder die zahlen denen ein exorbitant hohes Schmiergeld.«

»Das macht es uns nicht gerade leichter«, seufzte ich.

»Oh, mich suchen sie jetzt übrigens auch«, fügte Porter grinsend hinzu. »Zwar nicht namentlich, aber der Bäcker hat mir von Steckbriefen mit Phantombildern erzählt. Ein Glück, dass ich ihn schon so lange kenne. Hab' die Mistkerle mit Betty wohl so aufgemischt, dass sie mich ebenfalls als Bedrohung ansehen.«

»Kann mir gar nicht vorstellen, wie sie auf sowas kommen«, erwiderte ich trocken und Porter lachte dröhnend los.

»Unsere einzige Chance besteht darin, die Gamarische Botschaft zu erreichen«, stellte Clayda fest, nahm sich einen der Maisfladen und bestrich ihn mit Paprikapaste. »Solange wir zur Fahndung ausgeschrieben sind, haben wir nicht den Hauch einer Chance, das Land zu verlassen.«

»Das dürfte schwierig werden, wenn überall Polizei rumläuft«, gab ich zu bedenken. »Deine erstaunlichen Fähigkeiten in allen Ehren, Clayda, aber ich glaube nicht, dass die uns am helllichten Tag gegen die senabrische Polizei etwas nützen würden. Und nachts hat es wohl wenig Sinn, da wird die Botschaft geschlossen sein.«

»Das stimmt.« Clayda nickte. »Da müssen wir uns irgendwas einfallen lassen. Wie's momentan aussieht kämen wir vermutlich keine drei Straßen weit, ohne dass sie uns schnappen. Zudem wird Thertes sich denken können, dass wir versuchen werden, die Botschaft zu erreichen, also wird dort die Polizeipräsenz wohl nochmal höher sein als im Rest der Stadt. «

»Dann brauchen wir eben einen guten Plan«, warf Porter ein.

»Wir?«, wiederholte ich. »Heißt das, du hilfst uns?«

»Selbstverständlich!« Er klang beinahe entrüstet. »Ich lass' doch meine Kameraden nicht im Stich! Nee, nee, die Mission ziehen wir gemeinsam durch.« Wieder einmal fragte ich mich, ob in seinem Kopf der Krieg jemals aufgehört hatte.

»Gut, dann müssen wir uns jetzt nur noch einen Plan einfallen lassen, der so gut funktioniert wie letzte Nacht«, meinte Clayda.

»Nach Möglichkeit sollte er besser funktionieren als letzte Nacht«, erwiderte ich. »Nochmal haben wir vielleicht nicht so viel Glück mit herumfliegenden Kugeln.«

»Rein statistisch gesehen müsste es mich als nächstes erwischen, also müsst ihr euch darum keine Sorgen machen«, meinte Porter und stopfte sich grinsend ein Butternuffie in den Mund.

Mit ein wenig Hilfe

Die Mittagssonne brannte heiß auf das alte Steinbruchgelände herunter, als Porter seinen Geländewagen zwischen den kargen Feldern hindurch in Richtung der kleinen Siedlung lenkte. Schweiß perlte auf meiner Stirn, sickerte in kleinen Rinnsalen meinen Nacken hinab und tränkte den Verband über meiner Wunde. Ich fuhr mir mit dem Ärmel über die Stirn und warf einen Blick hinaus auf den grünlichen See, an dessen Ufer wir entlang fuhren.

Mir war noch immer nicht ganz wohl bei der Sache, aber etwas Besseres war uns nicht eingefallen. Sicher hätten wir die Situation noch ein paar Tage oder Wochen in Porters Hütte im Dschungel aussitzen können. Irgendwann hätte sich die Lage vermutlich genug entspannt, dass wir es wagen konnten, zur gamarischen Botschaft zu fahren. Allerdings hätte das Zeit gekostet. Zeit, die wir nicht hatten – und die vor allem die gefangenen Indri nicht hatten. Man brauchte keinen Doktor in Medizin zu haben, um sich ausrechnen zu können, dass der gesundheitliche Zustand der Gefangenen bestenfalls als bedenklich zu bezeichnen war; was sie ihnen dort in dem Keller der alten Fabrik antaten, musste weitreichende physische und psychische Konsequenzen haben. Nein, wir hatten wahrlich keine Zeit zu verlieren. Wir mussten es so schnell wie möglich irgendwie zur Botschaft schaffen.

Und das konnten wir nicht ohne Hilfe bewerkstelligen.

Porter hielt auf dem staubigen Dorfplatz und wir stiegen aus. Das nahende Auto hatte die Indri aus ihren Hütten gelockt – als sie Clayda und mich erkannten, versammelten sie sich rasch in einer großen Traube um uns und bestürmten uns mit aufgeregten Fragen.

Clayda hob beschwichtigend die Hände und sprach ein paar Worte auf Senabrisch. Wir hatten uns im Vorfeld darauf geeinigt, dass es unklug wäre, den Angehörigen zu viele Details über unsere Entdeckung zu verraten. Clayda sollte ihnen lediglich erzählen, dass wir eine Spur hatten.

Die Menge teilt sich und die alte Sadiye trat auf ihren Stab gestützt näher. Clayda begrüßte sie wie beim letzten Mal mit der zweifachen Verneigung und die beiden sprachen kurz miteinander. Die Sharakúya nickte bedächtig und wandte sich dann an die Umstehenden.

Porter war mit verschränkten Armen neben mich getreten und neigte sich zu mir runter. Ein paar seiner langen grauen Locks fielen mir auf die Schulter.

»Und ihr seid wirklich sicher, dass ihr die Leute da mit reinziehen wollt?«, fragte er leise.

»Nein«, erwiderte ich ebenso leise. »Aber ich glaube nicht, dass wir wirklich eine Wahl haben. Wir kommen ja nicht mal in die Stadt rein, wenn das Polizeiaufgebot dort wirklich so enorm ist, wie dein Bäcker-Freund es beschrieben hat.«

»Hm.« Porter kratzte sich den grauen Vollbart. »Mir gefällt das trotzdem nicht.«

»Mir auch nicht.«

Sadiye dirigierte die neugierige und aufgeregte Menge hinüber zu dem großen Baum in der Mitte des Dorfplatzes, dessen weit ausladende Äste zumindest ein wenig Schatten vor der Mittagssonne boten. Gemeinsam mit den Indri ließen wir uns auf dem staubigen Boden nieder. Clayda und Sadiye blieben stehen und Clayda richtete das Wort an die Indri. Auch wenn ich kein Senabrisch verstand, wusste ich doch, was sie ihnen erzählte. Dass wir auf der Suche nach den Vermissten tatsächlich eine vielversprechende Spur hatten, uns aber bei unseren Nachforschungen die korrupte Polizei in die Quere gekommen war und nun nach uns fahndete. Bei dem Wort »Politiye« erhob sich zustimmendes Murmeln unter den Indri; dass diese Leute vermutlich eher selten gute Erfahrungen mit der Polizei gemacht hatten, lag auf der Hand. Umso weniger gefiel mir die Vorstellung, dass sie sich nun unseretwegen zur Zielscheibe machen sollten.

Zu meiner Überraschung waren die Reaktionen auf Claydas Bitte, uns bei dem Versuch, die gamarische Botschaft zu erreichen, zu unterstützen, alles andere als verhalten. Ich verstand zwar nicht, was gesprochen wurde, aber es entbrannte ein aufgeregtes Stimmengewirr und mehrere Hände schossen entschlossen in die Höhe. Auf den Gesichtern ringsum zeichnete sich Aufregung, Angespanntheit, aber auch Erleichterung und fast so etwas wie Freude ab. Ich sah zwei junge Frauen etwas zu einander sagen und dann gelöst auflachen; ein paar junge Männer tuschelten mit einander, ein begeistertes Funkeln in den Augen. Die ganze Atmosphäre auf dem Dorfplatz war mit einem Mal von einer solch gespannten Entschlossenheit erfüllt, dass ich nicht umhinkonnte, auch selbst ein wenig Zuversicht dazu zu gewinnen. Wir konnten es schaffen.

Während sich nun Sadiye an ihre Leute wandte, hockte Clayda sich zu uns auf den Boden.

»Sie helfen uns«, sagte sie leise an mich gewandt. »Wie ich vermutet hatte.«

Ich schüttelte langsam den Kopf.

»Ich hätte keine solche Begeisterung erwartet«, gab ich zu. »Ist ihnen klar, welches Risiko sie dabei eingehen?«

Clayda legte den Kopf ein wenig schräg.

»Die Leute sind nicht dumm, Lemmy«, sagte sie. »Sie kennen die hiesige Polizei zur allzu gut. Aber es geht um ihre Angehörigen, ihre Freunde. Wärst du nicht auch bereit, für deine Liebsten ein solches Risiko einzugehen?«

Ich fragte mich kurz, ob ich mich für meine Familie tatsächlich mit korrupten Staatsorganen anlegen würde, doch Sadiye ersparte es mir zum Glück, genauer darüber nachzudenken. Sie wandte sich um und richtete das Wort an uns.

»Sie freuen sich, uns morgen bei der Suche nach ihren Angehörigen behilflich sein zu können«, übersetzte Clayda leise für mich. »Und sie bestehen darauf, uns bis dahin als Gäste willkommen heißen zu dürfen.«

Zustimmendes Gemurmel erhob sich ringsum. Lächelnde Gesichter wandten sich uns zu und ich sah, dass einige der Indri die rechte Hand auf die Brust legten und zweimal kurz den Kopf in unsere Richtung neigten. Und ich hoffte inständig, dass wir das in uns gesetzte Vertrauen nicht enttäuschen würden.

»Ich glaub immer noch nicht, dass das funktioniert.« Zweifelnd starrte ich auf mein undeutliches Spiegelbild.

»Das sagst du jetzt zum ungefähr zehnten Mal«, erwiderte Clayda und tunkte den Pinsel erneut in die rote Farbe. »Halt still.«

Wir saßen in einer der einfachen Hütten in Firis'dun und Clayda war gerade damit beschäftigt, mich im dürftigen Schein einer Petroleumlampe zurechtzumachen. Skeptisch sah ich dabei zu, wie sie mit wenigen geübten Handgriffen meine Lippen in leuchtendem Rot nachfuhr. Nicht unbedingt meine normale Beschäftigung für morgens um fünf.

Die Indri hatten am vorigen Tag einen Haufen entbehrlicher Kleidung zusammen getragen, die Clayda und mir als Verkleidung dienen sollte. Ich trug eine weiße Bluse mit leichten Puffärmeln und Rüschen an den Säumen. Darunter hatte ich einen Büstenhalter an, der mit reichlich Taschentüchern ausgestopft war. Um meine Beine flatterte ein langer geblümter Rock und meine Füße hatte ich in rote Damenschuhe mit einem für meinen Geschmack viel zu hohen Absatz gequetscht. Da meine Haare zu kurz und vor allem zu blond waren, um eine überzeugende Einheimische abzugeben, hatte Clayda mir kurzerhand ein großes buntes Tuch um Kopf und Schultern geschlungen. Um mein Erscheinungsbild abzurunden, war sie nun damit beschäftigt, mein Gesicht mit einer ganzen Malerpalette an Schminke zu beschmieren. Dass meine Haut, die farblich schon immer eher einem gerupften Hühnchen geähnelt hatte, viel zu bleich war, ließ sich allerdings nicht so einfach ändern; ich würde mir das Tuch tief ins Gesicht ziehen, den Kopf gesenkt halten und darauf hoffen müssen, dass die frühmorgendliche Dunkelheit auf meiner Seite war – zumindest bis wir es in die Stadt hinein geschafft hatten.

Clayda selbst hatte ihre dunklen Locken hochgesteckt und unter eine graue Schiebermütze gestopft, die bis über ihre Ohren reichte. Braungraue, ausgebeulte Arbeiterklamotten ließen sie zumindest auf den ersten Blick als einen durchaus überzeugenden jungen Tagelöhner durchgehen.

»Seid ihr fertig?« Porters dunkles Gesicht tauchte im Spiegel hinter mir auf. Seine langen grauen Locks hatte er im Nacken zusammengebunden; er war der einzige von uns, dessen Äußeres unverändert war.

Bei der gestrigen Planung unseres Vorgehens hatte er beschlossen, dass ihm und Betty erneut die Rolle des Ablenkungsmanövers zukam, und hatte sich partout nicht davon abbringen lassen.

»Beinahe«, erwiderte Clayda und griff nun nach einem Döschen mit einem blassblau schimmernden Pulver. »Augen zu«, kommandierte sie. Ich gehorchte.

»Also ich muss schon sagen, Kamerad«, meinte Porter und ich hörte das Grinsen in seiner Stimme. »Du siehst überaus entzückend aus.«

»Falls wir den heutigen Tag überleben, kannst du mich ja zum Essen ausführen«, erwiderte ich. Porter lachte.

»Ich mach mich jetzt auf den Weg; muss Betty noch aus ihrem Versteck holen«, meinte er. »Hals- und Beinbruch euch beiden.«

»Dir auch.« Ich öffnete die Augen und wandte mich zu ihm um. »Und Porter: Danke für alles. Ohne dich wären wir ...« Ich ließ den Satz unvollendet, aber wir alle drei wussten, was ungesagt blieb. Mausetot wären wir höchstwahrscheinlich.

»Es war mir eine Ehre«, antwortete Porter feierlich. Dann nickte er uns noch einmal zu und verließ die Hütte.

Ich habe keine Ahnung, zu welcher Uhrzeit in Firis'dun für gewöhnlich der Tag beginnt; an diesem Morgen war jedenfalls gefühlt das gesamte Dorf auf den Beinen, als wir in unserer Verkleidung zwischen den Hütten entlang gingen. Die Morgendämmerung war noch weit entfernt und so spannte sich über uns am wolkenlosen Nachthimmel ein Firmament aus funkelnden Sternen. Straßenbeleuchtung gab es hier keine – es gab streng genommen nicht einmal Straßen, nur ausgetretene, staubige Pfade zwischen den Hütten – und so kamen die einzigen Lichtquellen aus den Fenster- und Türöffnungen der umliegenden Behausungen. Ich konzentrierte mich darauf, in den hohen Schuhen nicht umzuknicken, und folgte Namír, dem Indri, in dessen Hütte wir die Nacht verbracht hatten. Normalerweise teilte er sie mit seinen beiden Brüdern Marviyo und Anarim, hatte er uns am Vorabend erzählt, aber sie gehörten beide zu den Vermissten, und so hatte er Clayda, Porter und mir seine Hütte angeboten, während er selbst bei den Nachbarn untergekommen war.

Hatte ich seine Brüder gesehen, fragte ich mich mit leichtem Unbehagen, während wir Namírs Laterne zwischen den Hütten hindurch folgten, dort unten in dem Keller der alten Fabrik? Welche der reglosen Körper, eingespannt in diese groteske Maschinerie, gehörten den beiden Männern, auf deren Schlaflagern wir die Nacht verbracht hatten?

Ich war so sehr in Gedanken, dass ich zunächst die Traube an Indri nicht bemerkte, die sich bei unserem Weg durch das Dorf um uns sammelte. Es waren hauptsächlich Kinder und jüngere Indri, die sich uns neugierig anschlossen und dabei kicherten und tuschelten. Ich war mir nicht sicher, ob unsere Kostümierungen oder der bevorstehende Versuch, die gamarische Botschaft zu erreichen, der Auslöser für das aufgeregte Gekicher waren, aber ich war eigentlich auch viel zu müde, um mir darüber Gedanken zu machen.

Unsere Anwesenheit in Firis'dun und die bevorstehende nicht ganz ungefährliche Aktion hatte das komplette Dorf kurzerhand zum Anlass genommen, eine Art spontanes Mini-Straßenfest am vergangenen Abend zu veranstalten. Von überall her hatten die Indri Tische, Stühle, Bänke und andere Sitzgelegenheiten herbeigetragen und ein großes Feuer war auf dem Dorfplatz entzündet worden. Auf den Tischen türmten sich schon bald die unterschiedlichsten Speisen – Maisfladen und kleine kross gebratene Fische, Paprikapaste, Obstsalat und frittierte Insekten. Wir schlugen uns die Bäuche voll und tranken von dem Maisschnaps, den die Alten herumreichten, und dessen Schärfe (die wohl von Chili-Schoten herrührte, wie Porter mir grinsend erklärte) mir die Tränen in die Augen trieb. Nach dem Essen holten ein paar der Indri Trommeln und einige mir namentlich nicht bekannte Saiteninstrumente herbei – Namír und drei seiner Freunde versuchten vergeblich, mir ein paar Schritte eines indrischen Tanzes beizubringen, und lachten, als ich fast über meine eigenen Füße stolperte. Außerdem wurde mit lautem Hallo ein Spiel gespielt, bei dem es galt, eine bunt bemalte Holzscheibe mit einem Holzkreisel zu treffen, der mit einer langen Schnur angedreht wurde. Es erinnerte mich ein wenig an den Dilldopp, den ich als Kind gehabt hatte, nur dass die Kreisel hier größer waren und sich das Spiel ganz offenbar nicht nur bei Kindern großer Beliebtheit erfreute. Tatsächlich schlugen sich Clayda und Porter gar nicht übel und trafen beide mit ihrem Kreisel mehrfach die Holzscheibe, was von den Umstehenden mit begeistertem Johlen und Klatschen kommentiert wurde.

Die Nacht war schon lange hereingebrochen, als Namír uns schließlich zu seiner Hütte brachte und versprach, uns am nächsten Morgen um halb sechs abzuholen. Und hier war ich nun also, mit viel zu wenig Schlaf und den unbequemsten Schuhen, die ich in meinem Leben getragen hatte.

»Weiß nicht, wie ich in den Teilen rennen soll, wenn's drauf ankommt«, murmelte ich, während wir uns umringt von den kichernden Kindern dem Dorfplatz näherten.

»Gar nicht«, erwiderte Clayda. »Wenn's drauf ankommt läufst du barfuß weiter.«

»Ernsthaft?« Ich warf ihr einen ungläubigen Blick zu. »Dann trete ich noch in wer weiß was rein.«

»Immer noch besser als sich den Knöchel zu brechen – und das würdest du, glaube mir.«

Vermutlich hatte sie Recht – immerhin trug sie im Normalfall solche Schuhe täglich.

Wir bogen um die letzte Hütte und vor uns erstreckte sich der nächtliche Dorfplatz. Das große Feuer vom letzten Abend war fast gänzlich heruntergebrannt; lediglich ein schwaches rötliches Glimmen unter ein paar verkohlten Holzscheiten war in der Dunkelheit zu sehen. Am anderen Ende des Platzes tummelte sich eine Gruppe von Indri; im Schein ihrer Laternen konnte ich den kleinen Lastwagen mit der offenen Ladefläche erkennen, der uns in die Stadt bringen sollte. Namír rief den anderen Indri etwas zu; eine Antwort kam zurück und er lachte.

Es war ein gutes Dutzend Indri, Männer und Frauen gleichermaßen, die dort auf uns warteten. Sie alle arbeiteten in Neu Herryskoog, verdienten ihren Lebensunterhalt als Tagelöhner am Hafen, trugen Zeitungen und Anzeigenblätter aus oder putzten bei den reicheren Teilen der Bevölkerung. Jeden Tag fuhren sie noch vor Sonnenaufgang gemeinsam in die Stadt und kehrten meist erst nach Sonnenuntergang zurück.

»Wir waren mal siebzehn«, hatte Namír erklärt. »Aber Caya ist vom Putzen bei den Sarjanos nicht zurückgekommen und Marviyo und Anarim sind während ihrer Route im Stadtzentrum irgendwann verschwunden; die haben nur noch die Taschen mit den restlichen Zeitungen gefunden.«

Sadiye war ebenfalls gekommen, um uns zu verabschieden. Sie stützte sich auf ihren Stab und blickte Clayda und mich nacheinander ernst an. Dann lächelte sie und sprach ein paar Worte auf Senabrisch.

»Sie wünscht uns viel Erfolg«, übersetzte Clayda, »und den Segen der Götter.«

Da ich nicht wusste, was ich passenderweise erwidern konnte, beschränkte ich mich aufs Lächeln und Nicken und überließ Clayda das Reden.

Während Namír die Fahrerkabine bestieg, kletterten Clayda und ich gemeinsam mit den anderen Indri auf die Ladefläche des Lastwagens. An den beiden Längsseiten waren schmale Holzbänke angebracht, deren Oberfläche über die Jahre hinweg durch den häufigen Gebrauch glatt geschliffen worden waren. Wirklich viel Platz war hier allerdings nicht vorhanden, sodass wir schließlich recht eng gedrängt saßen. Links von mir ließ sich eine Indri mit kurzen Haaren nieder, die sich mit einem Lächeln und einem warmen Händedruck als Inaya vorstellte, während Clayda zu meiner Rechten Platz nahm. Einer der Indri rief etwas nach vorne und der Laster setzte sich ruckeln in Bewegung. Ich warf einen Blick zurück auf den nächtlichen Dorfplatz, wo im Schein der Laternen die undeutlichen Gestalten von Sadiye und den Kindern langsam in der Dunkelheit verschwanden.

Jetzt blieb zu hoffen, dass unser Plan aufging und unsere Tarnung nicht aufflog.

Flucht nach vorne

Schwarz und undurchdringlich erstreckte der nächtliche Dschungel sich rings um uns. Was die bläulichen Lichtkegel der Scheinwerfer vor dem Lastwagen erhellten, war von unserer Position aus nicht zu sehen. Lediglich das Glimmen der Rücklichter tauchte die unebene Straße und das Dickicht am Straßenrand in einen unheimlichen rötlichen Schein.

Ich war nervös. Immer wieder tastete ich prüfend nach den Dokumenten und den Beweisfotos, die ich unter meiner Bluse und zwischen den Taschentüchern in dem Büstenhalter versteckt hatte.

»Das solltest du dir abgewöhnen«, meinte Clayda leise. »Es wirkt doch recht seltsam, wenn du dir ständig an die Brüste fasst.«

Ertappt ließ ich die Hand sinken.

Nach einer Weile wurde der Lastwagen langsamer und unter den Indri erhob sich leises angespanntes Gemurmel.

»Eine Polizeikontrolle«, flüsterte Clayda mir zu. »Wir haben den Stadtrand erreicht. Halt den Kopf gesenkt und versuch, nicht aufzufallen.«

Mit rasendem Herzen zog ich mir das Tuch tiefer ins Gesicht und neigte den Kopf nach vorne. Wenn sie uns einzeln kontrollierten, waren wir geliefert. Ich hörte Stimmen von vorne; Namír schien ein paar Worte mit der Polizei zu wechseln. Auch wenn ich kein Wort verstand, so war es doch nicht schwierig, am Tonfall zu erkennen, dass die Polizistin, die mit ihm sprach, ihn regelrecht verhörte. Schritte näherten sich und ich nahm aus den Augenwinkeln die umherhuschenden blauen Lichtkegel von Taschenlampen wahr, die wie Suchscheinwerfer über unsere kleine Gruppe wanderten.

Ich merkte, dass ich die Luft anhielt.

Wenn sie mir ins Gesicht leuchteten, wenn das Licht ausreichte, meine bleiche Haut zu erkennen ... wenn sie uns befahlen, die Ladefläche zu verlassen ... wenn nur irgendeine Kleinigkeit schief ging ...

Quälende Augenblicke verstrichen, die mir vorkamen wie Stunden. Die Lichtkegel der Taschenlampen tasteten immer wieder über uns hinweg, hielten ab und an kurz inne. Von vorne hörte ich nach wie vor die Stimmen von Namír und der Polizistin.

Und dann verschwanden die Taschenlampen, der Motor startete wieder und wir setzten unseren Weg fort. Während das Dickicht des Dschungels nun schwach beleuchteten Straßen mit niedrigen Häusern wich, konnte ich unser Glück kaum fassen. Ich stieß einen tiefen Seufzer aus.

»Das lief besser, als ich befürchtet hatte«, raunte ich Clayda zu.

»Schmiergeld funktioniert zum Glück auch in den unteren Rängen«, murmelte sie zurück. Ich warf ihr einen raschen Seitenblick zu. Sie hatte die Stirn in düstere Falten gelegt.

»Willst du damit sagen ...?«

»Namír hat die Polizistin bestochen«, bestätigte sie. »Soweit ich das Gespräch verfolgen konnte, hat sie wohl deutlich mehr verlangt als sonst. Vermutlich wegen der Fahndung nach uns.«

Ich schwieg. Die Vorstellung, dass diese Leute der Polizei regelmäßig Bestechungsgeld zustecken mussten, damit sie zur Arbeit konnten ... und jetzt hatten sie mehr bezahlen müssen, weil es eine laufende Fahndung gab? Ich schüttelte fassungslos den Kopf.

Einer nach dem anderen setzte Namír die anderen Indri nun in der Stadt ab; wir hielten an einer Wäscherei, einem Casino und ein paar Lagerhallen, dann lenkte er den Lastwagen die steilen Straßen am Berghang hinauf in die besseren Wohngegenden Neu Herryskoogs. Nun hielten wir ein paar Mal vor hübsch aussehenden Einfamilienhäusern im Kolonialstil, bis wir schließlich das Haus der täglichen Route der Indri erreichten, das am nächsten am Regierungsviertel lag.

Gemeinsam mit Inaya, der kurzhaarigen Indri, die die Fahrt über neben mir gesessen hatte, stiegen wir von der Ladefläche. Clayda ging nach vorne zur Fahrertür des Wagens und tauschte ein paar Worte mit Namír. Ich sah, wie sie ihm etwas in die Hand drückte; er schien protestieren zu wollen, doch sie schüttelte bestimmt den Kopf und sprach kurz eindringlich auf ihn ein. Schließlich nickte er, legte die rechte Hand auf die Brust und verneigte sich knapp. Dann winkte er mir im Seitenspiegel mit einem Grinsen zu und fuhr davon, mit den restlichen fünf Indri auf der Ladefläche.

Inaya schüttelte uns zum Abschied die Hände, wünschte uns Glück und betrat dann das hellblau gestrichenen Hauses, vor dem wir gehalten hatten, durch den Dienstboteneingang.

»Was hast du ihm gegeben?«, fragte ich Clayda und sah den sich entfernenden roten Rücklichtern des Lasters hinterher.

»Geld«, sagte sie und richtete die Schiebermütze auf ihrem Kopf. »Dafür, dass sie uns mitgenommen haben.«

»Und weil das Schmiergeld so hoch war«, mutmaßte ich.

»Auch.«

Clayda war einen Blick auf die Uhr.

»Es ist jetzt kurz nach sechs«, sagte sie. »Die Botschaft öffnet in zwei Stunden.«

»Na dann auf zu den Präsidialgärten«, seufzte ich.

Wir setzten uns in Bewegung. Die Straße führte unangenehm bergauf und wenn ich einen Blick über die Schulter warf, konnte ich zwischen den Häusern hindurch irgendwo unter uns das Meer erkennen, das im Sternenlicht glitzerte. Am Horizont erschien langsam ein fahler Streifen als Vorbote der Morgendämmerung.

Nach etwa zehn Minuten, in denen ich mehr schlecht als Recht auf den hohen Absätzen balanciert war, erreichten wir das Regierungsviertel. Die Häuser hier waren überaus schick und gepflegt, mit kleinen, aber feinen Vorgärten und gusseisernen Zäunen. Noch waren die Straßen wie ausgestorben; dies würde allerdings in spätestens einer halben Stunde anders aussehen, hatte Clayda mir erklärt. Dann würde die Sonne aufgehen und die Stadt zum Leben erwachen. Wir mussten also die nächsten zwei Stunden irgendwo außer Sicht zubringen – und das möglichst nah an der gamarischen Botschaft, damit wir nachher keinen allzu weiten Weg würden zurücklegen müssen.

Wie Sie sich vielleicht erinnern, hatten wir die Präsidialgärten bereits vor ein paar Tagen besichtigt, und die verschlungenen Wege, üppigen Blumenrabatten und lauschigen Plätze zwischen hohen Hecken waren nicht nur ein lohnenswertes Ausflugsziel, sondern an diesem Morgen auch unsere beste Chance, lange genug versteckt zu bleiben. Die meisten Leute zog es erst im Laufe des Vormittags in die weitläufigen Parkanlagen oben auf dem Plateau, an dessen Hang sich die Stadt erstreckte, und so war das Risiko, zu solch früher Stunde dort jemandem über den Weg zu laufen – oder gar auf eine Polizeistreife zu treffen – vergleichsweise gering.

Das Gelände der Präsidialgärten lag im Dunkeln, als wir unser Ziel erreichten; zwar gab es entlang der Wege Syranidlaternen, allerdings wurden die nur abends eingeschaltet, wenn noch reger Betrieb hier herrschte. Wir verließen also die beleuchtete Straße und betraten die mit feinem weißem Kies bestreuten Wege, die sich schon bald vor uns im Dunkeln verloren. Zum Glück strahlten die Sterne und die Monde hell genug, dass wir trotz fehlender Laternen unseren Pfad vor uns erkennen konnten.

Dennoch gestaltete sich unser Weg alles andere als einfach. Waren die hohen Absätze meiner Schuhe schon auf dem staubigen Boden in Firis'dun eine Herausforderung gewesen und auf den befestigten Straßen der Stadt zumindest ein Ärgernis, so entlockten sie mir hier auf den ordentlichen Kieswegen mehr als einmal ein wütendes Fluchen. Außerdem hatte ich das sichere Gefühl, dass ich mir an beiden Füßen gerade mindestens drei Blasen lief. Ich war so damit beschäftigt, nicht ständig das Gleichgewicht zu verlieren und den langsam anschwellenden Schmerz der geschundenen Hautstellen zu ignorieren, dass ich kaum auf unsere Umgebung achtete; Clayda führte mich kurvenreiche Wege entlang und zwischen hohen Hecken hindurch, bis wir schließlich einen kleinen, nach zwei Seiten offenen Pavillon erreichten, der von hohen Hecken umgeben war. Er lag ebenso im Dunkeln wie der Rest der Parkanlage und das spärliche Licht des blasser werdenden Nachthimmels reichte nicht aus, die Schatten aus seinem Inneren zu vertreiben.

»Hier sollten wir erst einmal vor neugierigen Blicken sicher sein«, meinte Clayda und trat in die Dunkelheit unter dem geschwungenen Dach. Ich folgte ihr und ließ mich mit einem Stöhnen neben ihr auf eine der Bänke fallen.

»Dann heißt es jetzt wohl warten«, murmelte ich und schlüpfte aus den unbequemen Schuhen, um meine schmerzenden Füße zu massieren.

Schweigend saßen wir in dem kleinen Pavillon und sahen dabei zu, wie das fahle Grau des Himmels allmählich von Osten her einem sanften Rosa wich und schließlich von der aufgehenden Morgensonne in ein Meer aus glühendem Orange-Rot getaucht wurde. Schließlich stellte Clayda nach einem Blick auf die Uhr fest: »Es ist Zeit.«

Ergeben seufzte ich und schlüpfte wieder in die roten Absatzschuhe.

Es war, als habe die Stadt sich während unseres Aufenthalts in dem kleinen Pavillon komplett gewandelt. Die nächtliche Dunkelheit war hellgoldenem Sonnenlicht gewichen, dessen Strahlen auch zu dieser frühen Stunde schon warm vom Himmel schienen. Wo zuvor ausgestorbene Straßen das Stadtbild beherrscht hatten, erstreckte sich nun geschäftiges Treiben.

Porters Freund hatte nicht übertrieben. Überall patrouillierte Polizei, in Dreiergrüppchen marschierten sie die Straßen entlang und hielten Passanten an, die uns auch nur im Entferntesten ähnlich sahen. Ich begann nervös an meiner Unterlippe zu kauen, bekam den ranzigen Geschmack des Lippenstifts in den Mund und verzog das Gesicht.

»Wenn die uns anhalten, sind wir geliefert«, murmelte ich. Clayda widersprach nicht. Uns war beiden klar, dass wir trotz unserer Verkleidung ein riskantes Spiel spielten. Und meine Unfähigkeit, in hohen Schuhen zu laufen, war auch nicht gerade förderlich, wenn es darum ging, nicht aufzufallen.

»Hak‘ dich unter.« Clayda hielt mir ihren Arm hin. Ich ergriff ihn und hielt mich daran fest wie an einem rettenden Anker.

»Wenn uns jemand anspricht«, sagte sie leise, »lächelst du nur scheu und schlägst die Augen nieder. Spiel das schüchterne Mädchen.«

Ich brummte nur zur Antwort; all meine Konzentration musste ich darauf verwenden, halbwegs aufrecht gehen zu können. Viel mehr als ein ›schüchternes Mädchen‹ hätte ich vermutlich ohnehin nicht zustande gebracht.

Wir machten uns langsam auf den Weg durch die Straßen, immer darauf bedacht, nicht aufzufallen. *Nicht zu schnell gehen, aber auch nicht zu langsam. Nicht zu häufig umschauen. Nicht den Kopf einziehen. Wir sind einfach nur ein junges Pärchen auf dem Weg durch die Straßen der Stadt.*

Wir hatten gerade eine der Hauptverkehrsadern überquert, als wir zum ersten Mal etwas von Porters Ablenkungsmanöver mitbekamen; sechs Streifenwagen rasten mit Blaulicht und Sirenengeheul über die Kreuzung hinter uns und verschwanden in Richtung Westen. Vermutlich war Betty also wieder in Aktion. Mit etwas Glück würde das dafür sorgen, dass ein Teil der Polizei aus unserem Teil der Stadt abgezogen wurde.

Als wir jedoch die nächste große Kreuzung erreichten, wurde uns klar, dass es eben doch nicht so einfach war.

»Verdammt«, murmelte Clayda und stockte kurz. Am Ende der Straße versperrten mehrere Polizeiwagen die Fahrbahn und unförmige Gebilde aus miteinander vernieteten Stahlstreben waren davor verteilt – Panzersperren.

»Die fahren ja heftige Geschütze auf«, stellte ich fest.

Clayda antwortete nicht, sondern lenkte unsere Schritte weg von dem Polizeiaufgebot.

Wir mieden die Hauptstraße mit der Straßensperre und versuchten stattdessen, einen anderen, unauffälligeren Weg zu unserem Ziel zu finden. Auf kleinen Nebenstraßen und Gassen wagten wir uns Meter um Meter näher an die gamarische Botschaft heran, die irgendwo dort vor uns zwischen all den noblen Häusern lag. Hier waren deutlich weniger Leute unterwegs, sodass wir weniger gut in der Menge untertauchen konnten; wir fielen auf. Clayda sah sich nun häufiger aufmerksam um und lotste uns auf Schleichwegen voran. Dabei mussten wir mehr als einmal einer Polizeipatrouille ausweichen, indem wir rasch in eine Seitenstraße wechselten.

»Es ist nicht mehr weit«, murmelte Clayda schließlich. »Nur noch zwei Querstraßen, dann sind wir da.«

Ich atmete erleichtert auf. Mittlerweile hatte ich definitiv Blasen an beiden Füßen, die schmerzhaft scheuerten, was in Kombination mit meiner noch immer nicht verheilten Wunde dafür sorgte, dass ich mich zu jedem weiteren Schritt zwingen musste.

Wir bogen um die nächste Ecke – und fanden uns Auge in Auge mit zwei Polizisten wieder.

›*Oh Scheiße*‹, ging es mir durch den Kopf.

Clayda war zum Glück um einiges geistesgegenwärtiger als ich. Sie nickte den beiden knapp zu und zog mich dann mit sanfter Gewalt weiter. Mit etwas Glück würden sie uns keine übermäßige Aufmerksamkeit widmen.

Dummerweise schien das Glück gerade nicht auf unserer Seite zu sein. Kaum waren wir ein paar Schritte gegangen, als uns einer der beiden Polizisten etwas auf Senabrisch hinterherrief.

»Verdammt«, murmelte Clayda und blieb stehen. »Bleib ganz ruhig.«

Der größere und schlankere der beiden baute sich vor uns auf, in der Hand einen dampfenden Becher Kaffee, während sein etwas beleibterer Kollege sich gemächlich in unserem Rücken platzierte – er hielt eine Tüte mit Butternuffies in der Hand. Offenbar hatten wir die beiden gerade in ihrer Frühstückspause angetroffen.

Der große Kerl, der erstaunlich buschige Augenbrauen hatte, sprach auf Senabrisch auf uns ein. Da ich selbstverständlich kein Wort verstand, war es an Clayda, das Gespräch zu führen, während ich mich auf mein scheues Lächeln und Augen niederschlagen konzentrierte. Im Nachhinein erfuhr ich von Clayda, dass der Polizist nach unseren Namen fragte und wohin wir unterwegs wären. Sie improvisierte und nannte ihm zwei erfundene Namen und behauptete, ich sei ihre Cousine aus Gamarien, die zu Besuch sei. Dies schien dem Kerl mit den buschigen Augenbrauen nicht zu genügen, denn er verlangte, unsere Ausweise zu sehen, woraufhin Clayda ihm erklärte, wir hätten sie zu Hause gelassen, da wir es eilig hätten; mir sei fürchterlich unwohl und wir seien auf dem Weg zu ihrem Hausarzt. Sie bot dem Polizisten sogar an, uns bis zum Arzt und im Anschluss wieder nach Hause zu begleiten, wo wir selbstverständlich unsere Ausweispapiere würden vorzeigen können – ein dreister Bluff, für den ich sie auch im Nachhinein noch immer bewundere.

Womöglich wären wir mit der Geschichte sogar durchgekommen, aber wie bereits erwähnt, schien das Glück gerade nicht unbedingt auf unserer Seite zu sein. Während Clayda sich nämlich auf Senabrisch mit dem grimmigen Wachtmeister unterhielt, war meine Darstellung des schüchternen Mädchens wohl eine Spur zu überzeugend: Der andere Polizist schien nämlich von meiner zurückhaltenden Art mehr als angetan zu sein. Ich verstand selbstverständlich nicht, was er zu seinem Kollegen sagte, aber laut Claydas Aussage war es etwas überaus Obszönes. Kurz darauf hatte ich auch schon seine Hand auf meiner Hüfte liegen und er lächelte mich mit einem beunruhigend anzüglichen Blick an, während er mich langsam näher zu sich zog. Dieser kurze Moment der Panik, als meine Hüfte gegen seinen Schmerbauch stieß, hat sich mir tief ins Gedächtnis eingebrannt. Und ich funktionierte nur noch.

»Finger weg!« Voller Ekel und Entsetzen stieß ich den Kerl von mir, worauf er überrascht zwei Schritte zurücktaumelte und die Tüte mit den Butternuffies fallen ließ. Auch ich hatte Schwierigkeiten, mein Gleichgewicht wieder zu finden, was sich mit den teuflischen Absatzschuhen als absolut fatal entpuppte. Ich knickte mit einem Fuß um, konnte mich gerade noch an Clayda festhalten, wobei ich ihr die Schiebermütze und mir das Tuch vom Kopf riss, und fluchte laut und absolut nicht damenhaft.

Für einen kurzen Moment trat Stille ein. Die beiden Polizisten musterten uns verblüfft. Und dann zählten sie wohl eins und eins zusammen.

»Lauf«, sagte Clayda nur und schlug dem Polizisten mit den buschigen Augenbrauen den Kaffeebecher nach oben, sodass dessen heißer Inhalt sich über sein Gesicht und in seinen Hemdkragen hinein verteilte. Er schrie vor Schmerz auf und riss die Hände vor's Gesicht.

Ich rammte dem anderen wütend mein Knie in den Unterleib, worauf er ächzend zu Boden ging, kickte die Schuhe von meinen Füßen und rannte los, das bunte Tuch um meinen Hals flatternd. Clayda hatte Recht gehabt; wenn es hart auf hart kam, lief ich lieber barfuß weiter, als das Risiko einzugehen, mir auf diesen Horrorteilen den Knöchel zu brechen.

Wir rannten die Straße entlang. Der Himmel wusste, wie lange die zwei Polizisten brauchen würden, um sich wieder zu fangen und Verstärkung anzufordern – es war wohl nur eine Frage von Augenblicken, bis uns ihre Kollegen auf den Fersen waren. Claydas Schiebermütze lag nutzlos irgendwo hinter uns auf der Straße und ihre dunklen Locken wehten nun wieder ungehindert um ihr Gesicht. Das war's also mit unserer Tarnung. Wir mussten hoffen, es auch so die letzten paar hundert Meter bis zur gamarischen Botschaft zu schaffen.

Als das Gebäude nach der letzten Hausecke jedoch endlich in Sicht kam, schwand diese Hoffnung. VenTresko musste geahnt haben, dass wir versuchen würden, uns hierher durchzuschlagen. Bestimmt zwei Dutzend Uniformierte mit mehreren Einsatzfahrzeugen belagerten die Botschaft; unmöglich, an ihnen vorbeizukommen.

Es war zu spät, um umzukehren und sich eventuell einen Plan B zu überlegen. Die Polizei hatte uns bereits entdeckt. Befehle wurden gebrüllt und zwei Dutzend Pistolen richteten sich auf uns.

»Hände hoch und keine Bewegung!«, quäkte uns eine Stimme aus einem Megafon entgegen. Anscheinend hatten sie jemanden aufgetrieben, der Gamarisch sprach.

»Wir sind erledigt«, stöhnte ich und blieb stehen. Langsam hob ich die Arme in die Höhe und Clayda tat es mir gleich. Ich warf ihr einen verzweifelten Blick zu. »Was machen wir denn jetzt?«

Sie gab keine Antwort. In dieser Situation konnten uns selbst ihre Fähigkeiten nicht weiter helfen.

»Kommen Sie langsam und mit erhobenen Händen hier rüber«, krächzte das Megafon weiter. Mit rasendem Herzen tat ich, wie befohlen. Das war's dann also. Im besten Fall würden sie uns irgendwo in einem schäbigen Gefängnis wegsperren. Im schlimmsten Fall würde uns das gleiche Schicksal erwarten wie Flinn Timmler.

Wir erreichten die Reihe aus Polizeiautos. Während die anderen weiter ihre Waffen auf uns gerichtet hielten, eilten vier Polizeibeamte herbei, um mich und Clayda recht unsanft auf die Motorhaube eines Streifenwagens hinunterzudrücken und uns die Arme auf den Rücken zu drehen.

»Aua!«, protestierte ich. »Geht das auch ein bisschen weniger grob?«

Zur Antwort bekam ich eine Faust in die Rippen und stöhnte auf. Die verheilende Wunde schickte pulsierenden Schmerz durch meinen Körper und vor meinen Augen tanzten rote Lichtpunkte. Ich stöhnte auf.

»Verdammt, ich bin verletzt!«, knurrte ich zwischen zusammengebissenen Zähnen. Doch entweder verstanden die Polizisten, die mich festhielten, alle kein Gamarisch, oder es war ihnen schlicht egal – ein zweiter Schlag folgte auf meinen Protest und für einen kurzen Moment fürchtete ich, vor Schmerz die Besinnung zu verlieren. Ich spürte Metall an meinem Handgelenk und dann erklang das unheilvolle Klicken von Handschellen. Das zweite Klicken blieb jedoch aus, und durch den Schleier aus Schmerz bemerkte ich, dass sich Unruhe ringsum ausbreitete. Ich blinzelte verwirrt. Und dann sah ich zwischen umher hastenden Uniformierten den Grund für die Aufregung. Etwas Großes, Schweres kam die Straße entlang gedonnert, offenbar dicht gefolgt von einem Rudel Streifenwagen.

»Betty!«, stieß ich erleichtert aus.

Auch die restlichen Beamten ringsum, deren Aufmerksamkeit bis gerade noch auf uns gerichtet gewesen war, schienen nun den Panzer bemerkt zu haben, der da die Straße entlang auf sie zu rollte. Wie Porter es an der Straßenblockade vorbei geschafft hatte, wusste ich nicht, aber es war mir in diesem Moment auch herzlich egal. Aufgeregte Befehle wurden gebrüllt und ich hörte durch das lauter werdende Dröhnen die ersten Schüsse fallen. Nicht zum ersten Mal fragte ich mich, warum eigentlich irgendjemand tatsächlich auf die Idee kam, er könne mit einer normalen Handfeuerwaffe etwas gegen einen Panzer ausrichten.

Da die beiden Polizisten, die mich festgehalten hatten, offenbar völlig ihre Aufgabe vergessen hatten und nun panisch zu ihren Waffen griffen und schleunigst versuchten, hinter dem Streifenwagen in Deckung zu gehen, richtete ich mich zögernd auf. Ein wenig ratlos betrachtete ich die Handschelle, die verloren von meinem linken Handgelenk baumelte.

»Komm!«, zischte Clayda neben mir und packte mich am Arm. Geduckt hasteten wir zur Seite weg, zwischen den Polizeiautos hindurch. Niemand schien noch großartig von uns Notiz zu nehmen. Während ich Clayda folgte und dabei versuchte, die Schmerzen in meiner Seite so gut es ging zu ignorieren, hörte ich durch das Brummen des herannahenden Panzers, die Schüsse und das Heulen der Sirenen noch etwas anderes. Zunächst konnte ich es nicht genau zuordnen, doch dann erkannte ich zu meiner Verwirrung den Butternuffie-Song.

»Butternuffies, Butternuffies …« Dann war Porter mit seinem Panzer heran – und um uns her brach die Hölle los. Mit lautem Knirschen und Krachen bretterte Betty halb über einen der Streifenwagen, die als Blockade die Straße vor der Botschaft versperrten, und ich bemerkte noch verwirrter, dass der Panzer der Ursprung des Butternuffie-Songs war. *»… so lecker, Butternuffies, Butternuffies, lecker-lecker …«* Die Polizeiautos, die Betty folgten, hielten schlitternd und mit quietschenden Reifen und aufgeregt brüllende Polizeibeamte sprangen heraus. Der Kerl mit dem Megafon schrie immer wieder irgendetwas auf Senabrisch und fuchtelte wie wild mit seinem freien Arm herum. *»… Butternuffies, Butternuffies, ja die sind …«* Schüsse prasselten gegen Bettys Außenhaut, ohne ihr auch nur einen Kratzer zuzufügen. Die Ketten stoppten plötzlich mit einem fürchterlichen Kreischen und der ganze Panzer blieb ruckartig stehen. Es knackte kurz und danach donnerte das nervtötende Lied in doppelter Lautstärke über die heillos überforderte Polizei hinweg. Bettys Rohr fing an, sich wie ein Kreisel zu drehen, und das Geschreie und Geschieße und Gerenne wurde panischer.

»BUTTERNUFFIES, BUTTERNUFFIES, JA, DIE SIND SO LECKER!!!«

»Komm schon!« Claydas ungeduldige Stimme drang durch den Lärm an mein Ohr und ich riss mich von der absurden Szenerie los. Wir hasteten geduckt auf das Gebäude der gamarischen Botschaft zu, während hinter uns Schüsse krachten und Kinderstimmen aus vollem Hals von leckeren Butternuffies sangen. Eines musste man Panzer-Porter lassen: Die Rolle des Ablenkungsmanövers war ihm *wirklich* auf den Leib geschneidert.

Der Eingang zur Botschaft wurde von einem schmiedeeisernen Tor versperrt, doch zu meiner großen Erleichterung war es unverschlossen. Wir rannten den kurzen Kiesweg entlang und sprinteten die Stufen zur Eingangstür hinauf. Zwar waren wir nun streng genommen nicht mehr auf senabrischem Boden, aber Pistolenkugeln scherten sich nicht um Grenzen und wenn es einen besonders übereifrigen Polizisten dort hinten im Getümmel gab, der bemerkte, dass wir das Chaos zur Flucht genutzt hatten …

Wir stießen die große zweiflüglige Holztür auf und drängten uns hindurch. Mit lautem Krachen fiel sie hinter uns ins Schloss und wir lehnten uns keuchend mit dem Rücken dagegen.

Wir hatten es geschafft.

Ein abgrundtiefer Seufzer entrang sich meiner Kehle, verwandelte sich jedoch sogleich in ein schmerzhaftes Stöhnen, als sich meine Wunde wieder bemerkbar machte. Mit verzerrtem Gesicht griff ich mir an die Seite; meine Bluse war nass.

»Ich glaube, ich brauche einen neuen Verband«, stellte ich mit Blick auf meine blutige Hand fest.

»Entschuldigung … kann ich Ihnen irgendwie … helfen?«

Die Stimme ließ uns beide aufblicken. Nun erst nahm ich unsere Umgebung richtig wahr.

Wir befanden uns in der großzügigen Eingangshalle der gamarischen Botschaft. Große Steinfliesen bedeckten den Boden und Terrakottatöpfe mit ausladenden Palmengewächsen verschönerten den Raum. Linkerhand führte eine breite geschwungene Treppe in weitem Bogen hinauf zu einer Galerie im ersten Stock, von der mehrere Türen abzweigten. Uns gegenüber ging es durch einen Torbogen offenbar in eine Art Wartebereich und rechter Hand befand sich ein Empfangstresen aus dunklem Holz, hinter dem eine Dame mittleren Alters in einer hoch geschlossenen Bluse saß und uns über den Rand ihrer goldenen Brille überaus irritiert musterte.

Clayda und ich warfen uns kurz einen Blick zu. Ich trug noch immer Rock und Bluse, darunter den ausgestopften Büstenhalter mit meinem Artikel und den Beweisunterlagen. Außerdem war ich barfuß und an meinem linken Handgelenk baumelte eine Handschelle. Claydas Haare waren zerwühlt und fielen ihr offen über die Schultern; dazu trug sie Arbeiterklamotten und ihre Wanderschuhe. Wir mussten einen überaus absurden Anblick abgeben.

Clayda straffte die Schultern und trat ein paar Schritte auf die Dame zu.

»Guten Tag«, sagte sie freundlich lächelnd. »Mein Name ist Clayda Asprion und das ist Lemmy Lokowitsch. Wir sind beide gamarische Staatsbürger. Wir müssen dringend mit dem Botschafter sprechen. Wir haben wichtige Informationen, die sofort an die gamarische Polizei weiter geleitet werden müssen.«

Die Dame blickte noch einmal zwischen uns hin und her, dann schien sie sich zu fassen und ihre Professionalität zurückzugewinnen.

»Selbstverständlich. Ich werde Herrn Dillmann sofort informieren. Nehmen Sie doch solange im Wartebereich Platz.« Sie deutete auf den Torbogen gegenüber der Eingangstür.

»Vielen Dank«, erwiderte Clayda lächelnd. »Ach, und falls Sie vielleicht einen Verbandskasten im Haus hätten …« Sie wies auf meine blutige Bluse. Die Augen der Empfangsdame weiteten sich kurz, dann nickte sie hastig.

»Aber ja. Selbstverständlich.«

Wir ließen uns auf einer gepolsterten Holzbank in dem kleinen Warteraum nieder. Mit geschlossenen Augen lehnte ich mich zurück und versuchte, den Schmerz in meiner Seite so gut es ging zu ignorieren.

»Wie geht's der Wunde?«, fragte Clayda.

»Beschissen«, erwiderte ich. »Tut höllisch weh. Diese Arschlöcher haben mir zweimal mit voller Wucht dagegen geschlagen.«

»Bestimmt können sie uns einen Arzt organisieren, sobald die Angelegenheit geklärt ist.«

Ich brummte nur.

»Merkwürdig, oder?«, meinte ich dann. »Dass die hier drinnen offenbar alle völlig gelassen ihrer Arbeit nachgehen, während draußen ein Polizeiaufgebot steht und jemand mit einem Panzer Amok läuft.«

Clayda zuckte die Schultern.

»Beamte«, sagte sie nur.

Kurz darauf kam eine junge Frau mit einer kleinen Metallkiste in der Hand herein. Sie stockte kurz bei unserem Anblick.

»Ähm – Sie benötigen einen Verbandskasten?«

»Naja, vielleicht nicht den ganzen Kasten, aber danke schön.« Sie streckte ihn mir wortlos entgegen, nickte dann knapp und beeilte sich, aus dem Raum zu kommen. Ich schüttelte den Kopf.

»Komische Leute arbeiten hier.«

»Vielleicht kann sie kein Blut sehen«, erwiderte Clayda. »Komm, zeig mal her.«

Mit ihrer Hilfe zog ich die Bluse über der Verletzung etwas hoch.

»Ich glaube, es ist am besten, wenn ich einfach nur eine Kompresse mit einem neuen Verband drüber mache, ohne den alten zu entfernen«, sagte Clayda etwas unschlüssig. »Hauptsache, du blutest hier nicht alles voll. Aber wir sollten damit wirklich in absehbarer Zeit zu einem Arzt.«

Mit dem zweiten Verband über dem ersten fühlte ich mich langsam, als trüge ich ein Stützkorsett. Zu meiner großen Freude entdeckte ich außerdem eine Packung Schmerztabletten im Verbandskasten und genehmigte mir sofort eine der kleinen weißen Pillen.

Ich hatte gerade die blutige Bluse wieder zurück in meinen Rock gestopft, als die junge Frau zurückkam.

»Sie können mir nun folgen«, sagte sie und schien unsere Blicke zu meiden. Wir ließen den Verbandskasten auf der gepolsterten Bank liegen und folgten der jungen Frau zurück in die Eingangshalle und dann die geschwungene Treppe hinauf in den ersten Stock. Clayda stützte mich auf dem Weg nach oben.

»Hier entlang bitte«, sagte die junge Frau und öffnete eine der Türen, die von der Galerie abzweigten. Täuschte ich mich, oder zitterte ihre Stimme leicht?

Hinter der Tür erwartete uns ein gemütlich eingerichtetes Büro. Der Boden war mit dunklem Parkett ausgelegt und an den Wänden entlang zogen sich Bücherregale. Gegenüber der Tür flutete Licht durch drei mannshohe Fenster in den Raum. Vor der Fensterfront, an einem schweren hölzernen Schreibtisch, saß ein beleibter Mann mit blasser Haut und schütterem grauem Haar in einem Rollstuhl. Er hatte ein Taschentuch in der Tasche seines schwarzen Jacketts und als wir eintraten, griff er danach, um sich den Schweiß von der kahlen Stirn zu tupfen. Dann lächelte er uns entgegen und stopfte das Tuch hastig zurück in die Tasche.

»Ah! Fräulein Asprion und Herr Lokowitsch, nicht wahr? Nehmen Sie Platz, nehmen Sie Platz!« Er wies auf die beiden Stühle vor seinem Schreibtisch. »Bitte entschuldigen Sie die Wartezeit – wir renovieren derzeit die oberste Etage und ich hatte ein – äh – kleines Problem mit den Handwerkern zu besprechen.« Er lachte verlegen. »Dillmann mein Name. Hainer Dillmann. Ich – äh – bin der Botschafter hier. Aber das dachten Sie sich bestimmt, schließlich wollten Sie ja mit mir sprechen, nicht wahr?« Er gluckste. »Möchten Sie etwas trinken? Wasser? Kaffee? Oder vielleicht einen Cognac? Ich habe einen sehr guten hier, wirklich.«

»Danke, ein Glas Wasser wäre nett«, erwiderte Clayda.

»Cognac für mich«, sagte ich.

»Aber sicher, aber sicher! Da haben wir einen Genießer, wie mir scheint.« Wieder gluckste er und griff nach dem Taschentuch, um sich den Schweiß von der Stirn zu wischen. Dann drückte er einen Knopf auf seinem Schreibtisch und sprach in einen kleinen Trichter:

»Fräulein Bolswick, bringen Sie doch bitte ein Glas Wasser für Fräulein Asprion in mein Büro.«

Anschließend zog er die Schublade seines Schreibtischs auf und holte eine Flasche Cognac sowie zwei Gläser hervor.

»Den guten Tropfen hab‘ ich natürlich immer hier oben.« Er grinste mich vielsagend an, während er zwei Gläser mit der schimmernden Flüssigkeit befüllte.

»Nun, Herr Dillmann, Sie wundern sich vielleicht über unser Erscheinungsbild«, setzte Clayda an, doch Dillmann winkte mit der freien Hand ab.

»Iwo!«, meinte er. »Habe ja die neuesten Entwicklungen verfolgt. Sie denken doch nicht, dass mir die Fahndung nach Ihnen und dieses – äh – Polizeiaufgebot draußen vor der Botschaft entgangen wäre? Ihr – äh – Tarnungsversuch war offensichtlich nicht erfolgreich.«

»Nun … ja«, erwiderte ich etwas überrascht. Dass er unser ungewöhnliches Aussehen so leicht abtun würde, damit hatte ich nicht gerechnet.

»So, und ich vermute mal ganz stark, dass Ihre Probleme mit der hiesigen Polizei und die – äh – wichtigen Informationen, die Sie laut Frau Schuller für mich haben, miteinander zusammenhängen?«

»Richtig«, stimmte Clayda zu. »Wir haben Beweise dafür, dass die Firma Thertes Waffensysteme hier in Senabri'il an einem Forschungsprojekt arbeitet, das gegen geltendes Völkerrecht verstößt. Hauptverantwortlich dafür ist allem Anschein nach ein gewisser Herr Desmod VenTresko.«

»Ach, tatsächlich?«, er stellte die Flasche ab und schob mir eines der Gläser hin. »Was Sie nicht sagen! Das klingt ja wirklich – äh – abenteuerlich!«

»Abenteuerlich ist gar kein Ausdruck«, erwiderte ich und griff nach dem Cognacglas. Im Allgemeinen war ich kein großer Freund von Cognac, aber nach unserer knappen Flucht vor der Polizei konnte ich einen Schluck vertragen. Oder auch zwei.

Die Tür ging auf und die junge Frau von eben kam mit einem Glas Wasser herein, das sie vor Clayda auf dem Schreibtisch abstellte. Dann starrte sie uns einen Moment an.

»Danke, Fräulein Bolswick«, sagte Dillmann mit Nachdruck. Sie senkte den Blick und verließ hastig den Raum.

»Na dann – äh – erzählen Sie doch mal«, forderte Dillmann uns auf, faltete die Hände über dem dicken Bauch und lehnte sich in seinem Rollstuhl zurück.

»Thertes hat eine neue Waffe entwickelt, die einen sehr hohen Syranidverbrauch hat«, berichtete ich in aller Kürze. »Das Forschungsprojekt nennt sich Syrikon-Projekt. Offenbar war ihnen aber die herkömmliche Art der Syranidgewinnung zu kostspielig; deshalb haben sie besonders magisch begabte Indri entführt, um ihnen das Syranid aus den Adern abzuzapfen. Sie halten sie im Keller einer stillgelegten Fabrik im Dschungel außerhalb der Stadt gefangen.«

Dillmann griff wieder nach seinem Taschentuch und wischte sich den Schweiß von der Stirn.

»Das – äh – sind schlimme Anschuldigungen!«, sagte er und seine Stimme schien ein wenig höher geworden zu sein. »Sicherlich haben Sie – äh – Beweise, um Ihre Behauptungen zu untermauern? Sie verstehen, dass ich Ihnen das nicht so ohne weiteres glauben kann.«

»Selbstverständlich«, erwiderte Clayda und nickte mir auffordernd zu.

»Nicht wundern«, sagte ich und griff in den Ausschnitt meiner Bluse, um die Dokumente aus meinem Büstenhalter zu fischen. Dann schob ich Dillmann die Ausschnitte aus den Unterlagen von Thertes zu.

»Das haben wir aus besagtem Fabrikkeller«, erklärte ich. »Einzelheiten über das Forschungsprojekt. Und außerdem«, ich zog die Filmdose ebenfalls hervor, »haben wir Beweisfotos.«

Dillmann musterte die Papiere, die ich ihm hingeschoben hatte, und trank einen großen Schluck Cognac.

»Das – äh – das sieht wirklich ... Sind das die vollständigen Beweise?«

»Alles, was wir in der Eile erwischen konnten«, erklärte Clayda. »Aber ich bin sicher, bei einer Durchsuchung der stillgelegten Fabrik würde sich noch einiges mehr finden.«

»Danke, das genügt.«

Die Stimme ließ uns herumfahren.

Der Vorhang fällt

Ein Mann in einem tadellos sitzenden grauen Anzug hatte den Raum betreten. Nicht etwa durch die Tür, sondern durch eines der Bücherregale, das sich nun als Geheimtür entpuppte. Sein dunkelblondes Haar war schwungvoll nach hinten gekämmt, der Dreitagebart verlieh ihm etwas Verwegenes und zugleich Stilvolles und blaue Augen leuchteten uns entgegen. Ein selbstgefälliges Lächeln lag auf seinen Lippen und er hatte die Hände lässig in den Hosentaschen vergraben.

»Vielen Dank, Herr Dillmann, Sie waren eine große Hilfe«, wandte er sich beiläufig an den Botschafter, der mit einem Mal in seinem Rollstuhl zusammengesunken zu sein schien. Hektisch betupfte er wieder seine Stirn mit dem zerknüllten Taschentuch.

»Was geht hier vor?«, fragte Clayda mit scharfer Stimme und blickte zwischen den Männern hin und her, doch sie ahnte wohl schon genau wie ich, was das zu bedeuten hatte.

»Bitte entschuldigen Sie, wo sind nur meine Manieren«, erwiderte der Fremde und ging gemächlich hinüber zu der großen Fensterfront. »Mein Name ist VenTresko, Desmod VenTresko. Ich leite das Forschungsprojekt, das derzeit unter dem Namen Syrikon-Projekt läuft. Ich denke, ich muss Ihnen keine Einzelheiten darüber erzählen, die kennen Sie ja bereits.«

Er lächelte.

»Und ich freue mich sehr, Sie beide endlich persönlich kennen zu lernen.« Er deutete eine spöttische Verneigung an. »Meiner höflichen Einladung vor einigen Tagen sind Sie ja leider nicht gefolgt, was ich sehr bedaure. Es hätte so vieles so viel einfacher gemacht.«

»Was wollen Sie?«, fragte ich herausfordernd; er würde uns wohl kaum hier vor den Augen des gamarischen Botschafters umbringen. Hoffte ich zumindest. Allerdings war von dem im Moment keine große Hilfe zu erwarten; er schenkte sich gerade mit zitternden Händen Cognac nach und schien einzig und allein darauf zu hoffen, heil aus dieser Situation herauszukommen.

»Sehen Sie, Herr Lokowitsch, Sie und Ihre hübsche Begleiterin haben mich da in eine sehr missliche Lage gebracht«, antwortete VenTresko; er schien die Sorte Mensch zu sein, die sich selbst gerne reden hört, das merkte ich an der Art, wie er sprach. »Sie haben ein ziemliches Chaos in meinem Labor angerichtet. Sie haben mehrere meiner Mitarbeiter getötet. Und Sie gefährden mit dem, was Sie vorhaben, meine Arbeit. Das kann ich nicht zulassen, das verstehen Sie sicherlich. Millionen sind bereits in dieses Projekt geflossen. Der finanzielle Schaden, wenn das Syrikon-Projekt eingestellt werden müsste, wäre erheblich, und würde Thertes Waffensysteme vermutlich ruinieren. Ganz zu schweigen vom Verlust unseres guten Rufs.«

»Sie verdammter Scheißkerl!«, stieß Clayda hervor und ballte ihre Hände zu Fäusten. »Sie halten die Leute dort unten als Laborratten für Ihre perverse Waffe gefangen! Wie widerlich und abscheulich muss man eigentlich sein, um zu solch einer Monstrosität fähig zu sein?!«

VenTresko seufzte.

»Nun, es wundert mich nicht, dass Sie sich so darüber aufregen, Fräulein Asprion«, erwiderte er geringschätzig. »Ihre alberne kleine Organisation würde diese Elfen ja am liebsten auf eine Stufe mit uns Menschen stellen.«

›*Er hätte nicht Elfen sagen sollen*‹, dachte ich und zog unwillkürlich den Kopf ein.

Clayda wurde weiß vor Zorn und sprang auf.

»*Sie!*«, knurrte sie und war drauf und dran auf VenTresko loszugehen, als dieser plötzlich blitzschnell die rechte Hand aus der Hosentasche zog und mit einer Pistole auf Clayda zielte. Sofort hielt sie inne und wich ein paar Schritte zurück. Auch ich hatte mich unwillkürlich erhoben.

»Sie können uns nicht einfach hier erschießen«, sagte ich brüsk. »Das hier ist gamarischer Boden!«

»Und?«, fragte VenTresko lächelnd. »Glauben Sie ernsthaft, das würde irgendjemanden interessieren?«

»Das wäre Mord!«, rief ich mit wachsender Panik. VenTresko zuckte die Schultern.

»Und wenn schon. Ich hatte eine wichtige geschäftliche Besprechung mit Herrn Dillmann, als Sie beide – zwei polizeilich gesuchte Verbrecher – mit einem Mal die Botschaft stürmten und den Botschafter angriffen. Ich habe ihm das Leben gerettet, indem ich die beiden Wahnsinnigen erschossen habe, die nach seinem Leben trachteten. Niemand wird etwas anderes behaupten. Sehen Sie sich doch an – wer wird zwei Leute in dieser Aufmachung, deren Verbündeter ein Irrer mit einem Panzer ist, für etwas anderes als Verrückte halten?«

Ich schluckte. Er hatte Recht. Bei der Angst, die Dillmann offenbar vor ihm hatte, würde er sich schön an die Version halten, die VenTresko ihm diktierte. Ich warf Clayda einen Blick aus den Augenwinkeln zu. Konnte sie mit ihren Kräften irgendetwas ausrichten? Vermutlich nicht – es war helllichter Tag, die Lampen zu zerstören würde also rein gar nichts bringen.

»Warum haben Sie dann so lange gewartet?«, fragte ich, um VenTresko weiter zu beschäftigen. »Warum haben Sie uns nicht direkt getötet, als wir herein gekommen sind?« Wenn wir es richtig anstellten, konnten wir ihn lange genug hinhalten, um dann durch die Tür zu entwischen.

»Sie haben Originalunterlagen gestohlen, als Sie in mein Labor eingebrochen sind«, erwiderte VenTresko und nickte zu den Dokumenten, die auf Dillmanns Schreibtisch lagen. »Das war überaus ärgerlich. Ich wollte sicher gehen, dass Sie keinen Teil der Dokumente irgendwo anders versteckt haben, wo sie möglicherweise in die falschen Hände geraten könnten. Und siehe da: Sie haben alles bereitwillig ausgehändigt, als man Sie darum gebeten hat.« Er lächelte triumphierend. ›*Arroganter Mistkerl*‹, dachte ich grimmig.

»Woher wussten Sie überhaupt, dass wir hierher kommen würden?«, fragte ich weiter, krampfhaft darauf bedacht, ihn am Reden zu halten.

»Oh, ich bitte Sie!« VenTresko verzog den Mund. »Wo hätten Sie denn sonst hin gehen sollen? Mit der Großfahndung nach Ihnen habe ich dafür gesorgt, dass Ihnen keine andere Wahl blieb, als sich in die Gamarische Botschaft zu retten. Und hier musste ich dann nur auf Sie warten und dem guten Dillmann nachdrücklich klar machen, dass er besser tut, was ich sage, wenn ihm etwas an seiner Gesundheit und der seiner Familie liegt.«

Er klopfte Dillmann väterlich auf die Schulter, was diesem ein klägliches Wimmern entlockte. Ich wagte einen erneuten flüchtigen Blick aus dem Augenwinkel. Die Tür war immer noch viel zu weit weg.

»Schön, dann haben Sie Ihre Unterlagen ja jetzt zurück«, sagte ich. »Damit haben Sie uns den Wind aus den Segeln genommen. Wir haben nichts gegen Sie in der Hand. Dann können Sie uns ja gehen lassen.«

»Bedaure, Herr Lokowitsch, aber das kann ich nicht«, sagte er ruhig und ohne jegliches Bedauern in der Stimme. »Sie wissen zu viel und ich kann nicht zulassen, dass Sie beide mir noch einmal in die Quere kommen. Deshalb muss ich Sie jetzt leider erschießen.« Und er hob die Pistole, richtete sie auf Clayda und drückte ab.

In solchen Situationen trifft man oftmals Entscheidungen in Bruchteilen einer Sekunde. Dass diese Entscheidungen dann selten rational oder gut durchdacht sind, versteht sich von selbst. Ich tat jedenfalls in dieser Situation etwas sehr Dummes, aber – wie ich glaubte – sehr Heldenhaftes.

Mit einem lauten »Nein!« sprang ich zur Seite und warf mich vor Clayda, direkt in die Schusslinie der Kugel. Nur dass da keine Kugel kam. Es gab einen ohrenbetäubenden Knall und einen Schrei – dann herrschte Stille. Ich brauchte ein paar Sekunden, ehe mir klar wurde, dass ich nicht getroffen worden war. Ich stand vor Clayda, mein Gesicht Zentimeter von ihrem entfernt, die Arme in die Höhe gestreckt, und balancierte wacklig auf einem Bein.

»Ähm«, machte ich verlegen und räusperte mich. Sie sah mich schief an.

»Wolltest du mich beschützen?«, fragte sie und aus ihrem Mund klang es genau so lächerlich, wie ich mich gerade fühlte. Allerdings blieb mir eine Antwort erspart, denn hinter mir ertönte ein zorniges Stöhnen und Fluchen. Ich wandte mich um.

Dillmann kauerte wimmernd in seinem Rollstuhl, die Hände schützend über seinen Kopf erhoben, doch er war es nicht, den ich gehört hatte. VenTresko lag neben dem Schreibtisch auf dem Boden und krümmte sich offenbar vor Schmerzen. Blut besudelte seinen grauen Anzug und er presste seine rechte Hand an den Körper. Der Blick, den er mir zuwarf, triefte vor Hass. Bevor ich mir allerdings Gedanken darum machen konnte, was wir nun mit diesem Kerl anstellen sollten und wohin seine Pistole verschwunden war, hatte er schon ein kleines schwarzes Kästchen aus seiner Anzugtasche gezogen und etwas auf Senabrisch hinein gebrüllt. Ich brauchte keine Übersetzung, um zu begreifen, dass dies nichts Gutes verhieß.

»Die Dokumente!« Clayda deutete mit zitternden Fingern auf den Schreibtisch. Sie war bleich geworden. Ich reagierte im Bruchteil einer Sekunde; mit zwei Schritten war ich am Tisch und schnappte mir die Papiere und die Filmdose. VenTresko langte mit seiner linken Hand nach mir, doch ich wich ihm aus und versetzte ihm einen Tritt ins Gesicht. Es knackte leise. Mit einem Schrei wurde er zurückgerissen und hielt sich nun die Nase. Dann folgte ich Clayda aus dem Zimmer.

Wir kamen nicht weit.

Kaum hatten wir den Raum verlassen, als unten im Erdgeschoss die Eingangstür aufflog und vier Kerle in schwarzen Anzügen und Sonnenbrillen hereinkamen.

»Scheiße!«, fluchte Clayda, packte mich am Arm und zog mich eilig die Galerie entlang. Schüsse krachten und ein paar Kugeln prallten pfeifend vom Geländer ab.

»Was ist da eigentlich grade passiert?«, fragte ich keuchend, als ich geduckt hinter Clayda her den Flur entlang rannte, der an die Galerie anschloss. Die vermaledeite Handschelle tanzte wild an meinem Handgelenk.

»Syranidbetriebener Rückstoßkompensator«, erklärte Clayda kurzatmig. »In der Pistole. Hab' ihn überladen, während er geredet hat. Los, hier hoch!«

Sie scheuchte mich eine Treppe ins nächste Stockwerk hinauf. Keuchend erklomm ich Stufe um Stufe, versuchte, den pochenden Schmerz in meiner Seite zu ignorieren. Das Adrenalin, das gegenwärtig durch meine Adern pulsierte, war immerhin eine schwache Hilfe. Außerdem schien die Schmerztablette langsam zu wirken.

Am oberen Treppenabsatz angekommen stützte ich mich mit schmerzverzerrtem Gesicht an der Wand ab. Mit einer Hand hielt ich noch immer die Beweisunterlagen und die kleine Filmdose umklammert wie einen rettenden Anker.

Clayda warf mir einen kurzen Blick zu. Am Fuß der Treppe näherten sich rennende Schritte.

»Lauf weiter, ich halte sie auf«, sagte sie grimmig. Als ich widersprechen wollte, herrschte sie mich an: »Du bist verletzt und hast die Dokumente! Mach, dass du weg kommst!«

Sie hatte Recht.

Verdammt nochmal, und wie sie Recht hatte!

Und ich hasste es.

Mit einem letzten verzweifelten Blick auf Clayda wandte ich mich um und rannte los.

Der Flur machte nach wenigen Metern einen Knick nach rechts und führte nun direkt an einer großen Fensterfront entlang, von der aus ich die Straße vor der Botschaft sehen konnte. Noch immer belagerte eine Horde Polizeiwagen und Beamter den Eingang zur Botschaft, wohl für den Fall, dass wir doch noch wieder hinaus kamen. Oder aber, dachte ich grimmig, VenTresko hatte sie hierbehalten, um unsere Leichen direkt fortschaffen zu können. Ich fragte mich, wie weit die Korruption der senabrischen Polizei tatsächlich reichte.

Betty war verschwunden. Zwei halb zerquetschte Polizeiwagen zeugten von Porters verrücktem Manöver, doch anscheinend hatte er sich zurückgezogen, sobald er uns in Sicherheit in der gamarischen Botschaft wähnte. Was hätte ich jetzt um eine seiner Kamikaze-Aktionen gegeben, um uns hier rauszuholen!

Hinter mir ertönten Schreie und Schüsse. Ich zuckte zusammen. Ich musste weiter! So schnell es die schmerzende Wunde an meiner Seite erlaubte rannte ich weiter den holzgetäfelten Flur entlang. Der schwere Läufer auf dem Boden dämpfte meine Schritte zum Glück, denn auch wenn ich barfuß war, hätte man sie auf dem blanken Parkett wohl gehört. Mein Puls hämmerte an meinem Hals und ich versuchte krampfhaft, nicht daran zu denken, was wohl passierte, wenn Clayda VenTreskos Bodyguards nicht gewachsen war. Sie hatte nicht einmal eine Waffe, um sich zu verteidigen. Was, wenn sie …? Alles in mir schrie danach, umzukehren, ihr zu helfen – ich konnte sie doch nicht einfach im Stich lassen! Doch ich wusste, dass es Irrsinn gewesen wäre, zurückzulaufen. Was konnte ich schon ausrichten? Außerdem hatte ich die Unterlagen, und ich musste um jeden Preis verhindern, dass VenTresko sie in die Finger bekam. Und das konnte ich nur, wenn sie mich nicht schnappten. Wie ich das allerdings anstellen sollte, wusste ich nicht. Sobald auch nur einer dieser gewissenlosen Befehlsempfänger nahe genug an mich herankäme, würde er mich, ohne mit der Wimper zu zucken, umlegen und die Papiere meinen toten Fingern entreißen. Es sei denn …

Ich bremste aus vollem Lauf, was meine Wunde mit einem empörten Schmerzschub quittierte. Wenn ich die Unterlagen irgendwo versteckte, hatte ich womöglich die Chance, mich auf einen Handel mit den bösen Jungs einzulassen. Ich wirbelte einmal um meine eigene Achse, fieberhaft auf der Suche nach einem sinnvollen Versteck. Dann ging ich kurz entschlossen in die Knie, hob den Läufer etwas an und schob die Papiere darunter. Die Filmdose war natürlich zu groß, um sie ebenfalls unter den Teppich zu schieben, also stopfte ich sie einfach wieder zurück in meinen Büstenhalter. Ich versuchte, mir die Stelle, an der ich die Papiere versteckt hatte, so gut es ging zu merken (*an der Wand daneben stand eine große, hässliche Blumenvase*) und rannte dann weiter. Die Schüsse und das Geschrei hinter mir waren verstummt. Entweder hatte Clayda es also geschafft, unsere Verfolger auszuschalten, oder … ich schüttelte ärgerlich den Kopf. Daran durfte ich nicht denken!

Nach der nächsten Flurbiegung kam eine weitere Treppe in Sicht, die in die nächste Etage führte. Ohne zu zögern, erklomm ich sie – mit etwas Glück konnte ich von dort aus irgendwie aufs Dach gelangen und dann eine Feuerleiter nach unten nehmen. Wie es dann allerdings weiter gehen sollte, wusste ich nicht. Doch darüber konnte ich mir Gedanken machen, wenn es so weit war – jetzt galt es erst einmal, nicht erschossen zu werden.

Im nächsten Stockwerk empfing mich ein großer, beinahe leerer Raum, in dessen Mitte sich ein Sammelsurium an Möbeln befand, die unter weißen Laken verborgen waren. Rechts und links durchbrachen mannshohe Fenster die Außenwände und die späte Nachmittagssonne warf lange helle Rechtecke auf den glänzenden Parkettboden. Und es roch ganz eindeutig nach frischer Farbe. Ich erinnerte mich, dass Dillmann von einer Renovierung der obersten Etage gesprochen hatte.

Eine große zweiflüglige Tür zweigte von dem großen Raum ab und ich lief eilig darauf zu. Sie gab den Blick auf eine lange Zimmerflucht frei, aus der das gesamte Obergeschoss zu bestehen schien. In jedem Raum fand sich eine fein säuberlich abgedeckte Ansammlung an Möbeln in der Mitte. Für einen kurzen Moment erwog ich, die Türen hinter mir mithilfe der Möbel irgendwie zu verbarrikadieren. Dann verwarf ich den Gedanken wieder. So würde ich nur kostbare Zeit verlieren und außerdem eventuellen Verfolgern unmissverständlich klar machen, dass ich hier war. Und für den Fall, dass Clayda es geschafft hatte, zu entkommen, versperrte ich ihr damit den Fluchtweg.

Ich eilte durch die Zimmerflucht, vorbei an den verhüllten Möbelbergen. Flüchtig fragte ich mich, welchen Zweck diese Räumlichkeiten wohl normalerweise erfüllten; aus der Vielzahl an Stühlen und Tischen, die ich unter den weißen Tüchern ausmachen konnte, schloss ich, dass es sich hierbei wohl um Konferenzräume handelte. Ich hoffte inständig, dass mich am Ende der Etage eine weitere Treppe erwartete, die nach oben führte.

Im vierten Raum, durch den ich kam, entdeckte ich zwar keine Treppe, aber dafür eine Holztür direkt neben einer der beiden Fensterfronten, auf der ein Schild mit der Aufschrift »Notausgang« prangte. Na bitte! Erleichterung durchströmte mich, als ich auf die Tür zu lief. Wo auch immer dieser Notausgang hinführte – ich käme auf jeden Fall irgendwie aus dieser verdammten Botschaft raus.

Ich drückte die Klinke herunter – doch die Tür bewegte sich nicht. Ich rüttelte ein weiteres Mal daran. Vergeblich. Das Hochgefühl verflog so rasch, wie es gekommen war. Wer, bei allen neun Höllen, fragte ich mich, kam auf die selten dämliche Idee, einen Notausgang abzuschließen?! Mit einem frustrierten Fluch auf den Lippen trat ich einmal gegen die Tür und wandte mich um – und eine Faust traf mich mitten ins Gesicht.

Es knackte unschön, ein glühender Schmerz schoss durch meinen Körper und ich schmeckte Blut. Benommen taumelte ich rückwärts, stieß gegen die Tür und rutschte daran herunter. Stöhnend hielt ich die Hand über meine Nase. Sie fühlte sich beunruhigend unförmig an. Mit vom Schmerz getrübtem Blick blinzelte ich zu der undeutlichen Gestalt hoch, die nun über mir aufragte.

Ich hatte erwartet, einen der schwarz gekleideten Bodyguards zu sehen. Stattdessen erkannte ich Desmod VenTresko. Sein Gesicht war blutverschmiert und die Nase sah ähnlich unförmig aus, wie meine sich derzeit anfühlte; ich hoffte inständig, dass mein Fußtritt vorhin sie gebrochen hatte. VenTreskos grauer Anzug war über und über mit dunklen Flecken besudelt und um seine rechte Hand hatte er ein Taschentuch gewickelt, das mittlerweile blutgetränkt war. Von seiner selbstgefällig zur Schau gestellten Gelassenheit war nichts mehr geblieben.

»Du kleiner Scheißer!« VenTresko ballte die linke Hand erneut zur Faust, um zuzuschlagen. »Gib mir die Unterlagen!«

Diesmal riss ich rechtzeitig die Arme in die Höhe, sodass sein Schlag abgelenkt wurde und nur meinen Kopf streifte. Ich hustete und Blut sprenkelte den teuren Parkettboden. Woher zum Henker war der Kerl so plötzlich gekommen? Es musste noch einen anderen Weg hinauf ins oberste Stockwerk geben, anders konnte ich es mir nicht erklären.

Bevor VenTresko ein drittes Mal auf mich einschlagen konnte, drehte ich mich zur Seite weg und versuchte, an der Fensterfront entlang von ihm wegzukriechen. Sein Fuß traf mich mit voller Wucht in den Magen und die Welt schien zu kippen. Die Wunde an meiner Seite schickte

Wellen des Schmerzes wie brennendes Syranid durch meinen Körper und für einen Moment hatte ich das Gefühl, mich übergeben zu müssen.

Ich spürte, wie ich am Kragen gepackt wurde, und als mein Blick sich etwas klärte, war VenTreskos blutüberströmtes Gesicht nur Zentimeter von meinem entfernt. In seinen Augen flackerte der Wahnsinn.

»*Gib sie mir!*«, zischte er und Speichel flog in kleinen Schaumtröpfchen von seinem Mund weg. »*Gib mir die Unterlagen!*«

»Ich hab' sie nicht.« Keuchend versuchte ich, ihn von mir weg zu drücken.

»Du lügst!«, knurrte VenTresko und sein Griff wurde fester, schnürte mir die Luft ab. »Wo sind sie? *Wo sind sie?!*«

Ich schüttelte nur den Kopf. Plötzlich ließ er mich los. Röchelnd sackte ich zurück zu Boden und spuckte eine weitere Handvoll Blut. Ich sah, wie er ein paar hastige Schritte in den Raum hinein machte. Wild sah er sich um.

»Sie sind nicht hier«, hustete ich und versuchte, mich aufzurichten. »Sie werden sie nicht finden.«

Mit einem zornigen Schrei stürzte VenTresko sich auf mich. Ich wurde nach hinten geschleudert und schlug hart mit dem Kopf auf dem Boden auf. Die Wucht des Aufpralls presste mir die Luft aus den Lungen. Sofort war VenTresko über mir und die Finger seiner gesunden Hand schlossen sich erbarmungslos um meine Kehle. Mit fahrigen Bewegungen versuchte ich, seinen Klammergriff zu lösen, doch er war wie von Sinnen und zog seine Finger immer enger zusammen.

»WO SIND DIE UNTERLAGEN?!«, schrie er. »WO SIND SIE?!«

Verzweifelt schnappte ich nach Luft, doch sein Griff war zu fest. Panik wallte in mir auf. Ich wand mich, strampelte mit den Beinen, den Schmerz in meiner Seite und meinem Gesicht nun völlig ignorierend. Atmen, ich musste atmen! Meine Lungen schrien und zuckten, in dem verzweifelten Versuch, die kostbare Atemluft einzusaugen. Schon merkte ich, wie mein Bewusstsein langsam abzudriften begann; mein Blick trübte sich und schwarze Punkte tanzten am Rand meines Sichtfelds.

Den Schuss, der die Fensterscheibe über mir durchschlug, hörte ich nicht. Wohl aber merkte ich, dass ich mit einem Mal wieder Luft bekam. Gierig bäumte ich mich auf, saugte den wertvollen Sauerstoff in meine brennenden Lungen. Undeutlich sah ich, dass VenTresko von mir abgelassen und sich aufgerichtet hatte. Als ich seinem Blick folgte, sah ich eine verschwommene Gestalt auf uns zu kommen. Sie trug kein Schwarz. Ich blinzelte.

Clayda.

Sie sah fürchterlich aus; ihre Kleidung war zerrissen, sie blutete aus einer Wunde an der Schläfe und ihre Lippe war aufgeplatzt. Doch sie lebte.

In ihren ausgestreckten Händen hielt sie eine Pistole, die sie wohl einem der Anzugträger abgenommen haben musste. Ich hörte nicht, was sie schrie, doch in ihrer Stimme lag eine Wut, die ich bei ihr noch nicht erlebt hatte. VenTresko erwiderte etwas, während er aufstand. Den zweiten Schuss hörte ich. VenTresko schrie auf, er wurde zurückgerissen und fasste sich an die Schulter. Ich sah, wie Clayda die Pistole zur Seite warf und losrannte, genau auf uns zu. VenTresko wich einen Schritt zurück und stieß mit der Ferse gegen das Fenster, dessen Scheibe von feinen Rissen durchzogen war, die sich wie ein Spinnennetz um die Einschussstelle ausbreiteten. Für einen Moment sah ich das Feuer in Claydas Augen, dieses goldene Funkensprühen, das ich schon mehrfach bei ihr beobachtet hatte. Mit einem zornigen Schrei warf sie sich gegen VenTresko und ihre Schulter prallte mit übernatürlicher Wucht gegen seine Brust. Für einen Moment sah ich den überraschten Ausdruck auf seinem Gesicht, dann schien sein Körper sich nach hinten durchzubiegen und sein Rücken traf hart auf die mannshohe Fensterscheibe.

Wie in Zeitlupe sah ich im Gegenlicht, wie die feinen Risse in Sekundenschnelle das gesamte Fenster ausfüllten und wie schließlich die Scheibe barst. Glasscherben flogen hinaus in die Morgensonne, funkelnd und glitzernd wie tausend Diamanten. Für den Bruchteil einer Sekunde schien VenTresko in der Luft zu hängen, halb drinnen, halb draußen – dann hatte die Schwerkraft ein Einsehen und er verschwand aus meinem Blickfeld.

Clayda stand über mir vor dem zersplitterten Fenster und starrte ihm nach. Dann kniete sie neben mir nieder und der zornige Ausdruck auf ihrem Gesicht verwandelte sich in Sorge.

»Bist du in Ordnung?« Endlich schien mein Gehör wieder richtig zu funktionieren.

»Na ja, ich lebe noch«, ächzte ich und versuchte, mich mit ihrer Hilfe aufzurichten. Mein ganzer Körper schien nur aus Schmerzen zu bestehen und meine Kehle fühlte sich unangenehm rau und trocken an. Noch nie hatte ich mich so sehr nach einem Glas Whisky gesehnt, wie in diesem Moment.

Mit Claydas Hilfe kam ich langsam auf die Beine. Mein Blick flackerte hinüber zu dem gesplitterten Fenster.

»Ist er …?«

Wacklig ging ich ein paar Schritte und stützte mich am Fensterrahmen ab.

Desmod VenTresko lag rücklings, alle viere von sich gestreckt, auf dem steinernen Balkon, der sich ein Stockwerk unter uns befand. Ein leises Wimmern und das Zucken seines Oberkörpers sagten uns, dass er noch lebte, auch wenn er in einem fürchterlichen Zustand war.

»Ich denke, wir sollten einen Krankenwagen rufen«, stellte Clayda trocken fest.

»Die beste Idee des Tages«, sagte ich schwach und lehnte mich mit geschlossenen Augen gegen den Fensterrahmen.

Epilog

Die Nachmittagssonne schien warm vom wolkenlosen Himmel und sorgte für beinahe senabrische Temperaturen. Der Sommer hatte endgültig in Gamarien Einzug gehalten. Das kleine Café am Rand des Stadtparks war gut besucht; auf den Kieswegen ringsum flanierten junge Pärchen oder Leute mit Hunden und auf dem Spielplatz gegenüber tollten ein paar kreischende Kinder herum.

Ich zog genüsslich an meiner Cigarette und überflog noch einmal das Interview, das ich der Drakenfurther Abendpost vor einigen Tagen gegeben hatte. Ich sah gut aus auf dem Foto. Seit mein Artikel im Hornstädter Boten erschienen war *(für den ich im Übrigen einen hübschen Bonus von meiner Chefin kassiert hatte)*, hatte sich der Skandal um das Syrikon-Projekt rasch in der gesamten Republik und über ihre Grenzen hinaus verbreitet. Der Prozess gegen Desmod VenTresko und ein gutes Dutzend weiterer Verantwortlicher bei Thertes Waffensysteme war das vorherrschende Thema in Presse und Rundfunk und füllte auf beste Weise das beginnende Sommerloch. Die ersten Verhandlungstage hatten Clayda und ich im Gerichtssaal verbracht, als Hauptzeugen der Staatsanwaltschaft. Es war ermüdend und nervenaufreibend gewesen, denn besonders die Anwälte von VenTresko und seinen Mitangeklagten nahmen uns in hartes Kreuzfeuer. Letztendlich war die Beweislast allerdings so erdrückend, dass es recht bald nur noch darum ging, wie hoch das Strafmaß wohl angesetzt wurde. Im Fall VenTresko und ein oder zwei anderer lief es wohl auf lebenslänglich hinaus, was sowohl mir als auch Clayda eine immense Genugtuung verschaffte.

Desmod VenTresko hatte den Sturz aus dem dritten Stock der gamarischen Botschaft zwar überlebt, jedoch drei seiner Finger durch die Explosion der Pistole verloren. Der harte Aufprall auf dem Balkon hatte zudem zwei seiner Wirbel so schwer verletzt, dass irreparable Schäden entstanden waren und er wohl den Rest seines Lebens im Rollstuhl sitzen würde.

Eine rote Gestalt trat in mein Blickfeld und ließ sich mir gegenüber an dem runden Cafétisch nieder. Clayda.

»Bitte entschuldige die Verspätung«, sagte sie zur Begrüßung. »Ich bin das Busfahren nicht mehr gewöhnt.«

Sie trug dasselbe rote Kleid wie damals, als sie in der Redaktion aufgetaucht war und mich mit blutiger Nase zurückgelassen hatte. Ich musste lächeln.

»Kein Problem«, erwiderte ich und faltete die Zeitung zusammen. »Wie geht es dir?«

Sie seufzte und kramte ihr silbernes Cigarettenetui aus ihrer Handtasche.

»Den Umständen entsprechend, würde ich sagen«, antwortete sie und steckte sich einen der dünnen Glimmstängel zwischen die leuchtend rot bemalten Lippen. Dann winkte sie die Bedienung heran. »Einen Kaffee bitte. Mit Schuss, wenn es geht.«

»Neuigkeiten aus Neu Herryskoog?«, erkundigte ich mich.

Sie nickte und nahm einen tiefen Zug aus ihrer Cigarette.

»Die Überlebenden sind mittlerweile alle wieder aus dem Krankenhaus raus und zurück bei ihren Familien. Fünf von den älteren haben es nicht geschafft, aber wenigsten den Kindern geht es den Umständen entsprechend einigermaßen gut. Grigur hat sie alle noch einmal durchgecheckt. Es werden wohl überwiegend keine Folgeschäden zurückbleiben. Nun ja – zumindest keine physischen.« Sie seufzte. »Sie sind traumatisiert, alle. Besonders die Kinder. Aber versuch mal, für drei Dutzend Indri eine psychologische Betreuung in Senabri'il zu organisieren. Schon der Krankenhausaufenthalt hat fast alle Mittel aus unserem Gesundheitsfonds gefressen.«

»Aber ich dachte, durch die Berichterstattung hättet ihr mehr Aufmerksamkeit bekommen?«

Sie nickte.

»Haben wir auch. Die Spenden haben deutlich zugenommen, und wir haben auch sehr viele sehr mitfühlende und aufmunternde Briefe bekommen. Allerdings auch ein paar recht beleidigende und rassistische, mehrere Morddrohungen … die Arschlöcher sterben wohl niemals aus. Aber drei Dutzend Indri über mehrere Wochen im Krankenhaus behandeln zu lassen, kostet auch in Senabri'il keinen Pappenstiel. Und wenn der Prozess erst einmal rum ist und die Berichterstattung weniger wird, wird auch das Interesse der Menschen schwinden, das garantiere ich dir. Dann nehmen auch die Spenden wieder ab.«

Die Bedienung kam und brachte den Kaffee.

»Ach, bevor ich es vergesse.« Clayda griff wieder nach ihrer Handtasche und kramte einen Brief daraus hervor. »Der hier kam gestern mit der Post. Von Dillmann.«

Neugierig nahm ich ihn entgegen und las.

Sehr geehrtes Fräulein Asprion,

ich hoffe sehr, Ihr Befinden ist gut und Sie haben sich von den erschreckenden Erlebnissen hier in Neu Herryskoog mittlerweile einigermaßen erholt. Wenn man den Nachrichten Glauben schenken darf, sind Sie ja derzeit sehr in den Prozess gegen diesen furchtbaren Konzern involviert. Ich hoffe bloß, diese Leute werden Gerechtigkeit erfahren.

Der eigentliche Grund meines Schreibens ist jedoch ein anderer. Vor zwei Tagen stand mit einem Mal ein recht lädiertes weißes Cabrio vor dem Eingang zu unserer Botschaft. Eine kurze Recherche mithilfe des Kennzeichens ergab, dass das Fahrzeug auf Sie angemeldet ist. Ich gehe davon aus, dass Sie den Wagen aus verständlichen Gründen hier in Neu Herryskoog zurückgelassen haben, aber vielleicht würden Sie sich dennoch freuen, ihn zurückzubekommen? Sagen Sie mir doch baldmöglichst Bescheid, wie wir mit dem Fahrzeug am besten verfahren sollen.

Und noch etwas: Ich bin mir nicht sicher, ob es von Bedeutung ist, aber als wir den Wagen morgens fanden, lag eine Maxipackung Butternuffies auf dem Fahrersitz. Vielleicht wissen Sie ja, welche Bewandtnis es damit hat?

Hochachtungsvoll
Hainer Dillmann

Grinsend blickte ich auf.

»Panzer-Porter«, sagte ich und Clayda nickte lächelnd.

»Er hat es also geschafft. Nett, dass er dir deinen Wagen zurückbringt.«

»Ich hoffe bloß, er hält sich weiterhin im Verborgenen«, antwortete Clayda. »Selbst wenn sie ihn nicht mehr polizeilich suchen; er ist immer noch illegal im Besitz eines Panzers. Dafür würden sie ihn so oder so dran kriegen.«

»Ach, ich glaube, er ist ganz gut darin, sich bedeckt zu halten«, erwiderte ich und reichte ihr den Brief zurück. »Wird mir fehlen, der alte Spinner.«

»Ja, mir irgendwie auch.«

Wir zogen beide an unserer Cigarette und beobachteten die Kinder auf dem Spielplatz gegenüber.

»Wie lange bist du noch hier?«, fragte ich schließlich. Clayda stieß langsam den Rauch aus und drückte die Cigarette dann im Aschenbecher aus.

»Ich fahre in drei Tagen«, antwortete sie schließlich. »Jetzt, wo sie den Haftbefehl gegen uns haben fallen lassen, muss ich schleunigst wieder zurück und nach dem Rechten sehen. Als erstes muss ich mit Annika finanzielle Bilanz ziehen. Und dann werde ich schauen, dass ich irgendwo eine Psychologin auftreibe, die sich auf die Arbeit für Indridana einlassen will. Dafür kannst du mir auf jeden Fall schonmal die Daumen drücken. Ach ja und die Volontariatsstelle müssen wir natürlich auch wieder neu besetzen.«

»Du packst das schon«, versuchte ich, ihr Mut zuzusprechen. Sie lächelte matt.

»Ja, irgendwie, vermutlich. So wie meistens. Aber manchmal ist es schon frustrierend, wenn man das Gefühl hat, man kommt nicht voran. Wenn man sieht, dass sich eigentlich an der Gesamtsituation der Indri in Senabri'il bisher nichts geändert hat und vermutlich in naher Zukunft auch nicht ändern wird.«

Ich schwieg. Was sollte ich darauf antworten? Ich hatte selbst gesehen, unter welch erbärmlichen Lebensbedingungen die Leute in den Reservaten litten. Und ich wusste, dass Veränderungen nicht von heute auf morgen zu erwirken waren.

»Hast du nicht Lust, mich zu begleiten?«, fragte sie unvermittelt und sah mich an. »Wir könnten deine Hilfe wirklich gut gebrauchen. Und das bisschen, was du beim Hornstädter Boten verdienst, könnte ich dir allemal zahlen.«

Ich schüttelte langsam den Kopf.

»Ich kann nicht«, sagte ich. »Ich kann zwar nicht behaupten, dass ich scharf darauf bin, in absehbarer Zeit ein vergleichbares Abenteuer wie unseres zu erleben, aber … das ist mein Ding. Das ist das, was ich kann. Es wird immer Leute wie VenTresko geben, Leute, die Dreck am Stecken haben. Und deshalb braucht es Leute wie mich, die ihre Nase in diesen Dreck rein stecken. Auch wenn man dabei ab und an gehörig auf die Schnauze fällt.« Ich grinste verlegen und zuckte mit den Schultern.

Clayda legte den Kopf mit den perfekten dunklen Locken schief und sah mich lächelnd an.

»Ich glaube, das verstehe ich«, sagte sie und griff nach ihrer Kaffeetasse.

Als Clayda schließlich aufstand, um zu gehen, berührte die Sonne bereits die Baumkronen im Stadtpark. Sie gab mir zum Abschied einen flüchtigen Kuss auf die Wange.

»Wir sehen uns, Lemmy«, sagte sie. »Pass auf dich auf. Und stell nichts Dummes an.«

»Du kennst mich doch.«

»Ja, eben.«

Dann wandte sie sich um und ihre schlanke Gestalt mischte sich unter die Spaziergänger im Park, bis sie nur noch ein roter Punkt zwischen den Bäumen war.

Danksagung

Wenn man rückblickend gar nicht mehr genau sagen kann, zu welchem Zeitpunkt eine Geschichte ihren Anfang nahm, ist das meistens ein untrügliches Zeichen dafür, dass es schon verdammt lange her ist – in Lemmys Fall sind es definitiv mehr als zehn Jahre. Dass aus der ersten vagen Idee im Laufe einer Dekade schlussendlich ein Buch wurde, habe ich einer ganzen Reihe von Menschen zu verdanken. All diese Menschen haben auf ganz unterschiedliche Art und Weise ihren Beitrag dazu geleistet:

Manu, der Lemmys „Geburtsstunde" erlebte und mich in der frühesten Phase darin bestärkte, dass diese Geschichte es wert ist, erzählt zu werden.

Meine **Mutter**, die zwar mit Fantasy und all dem Kram, den ich schreibe, so gar nichts anfangen kann, mich aber darin ermutigte, Lemmy weiter zu schreiben, weil ihr die Geschichte von all meinen angefangenen Romanprojekten am besten gefiel – und die sich letztendlich als eine meiner kritischsten und besten Beta-Leserinnen entpuppte.

Mein **Vater**, der nicht wirklich viel mehr mit Fantasy anfangen kann, als meine Mutter, sich aber trotzdem eifrig in die Rolle des Beta-Lesers einfügte.

Meine **Oma**, die – ihr ahnt es – nichts mit Fantasy anfangen kann (aber wenigstens genau so eine Leseratte ist, wie ich), und mir nicht nur ihr Feedback als Beta-Leserin gab, sondern gerade in der früheren Entstehungsphase als First-Hand-Recherche-Quelle zum Nachkriegs-Deutschland von unschätzbarem Wert war.

Christian und **Andrea**, die mit ihrem Roman-Boot-Camp einen ganz entscheidenden Anteil daran hatten, dass Lemmys Geschichte zu dem wurde, was sie jetzt ist.

Meine Leute aus der **Messe-WG**, die sich über Jahre hinweg nicht nur immer wieder geduldig meine Erzählungen zu Lemmy angehört haben, sondern durch gelegentliche verbale Tritte in meinen Hintern dafür sorgten, dass ich dann doch tatsächlich irgendwann mal mit dem Schreiben fertig wurde.

Luisa, Mira, Jacqui und alle anderen, die im Laufe der letzten Jahre eine der vielen Fassungen von Lemmy teilweise oder ganz beta gelesen und mir mit ihrem Feedback geholfen haben, die Geschichte immer weiter zu verbessern.

Thomas, der sich als Beta-Leser selbst übertraf, indem er nicht nur das komplette Manuskript zweimal intensiv durcharbeitete, sondern außerdem bei der Formulierung des Klappentextes half und immer mit moralischem Support und genereller Begeisterung für Lemmy zur Stelle war, wenn das Imposter-Syndrom sich meldete.

Sabrina, die als Beta-Leserin und Südamerika-Expertin Lemmy in vielerlei Hinsicht auf die Sprünge geholfen hat.

Jan, dessen Expertise bezüglich Waffen und Militär von unschätzbarem Wert war.

Holger, der genug Vertrauen in mich und meine Geschichte hatte, um Lemmy ein Zuhause in seinem Verlag anzubieten.

Anke, die das wundervollste Cover gezaubert hat, das ich mir für Lemmy hätte wünschen können.

Und **Chris**, der sich geduldig meine stundenlangen Erzählungen über Lemmy anhörte, bei Schreibblockaden und Plotproblemen auch mal einen Film mitten im Showdown pausierte und dafür sorgte, dass ich beim Schreiben nicht aus Versehen verdurstete oder verhungerte.

Danke!
Ohne euch gäbe es dieses Buch nicht.

Laura Dümpelfeld

Jahrgang 1989, lebt, arbeitet und studiert in Koblenz. Ihre Liebe zum Geschichtenerzählen entdeckte sie schon in jungen Jahren und frönt dieser Leidenschaft seitdem auf immer wieder unterschiedliche Art und Weise. Neben dem Schreiben begeistert sie sich unter anderem für Filme und Serien, LARP, Pen&Paper, Computerspiele, Theater, Musik und alles, was irgendwie mit kreativen Prozessen zu tun hat. Bei den Geschichten, die ihrer Feder entspringen, bedient sie gerne alle Spielarten der Phantastik – von Fantasy über Mystery und Science-Fiction bis hin zu Steampunk. Sie mag Sushi, verrückte Ideen und alles, was bunt ist.

https://www.lauraduempelfeld.de

Triggerwarnungen / Inhaltshinweise

Folgende Inhalte, die eventuell triggernd sein könnten, finden sich in diesem Buch.

explizit:

- Suchtverhalten (Alkohol & Tabak)
- Blut
- Körperliche Gewalt / Waffengewalt
- Diskriminierung und Misshandlung ethnischer Minderheiten
- Tod
- Sex

erwähnt:

- Suizid
- Krieg
- Genozid

Chris Schlicht

Maschinen-Trilogie

1899 – Frankfurt und Wiesbaden sind zu einem gigantischen Industriemoloch verschmolzen. Die Luft wird von unzähligen Schornsteinen verpestet und das Wasser der Flüsse Rhein und Main stinkt zum Himmel. Die massive Luftverschmutzung sorgt für Wetterkatastrophen, die Flüsse bedrohen die Industrieanlagen und Armenviertel mit Überschwemmungen. Inmitten dieser Welt ermittelt der Detektiv Peter Langendorf, über Arbeitsmangel kann er sich nicht beklagen. Bei jedem neuen Fall muss er die vielen losen Fäden verknüpfen und gerät so manches mal selbst in Gefahr.

Band 1:
Maschinengeist
4202 Seiten, Broschur
16.00 EUR

Band 2:
Maschienenseele
510 Seiten, Broschur
18.00 EUR

Band 3:
Maschinengott
472 Seiten, Broschur
17.00 EUR

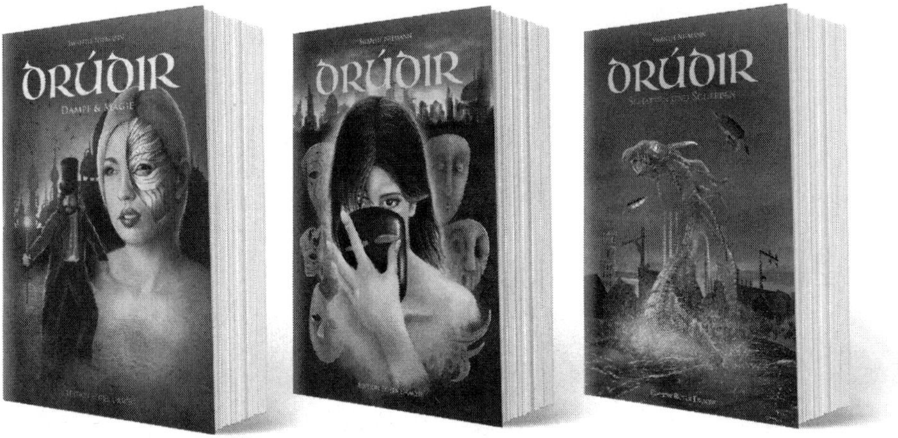
DRÚDIR
DRÚDIR
DRÚDIR

Wenn eine Fee geboren wird,
dann stirbt die Seele eines Menschen.
Das ist kein Aberglaube.
Das ist kein Märchen.
Das ist die Wahrheit.

Es steht geschrieben, dass, wenn der Schleier zwischen den Welten zerreißt, Unheil über die Menschheit hereinbricht. Doch kaum jemand erinnert sich an den verhängnisvollen Bund, der einst zwischen den Sterblichen und den Andwari, dem hohen Volk der Feen, geschlossen wurde.

Lara ahnt nichts von alldem, als sie um das Leben ihrer Mutter bangt. Nur ihre kleine Schwester erkennt, dass die Mutter nicht von einer Krankheit, sondern von einer Heimsuchung befallen ist. Denn die Andwari sind auf der Jagd nach der legendären Nimmerfee, über die die Feen keine Macht haben.

Kristina Lohfeldt
Nimmerfee
Eine phantastische Geschichte

320 Seiten, 14,8 x 21 cm, Broschur
ISBN 978-3-946425-98-4
15.00 EUR | 15.40 EUR (AT)